家藏文库

韩诗外传

〔西汉〕韩婴 著　　赵玉玲 注译

中州古籍出版社
·郑州·

图书在版编目(CIP)数据

韩诗外传 /（西汉）韩婴著；赵玉玲注译. -- 郑州：中州古籍出版社，2024.12. --（家藏文库）. -- ISBN 978-7-5738-1903-1

Ⅰ. I207.22

中国国家版本馆 CIP 数据核字第 2025GN9468 号

JIACANG WENKU：HANSHI WAIZHUAN

家藏文库：韩诗外传

出 版 人	许绍山
选题策划	卢欣欣
约稿统筹	卢欣欣
责任编辑	张　佳
责任校对	唐志辉
美术编辑	王　歌
版式设计	曾晶晶

出 版 社	中州古籍出版社（地址：郑州市郑东新区祥盛街27号6层 邮编：450016　电话：0371-65723280）
发行单位	河南省新华书店发行集团有限公司
承印单位	河南新华印刷集团有限公司
开　　本	640 mm × 960 mm　1/16
印　　张	30
字　　数	452 千字
版　　次	2024 年 12 月第 1 版
印　　次	2025 年 5 月第 1 次印刷
定　　价	75.00 元

本书如有印装质量问题，请联系出版社调换。

前　言

　　《韩诗外传》是西汉初年韩婴的一部传世之作。

　　韩婴是西汉初年著名的经学家，以治《诗经》著称。西汉初年，传授《诗经》的有鲁、齐、韩、毛四家，其中鲁、齐、韩三家列为学官，合称"三家诗"。韩婴是韩诗一派的创立者，他在汉文帝时为博士官，汉景帝时做常山宪王太傅。《汉书·儒林传》载："婴推诗人之意，而作《内外传》数万言。"其中《内传》在两宋之间已亡失，仅《外传》留存于世。

　　清代学者汪中在《荀卿子通论》中说："《韩诗》之存者，《外传》而已，其引《荀卿子》以说《诗》者四十有四。由是言之，《韩诗》，《荀卿子》之别子也。"虽然深受荀子思想影响，但其实《韩诗外传》对其他文献却是杂而采之，兼而用之，各章节所涉及的主题不外乎修身、齐家、治国、平天下的政治抱负。《韩诗外传》杂采早期儒家各派思想，包括荀子、孟子的思想，还吸收了道家、法家等的思想。儒家的仁义礼治、道家的因顺无为、法家的法治思想、阴阳家的祥瑞灾变思想，以及"易简而天下之理得矣"的易学思想，等等，在行文中都有着鲜明体现。

　　《韩诗外传》虽然是治《诗》之作，但内容上涉及上古至西汉初年的历史故事、传说、人物言行、诸子杂说等，作者引述《诗经》诗句，意在为自己的论说服务。《四库全书总目提要》言："（明代）王世贞称《外传》引《诗》以证事，非引事以明《诗》，其说至确。"《韩诗外传》征引春秋人物故事居多，各章的写作体例通常是先讲故事，然后加以议论，结尾处则援引《诗经》诗句，通过分析历史故事、传说、人物对话中蕴含的道理，再用《诗经》诗句蕴含的义理加以相互印证，从而表达自己的观点，予世人以启示。这种寓理于事的表达方式，使抽象的道德伦理和为人处世的深刻哲理以故事化的形式呈现出来，蕴含了对现实社会、人生问题的深切关注，更容易引发共鸣，易于为人接受，也更能启发人们的内在思考。

清代乾隆年间卢文弨在《赵校韩诗外传序》中说：

夫《诗》，有意中之情，亦有言外之旨。读《诗》者有因诗人之情，而忽触夫己之情，亦有己之情本不同乎诗人之情，而远者忽近焉，离者忽合焉。《诗》无定形，读《诗》者亦无定解。试观公卿所赠答，经传所援引，各有取义，而不必尽符乎本旨。则三百篇犹夫三千也。《外传》所称，亦曷有异哉！善读者融会而通之，将孔子所谓告往而知来，孟子所谓以意逆志，举可以于斯参观焉尔。

《韩诗外传》因其自身呈现的兼容并蓄、融汇百家思想特色，堪称一个庞杂的思想宝库。"善读者融会而通之"，其思想宗旨就在于"告往而知来"，即使处在当今时代，仍然会在不经意间触动人的心灵。这也使得《韩诗外传》虽历经两千多年，至今仍闪烁着思想和智慧的璀璨火花。这里谨列举六个方面，管窥其鞭辟入里、循循善诱的说理特色和内外兼修、发人深省的思想光芒。

（一）提倡孝敬父母

孝敬父母是中华民族的传统美德，《韩诗外传》亦大力推崇这一美德。如，卷七第七章借曾子之口对孝道的述说：

> 往而不可还者亲也。至而不可加者年也。是故孝子欲养，而亲不待也，木欲直，而时不待也。是故椎牛而祭墓，不如鸡豚逮亲存也。故吾尝仕为吏，禄不过钟釜，尚犹欣欣而喜者，非以为多也，乐其逮亲也。既没之后，吾尝南游于楚，得尊官焉，堂高九仞，榱题三围，转毂百乘，犹北乡而泣涕者，非为贱也，悲不逮吾亲也。故家贫亲老，不择官而仕。若夫信其志，约其亲者，非孝也。

其中"椎牛而祭墓，不如鸡豚逮亲存也"的理论仍然值得继承和发扬；而"家贫亲老，不择官而仕"的故事也时刻警示着为人子的责任担当。

（二）为人父母的职责

> 夫为人父者，必怀慈仁之爱，以畜养其子。抚循饮食，以全其身。及其有识也，必严居正言，以先导之。及其束发也，授明师以成其技。十九见志，请宾冠之，足以成其德。血脉澄静，娉内以定之，信承亲授，无有所疑。冠子不詈，髦子不答，听其微谏，无令忧之。此为人父之道也。《诗》曰："父兮生我，母兮鞠我。拊我畜我，长我育我。顾我复我，出入腹我。"（卷七第二十七章）

为人父母，责任重大，不仅要心怀慈悲仁爱，抚养教育孩子，使孩子身心健全，还要身体力行，以身作则，示范引导孩子，使他们具有良好的品行，以及独立自主的生活能力。不仅如此，在孩子的不同成长阶段，父母还要给予不同的关爱，才能使孩子无忧无虑地健康成长。《韩诗外传》的这段话，即使现在读来，仍有很大的启发意义。

（三）自强自立的精神

> 魏文侯问狐卷子曰："父贤足恃乎？"对曰："不足。""子贤足恃乎？"对曰："不足。""兄贤足恃乎？"对曰："不足。""弟贤足恃乎？"对曰："不足。""臣贤足恃乎？"对曰："不足。"文侯勃然作

色而怒曰:"寡人问此五者于子,一一以为不足者何也?"对曰:"父贤不过尧,而丹朱放。子贤不过舜,而瞽瞍拘。兄贤不过舜,而象放。弟贤不过周公,而管叔诛。臣贤不过汤武,而桀纣伐。望人者不至,恃人者不久。君欲治,从身始。人何可恃乎?"(卷八第二十九章)

父、子、兄、弟,这些我们生命中至亲的人,或许会对我们有所影响,却并不能主宰我们的命运,自身强大的人才是真正的强者。"胜人者有力,自胜者强。"指望他人达不到目的,依赖他人更不会长久。《韩诗外传》这段话中的五个"不足"生动地阐述了凡事要从自身做起,他人不足以依赖的道理。

(四)尊师尚学

重视学识是《韩诗外传》思想特点之一。卷六第十五章借孔子之口谈论了学问无与伦比的重要性。

> 孔子曰:"可与言终日而不倦者,其惟学乎。其身体不足观也,勇力不足惮也,族姓不足称也,宗祖不足道也,然而可以闻于四方,而昭于诸侯者,其惟学乎。"《诗》曰:"不愆不忘,率由旧章。"夫学之谓也。

由此,《韩诗外传》倡导不断地学习,来提高自身;为此还提出为了更好地求学必须尊重老师。

> 剑虽利,不厉不断。材虽美,不学不高。虽有旨酒嘉穀,不尝不知其旨。虽有善道,不学不达其功。故学然后知不足,教然后知不究。不足,故自愧而勉。不究,故尽师而熟。由此观之,则教学相长也。(卷三第十五章)

> 凡学之道,严师为难。师严,然后道尊。道尊,然后民知敬学。故太学之礼,虽诏于天子,无北面,尊师尚道也。故不言而信,不怒而威,师之谓也。《诗》曰:"日就月将,学有缉熙于光明。"(卷三

第十六章）

这种重视学问,"士必学问,然后成君子"（卷八第二十四章）的思想,直到今天仍然具有积极意义。

（五）推崇人才

重视人才,荐贤举能的思想在任何时代都具有积极意义。

  子贡问大臣。子曰:"齐有鲍叔,郑有子皮。"子贡曰:"否。齐有管仲,郑有东里子产。"孔子曰:"然。吾闻鲍叔之荐管仲也,子皮之荐子产也,未闻管仲、子产有所荐也。"子贡曰:"然则荐贤贤于贤。"曰:"知贤,智也。推贤,仁也。引贤,义也。有此三者,又何加焉?"（卷七第二十四章）

在孔子看来,尽管管仲、子产是贤才,但鲍叔牙和子皮能引荐贤才却更为难得。其实,《韩诗外传》里有关优待人才的故事还有很多。如,卷六第二章"齐桓公见小臣"的故事,"五往而得见",表现了齐桓公礼贤下士的精神。卷十第六章魏惠王和齐宣王相互炫耀国宝的故事,则彰显了齐宣王对人才的高度重视。另外,卷六第二十七章"晋平公游西河"、卷七第二十章"君子先择而后种",讨论了选拔人才的方法。《韩诗外传》这种重视人才的思想在现代社会仍然具有重要的启示性。

（六）对人自身生命的关注

《韩诗外传》认为人生而有欲,"目欲视好色,耳欲听宫商,鼻欲嗅芬香,口欲嗜甘旨,其身体四肢欲安而不作,衣欲被文绣而轻暖。此六者,民之六情也。失之则乱,从之则穆。故圣王之教其民也,必因其情而节之以礼,必从其欲而制之以义"（卷五第十六章）。这些基本欲望的满足是人生存的基础,然而又必须对这些欲望加以节制和引导,否则就会伤害到生命自身,"修身不可不慎也。嗜欲侈则行亏,逸毁行则害成。患生于忿怒,祸起于纤微"（卷九第十九章）,因而提倡"智寿"。

哀公问孔子曰:"有智者寿乎?"孔子曰:"然。人有三死而非命也者,自取之也。居处不理,饮食不节,佚劳过度者,病共杀之。居下而好干上,嗜欲无厌,求索不止者,刑共杀之。少以敌众,弱以侮强,忿不量力者,兵共杀之。故有三死而非命也者,自取之也。"《诗》曰:"人而无仪,不死何为?"(卷一第四章)

不善居处、嗜欲无厌、自不量力,欲望不加节制,只会危害到自己生命本身。如何对待生命确实需要每个人深入思考和身体力行。

品读好书,如饮醇酿。《韩诗外传》就是这样一部一经不期而遇,即足以令人手不释卷的经典。好书当共享。希望每一位读者能够通过笔者的编译推介,由衷地喜欢上《韩诗外传》这本书,喜欢上韩婴这个人。

倘如此,幸甚幸甚!

《韩诗外传》流传下来的版本众多。自宋代以来,历代都有学者对它进行搜录辑佚。许维遹先生"收集了有关的校注材料和不同版本,约有数十种之多,并旁及诸子、类书和其他材料,悉心剪裁,同时加上他自己的意见",完成了《韩诗外传集释》。这本书虽重在集校,却仍是比较完善的版本。本书以许维遹先生校释的《韩诗外传集释》(中华书局2020年版)为底本,并参校屈守元《韩诗外传笺疏》(巴蜀书社2012年版),全文注译。为了方便读者阅读,对每个章节都添加了标题。本书的注译既注意严谨规范,又尽量做到通俗易懂。由于本人学浅,错谬之处,恭请读者批评指正。

赵玉玲
2023 年 9 月

目 录

卷一

第一章　曾子仕于莒 …………………………………………… 1

第二章　《行露》之人许嫁 …………………………………… 2

第三章　孔子南游适楚 ………………………………………… 3

第四章　有智者寿乎 …………………………………………… 5

第五章　国之命在礼 …………………………………………… 6

第六章　君子有辩善之度 ……………………………………… 7

第七章　圣王三杀 ……………………………………………… 9

第八章　天下四通士 …………………………………………… 9

第九章　原宪居鲁 ……………………………………………… 11

第十章　所谓士者 ……………………………………………… 13

第十一章　同者相合 …………………………………………… 14

第十二章　孔子过陈门不式 …………………………………… 15

第十三章　喜名者必多怨 ……………………………………… 16

第十四章　聪者耳闻 …………………………………………… 17

第十五章　贤者不以天下为名利 ……………………………… 18

第十六章　同声相应 …………………………………………… 19

第十七章　家贫亲老，不择官而仕 …………………………… 20

第十八章	未见君子，忧心惙惙	21
第十九章	子死不哭	22
第二十章	人生而不具者五	23
第二十一章	庄之善死君	25
第二十二章	赵宣之请师救宋	26
第二十三章	水浊则鱼喁	27
第二十四章	德充而形	29
第二十五章	仁道有四	30
第二十六章	申徒狄投河	32
第二十七章	鲍焦轻生	33
第二十八章	邵伯所茇	35

卷二

第一章	楚庄王围宋	37
第二章	鲁监门之女忧泣	39
第三章	常之谓经，变之谓权	40
第四章	樊姬论忠贤	42
第五章	闵子骞始见于夫子	44
第六章	人妖最可畏	45
第七章	防邪禁佚，调和心志	47
第八章	高墙丰上激下，未必崩也	48
第九章	君子有三言	49
第十章	有道以御之	50
第十一章	御马有法	52

第十二章	颜渊侍坐	53
第十三章	崔杼弑庄公	55
第十四章	石奢公正而好直	57
第十五章	外宽而内直	58
第十六章	孔子路遇齐程本子	59
第十七章	君子盛德而卑	61
第十八章	君子易和而难狎也	62
第十九章	商容尝执羽籥	63
第二十章	李离伏死	64
第二十一章	楚狂接舆躬耕以食	66
第二十二章	伊尹去夏归商	68
第二十三章	田饶去鲁适燕，介子推去晋入山	69
第二十四章	子贱治单父	72
第二十五章	士欲立身行道	74
第二十六章	子路与巫马期	75
第二十七章	士有五	77
第二十八章	上之人所遇	79
第二十九章	子夏读《书》	80
第三十章	国无道	81
第三十一章	治气养心之术	83
第三十二章	玉不琢，不成器	84
第三十三章	故礼者，因人情为文	85
第三十四章	原天命	86

卷三

第一章　易简而天下之理得矣……… 88
第二章　穀生汤之廷……… 89
第三章　周文王莅国八年而地动……… 90
第四章　王者论德……… 92
第五章　从俗为善……… 93
第六章　魏文侯置相……… 94
第七章　修礼者王……… 97
第八章　楚庄王寝疾……… 99
第九章　人主之疾……… 100
第十章　太平之时……… 102
第十一章　丧祭之礼废……… 103
第十二章　人事顺于鬼神……… 103
第十三章　武王伐纣……… 104
第十四章　孟尝君请学于闵子……… 108
第十五章　教学相长……… 109
第十六章　凡学之道，严师为难……… 110
第十七章　宋遭大水……… 111
第十八章　齐桓公设庭燎……… 112
第十九章　太平之时……… 114
第二十章　能制天下……… 116
第二十一章　公仪休嗜鱼而不受……… 118
第二十二章　鲁有父子讼者……… 119

第二十三章　禹彰舜之德 ················· 122

第二十四章　季孙治鲁 ··················· 124

第二十五章　智者乐水 ··················· 126

第二十六章　仁者乐山 ··················· 127

第二十七章　晋文公行赏不及陶叔狐 ······· 128

第二十八章　古今一也 ··················· 129

第二十九章　先圣后圣，其揆一也 ········· 131

第三十章　　孔子观于周庙 ··············· 132

第三十一章　周公诫伯禽 ················· 134

第三十二章　子路盛服以见孔子 ··········· 136

第三十三章　君子不贵者 ················· 137

第三十四章　圣人之谓 ··················· 139

第三十五章　王者之法 ··················· 141

第三十六章　孙卿与临武君议兵 ··········· 142

第三十七章　受命之士 ··················· 145

第三十八章　不出户而知天下 ············· 146

卷四

第一章　　纣作炮格之刑 ················· 148

第二章　　关龙逢谏桀 ··················· 149

第三章　　三"忠"与国贼 ··············· 150

第四章　　鲁哀公问取人 ················· 151

第五章　　夫知者之于人也 ··············· 152

第六章　　坚甲利兵不足以施敌破虏 ······· 154

第七章	弹琴而治	155
第八章	齐桓公不使燕君失礼	156
第九章	《韶》用干戚	157
第十章	礼者,治辩之极也	158
第十一章	审礼	161
第十二章	晏子聘鲁	164
第十三章	古者八家而井田	165
第十四章	天子不言多少	167
第十五章	唯贤是举	168
第十六章	君子不瞽不隐	171
第十七章	子为亲隐	172
第十八章	王者以百姓为天	172
第十九章	诚爱而利之	173
第二十章	小人之行	174
第二十一章	能知于人而不能自知	175
第二十二章	夫当世之愚	175
第二十三章	君子大心	178
第二十四章	爱由情出谓之仁	179
第二十五章	客说春申君	180
第二十六章	习之于人微而著	184
第二十七章	仁,人心也	185
第二十八章	道虽近,不行不至	186
第二十九章	知刑敬之本	187

第三十章　孔子见客 ………………………………… 187

第三十一章　伪诈不可长 ……………………………… 189

第三十二章　所谓庸人者 ……………………………… 189

第三十三章　客有见周公者 …………………………… 190

卷五

第一章　《关雎》何以为《国风》始也 ……………… 192

第二章　孔子抱圣人之心 ……………………………… 193

第三章　王者之政 ……………………………………… 194

第四章　君者，民之源也 ……………………………… 196

第五章　大儒之稽 ……………………………………… 198

第六章　楚成王读书 …………………………………… 202

第七章　孔子学鼓琴 …………………………………… 203

第八章　纣王为主 ……………………………………… 205

第九章　穷则反本 ……………………………………… 206

第十章　礼者则天地之体 ……………………………… 207

第十一章　上不知顺孝 ………………………………… 208

第十二章　成王之时，有三苗贯桑而生 ……………… 209

第十三章　登高临深 …………………………………… 211

第十四章　儒者，儒也 ………………………………… 212

第十五章　天子居广厦之下 …………………………… 213

第十六章　天设其高 …………………………………… 214

第十七章　茧之性为丝 ………………………………… 216

第十八章　主明者其臣慧 ……………………………… 217

第十九章　前车之鉴	219
第二十章　骄溢之君寡忠	220
第二十一章　水渊深广	221
第二十二章　谈说之术	222
第二十三章　百姓内不乏食	223
第二十四章　天有四时	224
第二十五章　三代之王	225
第二十六章　比翼而飞	226
第二十七章　福生于无为	228
第二十八章　古圣贤者皆有师	229
第二十九章　德也者，包天地之大	231
第三十章　如岁之旱	232
第三十一章　道存则国存	233
第三十二章　圣人养一性而御六气	235
第三十三章　通移有常	236
第三十四　孔子侍坐于季孙	237

卷六

第一章　比干谏而死	238
第二章　齐桓公见小臣	239
第三章　政教之极	240
第四章　子路治蒲	242
第五章　古者必有命民	243
第六章　天下之辩	244

第七章	夫服人之心	246
第八章	仁者必敬其人	247
第九章	不学而好思	248
第十章	民劳思佚	249
第十一章	古之知道者曰先生	250
第十二章	田常弑简公	253
第十三章	困而知疾据贤人	254
第十四章	孟子与淳于髡之辩	256
第十五章	孔子论学	258
第十六章	君子知命	259
第十七章	王者必立牧	260
第十八章	楚庄王伐郑	262
第十九章	君子崇人之德	264
第二十章	子夏言勇	265
第二十一章	孔子似阳虎而被围	268
第二十二章	恺悌君子，民之父母	269
第二十三章	事强暴之国难	270
第二十四章	见其诚心，金石为开	272
第二十五章	中牟闻义而请降	274
第二十六章	威有三术	275
第二十七章	晋平公游西河	277

卷七

| 第一章 | 君不如父重 | 280 |

第二章	瑟柱不可记	281
第三章	齐有隐士东郭先生	282
第四章	周公三变	284
第五章	君子避三端	286
第六章	孔子困于陈蔡	287
第七章	家贫亲老,不择官而仕	292
第八章	千羊之皮不若一狐之腋	294
第九章	国之大患	295
第十章	司城子罕相宋	297
第十一章	弘演内肝	298
第十二章	孙叔敖遇狐丘丈人	300
第十三章	明王有三惧	301
第十四章	殿上绝缨	303
第十五章	予慎无辜	305
第十六章	往古以知今	306
第十七章	宋玉因其友见楚襄王	308
第十八章	宋燕见逐	309
第十九章	善为政者	311
第二十章	君子先择而后种	312
第二十一章	正直者顺道而行	314
第二十二章	子贡问为人下之道	316
第二十三章	高比与下比	317
第二十四章	子贡问大臣	318

第二十五章　孔子游景山 ……………………………… 319

第二十六章　孔子鼓瑟 ………………………………… 322

第二十七章　为人父之道 ……………………………… 323

卷八

第一章　廉稽使荆 ……………………………………… 325

第二章　贵身莫贵于气 ………………………………… 326

第三章　屠羊说辞不受命 ……………………………… 327

第四章　荆蒯芮为君死 ………………………………… 331

第五章　逊而直，上也 ………………………………… 332

第六章　仇牧不畏强御 ………………………………… 333

第七章　君亲不可夺 …………………………………… 334

第八章　黄帝得凤象 …………………………………… 335

第九章　赵苍唐见魏文侯 ……………………………… 337

第十章　子贱治单父 …………………………………… 341

第十一章　度地图居以立国 …………………………… 343

第十二章　齐景公使使于楚 …………………………… 344

第十三章　天子九锡 …………………………………… 345

第十四章　子贡言孔子之圣 …………………………… 347

第十五章　大侵之礼 …………………………………… 348

第十六章　诸侯受封 …………………………………… 349

第十七章　伯宗不言受棐者 …………………………… 350

第十八章　不出俎豆之间，折冲千里之外 …………… 352

第十九章　三公之任 …………………………………… 354

第二十章　贤君之治 …………………………………… 355

第二十一章　昨日何生	356
第二十二章　慎终如始	357
第二十三章　学而不已	358
第二十四章　必学而后为君子	360
第二十五章　曾子有过	362
第二十六章　弓人之妻	364
第二十七章　景公大怒	365
第二十八章　思齐则成	366
第二十九章　望人者不至，恃人者不久	367
第三十章　汤作《护》	369
第三十一章　谦者，抑事而损者也	370
第三十二章　田之方赎老马	372
第三十三章　螳螂挡车	373
第三十四章　人有恶乎	374
第三十五章　圣人求贤者以自辅	375

卷九

第一章　孟母教子	377
第二章　田子为相	378
第三章　皋鱼三失	379
第四章　君子笃孝	380
第五章　伯牙绝弦	382
第六章　忠不畔上	383
第七章　人善我	384
第八章　齐景公纵酒	385

第九章　堂衣若扣孔子之门 ········· 387

第十章　齐景公欲杀颜斶聚 ········· 388

第十一章　解狐荐荆伯柳 ········· 389

第十二章　相人不如相友 ········· 391

第十三章　哀妇不忘故 ········· 392

第十四章　君子之闻道 ········· 393

第十五章　三子言志 ········· 394

第十六章　知足不辱 ········· 396

第十七章　孟子欲休妻 ········· 397

第十八章　姑布子卿相孔子 ········· 398

第十九章　修身不可不慎 ········· 400

第二十章　君子之居 ········· 402

第二十一章　田子方之魏 ········· 403

第二十二章　戴晋生见梁王 ········· 404

第二十三章　楚庄王聘北郭先生 ········· 405

第二十四章　由余使秦 ········· 407

第二十五章　君子有三费、三乐 ········· 408

第二十六章　晏子之妻布衣纴表 ········· 410

第二十七章　凤凰与雀 ········· 411

第二十八章　齐王厚送女 ········· 412

第二十九章　孔子过康子 ········· 414

卷十

第一章　齐桓公遇麦丘之邦人 ········· 416

第二章　鲍叔荐管仲 ········· 418

第三章　里凫须骖乘 ………………………………………… 419

第四章　大命之至 …………………………………………… 421

第五章　君子温俭恭让 ……………………………………… 422

第六章　齐国之宝 …………………………………………… 424

第七章　东海勇士菑丘䜣 …………………………………… 426

第八章　齐使献鸿于楚 ……………………………………… 428

第九章　扁鹊过虢侯 ………………………………………… 429

第十章　楚丘先生见孟尝君 ………………………………… 432

第十一章　齐景公游牛山 …………………………………… 433

第十二章　秦缪公将田 ……………………………………… 435

第十三章　卞庄子好勇 ……………………………………… 436

第十四章　有争臣者其国昌 ………………………………… 437

第十五章　齐桓公出游 ……………………………………… 440

第十六章　齐桓公置酒 ……………………………………… 441

第十七章　晏子使楚 ………………………………………… 442

第十八章　牧者不取遗金 …………………………………… 444

第十九章　颜渊问于孔子 …………………………………… 445

第二十章　齐景公出田 ……………………………………… 446

第二十一章　螳螂食蝉，黄雀在后 ………………………… 448

第二十二章　烧宝而贺 ……………………………………… 449

第二十三章　魏文侯问里克 ………………………………… 451

第二十四章　忠孝不能两全 ………………………………… 452

第二十五章　圣人能知微 …………………………………… 454

卷一

第一章 曾子仕于莒

曾子仕于莒,①得粟三秉。②方是之时,曾子重其禄而轻其身。③亲没之后,④齐迎以相,⑤楚迎以令尹,⑥晋迎以上卿。⑦方是之时,曾子重其身而轻其禄。怀其宝而迷其国者,不可与语仁。窘其身而约其亲者,⑧不可与语孝。任重道远者,不择地而息。家贫亲老者,不择官而仕。故君子桥褐趋时,⑨当务为急。传云:⑩不逢时而仕,任事而敦其虑,⑪为之使而不入其谋,贫焉故也。《诗》曰:"夙夜在公,实命不同。"⑫

[注释]

①曾子:名参,字子舆,春秋末年思想家,孔子晚期弟子之一,儒家学派的重要代表人物。莒(jǔ):地名。在今山东莒县一带。②秉:古代容量单位。③禄:古代官吏的俸给。④亲:指父母双亲。⑤相:官职名。中国古代最高行政长官的通称。⑥令尹:官职名。楚国在春秋战国时期的最高官衔。⑦上卿:古代官名。相当于丞相的位置。⑧窘:穷困。约:约束,限制。⑨桥:古同"跻",草鞋。褐:粗布衣服。⑩传:书传。古代记事、立论及解经的书都可称为"传"。⑪敦:勤勉。⑫"夙夜"两句:出自《诗经·召南·小星》。意思是,从早到晚都忙于公事,彼此命运实

在不相同。夙夜：日夜。

[译文]

　　曾子当年在莒国做官，俸禄是三秉粟米。在那个时候，曾子看重俸禄却不重视自身的抱负。他的父母双亲去世之后，齐国迎请他去做国相，楚国迎请他去做令尹，晋国迎请他去做上卿。这个时候，曾子看重自身的抱负却不重视俸禄。如果一个人有治国的宝贵才能却不肯效力于国家，使国家混乱，就配不上谈仁。如果一个人窘迫贫困而累及父母，就配不上谈孝。身负重担又路途遥远的人，不挑选歇息的地点。家里贫穷、父母又年老的人，不挑选官位的高低。因此，君子穿着草鞋布衣匆忙向前赶，是为了解决最急切的问题。古书上说：一个人没有遇到适当的时机却需要出来做官，做事一定要尽力考虑周到，完成使命却不愿参与其他的计谋，只是为了解决一时的贫困。《诗经》说："夙夜在公，实命不同。"

第二章 《行露》之人许嫁

　　传曰：夫《行露》之人许嫁矣，① 然而未往也。见一物不具，一礼不备，守节贞理，② 守死不往。君子以为得妇道之宜，故举而传之，扬而歌之，以绝无道之求，防污道之行乎！《诗》曰："虽速我讼，亦不尔从。"③

[注释]

　　①《行露》：指《诗经·召南·行露》。许嫁：答应婚事。②贞理：

信守节义。③"虽速"两句：出自《诗经·召南·行露》。意思是，即使把我送上公堂，我也坚决不从。讼：诉讼，打官司。

[译文]

　　书传记载说：《行露》中描写了一个允婚的女子，却没有按婚约出嫁。因为她发现夫家没有准备一件聘礼，没有践行一个礼节，为了信守节义，宁死不往夫家。君子认为这合乎一个女子应当遵守的道德规范，因此传述其事迹，称扬歌颂其行为，是为了消除对她的不当责备，防止污辱的恶言流行呀！《诗经》说："虽速我讼，亦不尔从。"

第三章　孔子南游适楚

　　孔子南游适楚，至于阿谷之隧，①有处子佩璜而浣者。②孔子曰："彼妇人其可与言矣乎？"抽觞以授子贡，③曰："善为之辞，以观其语。"子贡曰："吾北鄙之人也，④将南之楚。逢天之暑，思心潭潭，⑤愿乞一饮，以表我心。"妇人对曰："阿谷之隧，隐曲之汜，⑥其水载清载浊，流而趋海，欲饮则饮，何问于婢子？"受子贡觞，迎流而挹之，⑦奂然而弃之，⑧从流而挹之，奂然而溢之，坐置之沙上。⑨曰："礼固不亲授。"子贡以告。孔子曰："丘知之矣。"抽琴去其轸，⑩以授子贡曰："善为之辞，以观其语。"子贡曰："向子之言，穆如清风，⑪不悖我语，和畅我心。于此有琴而无轸，愿借子以调其音。"妇人对曰："吾野鄙之人也，僻陋而无心，⑫五音不知，安能调琴?"子贡以告。孔子曰:"丘知之矣。"抽绤绤五两以授子贡,⑬曰:"善为之辞,以观其语。"子贡曰:"吾北鄙之人也,将南之楚。于此有绤绤五两,吾不敢以当子身,⑭敢置之水浦。"⑮妇人对曰:"行客之人,嗟然永久,⑯分其资财,弃之野鄙。吾年甚少,何敢受子?子不早去,今窃有狂夫守之者矣。"⑰《诗》曰:"南有乔木,不可休思。汉有游女,不可求思。"⑱此之谓也。

[注释]

①阿谷:古代楚国地名。隧:道路,山道,这里可以解释为郊外。②处子:处女。璜:一种玉器。浣:洗衣。③觞:酒杯。子贡:孔子的弟子。姓端木,名赐,字子贡。④鄙:粗俗,低下。这里是用于自称的谦辞。⑤思:助词,无实义。潭:通"燂",火热。⑥汜(sì):河水的支流。⑦挹(yì):用容器取水。⑧奂然:光亮的样子。⑨坐:古人双膝跪地,把臀部靠在脚后跟上,谓之"坐"。⑩轸(zhěn):弦乐器上转动弦线的轴。⑪穆:温和。⑫无心:无知。⑬绤绤(chī xì):葛布。两:匹,长四丈。⑭当:相称,相配。⑮浦:水边。⑯嗟:感叹。⑰窃:谦辞。私自,私下。狂夫:放荡不羁之人。⑱"南有"四句:出自《诗经·周南·汉广》。意思是,南边有高大的树木,却不能在树下休息;汉水边有美女在游玩,却不能追求到她。乔木:高大的树木。休:休息。思:语气助词。汉:汉水。长江支流。游女:游玩的女子。

[译文]

孔子向南到楚国去游历,来到阿谷的郊外,看到一位佩戴着美玉的女子在河边洗衣服。孔子说:"那位女子或许可以和她交谈一下?"他拿出酒杯交给子贡，对他说："想好措辞和她交谈，观察她怎么回应。"子贡说："我从北方来，是个粗俗之人，要往南方的楚国去。遇到大热的天气，内心燥热，希望能讨要一杯水喝，以平复我内心的焦躁。"女子回答说："阿谷的郊外，幽隐弯曲的溪流，清水浊水都流向大海，想喝就喝，何必问我呢？"她拿过子贡的酒杯，逆着水流舀水，水闪着光被泼出去，又顺着水流舀满水，像是要溢出杯子。她跪坐着将杯子放在沙滩上，说："按照礼仪，我不能亲自交给您。"子贡回来向孔子汇报。孔子说："我知道了。"他抽出琴，去掉弦轴，交给子贡说："想好措辞和她交谈，观察她怎么回应。"子贡过去对那位女子说："刚才您的话，如和畅的清风，没有违背我的意思，让我感到很舒畅。我这里有一张缺了弦轴的琴，想请您帮我调音。"女子回答说："我是乡野之人，愚笨无知，不懂五音，怎能调琴？"子贡回来向孔子汇报。孔子说："我知道了。"他抽出五匹葛布交给子贡，说："想好措辞和她交谈，观察她怎么回应。"子贡过去跟那位女子说："我是北方粗俗之人，要到南方的楚国去。我这里有五匹葛布，我不敢直接交给您，我把它放在水边。"女子答道："行路的人啊，您感叹了这么长时间，又拿出财物，扔在荒郊野地。我年纪轻轻，怎么敢接受您的东西？您如果不早点儿离开，现在我私下以为会有狂暴之人盯守您的财物了。"《诗经》说："南有乔木，不可休思。汉有游女，不可求思。"说的就是这件事啊。

第四章　有智者寿乎

哀公问孔子曰：① "有智者寿乎？"孔子曰："然。人有三死而非命也者，自取之也。居处不理，饮食不节，佚劳过度者，病共杀之。居下而好干上，嗜欲无厌，求索不止者，刑共杀之。少以敌众，弱以侮强，忿不量力者，兵共杀之。故有三死而非命也者，自取之也。"《诗》曰："人而无仪，不死何为？"②

[注释]

①哀公：鲁哀公。②"人而"两句：出自《诗经·鄘风·相鼠》。意思是，做人要是不要脸面，为什么不去死？仪：人的外表或举动。

[译文]

鲁哀公问孔子说："有智慧的人长寿吗？"孔子说："是的。人有三种死法与命运无关，是自己招致的。居住的地方不加清理，饮食不加节制，过度安逸或者过度劳累的人，疾病就会杀死他们。处于下位者却爱好冒犯上位者，贪得无厌，索求不止的人，刑法就会杀死他们。以少数抗拒多数，以弱小凌侮强大，不自量力而凭着忿怒行事的人，兵器就会杀死他们。所以说人有三种死法与命运无关，是自己招致的。"《诗经》说："人而无仪，不死何为？"

第五章　国之命在礼

传曰：①在天者莫明乎日月，在地者莫明于水火，在人者莫明乎礼义。故日月不高则所照不远，水火不积则光炎不博，礼义不加乎国家则功名不白。②故人之命在天，国之命在礼。君人者降礼尊贤而王，重法爱民而霸，好利多诈而危，权谋倾覆而亡。《诗》曰："人而无礼，胡不遄死？"③

[注释]

①传：此文见于《荀子·天论》。②白：显著。③"人而"两句：出自《诗经·鄘风·相鼠》。意思是，做人没礼义，为什么不快点去死？礼：礼义。遄（chuán）：快速。

[译文]

古书（《荀子》）上说：在天上没有比太阳、月亮更显明的东西了，在地上没有比水、火更显明的东西了，在人类社会中没有什么比礼义更显明的了。因此，太阳、月亮如果不高挂空中，它们的光辉就照不远；水、火如果不积聚起来，火的光辉、水的光泽就不大；礼义如果不用在治理国家上，就不会彰显功名。所以人的命运在于上天，国家的命运在于礼义。君主推崇礼义又尊重贤人就能称王天下，注重法治又爱护人民就能称霸诸侯，贪图财利又多欺诈就会处于危险之中，玩弄权谋就会彻底灭亡。《诗经》说："人而无礼，胡不遄死？"

第六章　君子有辩善之度

君子有辩善之度，①以治气养性，②则身后彭祖；③修身自强，则名配尧禹。宜于时则达,厄于穷则处,信礼者也。凡用心之术,由礼则理达,不由礼则悖乱。饮食衣服,动静居处,由礼则和节,不由礼则垫陷生疾。④容貌态度,进退趋步,⑤由礼则雅,不由礼则夷固。⑥故人无礼则不生,事无礼则不成,国无礼则不宁,王无礼则死亡无日矣。《诗》曰:"人而无礼,胡不遄死?"⑦

[注释]

①辩善:在任何环境里都能处之泰然。辩:通"遍"。度:度量,胸襟。②治气:指修养精神,保养身体。性:通"生"。③彭祖:传说中的道教神仙,以长寿著称。④垫陷:指陷入困境。⑤趋:通"移"。⑥夷固:倨傲,傲慢。⑦"人而"两句:出自《诗经·鄘风·相鼠》。

[译文]

君子具有在任何环境中都能泰然处之的风度,以此来修养身心,就能使寿命仅次于彭祖;以此来修身自强,就能使声名和尧、禹相配。时机适宜则能显达,困窘时则能独处,是信奉礼的人。凡是用心认真地做事情,遵循礼就会通顺畅达,不遵循礼就会陷入悖乱。衣食住行,遵循礼就会适当调节,不遵循礼就会陷入疾患之中。容貌、态度,进退、行走,遵循礼就文雅,不遵循礼就会傲慢。所以说做人不讲礼,就不能生存;做事不讲礼,就不能做成;国家不讲礼,就不得安宁;君王不讲礼,就离死亡不远了。《诗经》说:"人而无礼,胡不遄死?"

第七章　圣王三杀

传曰：不仁之至忽其亲，①不忠之至倍其君，②不信之至欺其友。此三者，圣王之所杀而不赦也。《诗》曰："人而无礼，不死何为？"③

[注释]

①至：极点。②倍：同"背"。③"人而"两句：出自《诗经·鄘风·相鼠》。

[译文]

古书上说：最不仁的行为是忽视自己的双亲，最不忠的行为是背叛自己的君主，最无信的行为是欺骗自己的朋友。这三种行为，是圣王所杀而不赦免的。《诗经》说："人而无礼，不死何为？"

第八章　天下四通士

王子比干杀身以成其忠，①尾生杀身以成其信，②伯夷、叔齐杀身以成其廉。③此四子者，皆天下之通士也。④岂不爱其身哉？为夫义之不立,名之不显,则士耻之,故杀身以遂其行。由是观之,卑贱贫穷,非士之耻也。夫士之所耻者,天下举忠而士不与焉,举信而士不与焉,举廉而士不与焉。三者存乎身,名传于世,与日月并而不息,天不能杀,地不能生,当桀、纣之世,⑤不之能污也。然则非恶生而乐死也,恶富贵好贫贱也,由其理尊贵及己而仕,不辞也。孔子曰:"富而可求也,虽执鞭之士,⑥吾亦为之。如不可求,从吾所好。"故厄穷而不悯,⑦劳辱而不苟,然后能有致也。《诗》曰:"我心匪石,不可转也。我心匪席,不可卷也。"⑧此之谓也。

[注释]

①比干:殷商王室的重臣,商纣王帝辛的叔父。②尾生:《庄子》中的人物。《庄子·盗跖》载:"尾生与女子期于梁(桥)下,女子不来,水至不去,抱梁柱而死。"后世用"尾生抱柱"一词比喻坚守信约。③伯夷、叔齐:商朝末年孤竹国君的两个儿子,在周武王灭商以后,不愿吃周朝的粮食,一同饿死在首阳山(现山西永济南)。后人称颂他们能忠于故国。④通士:通达事理的读书人。士:知识分子的通称。⑤桀、纣:泛指暴君。桀是夏朝最后一个君主,纣是商代最后一位君主,他们都是历史上有名的暴君。⑥执鞭之士:拿马鞭的人。比喻伺候人的下人。⑦厄:穷困,灾难。⑧"我心"四句:出自《诗经·邶风·柏舟》。意思是,我心并非卵石圆,不能随便来滚转。我心并非草席软,不能任意来翻卷。比喻士人坚守自身的信念,不为外物所诱。

[译文]

王子比干牺牲自己以示忠诚,尾生牺牲自己以示信用,伯夷、叔齐牺牲自己以示廉洁。这四人都是天下通达事理的读书人。难道他们不爱惜自己的生命吗？他们认为道义不树立，声名不彰显，是读书人的耻辱，所以通过牺牲自己来身体力行。从这点来看，卑贱贫穷，并不是读书人的耻辱。读书人感到耻辱的是，天下人推举忠诚的人，读书人不在其列；推举诚信的人，读书人不在其列；推举廉洁的人，读书人不在其列。如果一个人具备忠、信、廉三种品德，他的声名就会流传于后世，与日月同辉，天不会使其减少，地不会使其增多，即使处在桀、纣的时代，也不能使他的名声受到污损。然而，读书人并非厌恶生而喜欢死，厌恶富贵喜欢贫贱，按照一定的道理，尊贵落到自己头上，让他们出来做官，他们是不会推辞的。孔子说："如果富贵能够追求，即使让我执鞭为马夫，我也愿意干，如果不能追求，还是按照我所喜好的去做。"所以，人能在穷困时心里不忧愁，遭受劳累和耻辱时不苟且活着，之后才能达到一定的境界。《诗经》说："我心匪石，不可转也。我心匪席，不可卷也。"说的就是这种情况。

第九章　原宪居鲁

　　原宪居鲁，①环堵之室，②茨以蒿莱，③蓬户瓮牖，④揉桑而为枢，⑤上漏下湿，匡坐而弦歌。⑥子贡乘肥马，衣轻裘，中绀而表素，⑦轩车不容巷而往见之。⑧原宪楮冠黎杖而应门，⑨正冠则缨绝，⑩振襟则肘见，纳履则踵决。⑪子贡曰："嘻！先生何病也？"原宪仰而应之，曰:"宪闻之,无财之谓贫,学而不能行之谓病。宪贫也,非病也。若夫希世而行,⑫比周而友,⑬学以为人,教以为己,仁义之慝,⑭车马之饰,衣裘之丽,宪不忍为之也。"子贡逡巡,面有惭色,不辞而去。原宪乃徐步曳杖歌《商颂》而反,⑮声满于天地,如出金石。天子不得而臣也,诸侯不得而友也。故养身者忘家,养志者忘身,身且不爱,孰能忝之?《诗》曰:"我心匪石,不可转也。我心匪席,不可卷也。"⑯

[注释]

①原宪:孔子的学生。鲁:鲁国。②环堵:形容狭小、简陋的居室。③茨(cí):用茅或苇覆盖房子。蒿莱:杂草。④蓬户:用蓬草编的门户。瓮牖(yǒu):以破瓮为窗。⑤揉:使木弯曲。⑥匡坐:正坐。⑦绀(gàn):天青色,青中透红的颜色。素:白色。⑧轩车:古代大夫以上所乘。⑨楮:一种落叶乔木。黎:通"藜"。⑩缨:帽子的带子。⑪踵(zhǒng):脚后跟。⑫希世:迎合世俗。⑬比周:结党营私。⑭慝(tè):"愿"的古字。差错,差误。⑮《商颂》:《诗经·商颂》。主要内容为赞颂殷商先人的功德。⑯"我心"四句:出自《诗经·邶风·柏舟》。

[译文]

原宪住在鲁国的时候,房屋狭小简陋,用草盖屋顶,编蓬草做门,以破瓮当窗,揉桑木做门轴,屋顶漏雨,地下湿滑,原宪端坐在里边弹琴唱歌。子贡乘着肥壮大马驾的车去见原宪,穿着轻便暖和的皮袄,内衬青中透着红,外衣素白色,轩车大得几乎驶不进小巷。原宪戴着楮树皮做的帽子,拄着藜木拐杖来开门迎接,他整理帽子,帽带子断了;抖抖衣襟,胳膊肘露出来了；提提鞋子，脚后跟突出来了。子贡说："哎呀！先生您为什么这么艰苦呀？"原宪抬起头回答："我听说，没有钱财叫贫，学了东西不能实践叫苦。我是贫，而不是苦。像那种迎合世俗而行事，结党营私，为取悦人而学习，教人为自己谋取利益，背离仁义，只讲究车马排场和衣服华丽，我原宪不忍心这样做。"子贡徘徊着不知进退，脸上有惭愧的表情，没有辞别就离开了。原宪于是拖着拐杖，唱着《商颂》慢慢走回去，歌声充满天地，好像是金石发出的声音。原宪这样的人，天子无法让他做臣子，诸侯无法和他交朋友。所以修养身体的人把家室居处忘在脑后，修养心志的人把身体忘在脑后，自己的身体尚且不爱惜，谁能够使他受侮辱？《诗经》说："我心匪石，不可转也。我心匪席，不可卷也。"

第十章　所谓士者

传曰：①所谓士者，②虽不能尽乎道术，③必有由也。虽不能尽乎美善，必有处也。言不务多，务审其所谓，行不务多，务审其所由而已。行既已尊之，④言既已由之，若肌肤性命之不可易也。《诗》曰："我心匪石，不可转也。我心匪席，不可卷也。"⑤

[注释]

①传：此文本见于《荀子·哀公》《大戴记·哀公问五仪》《孔子家

语·五仪解》。②士：知识分子的通称。③道术：事物的规律、方法。④尊：通"遵"，依循。⑤"我心"四句：出自《诗经·邶风·柏舟》。

[译文]

古书上说：所谓士人，虽然不能够完全了解所有的大道，但是他们一定有自己遵循的原则。虽然不能够做到尽善尽美，但是他们一定有自己的原则。话不在于多说，一定要考虑说得是否得当；事不在于多做，一定要考虑做事的原则。做事既然遵循原则，说话既然合乎事理，就应该像肌肤、性命一样不能改变。《诗经》说："我心匪石，不可转也。我心匪席，不可卷也。"

第十一章　同者相合

传曰：①君子洁其身而同者合焉，善其音而类者应焉。马鸣而马应之，牛鸣而牛应之，非知也，其势然也。故新沐者必弹冠，新浴者必振衣，莫能以己之皭皭容人之浑浊然。②《诗》曰："我心匪鉴，不可以茹。"③

[注释]

①传：此文本见于《荀子·不苟》。②皭（jiào）皭：洁白干净的样子。浑浊（yún）：污浊的样子。③"我心"两句：出自《诗经·邶风·柏舟》。意思是，我心并非青铜镜，不可美丑全都包容。鉴：镜子。茹：

忍受。

[译文]

古书上说：君子洁身自好，有相同品行的人便和他交往；所说的话符合事理，同类的人就会相呼应。马叫，其他的马会随着一起叫；牛叫，其他的牛也会随着一起叫，并不是因为它们有智慧，而是自然的情势使其如此。所以，刚洗过头发的人必定会弹一弹帽子，刚洗过澡的人必定会抖一抖衣服，没有人能以自身的洁白干净去容忍别人的肮脏。《诗经》说："我心匪鉴，不可以茹。"

第十二章　孔子过陈门不式

荆伐陈，①陈西门坏，因其降民使修之，孔子过而不式。②子贡执辔而问曰："礼过三人则下，二人则式。今陈之修门者众矣，夫子不为式，何也？"孔子曰："国亡而弗知，不智也。知而不争，非忠也。争而不死，非勇也。修门者虽众，不能行一于此，吾故弗式也。"《诗》曰："忧心悄悄，愠于群小。"③小人成群，何足礼哉？

[注释]

①荆：指楚国。陈：陈国。②式：一种礼节。古人在车上用手肘凭靠在车前的横木上，低着头对车下的人行的一种敬礼。③"忧心"二句：出自《诗经·邶风·柏舟》。意思是，我的心里总忧愁不安，怨恨这些小

人。悄悄：忧愁不安的样子。愠：怨恨。小：小人，指人格卑下的人。

[译文]

楚国讨伐陈国，陈国的西门被打坏，楚人就让投降的陈国百姓来修缮，孔子经过这里，没有对人群行礼。子贡手持马缰绳问孔子："按照礼，经过在一起的三个人时就要下车，经过在一起的两个人时就要行礼。现在陈国修城门的人很多，您却不行礼，为什么呢？"孔子说："国家灭亡了还不知道，是不聪明。知道了却不反抗，是不忠诚。反抗而不牺牲，是不勇敢。修城门的人虽然多，却不能做到其中的一条，所以我不对他们行礼。"《诗经》说："忧心悄悄，愠于群小。"这里小人成群，哪里值得行礼呢？

第十三章　喜名者必多怨

传曰：①喜名者必多怨，好与者必多辱，②唯灭迹于人，能随天地自然，为能胜理而无爱名。名兴则道不用，道行则人无位矣。夫利为害本，而福为祸先，唯不求利者为无害，不求福者为无祸。《诗》曰："不忮不求，何用不臧。"③

[注释]

①传：此文见于《淮南子·诠言》《文子·符言》。②与：赞许。③"不忮"二句：出自《诗经·邶风·雄雉》。意思是，不嫉妒别人，不

贪求非分的东西,做事情没有做不好的。忮(zhì):嫉妒。臧(zāng):善,好。

[译文]

　　古书上说:喜好名声的人一定会招致很多的怨恨,喜好赞许的人一定会招致很多羞辱,只有置身世俗之外,能顺应天地自然的变化,能够把握事物的规律,才不会贪求名誉。追逐名誉就会漠视事物的规律,按规律行事的人不会在乎名声地位。利益是祸害的根源,而求福是灾祸的先导,只有不追求利益的人才会没有祸害,不求福的人才会没有祸患。《诗经》说:"不忮不求,何用不臧。"

第十四章　聪者耳闻

　　传曰:①聪者耳闻,明者目见,聪明则仁爱著而廉耻分矣。故非其道而行之,虽劳不至。非其有而求之,虽强不得。故智者不为非其事,廉者不求非其有,是以害远而名彰也。《诗》云:"不忮不求,何用不臧。"②

[注释]

　　①传:此文见于《说苑·杂言》。②"不忮"二句:出自《诗经·邶风·雄雉》。

[译文]

　　古书上说:聪慧的人能够明辨是非,目光敏锐的人能够看出行为得失，聪明的人有仁爱之心又廉耻分明。所以做不合于正道的事，即使劳苦也无法成功。追求不属于自己的东西，即使强力求取也不能得到。所以，智慧的人不做不该干的事，清廉的人不追求不该拥有的东西，因此能远离祸患而彰显名声。《诗经》上说："不忮不求，何用不臧。"

第十五章　贤者不以天下为名利

传曰：安命养性者不待积委而富，① 名号传乎世者不待势位而显，德义畅乎中而无外求也。信哉，贤者之不以天下为名利者也。《诗》曰："不忮不求，何用不臧。"②

[注释]

① 积委：积贮的财物。② "不忮"二句：出自《诗经·邶风·雄雉》。

[译文]

古书上说：安于命运又修身养性的人，不用积累财物就是富有的；名声流传于世的人，不需要权势地位就能彰显声名；美好的德行充满内心，不需要向外寻求。的确，有德行的人不以得到天下名利为目的。《诗经》说："不忮不求，何用不臧。"

第十六章　同声相应

古者天子左五钟,①右五钟。将出,则撞黄钟,而右五钟皆应之。马鸣中律,②驾者有文,御者有数。立则磬折,③拱则抱鼓,行步中规,折旋中矩。然后太师奏升车之乐,④告出也。入则撞蕤宾,⑤而左五钟皆应之,以治容貌。容貌得则颜色齐,颜色齐则肌肤安。蕤宾有声,鹄震马鸣,及倮介之虫,⑥无不延颈以听。在内者皆玉色,⑦在外者皆金声。⑧然后少师奏升堂之乐,⑨即席告入也。此言音乐相和,物类相感,同声相应之义也。《诗》云:"钟鼓乐之。"⑩此之谓也。

[注释]

①五钟:古代乐器。为青钟、赤钟、黄钟、景钟、黑钟五种。②律:音律,乐律。③磬折(qìng shé):弯腰,表示谦恭。④太师:古代乐官之长。⑤蕤宾(ruí bīn):古乐十二律中之第七律。⑥鹄:鸿鹄。飞得又高又远的鸟。倮:通"裸"。古代称无羽毛鳞甲蔽身的动物为"倮虫"。⑦玉色:古代尊称帝王容颜。⑧金声:指钟声。⑨少师:古代乐官。⑩"钟鼓"句:出自《诗经·周南·关雎》。

[译文]

古时,天子宫殿的左边、右边各悬挂五口钟。天子准备出行时,就敲击黄钟,而宫殿右边的五口钟都与黄钟相应和。这时,马的叫声也符合音律,驾车的人衣着华丽,有一定的礼数。站立的人像磬那样弯曲着身子,拱手的人就像怀抱着大鼓,行走合乎规范,转身合于规矩。接着太师奏登车之乐,宣告天子外出了。天子回来的时候,就敲击蕤宾,左边的五口钟都与蕤宾应和,用来整理仪表容貌。仪容得体,气色就会肃敬、庄重;气色庄重、肃敬,身体就会安适、稳重。蕤宾发出的声音,使得鸿鹄振动翅膀,马昂首嘶鸣,各种小动物无不伸长脖子静听。每个人都从内心感受到了帝王的容颜威仪,外在则感受着优美的钟声。接着少师奏登堂之乐,宣告天子要进来了。这就是说音乐互相调和,同类的事物相互感动,同类的声音相互应和的道理。《诗经》说:"钟鼓乐之。"就是这个意思。

第十七章　家贫亲老,不择官而仕

枯鱼衔索,几何不蠹?①二亲之寿,忽如过客。树木欲茂,霜露不使。贤士欲养,二亲不待。故曰:家贫亲老,不择官而仕也。《诗》曰:"虽则如毁,父母孔迩。"②此之谓也。

[注释]

①蠹:蛀蚀。②"虽则"二句:出自《诗经·周南·汝坟》。毁(huǐ):同"燬"。烈火。孔:甚。迩(ěr):近。

[译文]

干死的鱼串在绳索上,能有多长时间不腐烂呢?双亲的寿命,快得像过客。树木希望长久茂盛,霜露却不允许。贤士想奉养父母,父母却不能等到。所以说:家境贫穷,双亲年老,不必选择官职大小去做。《诗经》说:"虽则如毁,父母孔迩。"说的就是这个道理。

第十八章　未见君子,忧心惙惙

孔子曰:"君子有三忧。弗知,可无忧与?知而不学,可无忧与?学而不行,可无忧与?"《诗》曰:"未见君子,忧心惙惙。"①

[注释]

① "未见"二句:出自《诗经·召南·草虫》。惙(chuò)惙:愁苦的样子。

[译文]

孔子说:"君子有三种忧虑。没有知识,能不忧虑吗?知道没有知识却不去学习,能不忧虑吗?学了知识却无法身体力行,能不忧虑吗?"《诗经》说:"未见君子,忧心惙惙。"

第十九章　子死不哭

鲁公甫文伯死,①其母不哭也。季孙闻之曰:②"公甫文伯之母,贞女也,子死不哭,必有方矣。"使人问焉。对曰:"昔是子也,吾使之事仲尼。③仲尼去鲁,送之不出鲁郊,赠之不与家珍。病不见士之来视者,死不见士之流泪者,死之日,宫女缞绖而从者十人。④此不足于士而有余于妇人也,吾是以不哭也。"《诗》曰:"乃如之人兮,德音无良。"⑤

[注释]

①公甫文伯:鲁国人,名歜(chù)。他的母亲敬姜被后人称颂为贤德女子。②季孙:指季康子。③仲尼:孔子的字。④缞绖(cuī dié):丧服,也指服丧。⑤"乃如"二句:出自《诗经·邶风·日月》。乃:助词。德音:好名誉。无良:不好,这里用来批评公甫文伯。

[译文]

鲁国的公甫文伯死了,他的母亲没有为他痛哭。季孙听到后说:"公甫文伯的母亲,是个有节操的女子,儿子死了不哭,一定是有原因的。"便派人过去询问。公甫文伯的母亲回答说:"以前我这个儿子,我让他师从仲尼求学。仲尼离开鲁国时,他送行不送出国都的郊外,赠礼不赠送家中珍贵的东西。他生病时没见到士人来探望,他死了没见到士人为他流泪。他死的那一天，穿着丧服追随他的女人有十个。这说明他平时对待士人做得不够，对待女人却爱护过分。我因此不为他哭。"《诗经》说："乃如之人兮，德音无良。"

第二十章　人生而不具者五

传曰：天地有合，则生气有精矣。阴阳消息，则变化有时矣。时得则治，时失则乱。故人生而不具者五。目无见，不能食，不能行，不能言，不能施化。三月微呁而后能见，①八月而生齿而后能食，期年髋就而后能行，②三年囟合而后能言，③十六精通而后能施化。④阴阳相反，阴以阳变，阳以阴变。故男八月生齿，八岁而龀齿，⑤十六而精化小通。⑥女七月生齿，七岁而龀齿，十四而精化小通。是故阳以阴变，阴以阳变。故不肖者精化始具，而生气感动，触情纵欲，反施乱化，是以年寿亟夭而性不长也。⑦《诗》曰："乃如之人兮，怀婚姻也，太无信也，不知命也。"⑧贤者不然。精气阗溢而后伤，⑨时不可过也。不见道端，乃陈情欲，以歌道义。《诗》曰："静女其姝，俟我乎城隅。爱而不见，搔首踟蹰。"⑩"瞻彼日月，遥遥我思。道之云远，曷云能来！"⑪急时之辞也，甚焉故称日月也。

[注释]

①眴（tián）：眼珠转动。②期（jī）年：一年。髌（bìn）：膝盖骨。③囟（xìn）：婴儿头顶前部中间骨头未合缝的地方。④施化：生育。⑤龀（chèn）齿：儿童换齿。⑥精化：男女在青春期发育成熟。小通：谓生殖机能成熟。⑦亟（jí）：急迫。⑧"乃如"四句：出自《诗经·鄘风·蝃蝀》。意思是，就是这样的人啊，总思想着男女婚姻的事，太不诚实了，不知道放纵情欲会减少寿命。⑨阗（tián）溢：充满。⑩"静女"四句：出自《诗经·邶风·静女》。意思，娴淑的姑娘长得漂亮，在城里的角落等我。故意躲藏逗人找，惹我挠头又徘徊。静女：淑女。姝：美好，漂亮。俟：等待。爱：通"薆"。隐蔽，隐藏。踌躇（chóu chú）：徘徊，犹豫。⑪"瞻彼"四句：出自《诗经·邶风·雄雉》。意思是，抬头仰望日月，引起我遥遥的思念。道路那么遥远，你什么时候能够回来呢？

[译文]

古书上说：天地合在一起，就会产生精气。阴阳彼此消长，就有了季节变化。顺应时节，天下就会治理有序，违背时节，天下就会大乱。所以人生下来有五种能力不具备。眼睛看不见，不能吃食物，不能走路，不能说话，不能生育。三个月后眼睛会转动能看见东西，八个月后生出牙齿能吃食物，一年后膝盖长成能走路，三年后囟门闭合就能说话，十六岁后具有精气化育的能力而能生育。阴阳相互作用，阴凭借阳发生变化，阳凭借阴发生变化。所以男子八个月长出牙齿，八岁更换牙齿，十六岁发育成熟。女子七个月长出牙齿，七岁更换牙齿，十四岁发育成熟。所以阳凭借阴发生变化，阴也凭借阳而发生变化。所以，品行不好的人刚刚开始发育，被青春气息感动，触发情思，放纵欲望，胡乱性交，因此寿命减少，生命不能长久。《诗经》上说："乃如之人兮，怀婚姻也，太无信也，不知命也。"而有德行的人却不是这样。等到精气充满了才去损耗，时机不可错过。看不清道的端绪，就陈述情欲来歌颂道义。《诗经》说："静女其姝，俟我乎城隅。爱而不见，搔首踟蹰。""瞻彼日月，遥遥我思。道之云远，曷云能来！"这是在急迫时说的话，所以诗人在诗中称之为日月。

第二十一章　庄之善死君

楚白公之难，①有庄之善者，辞其母，将死君。其母曰："弃母而死君可乎？"曰："吾闻事君者，内其禄而外其身。②今之所以养母者，君之禄也，请往死之。"比至朝，③三废车中。其仆曰："子惧，何不反也？"曰："惧，吾私也；死君，吾公也。吾闻君子不以私害公。"遂往死之。君子闻之曰："好义哉！必济矣夫！"④《诗》云："深则厉，浅则揭。"⑤此之谓也。

[注释]

①楚白公：春秋末期楚平王太子建的儿子，名胜，封于白，因此称白公。后作乱自缢而死。难：祸乱。②内：通"纳"。收进，接受。③比：等到。④济：成功。⑤"深则"二句：出自《诗经·邶风·匏有苦叶》。意思是，涉深水撩起衣服也没有用，只有穿着衣服下水；涉浅水可以撩起衣服。比喻处理问题要因地制宜。厉：不脱衣涉水。揭（qī）：提起下衣渡水。

[译文]

楚国白公胜作乱时,有个叫庄之善的人辞别母亲,准备去为国君而死。他的母亲问他:"抛弃母亲去为国君牺牲,这样做可以吗?"庄之善回答:"我听说侍奉国君的人,接受了国君的俸禄,就要把自身置之度外。如今我用来奉养母亲的,是国君的俸禄,请允许我去为国君牺牲。"等到了朝堂时,庄之善因害怕三次跌倒在车上。他的仆人说:"您既然害怕,为什么不回去呢?"庄之善说:"害怕,是我的私事;为国君而死,是我的公事。我听说有德行的人不会因为私事而损害公事。"于是就去为国君拼命了。有德行的人听闻这件事,说:"爱好道义的人啊!一定能达成自己的愿望!"《诗经》说:"深则厉,浅则揭。"就是说的这个道理。

第二十二章 赵宣之请师救宋

晋灵公之时,①宋人杀昭公,②赵宣子请师于灵公而救之。③灵公曰:"非晋国之急也。"宣子曰:"不然。夫大者天地,其次君臣,所以为顺也。今杀其君,所以反天地,逆人道也,天必加灾焉。晋为盟主而不救,天罚惧及矣。《诗》云:'凡民有丧,匍匐救之。'而况国君乎?"于是灵公乃与师而从之。宋人闻之,俨然感说,④而晋国日昌。何则?以其诛逆存顺。《诗》曰:"凡民有丧,匍匐救之。"⑤赵宣子之谓也。

[注释]

①晋灵公：春秋时期晋国国君。②昭公：春秋时期宋国国君。③赵宣子：名赵盾，春秋时期晋国卿大夫。④俨然：恭敬的样子。说（yuè）：通"悦"。⑤"凡民"二句：出自《诗经·邶风·谷风》。意思是，凡是百姓遇到灾祸，都要尽力去拯救。丧：泛指灾难祸患。

[译文]

晋灵公在位时，宋国人杀了宋昭公，赵宣子向晋灵公请求派军队去救援。灵公说："这不是晋国的紧要事情。"宣子说："不是这样的。天地是最大的，其次是君臣之义，这是必须理顺的。现在宋人杀害了自己的国君，这是违反天地，违反人道的，上天一定会降下灾祸给他们。晋国作为盟主却不去救助，恐怕上天的惩罚就要波及晋国了。《诗经》说：'凡民有丧，匍匐救之。'更何况是国君呢？"于是晋灵公就交给他一支军队让他出兵救宋。宋人听到此事，肃然感动又喜悦，而晋国日益昌盛。这是为什么呢？是因为晋国诛杀叛逆的人而保全忠顺的人。《诗经》说："凡民有丧，匍匐救之。"说的就是赵宣子这样的人啊。

第二十三章　水浊则鱼喁

传曰：①水浊则鱼喁，②令苛则民乱，城峭则崩，岸峭则陂。③故吴起峭刑而车裂，④商鞅峻法而支解。⑤治国者譬若乎张琴然，大弦急则小弦绝矣。故急辔衔者，⑥非千里之御也。有声之声不过百里，无声之声延及四海。故禄过其功者削,名过其实者损,情行合名副之,祸福不虚至矣。《诗》云:"何其处也,必有与也。何其久也,必有以也。"⑦故惟其无为,能长生久视,而无累于物矣。

[注释]

①传:此文并见于《淮南子·缪称训》《说苑·政理》。②喁(yóng):鱼口向上,露出水面。③陂(pō):倾斜,不平坦。④吴起:战国初期军事家、政治家、改革家,兵家代表人物。曾在楚国实施变法,最后失败,被处以车裂之刑。峭(qiào):严厉。⑤商鞅:先秦法家代表人物。秦孝公时期,商鞅在秦国实施变法。秦孝公死后,商鞅被诬为谋反,尸身被车裂,全家被杀。⑥辔(pèi):驾驭牲口用的嚼子和缰绳。⑦"何其"四句:出自《诗经·邶风·旄丘》。意思是,为什么会处在这样的境地呢,一定有它的道理。为什么能长久下去呢,一定有它的原因。何其:为什么那样。处:指处在这种境地。

[译文]

　　古书上说:河水混浊鱼儿就会把口露出水面喘气,法令苛刻繁多百姓就会混乱,城墙太陡峭了就会崩塌,河岸太陡峭了就会倾倒。所以,吴起用刑严厉而遭车裂,商鞅法令严苛而招致自己被肢解。治理国家好像调琴,大弦绷得太紧了,小弦就会断。所以把缰绳拉得太紧的车夫,不是一个能驾驭千里的御者。能够听得见的声音,传播不过百里地;而没有响声的声音,可以传遍四海。所以,俸禄远超出贡献的人必定会受到削减;名过其实的人也必定会受到损害。品行和名誉相符合,祸与福是不会无缘无故到来的。《诗经》说:"何其处也,必有与也。何其久也,必有以也。"所以,只有顺其自然,才能够长久存在,并且不受外界事物的牵累。

第二十四章　德充而形

传曰:①衣服容貌者,所以说目也。②应对言语者,所以说耳也。好恶去就者,所以说心也。故君子衣服中,容貌得,则民之目悦矣。言语逊,应对给,则民之耳悦矣。就仁去不仁,则民之心悦矣。三者存乎身,虽不在位,谓之素行。③故中心存善,而日新之,则独居而乐,德充而形。《诗》曰:"何其处也,必有与也。何其久也,必有以也。"

[注释]

①传:此文并见于《春秋繁露·为人者天》《说苑·修文》。②说(yuè):通"悦"。③素行:按所处的地位行事。这里指不在位而行其道。

[译文]

古书上说:衣服和容貌,是用来让人悦目的。应对搭话,是用来让人悦耳的。喜欢或者厌恶,不做或做某件事,是用来让人心里高兴的。所以,有德行的人穿着适宜,容貌得体,那么百姓看到会觉得舒服。言语谦逊,应对敏捷,那么百姓听了会觉得舒服。做符合仁义的事,不做违背仁义的事，那么百姓的心里会觉得舒服。具备了这三种德行，即使身不在官位，也可以不在位而行其道。所以心存善念，每天都在追求进步，即使是独处也会快乐，德行充实自然就会显露出来。《诗经》说："何其处也，必有与也。何其久也，必有以也。"

第二十五章　仁道有四

仁道有四，磏为下。^①有圣仁者，有智仁者，有德仁者，有磏仁者。上知天能用其时，下知地能用其财，中知人能安乐之，是圣仁者也。上亦知天能用其时，下知地能用其财，中知人能使人肆之，^②是智仁者也。宽而容众，百姓信之，道所以至，弗辱以时，是德仁者也。廉洁直方，疾乱不治，恶邪不匡，虽居乡里，若坐涂炭，^③命入朝廷，如赴汤火。非其民不使，非其食弗尝，疾乱世而轻死，弗顾弟兄，以法度之，比于不祥，^④是磏仁者也。传曰：山锐则不高，水径则不深，仁磏则其德不厚，志与天地拟者其人不祥。是伯夷、叔齐、卞随、介子推、原宪、鲍焦、袁旌目、申徒狄之行也，^⑤其所受天命之度，适至是而止，弗能改也，虽枯槁弗舍也。^⑥《诗》云："亦已焉哉，天实为之，谓之何哉！"^⑦磏仁虽下，然圣人不废者，匡民隐括，^⑧有在是中者也。

[注释]

①礛（lián）：红色磨刀石，引申为激励、磨炼。②肆：任意而行。③涂炭：烂泥和炭火，比喻极度困苦的境遇。④不祥：不吉利。⑤伯夷、叔齐：商朝末年孤竹国君的两个儿子，在周武王灭商以后，不愿吃周朝的粮食，一同饿死在首阳山。卞随：上古时期隐士。商汤曾欲让天下给他，他因此投水而死。介子推：春秋时期晋国大臣，因"割股奉君"，隐居"不言禄"之壮举，深得世人怀念。原宪：孔子学生。原宪出身贫寒，一生安贫乐道，不肯与世俗合流。鲍焦：周朝时期的隐士，因不满时政，廉洁自守，遁入山林，抱树而死。袁旌目：古代传说中的隐士，因不食盗人施与的食物而饿死。申徒狄：商代人。商汤尝欲以天下授之，他因此投河而死。⑥枯槁：指草木枯萎。⑦"亦已"三句：出自《诗经·邶风·北门》。意思是，既然已经如此，实在是上天的安排，还能说什么呢！已焉：既然。⑧匡：救助。隐括：又作"隐栝"。指矫正邪曲的器具，引申为标准、规范。

[译文]

　　仁道有四种层次，礛为最下层。有圣明者的仁，有智慧者的仁，有道德者的仁，有刻意求仁者的仁。上知天道而能够顺应自然行事，下知地理而能够利用土地出产的财物，中知人事而能够安居乐业，这是圣明者的仁。上知天道而能够顺应自然行事，下知地理而能够利用土地出产的财物，中知人事而能够随心行事，是有智慧者的仁。宽厚又包容众人，百姓就会信任他，因而就会到达仁道的境界，不辜负时代需要，是有道德者的仁。廉洁正直，行为方正，没有疾患不消除的，没有邪恶不匡正的，虽然居住在乡下，却如坐针毡，忧虑生灵遭受涂炭，接到进入朝堂的命令，犹如赴汤蹈火。不是自己的人民就不使用，不是自己的食物就不吃，痛恨乱世祸患而轻易去死，不顾及自己的弟兄，按照礼法来说，这样的行为不会有好的结果，这就是刻意追求仁的人。古书上说：尖锐的山不会高，直流的水不会深，刻意追求仁的人，其道德便不会深厚，志向与天地相比的人，为人处世便不会吉祥。就如同历史上的伯夷、叔齐、卞随、介子推、原宪、鲍焦、袁旌目、申徒狄等人的行为，他们接受了天命的限度，恰好完成自身的意愿，没有办法停止不去做，即使牺牲自身也在所不辞。《诗经》说："亦已焉哉，天实为之，谓之何哉！"刻意求仁虽然是最下层的仁，然而圣人不废除它，是因为它可以匡正时弊、矫正风俗，是有原因在其中的。

第二十六章　申徒狄投河

申徒狄非其世，①将自投于河。崔嘉闻而止之曰：②"吾闻圣人仁士之于天地之间也，民之父母也。今为濡足之故，③不救溺人，可乎？"申徒狄曰："不然。昔桀杀关龙逢，④纣杀王子比干，⑤而亡天下。吴杀子胥，⑥陈杀泄冶，⑦而灭其国。故亡国残家，非无圣智也，不用故也。"遂抱石而沉于河。君子闻之曰："廉矣。如仁与智，则吾未之见也。"《诗》曰："天实为之，谓之何哉！"⑧

［注释］

①申徒狄：商代人。商汤尝欲以天下授之，他因此投河而死。②崔嘉：人名。古代贤者。③濡（rú）足：指沾湿脚。④桀：夏代最后一个帝

王,以暴虐出名。关龙逢:夏末大臣,因为进谏忠言而被杀。⑤纣:商代最后一位君主,历史上有名的暴君。比干:殷商王室的重臣,商纣王帝辛的叔父。⑥子胥:吴国大夫。因为劝谏吴王夫差拒绝越王勾践求和及停止伐齐遭到谗害,吴王夫差令他自杀。⑦陈:陈灵公,春秋时期陈国国君。泄冶:陈国大夫。⑧"天实"二句:出自《诗经·邶风·北门》。意思是,这实是上天所为,又能怎么办呢!

[译文]

申徒狄否定他所处的社会,准备投河自杀。崔嘉听说后劝他说:"我听说仁德的圣人生活在人世间,如同民众的父母。现在您担心弄脏了脚,就不去救落水的人,可以吗?"申徒狄说:"不是这样的。从前桀杀关龙逢,纣王杀王子比干,于是丧失了天下。吴王杀死子胥,陈君杀死泄冶,于是自己的国家灭亡。所以国和家的灭亡,不是因为没有智能出众的人,而是由于他们得不到任用。"于是抱着石头投河了。有识之士听到此事说:"申徒狄算是清廉。至于仁德和明智,我没有发现啊。"《诗经》说:"天实为之,谓之何哉!"

第二十七章　鲍焦轻生

鲍焦衣弊肤见,①挈畚捋蔬,②遇子贡于道。子贡曰:"吾子何以至于此也?"③鲍焦曰:"天下之遗德教者众矣,吾何以不至于此也?吾闻之,世不己知而行之不已者,是爽行也。④上不己用而干之不止者，是毁廉也。行爽廉毁，然且弗舍，惑于利者也。"子贡曰："吾闻之，非其世者，不生其利。污其君者，不履其土。今吾子污其君而履其土，非其世而捋其蔬，其可乎？《诗》曰：'溥天之下，莫非王土。'⑤此谁之有哉？"鲍焦曰："於戏！⑥吾闻贤者重进而轻退，廉者易愧而轻死。"于是弃其蔬而立槁于洛水之上。⑦君子闻之曰："廉夫刚哉！夫山锐则不高，水径则不深，行磝者其德不厚，志与天地拟者其为人不祥。鲍焦可谓不祥矣！其节度浅深，适至于是矣。"《诗》云："亦已焉哉！天实为之，谓之何哉！"⑧

[注释]

①鲍焦：春秋时期隐士。②捋：摘取。③吾子：第二人称的敬称。④爽：差错，违背。⑤"溥天"二句：出自《诗经·小雅·北山》。⑥於戏（wū hū）：同"呜呼"，感叹词。⑦洛水：水名。即今河南洛河。⑧"亦已"三句：出自《诗经·邶风·北门》。

[译文]

鲍焦衣服破旧不遮体，拿着畚箕采野菜，在路上遇到子贡。子贡说："您怎么到了这种地步呢？"鲍焦说："天下遗弃道德教化的人太多了，我怎么就不能到这种地步呢？我听说，世人不理解自己却不停地为世人做事，是丧失自己的品行。上级不任用自己却不停地请求被任用，是败坏自己的廉洁。品行丧失，廉洁败坏，然而还不停止自己的行为，是受到利益的迷惑。"子贡说："我听说，否定自己所处社会的人，不会在这个社会获取利益。污蔑自己君主的人，不踏这个君主的土地。现在您污蔑自己的君主却踏在他的土地上，否定这个社会却采它的野菜，难道可以吗？《诗经》说：'溥天之下，莫非王土。'这菜是属谁所有呢？"鲍焦说："哎！我听说有德的人以进取为重而轻视退后，清廉的人易于羞愧而轻视死亡。"于是扔掉所采的野菜，在洛水边抱枯木而死。有识之士听到此事后说："刚直清廉的人啊！尖锐的山不会高，直流的水不会深，品行刚直的人，其道德便不会深厚，志向与天地相比的人，为人处世便不会吉祥。鲍焦可以说不吉祥了！他的节操气量水平，只不过如此而已。"《诗经》说："亦已焉哉！天实为之，谓之何哉！"

第二十八章　邵伯所茇

昔者周道之盛，邵伯在朝，①有司请营邵以居。②邵伯曰："嗟！以吾一身而劳百姓，此非吾先君文王之志也。"③于是出而就蒸庶于阡陌陇亩之间而听断焉。④邵伯暴处远野，庐于树下，百姓大说，耕桑者倍力以劝。于是岁大稔，⑤民给家足。其后，在位者骄奢，不恤元元，⑥税赋繁数，百姓困乏，耕桑失时。于是诗人见邵伯之所休息树下，美而歌之。《诗》曰："蔽芾甘棠，勿剪勿伐，召伯所茇。"⑦此之谓也。

[注释]

①邵伯：周召公，名奭。因封地在召，故称召公或召伯，又作邵公、

邵伯。②营：营建。③文王：周文王。④蒸庶：百姓，民众。阡陌：田间小路。陇亩：农田。听断：听取陈述而做出决定。常指听讼断狱。⑤稔(rěn)：指的是庄稼成熟。⑥元元：平民，老百姓。⑦"蔽芾"三句：出自《诗经·召南·甘棠》。意思是，枝叶茂盛的甘棠啊，不要铲除它，也不要砍伐它，因为邵伯曾在下面住过。蔽芾：树木高大茂密的样子。甘棠：棠梨，杜梨。落叶乔木。召伯：即邵伯。茇：居住。

[译文]

　　从前周王朝昌盛的时候，邵伯在朝堂辅政，有官吏请求为邵伯营建邵府居住。邵伯说："唉！为了我一个人而使百姓劳苦，这不符合我们前代君王文王的志愿。"于是他离开朝廷到田间和百姓中去，为他们处理诉讼问题。邵伯露宿于野外，在树下搭草屋居住，老百姓非常高兴，种田养蚕加倍努力。于是当年的收成非常好，老百姓家家丰足。到后来，做官的骄横奢侈，不体恤百姓，赋税繁多，百姓贫困，种田养蚕无法按农时进行。于是诗人来到邵伯当年休息的树下，作诗歌颂他。《诗经》说："蔽芾甘棠，勿剪勿伐，召伯所茇。"说的就是这件事情。

卷二

第一章　楚庄王围宋

楚庄王围宋,①有七日之粮,曰:"尽此而不克,将去而归。"于是使司马子反乘闉而窥宋城。②宋使华元乘闉而应之。③子反曰:"子之国何若矣?"华元曰:"惫矣!易子而食之,析骸而爨之。"④子反曰:"嘻!甚矣惫。虽然,吾闻围者之国,箝马而秣之,⑤使肥者应客。今何吾子之情也?"华元曰:"吾闻君子见人之困则矜之,小人见人之困则幸之。吾望见吾子似于君子,是以情也。"子反曰:"诺。子其勉之矣!吾军有七日粮尔。"揖而去。子反告庄王,庄王曰:"若何?"子反曰:"惫矣!易子而食之,析骸而爨之。"庄王曰:"嘻!甚矣惫。今得此而归尔。"子反曰:"不可。吾已告之矣,曰:军亦有七日粮尔。"庄王怒曰:"吾使子视之,子曷为而告之?"子反曰:"区区之宋犹有不欺之臣,可以楚国而无乎?吾是以告之也。"庄王曰:"虽然,吾今得此而归尔。"子反曰:"王请处此,臣请归耳。"王曰:"子去我而归,吾孰与处乎此?吾将从子而归。"遂引师而归。君子善其平乎己也,华元以诚告子反,得以解围,全二国之命。《诗》云:"彼姝者子,何以告之?"⑥君子善其以诚相告也。

[注释]

①楚庄王：春秋时期楚国国君，春秋五霸之一。②子反：春秋时期楚国司马，楚庄王的弟弟。闉（yīn）：指城防工事的门。③华元：春秋时期宋国大夫。④析（xī）：劈开。爨（cuàn）：烧火煮饭。⑤箝（qián）：衔于马口以制马的器物。此处为夹住、紧闭。⑥"彼姝"二句：出自《诗经·鄘风·干旄》。意思是，那是个美好的人，我将告诉他什么呢？姝：美好。子：贤者。告：作名词用，忠言。

[译文]

楚庄王带兵围攻宋国，只剩下七天的粮食了。楚庄王说："七天的粮食吃光还攻克不了宋国就撤军。"于是他派司马子反到宋国城门下打探情况。宋国派华元到城门口接应子反。子反问："宋国现在怎么样了？"华元说："极度困乏！互相换孩子吃，用尸骨烧火做饭。"子反说："唉！确实是太糟糕了。但是，我听说被围困的国家，牵着马喂足了，挑最肥的让外人看。现在您为何把实情都说了？"华元说："我听说君子见别人有困难就会怜悯不忍，小人见别人有困难就会幸灾乐祸。我看您像是个君子，所以就告诉了您实情。"子反说："好吧。你们一定尽力坚守啊！我军也只有七天军粮。"拱手告别华元。子反回去把情况汇报给楚庄王，庄王问："宋国情况怎么样啊？"子反说："极度困乏！互相换孩子吃，用尸骨烧火做饭。"庄王说："唉！确实是太糟糕了。现在我们攻下宋城后再回去。"子反说："不可这样做。我已经告诉他们了，说我们也只有七天的军粮了。"庄王发怒说："我让你去打探宋国的情况，你怎么把咱们的情况都告诉他们了？"子反说："区区宋国都有这样诚实的大臣，难道楚国就没有吗？因此我就告诉了对方实情。"庄王说："虽然如此，我现在还是决定攻下宋城后再回去。"子反说："君主请留在这里，请让我先回去。"楚庄王说:"你离开我回去,我和谁留在这儿呢?我随你回去算了。"于是带领楚国军队撤回。君子都赞扬他们能主动讲和,华元对子反以诚相告,为宋国解围,保全了两国人的生命。《诗经》说:"彼姝者子,何以告之?"君子都赞美他们真诚相告。

第二章　鲁监门之女忧泣

鲁监门之女婴相从绩,①中夜而泣涕。其偶曰:"何谓而泣也?"婴曰:"吾闻卫世子不肖,②所以泣也。"其偶曰:"卫世子不肖,诸侯之忧也,子曷为泣也?"婴曰:"吾闻之,异乎子之言也。昔者宋之桓司马得罪于宋君,③出奔于鲁,其马佚而骣吾园,④而食吾园之葵。是岁,吾闻园人亡利之半。越王勾践起兵而攻吴,⑤诸侯畏其威。鲁往献女,吾姊与焉。兄往视之,道畏而死。越兵威者吴也,兄死者,我也。由是观之,祸与福相及也。今卫世子甚不肖,好兵,吾男弟三人,能无忧乎?"《诗》曰:"大夫跋涉,我心则忧。"⑥是非类与乎?

[注释]

①绩(jì):把麻和棉搓捻成线。②世子:太子。③桓司马:春秋宋国人,宋景公时为宋国司马,因得罪景公,被迫出逃。④骣(zhàn):马在土中打滚。⑤勾践:春秋末年越国君主。⑥"大夫"二句:出自《诗

经·鄘风·载驰》。原意为卫国大夫跋山涉水到许国报告卫国的危难,许穆夫人(卫女)为宗国的境遇伤怀。本章引此二句比喻鲁女婴担忧统治者的祸乱殃及己身。

[译文]

　　鲁国守门人的女儿名叫婴的跟人一起搓麻线,半夜里忽然哭泣。同伴问她:"您为什么哭呢?"婴说:"我听说卫国太子品行不好,因此哭泣。"同伴说:"卫国太子品行不好,是诸侯忧虑的事情,您为什么哭呢?"婴说:"我听到的道理与您说的不同。从前宋国的桓司马得罪了宋景公,出逃到了鲁国,他的马跑到我家的园子里打滚,并且吃了我家园子里的葵菜。当年,我听管理园子的人说收成减少了一半。越王勾践起兵攻打吴国,诸侯害怕他的威势。鲁国人前往越国进献美女,我姐姐就在其中。我哥哥去探望我姐姐,路途中担惊受怕而死去了。越国军队威胁的是吴国,死了哥哥的人却是我。由此看来,祸福之事是相互牵连的。现在卫国太子品行很不好,好打仗,我有三个弟弟,能不忧虑吗?"《诗经》说:"大夫跋涉,我心则忧。"鲁女所说的难道不是同类的事情吗?

第三章　常之谓经,变之谓权

　　高子问于孟子曰:①"夫嫁娶者非己所自亲也,②卫女何以编于《诗》也?"③孟子曰:"有卫女之志则可,无卫女之志则怠。若伊尹于太甲,④有伊尹之志则可,无伊尹之志则篡。⑤夫道二,常之谓经,变之谓权。怀其常道而挟其变权,乃得为贤。夫卫女行中孝,虑中圣,权如之何?"《诗》曰:"既不我嘉,不能旋反。视我不臧,我思不远。"⑥

[注释]

①高子:齐国人,孟子的学生。孟子:战国时期思想家、政治家、教育家,是孔子之后、荀子之前的儒家学派的代表人物,与孔子并称"孔孟"。②亲:指父母双亲。③卫女:春秋时期卫懿公的女儿,许穆公的夫人。其未出嫁时,许国和齐国都曾来卫国提亲。卫懿公倾向于把女儿嫁到许国,但女儿不同意,她抗辩说,古代诸侯家女子的婚姻,应当考虑和大国联姻,以便有外患时能够互相救援。齐国大而离卫国近,许国小而离卫国远,如果远嫁到许国,卫国一旦有外患,谁能帮助呢?卫懿公不听,把女儿嫁给了许穆公。后来狄人侵卫,卫国大败。许穆夫人吊唁卫侯而作《载驰》。④伊尹:夏末商初人。因被商汤封官为尹(相当于宰相),故以伊尹之名传世。太甲:商朝的第四位君主。太甲继位之初,由伊尹辅政。太甲继位后前两年,其作为还过得去,但从第三年起就不行了,他任意发号施令,一味享乐,暴虐百姓,朝政混乱,又破坏商汤制定的法规。伊尹虽百般规劝,他都听不进去,伊尹只好将他放逐,让他自己反省,自己摄政当国,史称"伊尹放太甲"。太甲悔过自责后,伊尹又还政于他。⑤篡(cuàn):篡权。⑥"既不"四句:出自《诗经·鄘风·载驰》。意思是,即使你们都不赞同我,我也不会马上返回许国。即使你们认为我的做法不妥善,我思虑卫国的心也不会远去。

[译文]

高子问孟子说:"自古以来嫁娶都不能由自己做主,而是由父母双亲来决定，为什么卫国女子的事可以写进《诗经》里呢？"孟子回答说："有卫女的心志是可以的，如果没有卫女的心志就是怠慢礼法。就好像伊尹对待太甲，有伊尹的心志是可以的，没有伊尹的心志就是篡权。道有两层含义，常态是经常如此，权变是能根据时宜合理变化。能心怀常态又能根据情况变化的，就是贤人。卫女行为符合孝道，思虑符合圣人的教诲，有所变通又有什么不可以呢？"《诗经》说："既不我嘉，不能旋反。视我不臧，我思不远。"

第四章　樊姬论忠贤

楚庄王听朝罢晏。①樊姬下堂而迎之，曰："何罢之晏也，得无饥倦乎？"庄王曰："今日听忠贤之言，不知饥倦也。"樊姬曰："王之所谓忠贤者，诸侯之客欤？国中之士欤？"庄王曰："则沈令尹也。"②樊姬掩口而笑。王曰："姬之所笑者何等也？"姬曰："妾得侍于王，尚汤沐，③执巾栉，④振衽席，⑤十有一年矣。然妾未尝不遣人之梁、郑之间，⑥求美人而进之于王也。与妾同列者十人，贤于妾者二人。妾岂不欲擅王之爱，专王之宠哉？不敢以私愿蔽众美也，欲王之多见，则知人能也。今沈令尹相楚数年矣，未尝见进贤而退不肖也，又焉得为忠贤乎？"庄王旦朝，以樊姬之言告沈令尹。令尹避席而进孙叔敖。⑦叔敖治楚三年，而楚国霸。楚史援笔而书之于策曰："楚之霸，樊姬之力也。"《诗》曰："百尔所思，不如我所之。"⑧樊姬之谓也!

[注释]

①庄王:春秋楚国君主,春秋五霸之一。晏:晚,迟。②沈令尹:指楚国贤臣虞丘子,为沈尹(主管沈县之官),又为令尹(楚国最高官衔,相当于国相),故亦谓之"沈令尹"。③尚:掌管。④巾栉(zhì):泛指盥洗用具。⑤衽(rèn)席:睡觉用的席子。⑥梁:地名,在今河南临汝西。郑:国名,在今河南新郑。⑦孙叔敖:楚国贤臣。⑧"百尔"二句:出自《诗经·鄘风·载驰》。意思是,你们千思百虑,不如我想得周到。百:指多的意思。

[译文]

　　楚庄王在朝堂处理政务散朝晚了。樊姬走下殿堂迎接他,说:"怎么结束得这么晚呀,您不饥饿疲倦吗?"庄王说:"今天聆听忠良贤士的话,不知道饥饿疲倦。"樊姬说:"大王所说的忠贤之士,是其他诸侯国的客人呢,还是我们国内的臣民呢?"庄王说:"就是沈令尹啊。"樊姬用手捂着嘴笑了。庄王问道:"你为什么笑呢?"樊姬说:"我得以侍候大王,掌管沐浴之事,为大王执捧手巾梳子,收拾卧席床铺,已经十一年了。然而我还是派人到梁、郑一带,寻求美人进荐给大王。与我同等地位的姬妾有十人,比我贤良的有两人。我难道不想独占大王的宠爱,独占大王的宠幸吗?只是不敢因个人的愿望而隐藏众美人啊,想要大王多接触人,才能了解人的才能啊。现在沈令尹做楚相好几年了,未曾见他推荐贤人并且屏退不成器的人,又怎么能称得上忠贤之士呢?"庄王第二天上朝,把樊姬的话告诉了沈令尹。令尹离开座位推荐孙叔敖。孙叔敖治理楚国三年,楚国就称霸了。楚国史官执笔在简策上写道:"楚国的称霸,是樊姬的功劳。"

《诗经》说:"百尔所思,不如我所之。"说的就是樊姬这种情况。

第五章　闵子骞始见于夫子

闵子骞始见于夫子,①有菜色,后有刍豢之色。②子贡问曰:"子始有菜色,今有刍豢之色,何也?"闵子曰:"吾出蒹葭之中,③入夫子之门。夫子内切瑳以孝,外为之陈王法,心窃乐之。出见羽盖龙旗,旃裘相随,④心又乐之。二者相攻胸中而不能任,是以有菜色也。今被夫子之文寖深,⑤又赖二三子切瑳而进之,⑥内明于去就之义,出见羽盖龙旗,旃裘相随,视之如坛土矣,是以有刍豢之色。"《诗》曰:"如切如瑳,如错如磨。"⑦

[注释]

①闵子骞:名损,字子骞。春秋时期鲁国人,孔子弟子。②刍豢之色:形容人脸色红润有光泽,好像是常吃肉类荤食,营养丰富的样子;后引申为平和喜悦的神色。与"刍豢之色"相对的是"面有菜色",形容人脸色苍白泛黄,好像平日只吃蔬菜而营养不良的样子,也可引申为心境混乱忧烦的神色。③蒹葭(jiān jiā):特定生长周期的荻与芦。蒹:没长穗的荻。葭:初生的芦苇。蒹和葭都是价值低贱的水草,因喻微贱。亦常用作谦辞。④旃(zhān):通"毡",一种毛织品。裘(qiú):毛皮的衣服。⑤寖(jìn)深:越来越加深。⑥二三子:诸位,诸君。⑦"如切"二句:

出自《诗经·卫风·淇奥》。切、瑳：本义是加工玉石骨器，引申为讨论研究学问。错、磨：本义是玉石骨器的精细加工，引申为学问道德上的钻研深究。

[译文]

闵子骞刚拜在孔子门下时，脸色蜡黄，过一段时间后变得红润起来。子贡问道："您刚来时脸色蜡黄，如今脸色红润，这是什么原因呢？"闵子骞回答："我出身微贱，进入了夫子的门下。夫子于内在修养方面教导在家孝顺父母的道理，于外在处事方面教导圣王治国理民的原则，我内心感到高兴。出门时看到达官贵人的华丽车马和仪仗旗帜，前后伴随有衣着华贵的随从，内心也感到高兴。这两种心情在心中互相纠结，使我不能承受，所以脸上显出忧烦的神色。现在我接受夫子的教化越来越深，又和诸位同门时时切磋研讨，渐渐有了进步，内心明白了接受和拒绝的道理，再出门看到达官贵人的华丽车马和仪仗旗帜，便看得如同筑坛的土一样了，因此就容光焕发起来了。"《诗经》说："如切如瑳，如错如磨。"

第六章　人妖最可畏

传曰：①"雩而雨者何也？"②曰："无何也，犹不雩而雨也。"星坠木鸣，国人皆恐，何也？是天地之变，阴阳之化，物之罕至者也，怪之可也，畏之非也。夫日月之薄蚀、③怪星之党见、④风雨之不时，是无世而不尝有也。上明政平，是虽并至无伤也。上暗政险,⑤是虽无一无益也。夫万物之有灾,人妖最可畏也。曰何谓人妖?曰枯耕伤稼,枯耘伤岁,政险失民,田秽稼恶,籴贵民饥,⑥道有死人,寇贼并起,上下乖离,邻人相暴,对门相盗,礼义不修,牛马相生,六畜作妖,臣下杀上,父子相疑,是谓人妖。妖是生于乱。传曰:"天地之灾,隐而废也,万物之怪,书不说也。无用之变,不急之察,弃而不治。若夫君臣之义,父子之亲,男女之别,切瑳而不舍也。"《诗》曰:"如切如瑳,如错如磨。"⑦

[注释]

①传:此文见于《荀子·天论》。②雩(yú):古代求雨的祭礼。③薄蚀:薄食,指日月相掩食。④党见:偶然出现。⑤暗:晦暗,不亮。指愚昧、昏乱。⑥籴(dí):买粮食的意思。⑦"如切"二句:出自《诗经·卫风·淇奥》。

[译文]

古书上说:"向上天祈雨就会下雨,是什么原因呢?"回答说:"没有原因,这与不祈求下雨也会下雨一样的。"天上的陨石像流星一样坠落,树木发出巨大的响声,全国的人都会恐惧,这是什么原因呢?这是因为天地改变常规,阴阳起了变化,事物出现了少见的情况,觉得奇怪是可以的,害怕就不对了。日食、月食现象,奇怪的星辰偶尔出现,刮风、下雨没能按时令出现,这些现象没有哪个朝代不曾出现过。如果君主英明,政治清平,那么这些现象即使同时出现,也不会有什么危害。如果君主昏庸,政治腐败,这些现象即使一个也没出现,也没有什么好处。在所有灾害中,人妖是最可怕的。有人问什么是人妖?回答说,粗糙的耕作会伤害庄稼生长，粗糙的除草会伤害年岁的收成，险恶的政治会失去民心，田地荒芜庄稼收成不好，粮价昂贵造成百姓饥饿，路上有饿死的人，盗匪窃贼纷纷起来，君臣上下不和谐，邻居间相互打斗，对门居住的人互相偷窃抢夺，礼义制度不修明，牛生马，马生牛，六畜发生妖异的现象，臣子杀君主，父子相互猜忌，这些现象就是所谓的人妖。这些妖异现象都是人事混乱导致的。古书上说："天地间的灾异现象，要把它隐藏起来废置不理，万物之间的怪现象，经书上是不说明的。无用的变化，不需要着急考察，应当弃之不理。至于君臣之间的道义，父子之间的亲情，男女之间的界限，那是应该经常研讨不可舍弃的。"《诗经》说："如切如磋，如错如磨。"

第七章　防邪禁佚，调和心志

孔子曰："口欲味，心欲佚，①教之以仁。心欲安，身欲劳，教之以恭。好辩论而畏惧，教之以勇。目好色，耳好声，教之以义。"《易》曰："艮其限，列其夤，厉薰心。"②《诗》曰："吁嗟女兮，无与士耽。"③皆防邪禁佚，调和心志。

[注释]

①佚：同"逸"，安乐。②艮：停。限：身体上下部分的界限，即腰部。列：分开，分裂。夤（yín）：夹脊肉。厉：危险。③"吁嗟"二句：

出自《诗经·卫风·氓》。意思是,哎,年轻的姑娘们呀,不要沉溺在与男子的情爱中。吁嗟:表示赞叹或悲叹。耽(dān):迷恋,沉溺,贪乐太甚。

[译文]

孔子说:"嘴巴想尝美味,内心想放纵安乐的人,用仁爱去教化他。内心贪图安乐,自身愿意劳作的人,用恭敬去教化他。喜好辩论却胆小怕事的人,用勇敢去教化他。喜欢看美色,喜欢听好话的人,用道义去教化他。"《易经》说:"腰不能屈伸,扯开其胁部肌肉,心里像火熏一样不安宁。"《诗经》说:"吁嗟女兮,无与士耽。"这些都是要人防禁淫邪放纵之乐,使心志调和。

第八章　高墙丰上激下,未必崩也

高墙丰上激下,^①未必崩也。降雨兴,流潦至,^②则崩必先矣。草木根荄浅,^③未必橜也。^④飘风兴,暴雨坠,则橜必先矣。君子居是邦也,不崇仁义,尊其贤臣,以理万物,未必亡也。一旦有非常之变,诸侯交争,人趋车驰,迫然祸至,乃始愁忧,干喉焦唇,仰天而叹,庶几乎望其安也,^⑤不亦晚乎?孔子曰:"不慎其前而悔其后,嗟乎!虽悔无及矣。"《诗》曰:"愍其泣矣,嗟何及矣!"^⑥

[注释]

①丰上:指物体的上部或头部宽广或肥大。激:当为"墩(qiāo)",

古同"硗",指(土地)瘠薄。②潦(lào):古同"涝",雨水过多,水淹。③荄(gāi):草根。④撅(juē):折断。⑤庶几:希望。⑥"愍其"二句:出自《诗经·王风·中谷有蓷》。意思是,伤心哭泣,悲哀叹息又怎么来得及呢!愍:哽咽抽泣。嗟何及矣:同"何嗟及矣"。嗟:悲叹声。

[译文]

  高墙上面厚重下面单薄,不一定会崩塌。下大雨时,流动的水不断地冲刷,就一定会先崩塌了。草木的根扎得浅,不一定会倒下。大风刮起来,暴雨下起来,就一定会先倒掉。君王在自己的国家里,不崇尚仁义,不尊重贤臣,去治理国家的事务,不一定会马上灭亡。一旦有非常的变故,诸侯互相战争,百姓奔走车马奔驰,突然的灾祸降临,这才开始忧愁,喉干唇燥,对着上天叹息,希望国家安定,这难道不是太晚了吗?孔子说:"事前不谨慎处理,事后才开始后悔,唉!即使后悔也是来不及了。"《诗经》说:"愍其泣矣,嗟何及矣!"

第九章　君子有三言

  曾子曰:①"君子有三言,可贯而佩之。②一曰无内疏而外亲,二曰身不善而怨他人,三曰患至而后呼天。"子贡曰:③"何也?"曾子曰:"内疏而外亲,不亦反乎?身不善而怨他人,不亦远乎?患至而后呼天,不亦晚乎?"《诗》曰:"愍其泣矣,嗟何及矣!"④

［注释］

①曾子：春秋末年思想家，孔子晚年弟子之一，儒家学派的重要代表人物。②佩：记取。③子贡：孔子的学生。④"惙其"二句：出自《诗经·王风·中谷有蓷》。

［译文］

曾子说："君子有三句话，可以记取并贯穿一生。一是不要对内疏远而对外亲近，二是不要自己没有做好事情而埋怨他人，三是不要灾祸临头时才呼叫上天。"子贡问道："为什么呢？"曾子说："对内疏远却对外亲近，岂不是违反事理吗？自己没有做好事情却埋怨他人，岂不是远离事实了吗？灾祸临头时才呼叫上天，岂不是迟了？"《诗经》说："惙其泣矣，嗟何及矣！"

第十章　有道以御之

夫霜雪雨露，杀生万物者也，天无事焉，犹之贵天也。执法厌文，①治官治民者，有司也。②君无事焉，犹之尊君也。夫辟土殖谷者后稷也，③决江疏河者禹也，④听狱执中者皋陶也。⑤然而有圣名者，尧也。⑥故有道以御之，身虽无能也，必使能者为己用也。无道以御之，彼虽多能，犹将无益于存亡矣。《诗》曰："执辔如组，两骖如舞。"⑦贵能御也。

[注释]

①厌(yā)：持守。②有司：指主管某部门的官吏，泛指官吏。③后稷：相传为周部落的祖先，古代的司农之神。④禹：古人名。传说是夏朝的第一个王，因治水有功，舜让位给他。⑤皋陶：古代传说中的人物，与尧、舜、禹齐名的"上古四圣"之一，被奉为司法鼻祖，后常为狱官或狱神的代称。⑥尧：传说中的中国古代帝王。他死后通过禅让制度由舜继位。⑦"执辔"二句：出自《诗经·郑风·大叔于田》。意思是，手持马的缰绳好像握着丝带，两匹骖马奔驰而来，好像跳舞一样。此处以善于驾驭马车比喻要按照规律做事。辔(pèi)：驾驭牲口的嚼子和缰绳。组：织带平行排列的经线。骖(cān)：驾车的四马中外侧两边的马。

[译文]

霜、雪、雨、露，既会杀伤万物也能使万物生长，上天不亲自做这些事情，人们仍然以上天为尊贵。执行法令和持守法律条文，处理政事和治理民众，是官吏们的职责。国君不亲自处理这些事情，人们还是很尊敬国君。教导人们开辟土地、种殖五谷的人是后稷，带领民众疏导江河的是夏禹，公正地处理民众诉讼的是皋陶。但是有圣王之名的人却是尧。所以，能用正确的方法治理国家，自身虽然没有才能，一定能使有才能的人为自己所用。不能用正确的方法治理国家，自身虽然有多种才能，对国家的存亡也没有多大益处。《诗经》说："执辔如组，两骖如舞。"难能可贵的是善于驾驭。

第十一章　御马有法

传曰：孔子云：美哉颜无父之御也，①马知后有舆而轻之，知上有人而爱之。马亲其正而爱其事，如使马能言，彼将必曰："乐哉！今日之驺也。"②至于颜沦，③少衰矣。马知后有舆而轻之，知上有人而敬之。马亲其正而敬其事，如使马能言，彼将必曰："驺来！其人之使我也。"至于颜夷而衰矣。④马知后有舆而重之，知上有人而畏之。马亲其正而畏其事，如使马能言，彼将必曰："驺来！驺来！女不驺，彼将杀女。"⑤故御马有法矣，御民有道矣，法得则马和而欢，道得则民安而集。《诗》曰："执辔如组，两骖如舞。"⑥此之谓也。

[注释]

①颜无父：古时善于驾驭马车的人。②驺（zōu）：古代给贵族掌管车马的人。这里指驾驭马车。③颜沦：古时善于驾驭马车的人。④颜夷：古时善于驾驭马车的人。⑤女（rǔ）：通"汝"，你。⑥"执辔"二句：出自《诗经·郑风·大叔于田》。

[译文]

古书上记载：孔子说：高超啊，颜无父的驾车技术，马知道它后面拖有车厢却不觉得重，知道车上载有人却爱护他。马热爱拉车这份差事，如果让马能够说话，它一定会说："多么快乐啊！今天拉车。"到了颜沦，他的技术差了一些。马知道它后面拖有车厢也不觉得重，知道车上载有人却尊敬他。马对拉车这份差事很认真，如果让马能够说话，它一定会说："跑啊！那个人在驱使我了。"到了颜夷，他的技术又差了一些。马知道它后面拖有车厢觉得重，知道车上载有人却畏惧他。马对拉车这份差事很畏惧，如果让马能够说话，它一定会说："跑啊！跑啊！要是不跑，他会杀了你。"所以驾驭车马要有一定的方法，治理民众也要有方法，驾马的方法得当则马和顺快乐，治理民众的方法得当则民众安居乐业。《诗经》说："执辔如组，两骖如舞。"说的就是这个道理啊。

第十二章　颜渊侍坐

颜渊侍坐鲁定公于台，①东野毕御马于台下。②定公曰："善哉！东野毕之御也。"颜渊曰："善则善矣，其马将佚矣。"定公不说，以告左右曰："闻君子不谮人。③君子亦谮人乎？"颜渊退，俄而厩人以东野毕马佚闻矣。定公蹴席而起，④曰："趣驾召颜渊。"颜渊至，定公曰："乡寡人曰：⑤'善哉东野毕之御也。'吾子曰：'善则善矣，然则马将佚矣。'不识吾子以何知之？"颜渊曰："臣以政知之。昔者舜工于使人，⑥造父工于使马。⑦舜不穷其民，造父不极其马，是以舜无佚民，造父无佚马也。今东野毕之御，上车执辔，衔体正矣，周旋步骤，朝礼毕矣，历险致远，马力殚矣，然犹策之不已,所以知其佚也。"定公曰:"善,可少进乎?"颜渊曰:"兽穷则啮,鸟穷则啄,人穷则诈。自古及今,穷其下能不危者,未之有也。《诗》曰:'执辔如组,两骖如舞。'⑧善御之谓也。"定公曰:"寡人之过矣!"

[注释]

①颜渊:春秋末期鲁国人,名回,字子渊。孔子学生。贫居陋巷,箪食瓢饮,不改其乐。孔子极为称赞其德行。鲁定公:春秋末期鲁国君主。②东野毕:人名。《庄子·达生》作东野稷。③谮(zèn):诬陷,中伤。④躐(liè):超越。⑤乡(xiàng):通"向",刚才。⑥舜:古人名。传说中的古代帝王。⑦造父:古代善御者。⑧"执辔"二句:出自《诗经·郑风·大叔于田》。

[译文]

颜渊陪着鲁定公在看台上坐着,东野毕驭马从台下奔驰而过。鲁定公说:"太好了!东野毕的驭马技术真好啊!"颜渊说:"好是好,可他的马将要逃走了。"鲁定公听了很不高兴,对他左右的臣子说:"我听说君子不中伤人。难道君子也中伤人吗?"颜渊告退,不一会儿,管理马匹的人来告诉他,东野毕的马逃走了。鲁定公跨过座席站起来,说:"马上派车去把颜渊请回来。"颜渊回来了,鲁定公说:"刚才我说:'东野毕驭马的技术真好。'您却说:'好是好,但那马将会逃走。'不知道您是凭什么知道的?"颜渊说:"我是根据政事推测而知的。从前,舜帝擅长用人,造父擅长驭马。舜帝不使他的人民穷困,造父不让他的马用尽气力,因此舜帝在位时没有百姓逃走,造父驭马时不会有马逃走。现在东野毕驭马,上马就拉紧缰绳,使得马衔口和马的身体都端正了,无论是转弯、慢走、急行,都已调习而合乎礼仪了,历尽艰险到达很远的地方,马的力量用尽了,可是东野毕还要求马不停地跑,我根据这些就知道马会逃跑。"定公说:"说得好,能进一步说说吗?"颜渊说:"兽急了就会咬人,鸟儿急了就会啄人,人急了就会狡诈。从古到今,还没有把自己手下人逼到尽头而自己不危险的。《诗经》说:'执辔如组,两骖如舞。'说的就是善于驾驭的道理啊。"定公说:"这是我的过失啊!"

第十三章　崔杼弑庄公

崔杼弑庄公,①令士大夫盟。盟者皆脱剑而入。言不疾,指不至血者死,所杀者十余人。次及晏子,②晏子捧杯血,仰天而叹曰:"恶乎!崔杼将为无道而杀其君。"于是盟者皆视之。崔杼谓晏子曰:"子与我,③吾将与子分国。子不与我,杀子。直兵将推之,④曲兵将钩之。⑤吾愿子图之也。"晏子曰:"吾闻留以利而倍其君者非仁也,⑥劫以刃而失其志者非勇也。《诗》曰:'莫莫葛藟,延于条枚。恺悌君子,求福不回。'⑦婴其可回矣?直兵推之,曲兵钩之,婴不之革也。"崔杼曰:"舍晏子。"晏子起而出,援绥而乘,⑧其仆驰。晏子抚其手曰:"麋鹿在山林,其命在庖厨。命有所悬,安在疾驰?"安行成节,然后去之。《诗》曰:"羔裘如濡,洵直且侯。彼己之子,舍命不偷。"⑨晏子之谓也。

[注释]

①崔杼：春秋时期齐国大夫。庄公：指齐庄公。②晏子：名婴，字仲，谥平，习惯上多称平仲。春秋时期著名政治家、思想家。③子：古代对人的尊称，称老师或称有道德、有学问的人。④直兵：指矛属兵器。⑤曲兵：曲刃的兵器。⑥倍：通"背"，背叛。⑦"莫莫"四句：出自《诗经·大雅·旱麓》。意思是，茂盛的葛藤，蔓延缠绕在树木枝条上。和乐平易的君子追求幸福能守着正道不奸邪。莫莫：同"漠漠"，众多而没有边际的样子。葛藟（léi）：葛藤。条枚：树枝和树干。恺悌（kǎi tì）：和乐平易。⑧绥：登车的绳索。⑨"羔裘"四句：出自《诗经·郑风·羔裘》。意思是，羔裘柔软而有光泽，他的为人正直又美好。他是这样一个人啊，宁愿牺牲生命也要保持节操。羔裘：羔羊皮裘，古大夫的朝服。濡（rú）：润泽，形容羔裘柔软而有光泽。洵（xún）：诚然，的确。侯：美。偷：古通"渝"，改变。

[译文]

崔杼杀了齐庄公，让士大夫们一起盟誓。盟誓的人都要解下佩剑才能进去。凡是宣读誓约不快，手指没有沾上血的，都被杀死，被杀的有十多个人。轮到晏子时，他捧着盛血的杯子，仰天长叹道："唉！崔杼将要做不合正道的事，杀了他的君主。"于是，参加盟誓的人都看着他。崔杼对晏子说："您如果归附我，我将与您平分国家。您如果不归附我，我就杀掉您。用枪矛刺死您，或者用钩戟钩杀您。我希望您考虑好。"晏子说："我听说留恋利禄而背叛君主的人是不仁，因为刀剑的胁迫丧失志气的人是不勇。《诗经》说：'莫莫葛藟，延于条枚。恺悌君子，求福不回。'我晏婴怎么不能做个守正不屈的人呢？用枪矛刺死我，或者用钩戟钩杀我，我也不会改变的。"崔杼说："放了晏子。"晏子站起来走了出去，攀着缰绳登上马车,他的车夫想赶马快速奔跑。晏子拍着他的手说:"麋鹿生活在山林中,他的性命却掌握在厨师的手里。性命既然掌握在别人手里,驾车快跑又有什么用呢?"让车夫安闲地完成应有的礼节,之后才离开。《诗经》说:"羔裘如濡,洵直且侯。彼己之子,舍命不偷。"说的就是晏子啊。

第十四章　石奢公正而好直

楚昭王有士曰石奢,①其为人也,公正而好直。王使为理。②于是道有杀人者,石奢追之,则其父也。还返于廷曰:"杀人者,臣之父也。以父成政,非孝也。不行君法,非忠也。弛罪废法,而伏其辜,臣之所守也。"遂伏斧锧,③曰:"命在君。"君曰:"追而不及,庸有罪乎?子其治事矣。"④石奢曰:"不然。不私其父,非孝也。不行君法,非忠也。以死罪生,不廉也。君欲赦之,上之惠也。臣不能失法,下之义也。"遂不去铁锧,⑤刎颈而死乎廷。君子闻之曰:"贞夫法哉!石先生乎!"孔子曰:"子为父隐,父为子隐,直在其中矣。"《诗》曰:"彼己之子,邦之司直。"⑥石先生之谓也。

[注释]

①楚昭王:春秋时期楚国国君。石奢:楚昭王的国相。②理:古代指狱官、法官。③斧锧(zhì):古代斩人的刑具,像铡刀。锧:古代腰斩刑

具的垫座。④子：古代对人的尊称，称老师或称有道德、有学问的人。⑤铁（fū）：铡刀。⑥"彼己"二句：出自《诗经·郑风·羔裘》。意思是，那个正直的人啊，是国家司法正义的主持者。邦：邦国。司：主管。

[译文]

楚昭王时有个士人叫石奢，他为人廉洁正直。楚昭王让他担任司法官。当时，在道路上有人杀人，石奢去追捕，却发现是自己的父亲。他返回朝廷对楚昭王说："杀人的是我的父亲。把父亲处刑来维护法令，对我来说是不孝。不执行国家的法令，这是不忠。释放罪犯，废弃法律，而接受刑罚，这是我所要做的事。"于是伏在斩杀罪犯的刑具上说："我的性命任由君王处置。"楚昭王说："追捕不到犯人，你哪里有罪呢？你还是去处理你管理的事务吧。"石奢说："不能这样。不偏袒自己的父亲，这是不孝。不执行国家的法令，这是不忠。有死罪却活下来，这是不廉洁。君王想赦免我，是君王的恩德。我不能违反法律，是臣子应遵守的道义。"于是不离开趴伏的刑具，用刀割断颈脖，死在朝堂上。君子听到这件事说："对法律的坚守是多么坚贞啊，这位石先生！"孔子说："儿子为父亲隐瞒，父亲替儿子隐瞒，这里面就包含着正直了。"《诗经》说："彼己之子，邦之司直。"说的就是石先生这种人。

第十五章　外宽而内直

外宽而内直，自设于隐括之中，^①直己而不直人，善废而不悒悒，②蘧伯玉之行也。③故为人父者则愿以为子，为人子者则愿以为父，为人君者则愿以为臣，为人臣者则愿以为君，名昭诸侯，天下愿焉。《诗》曰："彼己之子，邦之彦兮。"④此君子之行也。

[注释]

①隐括：矫正邪曲的器具，引申为标准、规范。②悒悒：忧郁，愁闷。③蘧伯玉：春秋时期卫国大臣。他主张以德治国，执政者以自己的模范行为去感化、教育、影响人民，体恤民生。④"彼己"二句：出自《诗经·郑风·羔裘》。彦：美士，指贤能之人。

[译文]

对外待人宽厚而内心正直无私，把自己设定在道德规范之中，使自己正直却不要求别人正直，善于处理不得志的心境而不郁闷不乐，是蘧伯玉的行为。所以，做父亲的，都希望这样的人是自己的儿子；做儿子的，都希望这样的人是自己的父亲；做国君的，都希望这样的人是自己的臣子；做臣子的，都希望这样的人是自己的国君。他闻名诸侯，天下人都希望成为他这样的人。《诗经》说："彼己之子，邦之彦兮。"这位君子的作为就是这样的。

第十六章　孔子路遇齐程本子

传曰：①孔子遭齐程本子于郯之间，②倾盖而语终日，③有间，顾子路曰:④"由来!取束帛以赠先生。"子路不对。有间,又顾曰:"取束帛以赠先生。"子路率尔而对曰:"昔者由也闻之于夫子,士不中道相见,女无媒而嫁者,君子不行也。"孔子曰:"夫《诗》不云乎:'野有蔓草,零露漙兮。有美一人,青阳宛兮。邂逅相遇,适我愿兮。'⑤且夫齐程本子,天下之贤士也,吾于是而不赠,终身不之见也。大德不逾闲,⑥小德出入可也。"

[注释]

①传:此文见于《说苑·尊贤》。②程本子:姓程,名本,字子华,晋国人。博学多才,赵简子想任用他,他不肯就任,逃到齐国,赵简子卒后才返回晋国。郯(tán):国名,在今山东郯城西南。③倾盖:意思是途中相遇,停车交谈,双方车盖往一起倾斜。形容一见如故或偶然的接触。④子路:孔子弟子。名仲由,字子路,又字季路,鲁国人。⑤"野有"六句:出自《诗经·郑风·野有蔓草》。意思是,郊外野草蔓延生长,露水圆圆沾在草叶上。有一位美丽的人儿,眉清目秀温婉可人。我意外和她相遇,她正适合我的心愿。此处用来比喻孔子与程本子不期而遇,一见如故,因而不必拘泥于常礼。蔓草:蔓延生长的草。蔓:蔓延。一说茂盛。零:降落。漙(tuán):形容露水多。青阳:亦作"清扬",形容眉目漂亮传神。宛:美好。邂逅:不期而遇。适:适合。⑥闲:范围,界限。

[译文]

古书上说:孔子在郯国遇到齐国的程本子,两人车子相并,车盖靠在一起,谈了一整天话,在谈话的间隙,孔子转头对子路说:"由,过来!拿一束丝绸来赠给程先生。"子路不回答。谈话的又一次间隙,孔子又扭头对子路说:"拿一束丝绸来赠给程先生。"子路轻率地答道:"过去我听先生您说过,士人不经过中间人的介绍而相见,女子出嫁而不经过媒人的介绍,这样的事情有道德的人是不做的。"孔子说:"《诗经》上不是说过吗:'野有蔓草,零露溥兮。有美一人,青阳宛兮。邂逅相遇,适我愿兮。'况且齐国的程本子,是天下的贤士,我不趁这时候赠送给他礼物,怕是终身不能再见到他了。大节不可逾越界限,小节上有所变通是可以的。"

第十七章　君子盛德而卑

君子有主善之心,而无胜人之色,德足以君天下,而无骄肆之容,行足以及后世,而不以一言非人之不善。故曰:君子盛德而卑,虚己以受人,旁行不流,应物而不穷。虽在下位,民愿戴之。虽欲无尊,得乎哉?《诗》曰:"彼己之子,美如英,美如英,殊异乎公行。"①

[注释]

① "彼己"四句:出自《诗经·魏风·汾沮洳》。意思是,那个人啊,他的德行像鲜花一样美好,像鲜花一样美好,实在不同于王公官员。英:华(花)。公行(háng):官名。掌管王公兵车的官吏。

[译文]

　　君子有决意行善的好心,外表却不表现出优胜于别人的脸色,德行足以统治天下,却没有骄傲放肆的态度,行为足以做后世的表率,却不说一句别人不好的话。所以说:君子道德完美却很谦卑,有谦虚之心,愿意接受别人的意见,行为上不随波逐流,待人接物随机应变。虽然处在下位,老百姓也愿意拥戴他。这样人即使不愿意被尊重,又怎么可能呢?《诗经》说:"彼己之子,美如英,美如英,殊异乎公行。"

第十八章　君子易和而难狎也

　　君子易和而难狎也,①易惧而不可劫也,畏患而不避义死,好利而不为所非,交亲而不比,②言辩而不乱。荡荡乎其义不可失也,③磏乎其廉而不刿也,④温乎其仁厚之宽大也,超乎其有以殊于世也。《诗》曰:"美如玉,美如玉,殊异乎公族。"⑤

[注释]

　　①狎(xiá):亲近而态度不庄重。②比:勾结。③荡荡:心胸宽广貌。④磏(lián):红色磨石,引申为激励、磨练。廉而不刿(guì):有棱边而不至于割伤别人。比喻为人廉正宽厚。廉:廉洁;刿:割伤。⑤"美如玉"三句:见《诗经·魏风·汾沮洳》。意思是,君子的德行像玉一般美丽,像玉一般美丽,实在跟王公贵族不一样啊。公族:公侯家族

的人,指贵族子弟。

[译文]

　　君子心态平和,容易结交,却难以用不庄重的行为来亲近他;小心警惧,却不屈服于胁迫;担心祸患,却不逃避为正义而死;追求利益,却不去做不该做的事情;互相亲近,却不与人勾结;能言善辩,却有理有据不混淆是非。君子胸怀坦荡,做事不失道义;为人饱经历练,却廉正宽厚;温和仁厚德行广大,出类拔萃不同于世俗之人。《诗经》说:"美如玉,美如玉,殊异乎公族。"

第十九章　商容尝执羽籥

　　商容尝执羽籥,①冯于马徒,②欲以化纣而不能。③遂去,伏于太行。及武王克殷,④立为天子,欲以为三公。⑤商容辞曰:"吾常冯于马徒,欲以化纣而不能,愚也。不争而隐,无勇也。愚且无勇,不足以备乎三公。"遂固辞不受命。君子闻之曰:"商容可谓内省而不诬能矣!君子哉!去素餐远矣。"⑥《诗》曰:"彼君子兮,不素餐兮。"⑦商先生之谓也。

[注释]

　　①商容:人名。殷商末年纣王的大臣,也是一位著名贤人,受到殷民的爱戴,却受到纣王的厌恶,被废黜。羽籥(yuè):古代祭祀或宴飨时

舞者所持的舞具和乐器。②冯（píng）：通"凭"。依仗，倚托。马徒：马夫。③纣：指商纣王。④武王：指周武王。西周王朝的开国君主。⑤三公：古代地位最尊显的三个官职的合称。⑥素餐：无功受禄，不劳而食。⑦"彼君"二句：出自《诗经·魏风·伐檀》。意思是，那个人是位君子啊，他不会无功受禄，不劳而食啊。

[译文]

商容曾经执掌祭祀的舞具和乐器，依托一班马夫，想以礼乐教化商纣王，却没有做到。于是他离开了，隐居于太行山中。等到武王攻克殷商当了天子之后，想任命商容为三公。商容推辞说："我曾经依托马夫想教化纣王却没能做到，说明我愚笨；没有诤谏而归隐山林，说明我没有勇气。愚笨无勇，不足以担当三公的重任。"于是坚决推辞不肯接受。君子听说这事后说："商容可以说是能自我反省，而不欺骗别人说自己是有才能的人。他是真正的君子啊！那些尸位素餐的人和他相差很远。"《诗经》说："彼君子兮，不素餐兮。"说的就是商先生啊。

第二十章　李离伏死

晋文公使李离为理，①过听杀人，②自拘于廷，请死于君。君曰："官有贵贱，罚有轻重。下吏有罪，非子之罪也。"③李离对曰："臣居官为长，不与下吏让位；受禄为多，不与下吏分利。今过听杀人而下吏蒙其死，非所闻也。"不受命。君曰："子必自以为有罪，则寡人亦有罪矣。"④李离曰："法，失刑则刑，失死则死。君以臣为能听狱决疑，故使臣为理。今过听杀人，臣之罪当死。"君曰："弃位委官，⑤伏法亡国，⑥非所望也。趣出！⑦无忧寡人之心。"李离对曰："政乱国危，君之忧也。军败卒乱，将之忧也。夫无能以事君，暗行以临官，⑧是无功以食禄也。臣不能以虚自诬。"遂伏剑而死。君子闻之曰："忠矣乎！"《诗》曰："彼君子兮，不素餐兮。"⑨李先生之谓也。

[注释]

①晋文公：春秋时期晋国国君，春秋五霸之一。李离：春秋时期晋国理官。理：司法官。②过：错误，过失。听：听讼，断案。③子：古代对人的尊称。④寡人：古代君王的自称。⑤弃位委官：放弃官位。⑥伏：承当，承受。亡：通"忘"。⑦趣（cù）：赶快。⑧暗（ān）：愚昧，糊涂。⑨"彼君"二句：出自《诗经·魏风·伐檀》。

[译文]

晋文公任命李离为司法官。李离断错案子错杀了人，自己把自己拘押到朝廷上，请求晋文公处死他。晋文公说："官职高低不同，刑罚也轻重有别。这是您部下官吏有过失，不是您的罪责。"李离说："我担当的官职是长官，不曾把高位让给下属；我领取的俸禄最多，也不曾把利益分给下属。如今我断错案而枉杀人命却让下属担责而死，我没有听过这种道理。"他拒绝接受晋文公的命令。晋文公说："您一定要认为自己有罪，那么我也有罪。"李离说："依法，断错案就要受刑，错杀人就要以死偿命。君王认为我能够审决疑难案件，才让我做司法官。现在我断错案子而冤杀人命,我的确罪当处死。"晋文公说:"您放弃官位,承受法律制裁而忘记了国家需要,这不是我所希望的。赶快出去!不要让我烦扰了。"李离答道:"政事混乱,国家危难,是君主忧虑的事情。军纪败坏,士兵散乱,是将领忧虑的事情。至于无才能去事奉君主,行事糊涂却还做官,就是无功受禄。我不能无德无能,虚伪而自欺欺人。"于是用剑自杀。君子听到此事说:"李离真是做到了忠诚啊!"《诗经》说:"彼君子兮,不素餐兮。"说的就是李先生这样的情况。

第二十一章　楚狂接舆躬耕以食

　　楚狂接舆躬耕以食。①其妻之市未返。楚王使使者赍金百镒造门,②曰:"大王使臣奉金百镒,愿请先生治河南。"接舆笑而不应。使者遂不得辞而去。妻从市而来,曰:"先生少而为义,岂将老而遗之哉?门外车轶何其深也?"③接舆曰:"今者王使使者赍金百镒,欲使我治河南。"其妻曰:"岂许之乎?"曰:"未也。"妻曰:"君使不从,非忠也。从之,是遗义也。不如去之。"乃夫负釜甑,④其妻戴纴器,⑤变易姓字,莫知其所之。《论语》曰:"色斯举矣,翔而后集。"⑥接舆之妻是也。《诗》曰:"逝将去汝,适彼乐土。适彼乐土,爰得我所。"⑦

[注释]

①楚狂接舆:春秋时期楚国的隐士。姓陆,名通,字接舆,平时"躬耕以食",佯狂不仕,所以也被人们称之为"楚狂接舆"。②赉(lài):赐予,引申为赠送。镒(yì):古代重量单位,二十两或二十四两为一"镒"。造:到。③车轶:车辙。④釜甑(fǔ zèng):泛指炊具。釜:古代的一种锅。甑:古代炊具,相当于今天的蒸笼。⑤纴(rèn)器:织布的器具。⑥"色斯举矣,翔而后集":出自《论语·乡党》。色:脸色。举:鸟飞起来。集:鸟群停在树上。原意是说孔子脸色变化,野鸡就飞向天空,盘旋了一阵,又停落在树上。比喻人当见机而作,方可全身远害。⑦"逝将"四句:见《诗经·魏风·硕鼠》。意思是,我现在要离开你这儿,到我所喜欢去的乐土。到我所喜欢去的乐土,那里才是我安身的处所。逝:通"誓"。去:离开。爰:于是,在此。所:处所。

[译文]

楚国狂接舆靠耕种生活。一天,他的妻子去集市还没有回来。楚王派遣使者带黄金百镒登门拜访他,说:"大王派我奉上黄金百镒,希望能请先生治理河南。"接舆只是笑笑没有答话。于是使者没有说什么就走了。接舆的妻子从集市回来说:"先生您年少的时候讲道义,难道快老年了要把它丢弃吗?门外面的车辙为什么那么深啊?"接舆说:"今天楚王派使者赠送百镒黄金,想让我治理河南。"他妻子说:"难道你答应了?"接舆说:"没有。"他妻子说:"不服从君王使令,是不忠。要是服从了,就是不义。不如离开吧。"于是丈夫背上厨具,妻子拿着纺织用的器具,改变姓名,没有人知道他们去了哪里。《论语》说:"人的脸色一有变化,野鸡就会飞向天空,盘旋了一阵,才停落下来。"接舆的妻子就是这样的人。《诗经》说:"逝将去汝,适彼乐土。适彼乐土,爰得我所。"

第二十二章 伊尹去夏归商

昔者桀为酒池糟堤,①纵靡靡之乐,一鼓而牛饮者三千人。②群臣皆相持而歌曰:"江水沛兮,舟楫败兮。③我王废兮,趣归于亳,④亳亦大兮。"又曰:"乐兮乐兮!四牡骄兮!⑤六辔沃兮!去不善兮从善,何不乐兮!"伊尹知大命之将至,⑥举觞告桀,⑦曰:"君王不听臣言,大命至矣!亡无日矣!"桀拍然而抃,⑧盖然而笑,曰:"子又妖言矣。吾有天下,犹天之有日也,日有亡乎?日亡吾亦亡也。"于是伊尹接履而趋,遂适于汤。⑨汤以为相。可谓适彼乐土,爰得其所矣。《诗》曰:"逝将去汝,适彼乐土。适彼乐土,爰得我所。"⑩

[注释]

①桀:夏朝最后一个国王,是历史上有名的暴君。糟堤(zāo dī):用酒糟筑成的堤围。②一鼓:击鼓一次。牛饮:俯身而饮。泛指狂饮、豪饮。③舟楫:船和桨,指船只。④亳:地名。在今河南商丘附近。⑤牡:指公马。辔:缰绳。⑥伊尹:商朝初年大臣。⑦觞:古代酒器。⑧抃(biàn):鼓掌。⑨汤:商汤。商王朝的建立者。⑩"逝将"四句:见《诗经·魏风·硕鼠》。

[译文]

  从前夏桀建成用酒糟作蓄酒池的堤围，纵情于萎靡不振的音乐中，击鼓一次便有几千人趴在酒池边狂饮酒。臣子们都互相扶持着唱歌："长江水势盛大啊，船只破损毁坏啊。我们的君王要颓败垮台啊，赶快投奔到亳去，亳那里强盛啊。"又唱道："欢乐啊欢乐啊，驾车的四匹公马强壮啊，六条缰绳油亮啊。离开恶人啊投奔善人，怎能不快乐呢？"伊尹知道天命（商取代夏）将要到了，举起酒杯告诫桀，他说："君王不听臣子们的话，天命将至，您离灭亡没几天了！"桀啪地一拍巴掌，哈哈大笑说："你又在妖言胡说了。我拥有天下，如同天上有太阳。太阳会灭亡吗？太阳会灭亡我才会灭亡。"于是伊尹连鞋都顾不上提好就匆匆离开，马上到了商汤那里。商汤任用他当了宰相。伊尹可以说是到了那安乐的地方，那儿才是他安身的处所。《诗经》说："逝将去汝，适彼乐土。适彼乐土，爰得我所。"

第二十三章　田饶去鲁适燕，介子推去晋入山

  伊尹去夏入殷。田饶去鲁适燕。①介子推去晋入山。②田饶事鲁哀公而不见察，③谓哀公曰："臣将去君，黄鹄举矣。"④哀公曰："何谓也？"田饶曰："君独不见夫鸡乎！头戴冠者文也，足傅距者武也，⑤敌在前敢斗者勇也，见食相呼者仁也，守夜不失时者信也。鸡虽有此五德，君犹日瀹而食之者何也？⑥则以其所从来者近也。夫黄鹄一举千里，止君园池，食君鱼鳖，啄君黍粱，无此五德者，君犹

贵之者何也？以其所从来者远也。故臣将去君，黄鹄举矣。"哀公曰："止！吾将书子之言也。"田饶曰："臣闻食其食者，不毁其器。阴其树者，不折其枝。有臣不用，何书其言为？"遂去之燕。燕立以为相。三年，燕政大平，⑦国无盗贼。哀公喟然太息，为之辟寝三月，减损上服。曰："不慎其前而悔其后，何可复得？"《诗》云："逝将去汝，适彼乐国。适彼乐国，爰得我直。"⑧

晋文公反国，⑨酌士大夫酒，召舅犯而将之，⑩召艾陵而相之，⑪授田百万。介子推无爵。齿而就位。觞三行，介子推奉觞而起，曰："有龙矫矫，⑫将失其所。有蛇从之，⑬周流天下。龙既入深渊，得其安所。蛇脂尽干，独不得甘雨，此何谓也？"文公曰："嘻！是寡人之过也。吾为子爵与，待旦之朝也。⑭吾为子田与，河东阳之间。"⑮介子推曰："推闻君子之道，谒而得位，⑯道士不居也。争而得财，廉士不受也。"文公曰："使我得反国者，子也。吾将以成子之名。"介子推曰："推闻君子之道，为人子而不能承其父者，则不敢当其后。为人臣而不见察于其君者，则不敢立于其朝。然推亦无索于天下矣。"遂去而之介山之上。文公使人求之，不得。为之辟寝三月，⑰号呼期年。⑱《诗》曰："逝将去汝，适彼乐郊。适彼乐郊，谁之永号。"⑲此之谓也。

[注释]

①田饶：人名。鲁：鲁国。燕：燕国。②介子推：春秋时期晋国人。跟随晋文公流亡，历经各国十九年。文公返还晋国成为国君，赏赐跟他流亡的人，介子推不言禄，禄亦不及。与母隐于绵山而终。③鲁哀公：春秋

末鲁国国君。④黄鹄（hú）：鸟名，据说能够飞千里。比喻贤才高士。⑤傅：通"附"。附着，附带。距：雄鸡爪子后面突出的像脚趾的部分。⑥瀹（yuè）：煮。⑦大平：太平。大，"太"的古字。⑧"逝将"四句：出自《诗经·魏风·硕鼠》。乐国：安乐的地方。国：地方，地域。直：同"值"，代价。⑨反：通"返"。⑩舅犯：晋文公的舅舅，名狐偃，字子犯，晋国重臣狐突之子，又称咎犯。⑪艾陵：人名。晋文公流亡时的随从。⑫矫矫：意气昂扬、高高在上的样子。⑬有蛇从之：以蛇比喻追随晋文公的臣子。⑭待旦：等到明天。⑮河：黄河。东阳：古地名。春秋时期属晋国，在太行山以东。⑯谒（yè）：请求。⑰辟：同"避"。⑱期（jī）年：一年。⑲"逝将"四句：出自《诗经·魏风·硕鼠》。意思是，我现在要离开你，到我喜欢的乐土去。到我喜欢的乐土去，谁还悲叹长呼号！乐郊：乐土。

[译文]

　　伊尹离开夏朝归附商王。田饶离开鲁国到了燕国。介子推离开晋文公到山中居住。田饶事奉鲁哀公没有得到赏识和重用，他对鲁哀公说："我就要离开君王，像黄鹄一样高飞了。"鲁哀公问："为什么这样说呢？"田饶说："君王难道没看到那鸡吗？头顶上有冠子表示有文采，脚上附着脚趾表示有威武，敌人在前面敢于战斗表示有勇气，发现食物呼唤同伴表示有仁爱，守夜报晓不误时辰表示有诚信。鸡虽具有这五种品德，君王还是每日把它煮了吃，是为什么呢？是因为它来自近的地方啊。那黄鹄一飞上千里，停在君王的园林栖息，吃掉鱼鳖，啄食庄稼，它没有鸡的五种品德，君王还以它为珍贵，是什么原因呢？因为它是从远方来的。所以我要离开您，像黄鹄一样远走高飞了。"鲁哀公说："别走！我要把您说的话记录下来。"田饶说："我听说吃食物的人，不毁坏盛食物的器皿。在树下遮荫的，不折断树枝。有臣不任用，为什么要记录他的言论呢？"于是离开鲁国来到燕国，燕王任用他做了宰相。三年后，燕国太平，国中没有盗贼。鲁哀公慨然长叹，为此独居三个月，减少华丽服饰。他说："事前不慎重，事后再后悔，失去的又怎么能重新得到呢？"《诗经》说："逝将去汝，适彼乐国。适彼乐国，爰得我直。"

晋文公返回晋国继位后，请士大夫们喝酒，授予舅犯为将军，授予艾陵为宰相，封赏百万田产。介子推没有爵位，不齿于和他人一起就位。酒过三巡，介子推举起酒杯站起来说："连意气昂扬的龙，也有失去居所的时候。有蛇助随，才可以畅行天下。龙既然回到深渊，得到安乐的处所。蛇却油脂干枯，单单得不到甘雨滋润，这是为什么呢？"晋文公说："哎！这是我的过错啊。我封给您爵位，等到明天早朝的时候。我封给您田地，在黄河与东阳之间。"介子推说："我听说君子的道义，请求得来的地位，有道义的人是不居有的。争来的财物，廉洁的人是不会接受的。"晋文公说："让我能够返回国家继位的人是您。我将成就您的声名。"介子推说："我听说君子的道义，作为人子如果不能承担对父亲的责任，就不敢成为父亲的继承者。作为人臣而没有受到君主的任用，就不敢立于朝堂。如此我也没有什么向天下索取的。"于是离开到介山上居住。晋文公派人寻求他，没有找回。为此晋文公独居三个月，哀哭喊叫他一年。《诗经》说："逝将去汝，适彼乐郊。适彼乐郊，谁之永号。"说的就是这件事。

第二十四章　子贱治单父

子贱治单父，[①]弹鸣琴，身不下堂，而单父治。巫马期以星出,②以星入,日夜不处,以身亲之,而单父亦治。巫马期问于子贱。子贱曰:"我任人,③子任力。任人者佚,④任力者劳。"人谓子贱则君子矣,佚四肢,全耳目,平心气,而百官理,任其数而已。⑤巫马期则不然。弊性事情,⑥劳力教诏,虽治犹未至也。《诗》曰:"子有衣裳,弗曳弗娄。"⑦

[注释]

①子贱:孔子的弟子。姓宓,名不齐,字子贱。单父:鲁国地名。②巫马期:孔子的学生。巫马氏,名施,字子期,鲁国人。③任:使用,委派。④佚:同"逸"。安逸。⑤数:天数,命运。⑥弊:通"蔽"。遮盖,遮挡。情:实情,情况。⑦"子有"两句:出自《诗经·唐风·山有枢》。曳(yè):拖。娄:用手把衣服拢着提起来。

[译文]

宓子贱治理单父,每天在堂上静坐弹琴,就治理得很好。巫马期披星戴月,早出晚归,昼夜不停,亲自处理各种政务,单父也治理得很好。巫马期问宓子贱其中的原因。子贱说:"我使用人才治理,你使用力气治理。使用人才的人当然安逸,使用力气的人当然劳苦。"人们都说子贱算得上是君子了,四肢安逸,耳目保全,心气平和,而官府的各种事务处理得很好,是顺任事物的自然之理罢了。巫子期则不是这样,他看不到事物的真实状况,劳心费力教诲,虽然单父得到治理,却没有达到最好的状态。《诗经》说:"子有衣裳,弗曳弗娄。"

第二十五章　士欲立身行道

子路曰：^①"士不能勤苦，不能轻死亡，不能恬贫穷，^②而曰我能行义，吾不信也。"昔者申包胥立于秦廷，^③七日七夜，哭不绝声，是以存楚。不能勤苦，焉得行此？比干且死，^④而谏愈忠。伯夷、叔齐饿于首阳，^⑤而志益彰。不轻死亡，焉能行此？曾子褐衣缊绪，^⑥未尝完也。粝米之食，^⑦未尝饱也。义不合，则辞上卿。^⑧不恬贫穷，焉能行此？夫士欲立身行道，无顾难易，然后能行之。欲行义白名，^⑨无顾利害，然后能行之。《诗》曰："彼己之子，硕大且笃。"^⑩非良笃修身行之君子其孰能与之哉？

[注释]

①子路：名仲由，字子路，又字季路，鲁国卞人，孔子弟子。②恬：安然，坦然。③申包胥：春秋时期楚国大夫。④比干：商朝的重臣，商纣王帝辛的叔父。⑤伯夷、叔齐：商朝末年孤竹国君的两个儿子，在周武王灭商以后，不愿吃周朝的粮食，一同饿死在首阳山（现山西永济南）。后人称颂他们能忠于故国。⑥曾子：名参，字子舆，春秋末年思想家，孔子晚期弟子之一，儒家学派的重要代表人物。褐衣：粗布衣服。缊绪（wēn xù）：用碎麻或旧絮制的冬衣。⑦粝（lì）米：糙米。⑧上卿：古代官名，泛指朝廷大臣。⑨白：纯洁，代表清流贤正。⑩"彼己"两句：出自

《诗经·唐风·椒聊》。意思是,他那个人啊,不仅德行美好而且性情厚重。硕大:指德行美好。笃:指性情厚重。

[译文]

子路说:"士人不能勤劳受苦,不能轻视死亡,不能安于贫穷,却说自己能行仁义,我不相信。"从前,楚国的申包胥站在秦国的朝廷上,七天七夜,痛哭不绝,得以保全楚国。不能勤苦,又怎么能做到这样呢?比干都要被处死了,却更加忠诚地进谏;伯夷、叔齐饿死在首阳山上,志向更加彰显。如果不轻视死亡,又怎能做到如此?曾子穿着碎麻旧絮的粗布衣服,从来没有一件完好的衣服;吃着粗糙的食物,也从没有吃饱过肚子。如果让他做道义不相合的事情,他宁愿辞去上卿的职位。如果不是安于贫穷的生活,又怎么能做到呢?士人要想立身行道,只有不顾及事情的艰难或容易,然后才能使理想实现。想要正大光明地坚守道义,不计较利害得失,然后才能实现理想。《诗经》说:"彼己之子,硕大且笃。"如果不是真正修养身心的君子又怎能做到呢?

第二十六章　子路与巫马期

子路与巫马期薪于韫丘之下。①陈之富人有处师氏者,脂车百乘,②舣于韫丘之上。子路与巫马期曰:"使子无忘子之所知,亦无进子之所能,得此富,终身无复见夫子,子为之乎?"巫马期喟然仰天而叹,阚然投镰于地,③曰:"吾尝闻之夫子:'勇士不忘丧其元,④志士仁人不忘在沟壑。'子不知予与？试予与？意者其志与？"⑤子路心惭，负薪先归。孔子曰："由来，何为偕出而先返也？"子路曰："向也由与巫马期薪于韫丘之下，陈之富人有处师氏者，脂车百乘，觞于韫丘之上，由谓巫马期曰：'使子无忘子之所知，亦无进子之所能，得此富，终身无复见夫子，子为之乎？'巫马期喟然仰天而叹，阖然投镰于地，曰：'吾尝闻之夫子："勇士不忘丧其元，志士仁人不忘在沟壑。"子不知予与？试予与？意者其志与？'由也心惭，故先负薪归。"孔子援琴而弹。《诗》曰："肃肃鸨羽，集于苞栩。王事靡盬，不能蓺稷黍。父母何怙？悠悠苍天，曷其有所？"⑥予道不行邪，使汝愿者。

[注释]

①子路：名仲由，字子路，又字季路，鲁国卞人，孔子弟子。巫马期：巫马氏，名施，字子期，鲁国人，孔子学生。韫丘：山丘的名字。在今河南淮阳一带。②脂车：油涂车轴，以利运转。借指驾车出行。③阖(tà)：物体落在地上发出的声音。④元：头。⑤意者：表示测度。大概，或许，恐怕。⑥"肃肃"七句：出自《诗经·唐风·鸨羽》。意思是，鸨鸟振动翅膀发出肃肃的响声，它们聚集在桦树上。为大王的差事忙个不止，不能在家里种植小米和高粱。父母亲的生活靠谁呢？苍天啊苍天，什么时候我才能得到安身的地方呢？孔子以此诗比喻自己奔走列国，备尝艰辛，却不得安定。肃肃：鸟翅扇动的响声。鸨(bǎo)：鸟名，似雁而大，群居水草地区，性不善栖木。苞：草木丛生。栩：柞树。靡：无，没有。盬(gǔ)：休止。蓺(yì)：种植。稷：高粱。黍：黍子，黄米。怙

(hù)：依靠，凭恃。曷（hé）：何。所：住所。

[译文]

  子路和巫马期在韫丘之下砍柴。陈国有一个富人叫作处师氏的，驾着百辆车出行，在韫丘之上喝酒。子路对巫马期说："假如让您不忘记您所学的知识，也不增加您现有的才能，得到这样多的财富，终身不再见我们的老师，您愿不愿意？"巫马期仰天长叹，把镰刀重重摔在地上，说："我曾经听老师说过，'勇敢的人不怕掉脑袋，有志向的仁义之士不怕弃尸山沟，死无葬身之地'。您是不了解我呢？还是在试探我呢？又或许这是您自己的愿望呢？"子路心中惭愧，背着柴禾先回去了。孔子问他："由，过来！为什么你们一起出去你却先回来了呢？"子路回答说："我刚才和巫马期在韫丘之下砍柴，陈国有一个富人叫作处师氏的，驾着百辆车出行，在韫丘之上喝酒。我对巫马期说：'假如让您不忘记您所学的知识，也不增加您现有的才能，得到这样的财富，终身不再见我们的老师，您愿不愿意？'巫马期仰天长叹，把镰刀重重摔在地上，说：'我曾经听老师说过，"勇敢的人不怕掉脑袋，有志向的仁义之士不怕弃尸山沟，死无葬身之地"。您是不了解我呢？还是在试探我呢？又或许这是您自己的愿望呢？'我心中惭愧，所以背着柴禾先回来了。"孔子取过琴弹了起来。《诗经》说："肃肃鸨羽，集于苞栩。王事靡盬，不能蓺稷黍。父母何怙？悠悠苍天，曷其有所？"是我教的道理不能施行，使得你有这样的念头（向往陈人之富）。

第二十七章　士有五

  孔子曰："士有五。有埶尊贵者，①有家富厚者，有资勇悍者，有心智慧者,有貌美好者。埶尊贵者,不以爱民行义理,而反以暴敖凌物。家富厚者,不以振穷救不足,而反以侈靡无度。资勇悍者,不以卫上攻战,而反以侵陵私斗。心智慧者,不以端计数,而反以事奸饰诈。貌美好者,不以统朝莅民,②而反以蛊女从欲。③此五者,所谓士失其美质者也。"《诗》曰:"温其如玉,在其板屋,乱我心曲。"④

[注释]

①埶(yì):"艺"的本字。本义为种植。②统朝:统理朝廷。莅民:管理百姓。③蛊(gǔ):诱惑,迷乱。④"温其"三句:出自《诗经·秦风·小戎》。意思是,君子像玉一样温和,我住在板屋里思念着他,心灵深处都被搅乱了。板屋:用木板建造的房屋。秦国多林,故以木房为多。心曲:心灵深处。

[译文]

孔子说:"士人有五类。有出身尊贵的,有家庭富裕的,有本性勇武强悍的,有聪明心眼儿灵活的,有长相美好的。出身尊贵的,没有利用自身地位爱护百姓执行道义,反而横行霸道欺负他人。家庭富裕的,没有使用财富去赈济穷困贫苦的人,反而奢侈浪费,挥霍无度。本性勇武强悍的,没有利用他的勇武去为保卫国土而征战,反而仗势欺凌他人。头脑聪慧的,没有利用他的才智来谋划正当的事,反而做作奸犯科欺诈之事。相貌美好的,没有利用他的美好形象去带动朝廷官员、为民众树立榜样,反而诱惑女子放纵情欲。这五种人,可是说是士人中丧失了美好德行的。"《诗经》说:"温其如玉,在其板屋,乱我心曲。"

第二十八章　上之人所遇

上之人所遇，容色为先，①声音次之，事行为后。②故望而知宜为人君者容也，近而可信者色也，发而安中者言也，久而可观者行也。故君子容色，天下仪象而望之，③不假言而知宜为人君者。《诗》曰："颜如渥沰。④其君也哉！"

[注释]

①容色：容貌神色。②事行：行为，品行。③仪象：指作为模式。④"颜如"两句：出自《诗经·秦风·终南》。意思是，他的脸色像是涂着红褐色一样。他就是君王啊！渥（wò）：涂。沰（tuō）：红褐色。

[译文]

处于上位的人，人们首先看到的是他的容貌，其次是声音，最后才能观察他的行为品行。所以一眼望去便知道他适合做君主的是他的容貌，走近观看可以取信的是他的神色态度，说话能否切中要害可以从言语上判断，长时间观察到的则是他的行为。所以君子的容貌神色，天下人作为准则，不需要借助言语就能知道他是否适合于做君主。《诗经》说："颜如渥沰。其君也哉！"

第二十九章　子夏读《书》

子夏读《书》已毕。①夫子问曰："尔亦可言于《书》矣?"子夏对曰："《书》之于事也，昭昭乎若日月之光明，②燎燎乎如星辰之错行，③上有尧舜之道，④下有三王之义，⑤弟子所受于夫子者，志之于心不敢忘。虽居蓬户之中，弹琴以咏先生之风，有人亦乐之，无人亦乐之，亦可发愤忘食矣。《诗》曰：'衡门之下，可以栖迟。泌之洋洋，可以疗饥。'"⑥夫子造然变容曰：⑦"嘻！吾子殆可以言《书》已矣。⑧然子以见其表，未见其里。"颜渊曰：⑨"其表已见，其里又何有哉?"孔子曰："窥其门，不入其中，安知其奥藏之所在乎?⑩然藏又非难也。丘尝悉心尽志，已入其中，前有高岸，后有深谷，泠泠然如此，⑪既立而已矣。"不能见其里，盖未谓精微者也。

[注释]

①子夏：姓卜，名商，春秋时期晋国人，孔子的学生。《书》：即《尚书》，亦称《书经》。②昭昭：明亮，光明。③燎燎：明显貌。④尧舜：传说中古代的两位帝王。尧去世后舜继任。⑤三王：指夏禹、商汤、周文王。⑥"衡门"四句：出自《诗经·陈风·衡门》。意思是，简陋的房子，可以作为我安身的地方。泉水洋洋流淌，可以使我忘却饥饿。此处比喻子夏安贫乐道，发愤忘食。衡门：横木为门，指简陋的房屋。衡：通

"横"。栖迟：栖息，安身。泌（bì）：泉水。洋洋：形容众多或盛大。⑦造然：同"猝然"。表示动作行为发生、出现得急速，出人意料。⑧吾子：古时对别人的尊称。⑨颜渊：名回，字子渊，孔子最得意的学生。⑩奥藏：室内隐秘之处。⑪泠泠然：清凉，冷清。

[译文]

　　子夏读完了《尚书》。孔子问他："你也可以谈论《尚书》了吧？"子夏回答说："《尚书》记载的事情，光辉灿烂就像日月的光亮一样，彰明显著得像星辰错落的行列，前有尧舜的思想，后有三王的道理，学生从老师您那里学到的这些东西，记在心中不敢忘却。即使住在十分简陋的房子里面，弹琴歌唱老师的风范，有人在身边我以此为乐，没有人在身边我也以此为乐，也可以发愤于这些事情而忘记了吃饭。《诗经》说：'衡门之下，可以栖迟。泌之洋洋，可以疗饥。'"孔子突然改变了脸上的表情说："啊！现在大可以和你谈论《尚书》了。然而你只看到了它的表面意义，还未发现它蕴含的内在意义。"颜渊说："它的表面意义已经呈现出来了，还有什么内在含义呢？"孔子说："从门缝往里偷看，不进入屋子里面，怎能知道室内隐藏宝物的地方呢？然而想知道宝物藏身之处并非难事。我曾尽心尽力研究，已深入其中，前面矗立着高岸，背后又有深谷，在这样清冷幽寂的环境里，我只是站立在那里。"不能发现它的内在含义，就是没有学习到它的精深奥妙之处。

第三十章　国无道

　　传曰：国无道则飘风厉疾，①暴雨折木，阴阳错氛，②夏寒冬温，春热秋荣,日月无光,星辰错行,民多疾病,国多不祥,群生不寿,而五谷不登。③当成周之时,④阴阳调,寒暑平,群生遂,万物宁。故曰:其风治,其乐连,其驱马舒,其民依依,⑤其行迟迟,⑥其意好好。⑦《诗》曰:"匪风发兮,匪车揭兮。顾瞻周道,中心怛兮。"⑧

[注释]

①厉疾:迅猛。②错氛:气候错乱。③不登:歉收。④成周:古地名。即西周的东都洛邑。在今河南洛阳东郊。这里借指周公辅助成王的兴盛时代。⑤依依:留恋,不忍分离。⑥迟迟:舒缓,从容不迫的样子。⑦好好:形容很好、完好,或让人认真办事。⑧"匪风"四句:出自《诗经·桧风·匪风》。意思是说:那大风呼啸起来,那车儿飞奔起来。回顾通周的大道渐行渐远,心里陡然涌起无尽的忧伤。此处比喻对国家无道的悲伤。匪(bǐ):通"彼",那。发:犹"发发",风吹声。揭:通"偈"。疾驰貌。周道:大道。怛(dá):痛苦,悲伤。

[译文]

古书上说:国家统治不符合道义时就会迅猛刮起暴风,暴雨把树木折断,阴阳气候错乱,夏天寒冷而冬天温暖,春天炎热而秋天万物繁荣,太阳月亮失去光辉,星辰的运行规则失常,人民多患疾病,国家发生很多不吉利的事情,百姓不能长寿,五谷歉收。当周公辅助成王时,阴阳调和,寒暑过渡平稳,人民生活安定,万物自然生长。所以说:当时的民风淳朴,百姓欢乐不断,策马奔驰气度从容,民众不忍分离,行动和缓从容,内心美好喜悦。《诗经》说:"匪风发兮,匪车揭兮。顾瞻周道,中心怛兮。"

第三十一章　治气养心之术

夫治气养心之术：血气刚强则务之以调和，智虑潜深则一之以易谅，①勇毅强果则辅之以道术，②齐给便捷则安之以静退，③卑摄贪利则抗之以高志，容众驽散则劫之以师友，④怠慢僄弃则慰之以祸灾。⑤愿婉端悫则合之以礼乐。⑥凡治气养心之术，莫径由礼，莫优得师，莫慎一好。⑦好一则抟，⑧抟则精，精则神，神则化。是以君子务结心乎一也。《诗》曰："淑人君子，其仪一兮。其仪一兮，心如结兮。"⑨

[注释]

①易谅：平易善良。谅：通"良"。②道：通"导"。引导。③齐给：敏捷。静退：安静柔和。④容众：心怀宽广，能与各种人交往。驽散：指低劣不成材。劫：夺去。指用师友去其旧性。引申为改造。⑤僄：轻薄。弃：自暴自弃。⑥愿婉：朴实恭顺。端悫（què）：端正朴实。悫：恭谨，诚实。⑦好（hào）：喜爱。⑧抟：集中。⑨"淑人"四句：出自《诗经·曹风·鸤鸠》。意思是，温和善良的君子，他的仪容端庄始终如一。他的仪容端庄始终如一，他的内心操守坚定不移。仪：容颜仪态。心如结：比喻心志坚定。

[译文]

调理性情、修养身心的方法：血气刚强的人，就用和顺来调和他；思虑过于复杂的人，就用平易诚实来引导他；勇敢坚毅而果断的人，就用开导启发的方法来帮助他；行为快捷的人，就用安静的方法来节制他；志向卑下、迟钝贪利的人就用高远的志向来提升他；低劣不成才的人，就用良师益友来改造帮助他；懈怠、自暴自弃的人，就用招灾惹祸来告诫他；谨慎、朴实恭顺的人，就用礼乐来调教他。凡是调理性情、修养身心的方法，没有不是由礼仪入门的，没有比得到老师更好的，没有不遵循于个人喜好的。喜好专一就会集中精神，集中精神就能精通，精通就能达到高超的境界，达到高超的境界就能出神入化。所以君子必须专心如一。《诗经》说："淑人君子，其仪一兮。其仪一兮，心如结兮。"

第三十二章　玉不琢，不成器

玉不琢，不成器。人不学，不成行。①家有千金之玉，不知治，犹之贫也。良工宰之，②则富及子孙。君子谋之，则为国用。故动则安百姓，议则延民命。《诗》曰："淑人君子，正是国人。正是国人，胡不万年！"③

[注释]

①行（xíng）：品德，表现。②良工：古代泛称技艺高超的人。宰：治理。③"淑人"四句：出自《诗经·曹风·鸤鸠》。意思是，那位君子品性贤良，能做国人好官长。能做国人好官长，何不祝他万寿无疆！正：

做……的官长。

[译文]

玉石不经过雕琢，就不会成为有用的器物；人不经过学习，就不会成就美好的品行。家中有价值千金的宝玉，不知雕琢成器，就如同贫穷一样；技艺高超的人雕琢成宝物，可以富及子孙后代。君子谋划学习，可以为国家所用。所以行动起来去学习可以使国家安定，议政能够惠及人民的生活。《诗经》说："淑人君子，正是国人。正是国人，胡不万年！"

第三十三章　故礼者，因人情为文

嫁女之家，三夜不息烛，思相离也。取妇之家，三日不举乐，思嗣亲也。①是故昏礼不贺，②人之序也。③三月而庙见，④称来妇也。⑤厥明见舅姑，⑥舅姑降于西阶，⑦妇降自阼阶，⑧授之室也。⑨忧思三日，不杀三月，⑩孝子之情也。故礼者，因人情为文。⑪《诗》曰："亲结其缡，九十其仪。"⑫言多仪也。

[注释]

①嗣（sì）：继承，接续。②昏礼：婚礼。古代婚礼是在傍晚举行，故称"昏礼"。③人之序：人与人之间道德关系的秩序。④庙见：古代婚礼仪式之一，成妇之礼中的重要仪式。即婚后至迟三个月，须择日率新娘至夫家宗庙祭告祖先，以表示婚姻已取得夫家祖先的同意。⑤来妇：古婚

礼,妇到夫家,次日天明始见舅姑(夫之父母);若舅姑已亡,则于三月后至庙中参拜,祝辞称新妇为来妇。⑥厥明:指明日。舅姑:古指公婆。⑦西阶:堂西台阶,示尊礼之位。《礼记·曲礼上》记载,主人就东阶,客就西阶。客若降等,则就主人之阶。⑧阼(zuò)阶:指东阶。⑨室:特指夫家。《礼记·郊特牲》载:"舅姑降自西阶,妇降自阼阶,授之室也。"孔颖达疏:"舅姑从宾阶而下,妇从主阶而降,是示授室与妇之义也。"后以"授室"指娶妻。⑩杀:减轻。⑪文:指礼节、仪式。⑫"亲结"两句:出自《诗经·豳风·东山》。意思是,母亲为女儿结佩巾,婚嫁的礼仪繁多。亲:此指女方的母亲。结缡:将佩巾结在带子上,古代婚仪。九十:言其多。

[译文]

　　嫁女儿的人家,一连三天晚上不熄灭灯火,思念女儿就要相互别离了。娶媳妇的人家三天不奏乐,考虑到如何承担起立家孝亲的职责。所以婚礼不祝贺,是为了维护人伦秩序。婚后三个月新娘至夫家宗庙祭告祖先,祝辞称新妇为来妇。结婚的第二天清早,新媳妇拜见公婆,公婆从堂西宾客的台阶走下来,新媳妇从东边主人的台阶走下来,这表示公婆把家事交给新媳妇。忧虑三天,一直到三个月还没减轻,这是孝子的情义啊。所以礼是根据人的感情而制定成规章的。《诗经》说:"亲结其缡,九十其仪。"说的是仪式繁多。

第三十四章　原天命

　　原天命,①治心术,②理好恶,适情性,而治道毕矣。原天命则不惑祸福，不惑祸福则动静循理矣。治心术则不妄喜怒。不妄喜怒则赏罚不阿矣。③理好恶则不贪无用，不贪无用则不以物害性矣。适情性则欲不过节，欲不过节则养性知足矣。四者不求于外，不假于人，反诸己而存矣。④夫人者说人者也，⑤形而为仁义，动而为法则。《诗》曰："伐柯伐柯，其则不远。"⑥

[注释]

①原：推究。天命：自然的规律、法则。②心术：心思，念头。③不阿：不曲从，不偏袒。④诸己：之于自身。⑤说：同"悦"。⑥"伐柯"两句：出自《诗经·豳风·伐柯》。伐柯：砍取做斧柄的木料。《说文解字》：柯，斧柄也；伐，击也，从人，持戈。则：原则，方法。

[译文]

　　探究天道自然的规律，修正自己的心念，理清自己的好恶，使自己的情性保持适度，个人道德修养就完成了。探究天道自然的规律就不会被祸福迷惑，不被祸福迷惑，行为就能循动静之理了。修正心念就不会喜怒无常，不喜怒无常，赏罚就不会出现偏差了。理顺喜好、厌恶的对象，就不会贪求无用的东西，不贪求无用的东西，就不会因物欲伤害本性。调适自己的情性，欲望就不会没有节制，欲念有节制就可以涵养心性而知道满足了。这四种修身之道，不必去外寻求，自我反省就会品行俱足。人之所以为人，在于能够使他人愉悦，外在行为合于仁爱与正义，举动可以成为别人的榜样。《诗经》说："伐柯伐柯，其则不远。"

卷三

第一章　易简而天下之理得矣

传曰：昔者舜甑盆无膻，①而下不以馀获罪。饭乎土簋，②啜乎土型，③而工不以巧获罪。麑衣而蓝领，④而女不以侈获罪。法下易由，事寡易为，而民不以政获罪。故大道多容，大德多下，圣人寡为，⑤故用物常壮也。传曰：易简而天下之理得矣。忠易为礼，诚易为辞，贤人易为民，工巧易为材。《诗》曰："岐有夷之行，子孙保之。"⑥

[注释]

①甑（zèng）：古代蒸饭的一种瓦器。膻（shān）：指肉类食物。②土簋（guǐ）：盛饭的瓦器。③啜（chuò）：饮。土型：土形，指盛汤羹的瓦器。④麑（ní）：指小鹿。《韩非子·五蠹》说尧之王天下，"冬日麑裘，夏日葛衣"。蓝领：未详。蓝：各家注本字形各不相同，疑为"盖"之讹。领：亦衣也。⑤寡为：听任自然，少事施为。⑥"岐有"二句：见《诗经·周颂·天作》。意思是，岐山之君政令简明，容易实施，后世子孙长久保他建立的功业。岐：岐山，在今陕西岐山东北。夷：平坦易通。行：道路。

[译文]

古书记载：从前舜吃饭的碗里没有肉类食物，而在下的民众不会因为有多余的食物而被判罪；他吃饭、喝水用瓦器，而工匠没有因为有其他的技艺而被判罪。冬日穿皮裘，夏日穿葛衣，女人们不会因为奢侈而被判罪。法令简单就容易遵从，事情简约办起来才容易，百姓不会因违反政令而被判罪。因此，具有大道的人大多能包容他人，具有大德的人大多能谦逊待人，圣明的人顺其自然，少事施为，因为能使万物保持强盛。古书说：用平易简单的方式就可以掌握天下的道理。为人忠诚，行为就容易合于礼仪，为人诚恳，言辞就简洁，贤德的人容易成为良民，能工巧匠容易发挥作用尽其才能。《诗经》说："岐有夷之行，子孙保之。"

第二章　榖生汤之廷

有殷之时，榖生汤之廷，①三日而大拱。②汤问伊尹曰："何物也？"对曰："榖树也。"汤问："何为而生于此？"伊尹曰："榖之出泽野物也，今生天子之庭，殆不吉也。"汤曰："奈何？"伊尹曰："臣闻妖者祸之先，③祥者福之先。见妖而为善，则祸不至，见祥而为不善，则福不臻。"④汤乃斋戒静处，夙兴夜寐，⑤吊死问疾，赦过赈穷，七日而榖亡，妖孽不见，⑥国家其昌。《诗》曰："畏天之威，于时保之。"⑦

[注释]

①榖（gǔ）：落叶乔木，亦称"构""楮"。②大拱：形容粗大。拱，

两手合围。③妖：怪异反常的事物，古人认为是不祥的预兆。④臻：至，到。⑤夙兴夜寐：早起晚睡，形容非常勤奋。⑥妖孽：指物类反常的现象，古人以为是不祥之兆。⑦"畏天"二句：出自《诗经·周颂·我将》。意思是，敬畏天的威严，于是国家得以保全。

[译文]

殷商时，汤的朝廷上长出一棵榖树，三天便长得两手合围一般粗了。商汤问伊尹："这是什么东西？"伊尹回答："是榖树。"商汤问："为什么会长在这里？"伊尹说："榖树是生长在山间水泽之地的野树，现在却长到天子的朝廷上，大概是不祥之兆。"商汤问："那怎么办呢？"伊尹说："我听说，妖异是祸的先兆，祥瑞是福的先兆。发现妖异就做善事，祸就不会到来，发现祥瑞却不行善事，福运也不会降临。"商汤于是清洁心身，戒除嗜欲，清静而居，早起晚睡，吊祭死者，慰问病人，赦免犯人，救济穷人，七天后，榖树自己死掉了。怪异反常的现象不再出现，国家太平兴盛。《诗经》说："畏天之威，于时保之。"

第三章　周文王莅国八年而地动

昔者周文王之时，①莅国八年，②夏六月，文王寝疾。五日而地动，③东西南北不出国郊。有司皆曰：④"臣闻地之动，为人主也。今者君王寝疾，五日而地动，四面不出国郊。⑤群臣皆恐，请移之。"文王曰："奈何其移之也？"对曰："兴事动众以增国城，其可以移之乎。"文王曰:"不可。夫天之见妖,是罚有罪也。我必有罪,故天以此罚我也。今又专兴事动众以增国城,是重吾罪也。不可以移之。昌也请改行重善以移之,其可以免乎。"于是遂谨其礼袟、皮革,⑥以交诸侯;饰其辞令币帛,以礼俊士;⑦颁其爵列、等级、田畴,⑧以赏群臣。行此无几何而疾止。文王即位八年而地动。地动之后四十三年,凡莅国五十一年而终,此文王之所以践妖也。⑨《诗》曰:"畏天之威,于时保之。"⑩

[注释]

①周文王:姓姬,名昌,周朝的奠基者。中国历史上的一代明君。②莅国:当国,治国。③地动:指地震。④有司:指主管某部门的官吏,泛指官吏。⑤国郊:古代指国都周围百里的地区,分近郊和远郊。⑥袟(zhì):祭有次序。⑦俊士:才智杰出的人。⑧爵列:爵位。田畴:田地。⑨践妖:禳祸消灾。⑩"畏天"二句:出自《诗经·周颂·我将》。

[译文]

从前,周文王当政,当即位治国第八年时,夏天的六月,他卧病在床。在生病的第五天发生了地震,震动四周的范围没超出周国国都百里之地。官吏们都说:"我们听说地震是因为君主而发生的。现在君王您卧病在床五天就发生了地震,四方震区不超过国都百里。朝臣们都很恐慌,请您采取消除灾害的措施。"文王问:"用什么方法来消灾呢?"大臣们回答说:"发动百姓增加城墙高度,应该可以消灾吧。"文王说:"不可以。上天出现怪异之象,是惩罚有罪的人。我必定有罪,所以上天才用地震来惩罚我。现在又专门兴师动众加高城墙,是加重我的罪行啊,不可以这样。

现在我请求改善我的言行,多行善事来消灾,或许可以免灾了。"于是,文王慎重整修礼节,备上皮革,交好诸侯国;斟酌交往辞令,赐送钱币、绸布,礼待有才能的人;颁行爵位、等级和田地,赏赐文武官员。这样做没过多久,他的病就好了。周文王在位第八年发生了地震,地震之后又当了四十三年的君主,总共治国五十一年去世。这就是文王消除灾祸的方法。《诗经》说:"畏天之威,于时保之。"

第四章　王者论德

王者之论德也,^①不尊无功,不官无德,不诛无罪,朝无幸位,民无幸生。故上贤使能而等级不逾,^②折暴禁悍而刑罚不过,^③百姓晓然皆知夫为善于家,取赏于朝也,为不善于幽而蒙刑于显也。^④夫是之谓定论。是王者之德。《诗》曰:"明昭有周,式序在位。"^⑤

[注释]

①王者:指帝王、天子,也指施行帝王之道的人。论德:评判品德的高下。②逾:本意是走捷径,引申为越过、超过。③折:折断。引申为挫败。④幽:本义指物体的色度,又表黑色。引申为昏暗,又引申为隐蔽。⑤"明昭"两句:出自《诗经·周颂·时迈》。意思是,光明正大的周邦,按照次序来封功行赏。明昭:犹"昭明",显著,此为发扬光大的意思。式:发语词,无实义。序在位:谓合理安排在位的诸侯。序:顺序,

依次。

[译文]

君主在评定德行时：不尊奉没有功劳的人，不任命没有德行的人做官，不诛杀没有罪过的人，朝臣没有侥幸得到官位的，老百姓没有靠投机侥幸生存的。所以要崇尚贤德的人，任用有才能的人，按照等级给与合适的职位而不越级提拔；铲除残暴的人，禁止凶悍的人，实施刑罚而不过头。老百姓清楚地知道行善之家，可以得到朝廷的奖赏，在暗地里干坏事也会受到公开的刑罚。这是以德用人的确定标准，是君王施政的道德准则。《诗经》说："明昭有周，式序在位。"

第五章　从俗为善

传曰：以从俗为善，以货财为宝，以养性为己至道，是民德也，未及于士也。① 行法而志坚，不以私欲害其所闻，是劲士也，② 未及于君子也。行法而志坚，好修其所闻以矫其情，言行多当，未安谕也，③ 知虑多当，未周密也，上则能大其所隆也，④ 下则开道不若己者，是笃厚君子，未及圣人也。若夫修百王之法，若别白黑，应当世之变，若数一二，行礼要节，若性四支，⑤ 因化立功，若推四时，天下得序，群物安居，是圣人也。《诗》曰："明昭有周，式序在位。"⑥

[注释]

① 士：古代介于大夫和庶民之间的阶层。② 劲士：刚正的人。③ 谕

(yù)：告诉，使人知道（一般用于上对下）。④隆：尊崇。⑤性：通"伸"。支：通"肢"。⑥"明昭"两句：出自《诗经·周颂·时迈》。

[译文]

古书说：把顺从习俗当作善行，把财货当作珍宝，把自己的修身养性当作生活的第一追求，这就是平民百姓的道德，还没有达到士人的境界。行为合乎法度，意志坚定，不因私欲扰乱视听，这样的人是刚正的人，还没有达到君子的境界。行为合乎法度，意志坚定如一，喜欢思虑自己的见闻来矫正性情，言行大多是得当的，却没有完全明白其中的道理，能够思考，考虑的事情大多得当，但还不够细致周密，上能光大自己所推崇的事情，下能开导不若自己的人，这样的人是忠诚厚道的君子，却还没有达到圣人的境界。至于修习历代帝王的法度，就像辨别黑白一样顺利；应对当世的变化，就像数一、二一样容易；奉行礼法、遵循礼节，就像伸展四肢一样自如；因应时势变化而建功立业，就像四季交替一样自然。国家得以有序治理，万物各得其所，这样的人就称得上圣人了。《诗经》说："明昭有周，式序在位。"

第六章　魏文侯置相

魏文侯欲置相，①召李克问曰：②"寡人欲置相，非翟黄则魏成子，③愿卜之于先生。"李克避席而辞曰："臣闻之：'卑不谋尊，疏不间亲。'臣外居者也，④不敢当命。"文侯曰："先生临事勿让。"

李克曰:"夫观士也,居则视其所亲,富则视其所与,达则视其所举,穷则视其所不为,贫则视其所不取。此五者足以观矣。"文侯曰:"请先生就舍,寡人之相定矣。"李克出遇翟黄,翟黄曰:"今日闻君召先生而卜相,果谁为之?"李克曰:"魏成子为之。"翟黄悖然作色曰:"吾何负于魏成子?西河之守,⑤吾所进也。君以邺为忧,⑥吾进西门豹。⑦君欲伐中山,⑧吾进乐羊。⑨中山既拔,无守之者,吾进先生。君欲置太子傅,吾进赵苍唐。⑩皆有成功就事。吾何负于魏成子?"克曰:"子之言克于子之君也,岂比周以求大官哉?⑪君问置相非成则黄,二子何如?臣对曰:'君不察故也。居则视其所亲,富则视其所与,达则视其所举,穷则视其所不为,贫则视其所不取。五者足以定矣,何待克哉?'是以知魏成子为相也。且子焉得与魏成子比乎?魏成子食禄千钟,⑫什一在内,九在外,以聘约天下之士,是以东得卜子夏、田子方、段干木。⑬此三人君皆师友之。子之所进皆臣之,子焉得与魏成子比乎?"翟黄逡巡再拜曰:"鄙人固陋,失对于夫子。"《诗》曰:"明昭有周,式序在位。"⑭

[注释]

①魏文侯:战国时期魏国的开国君主。②李克:魏国大臣。③翟黄:魏国大臣。魏文侯时官至上卿,曾为相。魏成子:即季成。魏文侯弟弟,曾为魏相。④外居者:在朝外的人,当时李克任中山相,故以"外居者"谦称。⑤西河之守:指吴起。西河,战国时期魏郡名,在今陕西东部黄河西岸地区。吴起善用兵,任西河守,秦兵不敢东向。⑥邺:都邑名,在今河北临漳西南。⑦西门豹:魏文侯时邺令。治邺时,兴修水利,发展农

业,革除为河伯娶妇的陋习,邺地称治。⑧中山:国名,战国初期建都于顾(今河北定州)。⑨乐羊:魏将。攻灭中山,封于灵寿(今河北平山东北)。⑩赵苍唐:魏大臣。⑪比周:结党营私。⑫钟:容量单位。⑬卜子夏:孔子学生卜商,字子夏,魏文侯之师。田子方:子贡学生,魏文侯之师。段干木:子夏学生,不肯受魏文侯官禄。魏文侯待之极恭。⑭"明昭"两句:出自《诗经·周颂·时迈》。

[译文]

魏文侯打算任用宰相,召见李克问道:"我打算任用宰相,不是翟黄就是魏成子。希望先生帮我择定。"李克起身离座推辞说:"我听说:'地位低的人不参议地位高的人的事情,关系远的人不过问关系近的人的事情。'我是朝廷之外的人,不敢接受这个命令。"文侯说:"先生在国家大事面前不要谦让。"李克说:"观察人,平时在家时,看他所亲近的人;富有时,看他是否有所施与;显贵时,看他推荐的人;困厄时,看他能否有所不为;贫穷时,看他能否有所不取。从这五个方面完全可以观察清楚士人了。"文侯说:"请先生回客舍,我的宰相定下来了。"李克出来遇到翟黄,翟黄问道:"今天听说君主召见先生选择担任宰相的人,结果让谁为相呢?"李克说:"魏成子为宰相。"翟黄气得变了脸色,说:"我有什么地方不如魏成子呢?西河郡守,是我推荐的。君主因邺地之事而忧虑,我推荐了西门豹。君主想征伐中山,我推荐了乐羊。中山国攻克后,没有人治理,我推荐了先生您。君主想立太子傅,我推荐了赵苍唐。这些人于功业都有所成就。我怎么就不如魏成子呢?"李克说:"您把我介绍给君主,难道是为了结党营私来谋求高官吗?君主问我立相不是魏成子就是翟黄,这二人怎么样?我回答说:'君主不知定谁是因为不注意观察人。观察人,平时在家时,看他所亲近的人;富有时,看他是否有所施与;显贵时，看他推荐的人；困厄时，看他能否有所不为；贫穷时，看他能否有所不取。用这五点就可以决定了，何必等我说呢？'因此我知道魏成子要当相。而且您怎么能与魏成子比呢？魏成子俸禄千钟，十分之一家用，十分之九用在外面，用来聘请邀约天下贤能之士。因此从东方请到卜子夏、田子方、段干木。这三人，君主都把他们当作老师和朋友。而您所推荐的人，都是大臣，您怎么能与魏成子相比呢？"翟黄徘徊向李克拜了又拜，说："我太过浅陋，对先生出言不当。"《诗经》说："明昭有周，式序在位。"

第七章　修礼者王

　　成侯、嗣公，聚敛计数之君也，①未及取民也。②子产取民者也，③未及为政也。④管仲为政者也，⑤未及修礼也。⑥故修礼者王，⑦为政者强，取民者安，聚敛者亡。聚敛以招寇，⑧积财以肥敌，⑨危身亡国之道也，故明君不蹈也。⑩将修礼以齐朝，正法以齐官，平政以齐下，⑪然后节奏齐乎朝，⑫法则度量正乎官，忠信爱利刑乎下。⑬如是百姓爱之如父母，畏之如神明。是以德泽洋乎海内，福祉归乎王公。《诗》曰："降福简简，威仪皈皈。既醉既饱，福禄来反。"⑭

[注释]

　　①成侯、嗣公：战国时期卫国的两任国君。嗣公是成侯的孙子。聚

敛：搜刮财富。计数：算计。②未及：没有做到。取民：指笼络治理百姓。③子产：春秋时期郑国大夫公孙侨，字子产，辅佐郑简公、定公四十余年，是春秋时期优秀的政治家。④为政：处理政事，管理国政。⑤管仲：名夷吾，字仲，谥敬，史书又称作管敬仲。春秋时期担任齐桓公的相，使齐国富强，称霸天下。⑥修礼：实行礼义。⑦王（wàng）：成就王业。⑧招寇：招来敌寇。⑨肥：使丰厚，使充足。⑩蹈：踏上，奔赴。⑪平政：修明政治。⑫节奏：礼节制度。⑬刑：通"形"。表现。⑭"降福"四句：出自《诗经·周颂·执竞》。意思是，上天赐大福于周邦，大有威仪，神灵喝醉又吃饱，不断赐福禄于周邦。简简：大的意思。威仪：祭祀时的礼节仪式。昄（bǎn）：大。反：同"返"。回归，报答。

[译文]

卫国国君成侯和嗣公，都是搜刮财富、精于计算的国君，无法取得民心。子产是取得民心的人，却无法处理好政事。管仲是善于处理政事的人，但没能遵循礼义。所以能够修行礼义的能成就帝王大业，善于处理政事的能使国家富强，能够取得民心的能使国家安定，搜刮民财的会导致国家灭亡。聚敛财富会招来敌寇，使敌方获利丰厚，从而走向危及君王，使国家灭亡的道路，所以贤明的君主不走这样的路。（贤明的君主）会修治礼义来整治朝廷，端正法度来完善官制，修明政治来爱护民众。然后朝廷上礼节制度完备，官府中法律准则、规章制度公正，民间百姓忠诚、仁爱、利人等美德就会蔚然成风。如此一来，百姓敬爱君主如父母，敬畏君主如神明。因此君主的恩惠遍及全国各地，福禄遍及达官贵人。《诗经》说："降福简简，威仪昄昄。既醉既饱，福禄来反。"

第八章 楚庄王寝疾

楚庄王寝疾,①卜之,曰:"河为祟。"大夫曰:"请用牲。"庄王曰:"止。古者圣王之制,祭不过望,②濉、漳、江、汉,③楚之望也。寡人虽不德,河非所获罪也。"遂不祭。三日而疾有瘳。④孔子闻之曰:"楚庄王之霸,其有方矣。制节守职,反身不贰,⑤其霸不亦宜乎!"《诗》曰:"嗟嗟保介!"⑥庄王之谓也。

[注释]

①楚庄王:春秋时期楚国国君,春秋五霸之一。②望:祭名,这里指祭山川。③濉:濉河,在今安徽东北部。漳:漳河,指今湖北中部的漳水,是长江中游的支流。④瘳:病愈。⑤贰:通"忒",差错。⑥"嗟嗟保介":出自《诗经·周颂·臣工》。嗟嗟:叹词。保介:披甲执兵,立于车右保卫帝王的勇士。这里用来比喻和赞美楚庄王之勇。

[译文]

楚庄王生病卧床,进行占卜,占卜结果显示:"是黄河之神在作祟。"大夫对楚庄王说:"请君王用牲畜祭祀河神。"楚庄王说:"不行。古代圣明帝王的制度,望祭不超过本国山川。濉河、漳河、长江、汉水,这是楚国望祭的川河。我虽然没有德行,却没得罪黄河之神。"于是决定不祭祀。过了三天,楚庄王病好了。孔子听到这件事后说:"楚庄王称霸,是有原因的。制度适宜、遵守职事，反省自身不出差错，他的称霸不是应当的吗？"《诗经》说："嗟嗟保介！"说的就是楚庄王这种情况。

第九章　人主之疾

人主之疾，①十有二发，非有贤医，莫能治也。何谓十二发？曰：痿、蹶、逆、胀、满、支、隔、肓、烦、喘、痹、风，②此之曰十二发。贤医治之如何？曰：省事轻刑，则痿不作。无使小民饥寒，则蹶不作。无令财货上流，则逆不作。无令仓廪积腐，则胀不作。无使府库充实，则满不作。无使群臣纵恣，则支不作。无使下情不上通，则隔不作。上振恤下，则肓不作。法令奉行，则烦不作。无使下怨，则喘不作。无使贤人伏匿，则痹不作。无使百姓歌吟诽谤，则风不作。夫重臣群下者，人主之心腹支体也。心腹支体无疾，则人主无疾矣。故非有贤医，莫能治也。人主皆有此十二疾而不用贤医，则国非其国也。《诗》曰："多将熇熇，不可救药。"③终亦必亡而已矣。故贤医用，则众庶无疾，况人主乎？

[注释]

①人主：古时专指一国之主，即国君。②痿：身体某一部分萎缩或失去功能。蹶：通"厥"，气上逆生的病。逆：气不顺生的病。中医指气血

不和、胃气不顺等所致病症。胀：身体膨胀。满：胸腹胀满。支：通"肢"，四肢所生的病。隔：遮断。此处指身体某些部分隔塞不通造成的疾病。肓（huāng）：中医指心脏与膈膜之间的部位。此处比喻中间阻隔而上下不通之症。烦：烦躁，烦闷。指热头痛。喘：哮喘，患者痰塞气道，呼吸急促。痹：麻痹，肢体失去感觉而麻木不仁。风：风气入皮肤时，筋脉驰纵，手足麻木。③"多将"两句：出自《诗经·大雅·板》。熇（hè）熇：火势炽烈的样子，指一发而不可收拾。

[译文]

　　国君有十二种疾病，如果没有高明的医生，是治不好这些病的。是哪十二种病呢？回答说：痿、蹶、逆、胀、满、支、隔、肓、烦、喘、痹、风，就是这十二种疾病。高明的医生怎么治疗这些疾病呢？回答说：减轻劳役，减少刑罚，痿病就不会发作。不让百姓饥饿受寒，蹶病就不会发作。不要让财富货物流向社会上层，逆病就不会发作。不要让仓库里的粮食堆积腐烂，胀病就不会发作。不要让财物都积压在仓库里不流通，满病就不会发作。不要让大臣们放纵行事，支病就不会发作。不要使上层官员不了解民众情况，隔病就不会发作。上层官员赈济抚恤民众，肓病就不发作。奉公执法，烦病就不会发作。不要使民众抱怨，喘病就不会发作。不要让贤能的人得不到重用，痹病就不会发作。不要让百姓歌吟诽谤执政者，风病就不会发作。身负重任的臣子和僚属，犹如国君的心腹肢体。心腹肢体无疾病，国君也就无疾病。所以说如果没有高明的医生，就不能治好国君的疾病。国君都有这十二种疾病，如果不能任用高明的医生，那国家就会陷入混乱。《诗经》说："多将熇熇，不可救药。"国家终究会走向灭亡的。所以能任用高明的医生，庶民百姓就没有疾病，更何况国君呢？

第十章 太平之时

传曰：太平之时，无瘖聋、跛眇、尪蹇、侏儒、折短，①父不哭子，兄不哭弟，道无襁负之遗育。②然各以其序终者，贤医之用也。故安止平正，除疾之道无他焉，用贤而已矣。《诗》曰："有瞽有瞽，在周之庭。"③纣之余民也。④

[注释]

①瘖（yīn）聋：哑和聋。跛眇（bǒ miǎo）：足跛与眼盲，泛指有残疾的。尪（wāng）：指脚跛或胸背弯曲等。蹇（jiǎn）：跛足。侏儒：身材异常矮小的人。折（shé）短：夭折。②襁（qiǎng）：婴儿的被子或布。③"有瞽"两句：出自《诗经·周颂·有瞽》。意思是，眼盲的乐官，眼盲的乐官，在周朝的庙庭上奏乐。瞽（gǔ）：盲人。这里指周代的盲人乐师。④余民：遗民，亡国之民。

[译文]

古书记载说：太平盛世时，没有聋哑、跛脚、眼盲、胸背弯曲和侏儒等残疾的人和夭折的人。做父亲的不为儿子痛哭，做兄长的不为弟弟痛哭，道路上没有被遗弃的襁褓中的婴儿。这样民众都能按照长幼的顺序终其天年，因为任用了贤能的医生。所以要想使国家安定太平，除去疾病，没有其他的方法，只有任用贤能的人罢了。《诗经》说："有瞽有瞽，在周之庭。"这些人都是商朝的遗民啊。

第十一章　丧祭之礼废

　　传曰:"丧祭之礼废,则臣子之恩薄。臣子之恩薄,则背死亡生者众。"①《小雅》曰:"子子孙孙,勿替引之。"②

[注释]

　　①亡:通"忘"。②"子子"二句:出自《诗经·小雅·楚茨》。大意是,愿子孙们不废弃丧祭之礼。替:废。引之:长行祭祀祖先之礼仪。引:延长。

[译文]

　　古书记载说:"废弃丧礼和祭礼,臣子对君王的恩情就会淡薄。臣子对君王的恩情淡薄,那么背弃死去的君主,忘记活着的君主的人就多了。"《诗经·小雅》说:"子子孙孙,勿替引之。"

第十二章　人事顺于鬼神

　　人事伦则顺于鬼神,①顺于鬼神则降福孔皆。《诗》曰:"以享以祀,以介景福。"②

[注释]

①人事:人的作为。伦:合于道理。鬼神:偏指鬼,也指死去的祖先。②"以享"二句:出自《诗经·小雅·大田》。意思是,虔诚地祭祀鬼神,以求得最大的福报。介:"丐"的假借,祈求。景福:大福。

[译文]

人的作为要尊重顺从于鬼神,遵从于鬼神,那么鬼神赐予的福报就很普遍。《诗经》说:"以享以祀,以介景福。"

第十三章 武王伐纣

武王伐纣,①到于邢丘,②轭折为三,③天雨三日不休。武王心惧,召太公而问,④曰:"意者纣未可伐乎?"太公对曰:"不然。轭折为三者,军当分为三也。天雨三日不休,欲洒吾兵也。"⑤武王曰:"然何若矣?"太公曰:"爱其人者,及屋上乌;恶其人者,憎其胥余。⑥咸刘厥敌,⑦靡使有余。"武王曰:"於戏!⑧天下未定也。"周公趋而进曰:⑨"不然。使各度其宅,⑩而佃其田,⑪无获旧新。百姓有过,在予一人。"⑫武王曰:"於戏!天下已定矣。"乃修武勒兵于宁,⑬更名邢丘曰怀宁,曰修武,行克纣于牧之野。⑭《诗》曰:"牧野洋洋,檀车皇皇,驷騵彭彭,维师尚父,时为鹰扬,亮彼武王,肆伐大商，会朝清明。"⑮

既反商，未及下车，封黄帝之后于蓟，⑯封帝尧之后于祝，⑰封舜之后于陈。⑱下车而封夏后氏之后于杞，⑲封殷之后于宋，⑳封比干之墓，㉑释箕子之囚，㉒表商容之闾。㉓济河而西，马放华山之阳，示不复乘也。牛放桃林之野，㉔示不复服也。车甲衅而藏之于府库，㉕示不复用也。于是废军而郊射，㉗左射狸首，㉘右射驺虞，㉙然后天下知武王不复用兵也。祀乎明堂而民知孝，朝觐然后诸侯知所以臣，耕籍然后诸侯知所以敬。㉚坐三老五更于大学，㉛天子执酱而馈，㉜执爵而酳，㉝所以教诸侯之悌也。此四者，天下之大教也。夫武之久不亦宜乎？《诗》曰："胜殷遏刘，耆定尔功。"㉞言武伐纣而殷亡也。

[注释]

①武王：周武王。周王朝的建立者。公元前十一世纪中期，周武王起兵伐纣，大败商军于牧野，灭商，正式建立周王朝。纣：商朝的最后一代帝王，中国历史上有名的暴君。②邢丘：古地名。在今河南温县东。③轭(è)：车辕前端驾在牲口颈上的器具。④太公：即姜太公。姜太公，周朝东海人，本姓姜，其先封于吕，因姓吕。名尚，字子牙。年老隐钓于渭水之上，文王访得，载与俱归，立为师，又号太公望，辅佐文王、武王灭纣。⑤洒(xǐ)：同"洗"，洗涤。⑥脣余：村落的角隅。⑦咸刘厥敌：斩尽强敌。咸刘：斩尽，灭绝。⑧於戏：同"呜呼"，叹词。⑨周公：周武王之弟，名旦。食邑于周（今陕西岐山北），故称"周公"。⑩度(zhái)：居。⑪佃(tián)：耕作。⑫予一人：古代帝王的自称。⑬宁：邑名，在今河南修武。⑭牧之野：即牧野，地名，在今河南淇县西南。

⑮"牧野"八句：出自《诗经·大雅·大明》。这八句写牧野之战中周军的威风。意思是，牧野多么辽阔，兵车多么鲜亮，四匹驾车的骏马强壮有力，太师吕尚实在威武，如雄鹰飞扬，辅佐武王，讨伐殷商，交战之后，天下平定。洋洋：辽阔的样子。檀（tán）车：用檀木造的兵车。皇皇：光亮的样子。驷（sì）：一车四马。䯄（yuán）：赤毛白腹的骏马。彭彭：强壮有力的样子。师：官名，又称太师。尚父：指姜太公。时：是。鹰扬：如雄鹰飞扬，形容威武。亮：辅佐。肆：迅猛。会朝（zhāo）：会战的早晨。一说黎明。清明：指天下平定。⑯蓟：地名。在今北京西南。⑰祝：地名。在今山东肥城南。⑱陈：周朝国名。在今河南淮阳。⑲夏后氏：指禹。杞：古国名。在今河南杞县。⑳宋：地名。在今河南商丘南。㉑比干：纣王叔父。㉒箕子：纣王叔父。任太师。封于箕（今山西太谷东北），因称箕子。因劝谏纣王而被囚禁。㉓表商容之闾：谓旌表闾里，以显彰功德。商容：商纣时贤大夫，因直谏而被纣王废黜。㉔桃林：古地名。在今河南灵宝以西接近陕西潼关的地区。㉕服：驾，乘。㉖衅：用牲血涂器物而祭之。府库：国家贮藏财物、兵甲的处所。㉗郊射：天子在郊外射宫举行射礼。㉘左：东学，即设在东郊的学校。狸首：古乐曲名。行射礼时，以之发矢的节度。㉙右：西学，即设在西郊的学校。驺虞：古乐曲名。㉚籍：籍田，君主亲自耕的田地。君主于春耕前亲耕，以示重农。㉛三老五更：天子以父兄之礼尊养的老人。大学：太学。古时设于京城的最高学府。㉜馈：本义是赠送粮食或饭食，引申为进献、输送粮食，还引申为食物及饮食之事。㉝酳（yìn）：食毕用酒漱口。㉞"胜殷"两句：出自《诗经·周颂·武》。大意是，战胜殷商，阻止杀戮，得以完成你的功业。刘：杀戮。耆：达成。尔：指周武王。

[译文]

　　周武王讨伐殷纣王，到了邢丘，车轭折断成三截，雨连下三天不停。武王心里害怕，召见太公询问。武王说："出现这种情况或许是不应当伐纣吧？"太公回答说："不是的。车轭断成三截，表示军队应分为三路；雨下三天不停，是上天想要洗涤我们的兵器。"武王说："这样的话，我们要怎么办呢？"太公说："爱一个人，会连带爱他屋顶的乌鸦；厌恶一个人，会连带厌恶他所处村落的角隅。全部杀掉那些敌人，不让他们有剩余。"武王说："呜呼，天下没有安宁了。"周公快步走上前说："不是这样的。使人民各自居住在自己的住宅里，耕种自己的田地，无所谓新人旧人。百姓有过失，责任在君主身上。"武王说："这样啊！天下已经安定了。"于是在宁邑整修武备，操练军队，改邢丘名为怀宁、修武，将要在牧野攻克纣王的军队。《诗经》说："牧野洋洋，檀车皇皇，驷騵彭彭，维师尚父，时为鹰扬，亮彼武王，肆伐大商，会朝清明。"

　　周武王从牧野返回商地，没等下车，就将黄帝的后人封在蓟，将尧的后人封在祝，将舜的后人封在陈。下车后，将禹的后人封在杞，把汤的后人封在宋，增修比干的坟墓，解除箕子的囚禁，旌表商容居住的里巷。然后渡过黄河向西行，把马散放于华山之南，表示不再乘驾。把牛散放于桃林郊野，表示不再役使。战车、盔甲涂牲血祭祀，收藏在府库里，表示不再使用。于是解散军队，在郊外学习射礼，在东郊学宫歌唱《狸首》，在西郊学宫歌唱《驺虞》来举行射礼，这样做后，天下都知道武王不再用兵了。在明堂祭祀使民众知道了孝道，让群臣朝见使诸侯知道了为臣之道，耕种籍田使诸侯知道了恭敬之道。让三老五更就座于太学，天子亲持肉酱让他们进食，亲执酒器让他们漱口，以此来教育诸侯敬爱兄长之道。这四点，是对天下人重要的教化。周武王的功德长久不是应当的吗？《诗经》说："胜殷遏刘，耆定尔功。"说的就是武王讨伐纣王，殷商灭亡。

第十四章　孟尝君请学于闵子

孟尝君请学于闵子，①使车往迎闵子。闵子曰："礼有来学而无往教。致师而学不能学，往教则不能化君也。君所谓不能学者也，臣所谓不能化者也。"于是孟尝君曰："敬闻命矣。"明日袪衣请受业。②《诗》曰："日就月将。"③

[注释]

①孟尝君：战国时期齐国贵族，以好客著称。闵子：名损，字子骞。春秋末期鲁国人，孔子弟子。②袪（qū）衣请受业：撩起衣服前往请求受业，形容虚心求教。③"日就月将"：出自《诗经·周颂·敬之》。意思是，学习上要日积月累，不断进步。就：成就。将：进行。

[译文]

孟尝君请求跟闵子学习，派车前去接闵子。闵子说："按照礼，有前来学习的而没有过去教导的。招师来学习不会学好，过去教导则不会感化您。您就是那个不会求学的人，我就是那个不会教导的人。"于是孟尝君说："恭领教诲了。"第二天撩起衣服亲自前往请求跟闵子学习。《诗经》说："日就月将。"

第十五章　教学相长

剑虽利，不厉不断。材虽美，不学不高。虽有旨酒嘉殽，①不尝不知其旨。虽有善道，不学不达其功。故学然后知不足，教然后知不究。不足，故自愧而勉。不究，故尽师而熟。由此观之，则教学相长也。子夏问《诗》，②学一以知二。孔子曰："起予者，商也。始可与言《诗》已矣！"孔子贤乎英杰而圣德备，弟子被光景而德彰。③《诗》曰："日就月将。"④

[注释]

①殽（yáo）：通"肴"，菜肴。②子夏问《诗》：见《论语·八佾》。原文：子夏问曰："'巧笑倩兮，美目盼兮，素以为绚兮。'何谓也？"子曰："绘事后素。"曰："礼后乎？"子曰："起予者商也！始可与言《诗》已矣。"③被：蒙受。光景：阳光，比喻恩泽。④"日就月将"：见《诗经·周颂·敬之》。

[译文]

剑虽然锋利，不磨砺就不能斩断东西。人的才质纵然很高，不学习就不能提高。虽然有好酒好菜，不尝就不知道它的味美。虽然有好的道理，不学习就无法了解它的功用。所以，学习然后才知道自己的不足之处；进行教育，然后才能知道自己讲得不明白。知道不足之处，于是感到惭愧而去努力。知识没有彻底弄明白，于是尽老师的职责而去精通熟练。由此看来，教与学是相互促进提高的。子夏向孔子请教《诗经》，学了一些内容就能触类旁通。孔子说："商，是你启发了我！现在可以同你讨论《诗经》了。"孔子尊重才智杰出的人，因而具备了圣人的德行，他的学生沐浴他的恩泽，因而道德显扬。《诗经》说："日就月将。"

第十六章　凡学之道，严师为难

凡学之道，严师为难。①师严，然后道尊。道尊，然后民知敬学。故太学之礼，②虽诏于天子，无北面，③尊师尚道也。故不言而信，不怒而威，师之谓也。《诗》曰："日就月将，学有缉熙于光明。"④

[注释]

①严：尊敬。②太学：中国古代的最高学府。始于西周，汉以后是传授儒家经典，培养统治人才的场所。③北面：古时臣子面向北方朝见天子，故以北面代替臣子的地位。借指弟子行敬师之礼。④"日就"两句：见《诗经·周颂·敬之》。意思是，日日有所收获，月月有所进步，不断地学习，就能达到无比光明的境界。缉熙：积累光亮，比喻掌握知识渐广渐深。

[译文]

求学的道理，尊敬老师是最难做到的。老师受到尊敬，知识才能得到民众的尊重。知识受到尊敬，然后人民才会敬重学问，认真学习。所以根据太学的礼制，被天子召见时，老师可以被免去朝见的礼节，这就是为了表示尊师重道的缘故。所以不用说话就已经使人相信，不发怒就显得很威严，这就是老师。《诗经》说："日就月将，学有缉熙于光明。"

第十七章　宋遭大水

传曰：宋大水。鲁人吊之曰："天降淫雨，①害于粢盛，②延及君地，以忧执政，③使臣敬吊。"宋人应之曰："寡人不仁，斋戒不修，④使民不时。⑤天加以灾，又遗君忧，拜命之辱。"⑥孔子闻之，曰："宋国其庶几矣！"⑦弟子曰："何谓？"孔子曰："昔桀纣不任其过，⑧其亡也忽焉。成汤、文王知任其过，⑨其兴也勃焉。过而改之，是不过也。"宋人闻之，乃夙兴夜寐，吊死问疾，戮力宇内。⑩三岁，年丰政平。乡使宋人不闻孔子之言，则年谷未丰，而国家未宁。《诗》曰："弗时仔肩，示我显德行。"⑪

[注释]

①淫雨：持续三天以上的雨。②粢（zī）盛：古代盛在祭器内以供祭祀的谷物。这里指庄稼。③执政：掌握国家大权的人。④不修：指不修明、不整治。⑤使民不时：指占用农忙时间役使百姓而误了农时。⑥拜命：拜谢厚命。命：吊问之辞。辱：谦辞，表示承蒙。⑦庶几：差不多。

⑧桀：夏朝最后一个国王，是历史上有名的暴君。纣：商朝的最后一代帝王。中国历史上有名的暴君。⑨成汤：即商汤。商王朝的建立者。文王：指周文王。姓姬，名昌，周朝的奠基者。中国历史上的一代明君。⑩宇：国土，疆域。⑪"弗时"两句：出自《诗经·周颂·敬之》。意思是，辅助我担负的责任，指示我显明德行。弗（bì）：通"弼"，辅助。时：通"是"。这。仔肩：责任。

[译文]

古书上说：宋国发大水，鲁国派人慰问说："上天持续下大雨，对庄稼造成危害，灾情蔓延到您的国土，使主持政务者忧虑，我国君主派我来谨表慰问。"宋君回应说："我没有仁德，斋戒没有好好实行，使用民力不适时，上天降下灾害，还让贵国国君担忧。承蒙关注，多多拜谢。"孔子听到此事，说："宋国还是很有希望的！"学生问："为什么呢？"孔子说："从前桀、纣不承当自己的过错，他们很快也就灭亡了。成汤、文王知道并承当自己的过错，他们兴起得旺盛蓬勃。有了过错而改正，就不算过错了。"宋君听到孔子的话，于是早起晚睡操劳国事，吊祭死者，慰问病人，使全国人民共同努力。三年后，粮食丰收，政事清明。假如宋君没有听到孔子的话，则后来粮食不会丰收，国家也不会安宁。《诗经》说："弗时仔肩，示我显德行。"

第十八章　齐桓公设庭燎

齐桓公设庭燎，①为士之欲造见者。②期年而士不至。③于是东野鄙人有以九九见者。④桓公使戏之，曰："九九足以见乎？"鄙人曰："臣不以九九足以见也。臣闻君设庭燎以待士，期年而士不至。夫士之所以不至者，君，天下之贤君也，四方之士皆自以为不及君，故不至也。夫九九，薄能耳，而君犹礼之，况贤于九九者乎？夫太山不让砾石，⑤江海不辞小流，所以成其大也。《诗》曰：'先民有言，询于刍荛。'⑥言博谋也。"桓公曰："善。"乃因礼之。期月，四方之士相导而至矣。《诗》曰："自堂徂基，自羊徂牛。"⑦言以内及外，以小成大也。

[注释]

①齐桓公：春秋时期齐国国君，春秋五霸之一。庭燎：古代庭中照明的火炬。②士：有才能的人。造见：拜访会见。③期（jī）年：一周年。④野：郊外，野外。九九：有多种释义，可以指古算法的一种，也指算术乘法名，还指九月九日重阳节。此处指算术乘法名。⑤太山：山名。即泰山。⑥"先民"两句：出自《诗经·大雅·板》。意思是，古代贤人曾经说过，即使是割草打柴的人也要向他们请教。先民：古代贤人。刍荛：割草打柴的人。⑦"自堂"两句：出自《诗经·周颂·丝衣》。意思是，从庙堂到门槛，从羊到牛。堂：庙堂，或即明堂。徂（cú）：往，到。基：通"畿（jī）"，门槛。

[译文]

齐桓公设置庭燎，为的是接待想来拜见的士人。然而过了一年都没有士人来。这时从东边郊区来了一个凭九九算术求见的乡野之民。桓公派人戏弄他，说："会九九算术足够用来求见吗？"村民说："我并非认为会九九算术就足够来求见。我听说君王设置庭燎来接待士人，一年了都没有士人来。士人不来的原因，是因为君主是天下贤能的君主，各方的士人都认为自己不如君主，所以不来。这九九算术，只是微小的技能，而君主尚且可以以礼相待，何况对于比九九算术更高的才能呢？泰山不拒绝小石块，江海不拒绝小水流，因而成就了它们的广大。《诗经》说：'先民有言，询于刍荛。'说的是广泛接受别人的建议。"桓公说："说得好！"于是以礼接待了他。过了一个月，各方的士人便互相引导而来了。《诗经》说："自堂徂基，自羊徂牛。"说的是由内到外，由小变大。

第十九章　太平之时

太平之时，民行役者不逾时，①男女不失时以偶，孝子不失时以养。外无旷夫，②内无怨女。③上无不慈之父，下无不孝之子。父子相成，夫妇相保。天下和平，国家安宁。人事备乎下，天道应乎上。故天不变经，地不易形，日月昭明，列宿有常。天施地化，阴阳和合，动以雷电，润以风雨，节以山川，均其寒暑。万民育生，各得其所，而制国用。故国有所安，地有所主。圣人刳木为舟，④剡木为楫，⑤以通四方之物，使泽人足乎木，山人足乎鱼，余衍之财有所流。故丰膏不独乐，硗确不独苦，⑥虽遭凶年饥岁，禹汤之水旱，⑦而民无冻饿之色。故生不乏用，死不转尸，夫是之谓乐。《诗》曰："於铄王师，遵养时晦。"⑧

[注释]

①逾时：超过规定的时间。②旷夫：无妻的成年男子。③怨女：没有丈夫的女子。④刳（kū）木：剖凿木头（用以做舟）。⑤剡（yǎn）木为楫（jí）：把木头削成船桨。剡：削。楫：同"楫"。⑥硗（qiāo）确：指土地坚硬瘠薄。⑦禹汤：夏禹和商汤。古代贤明君主的典范。⑧"於（wū）铄"两句：出自《诗经·周颂·酌》。意在颂扬周武王顺应时势，退守待时。后多指暂时隐居，等待时机。於：叹词。表示赞美。铄：通"烁"。光明辉煌。王师：王朝的军队。遵：率领。养：养育。时：是。晦：晦冥，黑暗。

[译文]

天下太平的时候，服劳役的百姓没有耽误农时的，男女能够按时结婚，孝子能适时赡养老人，社会上没有旷夫怨女。上辈人没有不慈爱的父母，下辈人也没有不孝敬的孩子。父子相互成全，夫妇相守相爱。天下和平，国家安定太平。人力所及的事情做到完备，上天会呈现出和谐的感应。因此自然规律不会改变常态，地理不改变形貌，日出月落，昼夜交替，天上的星宿按规律运行。上天降下阳光雨露，大地化育万物，一切都按照阴阳和合的规律变化着，空气流动形成雷电，云雨积聚随风而下滋润万物，高山、大川加以调节气候，一年四季寒暑均匀变化。百姓得以养育、生活，都能够安居乐业，从而制定国家的用度。所以国家安定，国土有主人守卫。有才能的人剖凿木头做成船，砍削木头做成船桨，用来流通各地出产的货物，使生活在水边的人有足够的木材使用，使生活在山里的人有足够的鱼吃，多余的货物能够流通到其他地方。因而丰饶的地方不会单独享乐，贫瘠的地方也不会独自受苦。即使遇到了收成不好的饥荒年头，像夏禹、商汤之时的水灾和旱灾，百姓也不会有受冻挨饿的脸色。因而,百姓活着时不会缺少吃穿用度,死了也不会没有安葬的地方,这才是真正的安乐。《诗经》说:"於铄王师,遵养时晦。"

第二十章 能制天下

能制天下,必能养其民也。能养民者,为自养也。①饮食适乎藏,②滋味适乎气,劳佚适乎筋骨,③寒暖适乎肌肤,然后气藏平,心术治,思虑得,喜怒时,起居而游乐,事时而用足。夫是之谓能自养者也。故圣人不淫佚侈靡者,非鄙夫色而爱财用也。养有适,过则不乐,故不为也。是以夏不数浴,非爱水也。冬不频炀,④非爱火也。不高台榭,⑤非无土木也。不大钟鼎,⑥非无金锡也。不沉于酒,不贪于色,非辟丑也。⑦直行情性之所安,而制度可以为天下法矣。故用不靡财,足以养其生,而天下称其仁也。养不害性,足以成教,而天下称其义也。适情辟馀,不求非其有,而天下称其廉余也。行成不可掩,⑧息刑不可犯,⑨执一道而轻万物,天下称其勇也。四行在乎民,⑩居则婉愉,⑪怒则胜敌。故审其所以养而治道具矣。治道具而远近畜矣。《诗》曰:"於铄王师,遵养时晦。"⑫言相养者之至于晦也。

[注释]

①自养:犹自奉、自给。②藏:同"脏",人体内部器官。③劳佚:

同"劳逸"。④炀（yáng）：烤火。⑤台榭（xiè）：泛指楼台等建筑物。⑥钟鼎：钟和鼎。比喻荣华富贵。⑦辟：同"避"。⑧行成：德行养成，美行修成。⑨息：繁殖，滋生。⑩四行：四种德行。指孝、忠、信、悌。⑪婉愉：和悦。⑫"於铄"两句：出自《诗经·周颂·酌》。晦：隐晦，含蓄。

[译文]

　　能治理天下的人，必能养护他的民众。能养护民众的人，是因为能够养护自我。饮食适合内脏需求，美味的食物适合滋长力气，劳逸结合适于强壮筋骨，寒暖适宜适合保护肌肤，然后才能心气平和，心思安定，思虑有所得，喜怒适时，日常起居、游乐，每件事情适时得到满足。这就是所谓的能够自我养护。所以圣人不纵欲放荡、铺张奢侈，并不是鄙视美色而吝惜财富。养生应该适度，过度养生就不能得到快乐，所以不这样做。因此夏日里不多次洗浴，不是因为吝惜水。冬天不频繁烤火，不是因为吝惜火。不建筑高高的楼台，不是因为没有土木材料。不铸造大大的钟鼎，不是因为没有金属铜锡。不沉湎于喝酒，不贪恋于女色，不是因为要逃避出丑。行可以使性情安宁的正道，以此形成的法令可以为天下人所效法。所以不奢靡浪费财物，足以养生就可以了，天下称颂这样的人为仁德之人。养生不损害人的本性，足以教化民众就可以了，天下称颂这样的人为仁义之人。只要求适合自己的东西而去掉多余的东西，不要求一定占有，天下称颂这样的人为廉洁之人。光明德行的养成不会被掩盖，不会触及其他的刑罚，专于道而不以外物为重，天下人称赞这样的人为勇敢之人。具备四种德行，并且是以民众为本，平日居家就会和悦愉快，发怒时也能战胜敌人。所以明白了养护自己的方法，就懂得了治理国家的方法。懂得了治理国家的方法，远近的民众都会归附。《诗经》说："於铄王师，遵养时晦。"说的是省视养护方法的人能够到达顺时隐晦的境界。

第二十一章　公仪休嗜鱼而不受

公仪休相鲁而嗜鱼。①一国人献鱼而不受。②其弟谏曰：③"嗜鱼不受，何也？"曰："夫欲嗜鱼，故不受也。受鱼而免于相，则不能自给鱼。无受而不免于相，长自给于鱼。"此明于为己者也。故老子曰："后其身而身先，外其身而身存。非以其无私乎，故能成其私。"④《诗》曰："思无邪。"⑤此之谓也。

[注释]

①公仪休：姓公仪，名休，战国时期鲁穆公的卿相。相鲁：做鲁国宰相。相：做宰相。②一：整个。③弟：弟子，指学生。④"后其身"四句：见《老子》第七章。⑤思无邪：见《诗经·鲁颂·駉》。意思是，思虑没有邪念。

[译文]

鲁国宰相公孙仪特别喜欢吃鱼，国人献给他鱼，他却不肯接受。他的弟子劝他说："您喜欢吃鱼却不接受别人的鱼，这是为什么呢？"他回答说："正因为我爱吃鱼，所以我才不接受。如果我因为接受了他们献给我的鱼而被免去宰相的职位，就不能自己供给自己鱼。如果不接受别人给的鱼，就不会被罢免了，我就能够长期自己供给自己鱼。"这是明白了要依靠自己的道理。所以老子说："把自身放在后面，反而能够赢得爱戴；把自己置之度外，反而能够保全自身。这正是因为他无私，所以反而能成就自己。"《诗经》说："思无邪。"讲的就是这个道理。

第二十二章　鲁有父子讼者

传曰：鲁有父子讼者，①康子欲杀之。②孔子曰："未可杀也。夫民不知父子讼之为不义久矣，是则上失其道。上有道，是人亡矣。"讼者闻之，请无讼。康子曰："治民以孝，杀一人以僇不孝，③不亦可乎？"孔子曰："否。不教而听其狱，④杀不辜也。三军大败，不可诛也。狱谳不治，⑤不可刑也。上陈之教而先服之，则百姓从风矣。躬行不从，然后俟之以刑，则民知罪矣。夫一仞之墙，⑥民不能逾，⑦百仞之山，童子登游焉，陵迟故也。⑧今世仁义之陵迟久矣，能谓民无逾乎？《诗》曰：'俾民不迷。'⑨昔之君子，道其百姓不使迷，是以威厉而不试，刑措而不用也。故形其仁义，谨其教道，使民目晳焉而见之，使民耳晳焉而闻之，使民心晳焉而知之，则道不迷而民志不惑矣。《诗》曰：'示我显德行。'⑩故道义不易，民不由也。礼乐不明，民不见也。《诗》曰：'周道如砥，其直如矢'，⑪言其易也。'君子所履，小人所视'，⑫言其明也。'睠焉顾之，潸焉出涕'，⑬哀其不闻礼教而就刑诛也。夫散其本教而待之刑辟，犹决其牢而发以毒矢也，亦不哀乎！故曰未可杀也。

昔者先王使民以礼，譬之如御也。刑者，鞭策也。今犹无辔衔而鞭策以御也。欲马之进，则策其后，欲马之退，则策其前，御者以劳而马亦多伤矣。今犹此也。上忧劳而民多罹刑。《诗》曰：'人而无礼，胡不遄死！'⑭为上无礼，则不免乎患。为下无礼，则不免乎刑。上下无礼，胡不遄死！"康子避席再拜曰："仆虽不敏，请承此语矣。"孔子退朝，门人子路难曰："父子讼，道邪？"孔子曰："非也。"子路曰："然则夫子胡为君子而免之也？"孔子曰："不戒责成，虐也。慢令致期，暴也。不教而诛，贼也。君子为政，避此三者。且《诗》曰：'载色载笑，匪怒伊教。'"⑮

[注释]

①讼：诉讼，打官司。②康子：季康子，即季孙肥，春秋时期鲁国的正卿。姬姓，季氏，名肥。谥康，史称"季康子"。③僇（lù）：侮辱。④狱：指刑罚。⑤狱谳（yàn）：刑狱议罪的法令。⑥仞（rèn）：长度单位。古时八尺或七尺为一仞。⑦逾：越过、超过的意思。⑧陵迟：斜而平。也有衰落、衰败之意。⑨俾民不迷：出自《诗经·小雅·节南山》。意思是，使人民不迷惑。俾（bǐ）：使（达到某种效果）。⑩示我显德行：出自《诗经·周颂·敬之》。意思是，指示给我显明德行的道路。⑪"周道"二句：出自《诗经·小雅·大东》。意思是，周朝所实行的政道像磨刀石一样平坦，像射出的箭一样直。道：大路。砥：磨刀石，用以形容道路平坦。⑫"君子"二句：出自《诗经·小雅·大东》。意思是，执政者实行的，百姓能够看到。君子：指官吏，与下句的"小人"相对。小人：指民众。⑬"睠焉"二句：出自《诗经·小雅·大东》。意思是，回过头

来看,眼泪不禁流下来。睠(juàn)焉:同"睠然",眷恋回顾貌。潸(shān):流泪貌。⑭"人而"二句:见《诗经·鄘风·相鼠》。意思是,假若人不懂得礼,那为什么不赶快去死。遄:迅速。⑮"载色"两句:见《诗经·鲁颂·泮水》。意思是,脸色温和,现出笑容,不是发怒,而是教导人。色:指容颜和爱。匪:通"非"。伊:语助词,无义。

[译文]

古书记载说:鲁国有一对父子提起诉讼,季康子想要杀掉他们。孔子说:"不能杀。老百姓不了解父子之间打官司不符合道义这种情况由来已久,这表明执政者缺失道义职责。如果执政者有道,这样的人就没有了。"打官司的父子听到这些话后,请求不再打官司。季康子说:"用孝道治理人民。杀掉一个不孝之人,来羞辱那些缺少孝行的人,不也可以这样做吗?"孔子说:"不能。不事先教化百姓,却听凭他们接受刑罚惩处,这是在杀害无罪之人。如果三军大败,就不能治罪。如果刑狱议罪的法令不合理,就不能(对百姓)用刑。执政者把道理告诉老百姓,先让他们信服,那么百姓就会迅速附和响应。行为邪恶又不听从教导,然后再用刑罚惩治他们,那么百姓就知道自己的罪行了。一堵八尺高的墙,百姓跨不过去;八百尺高的山,小孩子却能攀登上去,是因为山坡平缓的缘故啊。现在仁义逐渐衰微时间已久,能对百姓说不要逾越吗?《诗经》说:'俾民不迷。'从前执政者引导百姓,不让他们心志迷乱,因此有威严而不试用,设置刑罚却搁置不用啊。所以展现出他们所追求的仁义,重视对百姓的教导方法,让百姓的眼睛能够清晰地看到它们,让百姓的耳朵能够清晰地听到它们,让百姓的心里能够清晰地懂得它们,那么道义就不会迷失,百姓的心志也就不会迷乱了。《诗经》说:'示我显德行。'所以道义如果不够简易明了,百姓便不会追随。礼乐教化如果不够明白晓畅,老百姓就会视而不见。《诗经》上说：'周道如砥，其直如矢'，这是在说（道义、礼乐）应该是平易的。'君子所履，小人所视'，这是在说（道义、礼乐）应该是清晰、明白的。'睠焉顾之，潸焉出涕'，哀叹自己没有听到过礼仪教化，却要接受刑罚诛杀了。如果忽视了根本的教化而用刑罚对待百姓，就好像打开牢狱，用毒箭射杀人民一样，岂不是很悲哀的事情吗？所以说（这对父子）不能杀啊。

从前，圣明的帝王用礼来治理民众，就好像驾驭马车一样。刑罚，就像是驾车时用的鞭子。而现在就像是没有缰绳和嚼子，只凭鞭子指挥马去驾车。想要马前进就鞭打它的尾部，想要马后退就鞭打它的前部。车夫因此劳累不堪，马也多受伤害。现在的情况犹为如此。执政者忧虑劳苦，百姓也遭受了很多刑罚。《诗经》上说：'人而无礼，胡不遄死！'执政者不懂得礼，就不能免除祸患；百姓不懂得礼，就不能免受刑罚；执政者和百姓都不懂得礼，那就都快要灭亡了！"康子起身离开席位，拜了两拜，说："我虽然不聪明，也愿意奉行您的教导。"孔子退朝后，学生子路诘难他说："父子之间打官司，难道符合道义吗？"孔子说："不符合。"子路说："既然如此，那么先生您为什么帮君主来赦免他们呢？"孔子说："不事先告诫却要求别人完成任务，这是虐待；施行命令怠慢，却要求限期完成，这是残暴；不加教导却忍心杀死，这是残害。君子想要治理天下，就应该避免这三种情况出现。并且《诗经》说：'载色载笑，匪怒伊教。'"

第二十三章　禹彰舜之德

当舜之时，^①有苗氏不服。^②其不服者，衡山在南，^③岐山在北，^④

左洞庭之波,⑤右彭泽之水,⑥由此险也。以其不服,禹请伐之,而舜不许,曰:"吾喻教犹未竭也。"久喻教,而有苗氏请服。天下闻之,皆薄禹之义,而美舜之德。《诗》曰:"载色载笑,匪怒伊教。"⑦舜之谓也。问曰:然则禹之德不及舜乎?曰:非然也。禹之所以请伐者,欲彰舜之德也。故善则称君,过则称己,臣下之义也。假使禹为君,舜为臣,亦如此而已矣。夫禹可谓达乎人臣之大体也。

[注释]

①舜:传说中古代帝王。号有虞氏,史称虞舜。舜传位于夏禹。②有苗氏:亦称三苗,部族名。③衡山:在今湖南中部,五岳中之南岳。④岐山:即岷山,在今四川北部。⑤洞庭:洞庭湖。在今湖南北部,长江南岸。⑥彭泽:即今鄱阳湖,在今江西北部。⑦"载色"两句:出自《诗经·鲁颂·泮水》。

[译文]

在舜当政的时候,有苗氏不臣服。他们不臣服的原因,是因为他们南有衡山,北有岐山,左有洞庭湖,右有彭泽湖,有这种险固的地理环境。因为有苗氏不臣服,禹请求讨伐他们,而舜不允许,说:"这是由于我的开导教化还没有全力做好啊。"经过长久开导教化,有苗氏请求臣服。天下人听到这件事,都轻薄禹的见识,赞美舜的道德。《诗经》说:"载色载笑,匪怒伊教。"说的就是舜这种情况。有人问:这样的话,是禹的德行比不上舜吗?回答说:当然不是。禹请求讨伐的原因,是想显扬舜的道德。所以善事归功于君主,过错自己承担,这是做臣下的道义。假如禹是君主，舜是臣下，舜也会这样做的。禹可以说是通达为人臣的重要道理了。

第二十四章　季孙治鲁

季孙之治鲁也，①众杀人而必当其罪，多罚人而必当其过。子贡曰：②"暴哉治乎！"季孙闻之，曰："吾杀人必当其罪，罚人必当其过，先生以为暴，何也？"子贡曰："夫奚不若子产之治郑？③一年而负罚之过省，二年而刑杀之罪亡，④三年而库无拘人。故民归之如水就下，爱之如孝子敬父母。子产病将死，国人皆吁嗟曰：'谁可使代子产死者乎？'及其不免死也，士大夫哭之于朝，商贾哭之于市，农夫哭之于野。哭子产者，皆如丧父母。今窃闻夫子疾之时，⑤则国人喜，活则国人皆骇。以死相贺，以生相恐，非暴而何哉？赐闻之，托法而治谓之暴，不戒致期谓之虐，⑥不教而诛谓之贼，⑦以身胜人谓之责。责者失身，贼者失臣，虐者失政，暴者失民。且赐闻居上位行此四者而不亡者，未之有也。"于是季孙稽首谢曰：⑧"谨闻命矣。"《诗》曰："载色载笑，匪怒伊教。"⑨

[注释]

①季孙：春秋后期鲁国掌权的贵族，鲁桓公少子季友的后裔。②子

贡：姓端木，名赐，字子贡。孔子的弟子。③子产：春秋时期郑国大夫公孙侨的字。④亡：无。⑤夫子：古时对男子的敬称。⑥期：限度。⑦贼：残害。⑧稽（qǐ）首：古代跪拜礼，为九拜中最隆重的一种。常为臣子拜见君主时所用，跪下并拱手至地，叩头至地。⑨"载色"二句：出自《诗经·鲁颂·泮水》。

[译文]

　　季孙治理鲁国，杀了很多依罪当杀的人，处罚了很多依过当罚的人。子贡说："这种统治真是残暴啊！"季孙听到这话，说："我杀人必定是因为他的罪该杀，罚人必定是因为他的错该罚，先生认为我残暴，是为什么呢？"子贡说："你为什么不像子产治理郑国那样呢？"他治理郑国一年，因过错而受罚的人减少；二年，应该被处死的罪行消失；三年，监狱里没有被囚禁的人。所以民众归附他就像水趋向低处，爱戴他就像孩子敬爱父母。子产病重快要死的时候，全国的人都哀叹说：'有谁能代替子产去死呢？'到他无法幸免而死时，官吏在朝堂上哭他，商人在市场上哭他，农民在田野里哭他。哭子产的人，都像死了父母一样痛哭。现在我私下听说，您生病的时候，国人都很高兴，治好了，国人都很惊骇。如果因为您的死亡而共同庆贺，因您活着而共同惊恐，不是您残暴又是什么呢？我听说，依靠法令来治理国家叫作暴，不加告诫致使人触犯法律的界限叫作虐，事先不进行教育，事后加以惩罚叫作贼，拿自己来欺压别人叫作责。施行责的丧失自身，施行贼的丧失臣下，施行虐的丧失政权，施行暴的丧失民众。而且我听说，身居上位施行这四点却不灭亡的，从来没有过。"于是季孙叩首拜谢说："谨领教诲了。"《诗经》说："载色载笑，匪怒伊教。"

第二十五章　智者乐水

问者曰：夫智者何以乐于水也？曰：夫水者缘理而行,[①]不遗小间,[②]似有智者。动而之下，似有礼者。蹈深不疑，似有勇者。障防而清，似知命者。历险致远，卒成不毁，似有德者。天地以成，群物以生，国家以平，品物以正。[③]此智者所以乐于水也。《诗》曰："思乐泮水，薄采其茆。鲁侯戾止，在泮饮酒。"[④]乐水之谓也。

[注释]

①缘理：遵循事理。②间：缝隙。③品物：万物。④"思乐"四句：出自《诗经·鲁颂·泮水》。意思是，我们高兴地来到泮宫水池边，采摘莼菜。鲁侯驾临泮宫，在泮宫里饮酒。思：发语词。泮（pàn）：古代天子诸侯举行宴会或作为学宫的宫殿。薄：语助词，无义。戾：临。茆（mǎo）：莼菜。

[译文]

有人问：有智慧的人为什么都喜欢水呢？回答说：水是顺着地势流动的，即使是很小的地方都不错过，这就像有智慧的人一样。向低的地方流动，好像有礼貌的人一样。流向深处不会犹豫不决，好像勇敢的人一样。在有阻碍的地方变得很清澈，就像知道自己命运的人一样。历经艰险而到达远方，最终成为江海，而不是毁灭，就像有德行的人一样。天地因此形成,万物因此生长,国家因此太平,万物因此在各自正确的轨道运行。这就是有智慧的人喜欢水的原因。《诗经》说:"思乐泮水,薄采其茆。鲁侯戾止,在泮饮酒。"说的就是乐水的道理。

第二十六章　仁者乐山

问者曰:夫仁者何以乐于山也?曰:夫山者万民之所瞻仰也。草木生焉,万物植焉,飞鸟集焉,走兽休焉,四方益取与焉。出云道风嵸乎天地之间。①天地以成,国家以宁,此仁者所以乐于山也。《诗》曰:"太山岩岩,鲁邦所瞻。"②乐山之谓也。

[注释]

①嵸:山峰众多起伏的样子。②"太山"二句:见《诗经·鲁颂·閟宫》。意思是,泰山巍峨高磊,为鲁国百姓所瞻仰。太山:山名,即泰山。岩岩:山高貌。

[译文]

有人问:有仁德的人为什么喜欢山呢?回答说:山是万民所崇敬仰望的。草木生长在这里,万物得以欣欣向荣,飞鸟走兽在山间集聚,各方民众都能从山中受益获取自己所需。山间云雾升腾,化为风雨,山峰众多起伏于天地之间。天地因而形成,国家因而安定。这就是仁德的人喜欢山的原因。《诗经》说:"太山岩岩,鲁邦所瞻。"说的就是乐山的道理。

第二十七章　晋文公行赏不及陶叔狐

传曰：晋文公尝出亡，①反国，三行赏而不及陶叔狐。②陶叔狐谓咎犯曰：③"吾从君而亡十有一年，颜色黧黑，手足胼胝。④今反国三行赏而我不与焉。君其忘我乎？其有大过乎？子试为我言之。"咎犯言之文公，文公曰："噫！我岂忘是子哉！高明至贤，志行全成，湛我以道，⑤说我以仁，变化我行，昭明我名，使我为成人者，吾以为上赏。恭我以礼，防我以义，藩援我，⑥使我不为非者，吾以为次。勇猛强武，气势自御，难在前则处前，难在后则处后，免我于危难之中者，吾又以为次。然劳苦之士次之。《诗》曰：'率礼不越，遂视既发。'⑦今不内自讼过，不悦百姓，将何锡之哉？"

[注释]

①晋文公：春秋时期晋国国君，春秋五霸之一。②陶叔狐：陶氏，名狐，排行叔，也称陶叔狐，跟随晋文公流亡的小臣。③咎犯：晋文公的舅舅，名狐偃，字子犯，晋国重臣狐突之子，又称舅犯。④胼胝（pián zhī）：手掌、脚底生的茧子。⑤湛：沉溺，沉湎。⑥藩援：谓屏卫之助。藩：篱笆，藩篱。⑦"率礼"二句：出自《诗经·商颂·长发》。意思是，他遵循礼法不逾越规矩，审察他的行为就明白了。率：遵循。视：审察。既：全都。发：感到。

[译文]

　　古书上记载：晋文公曾经流亡国外，后来回国，三行赏都没有轮到陶叔狐。陶叔狐对咎犯说："我跟随君主流亡十一年，皮肤变得黝黑，手脚生了老茧。现在回到晋国，君主颁行的三等奖赏都没轮到我。是君主忘了我吗？还是我有严重过错？您试着替我说说这件事。"咎犯向晋文公说了这件事，文公说："我怎么会忘掉这个人呢？高尚明智又最有贤能，志向和操行完备，用道理明示我，用仁德劝说我，改变我的行为，使我的名誉显著，使我成为德才完备的人，这样的人，我给以最高奖赏。按照礼仪恭敬我，用道义防范我，约束我，使我不做错事，这样的人，我给以次一等的奖赏。勇敢威猛强悍，有气势亲自抵御敌人，危难在前便置身于前，危难在后便置身于后，将我从危难中解脱出来的人，我给以更次一等的奖赏。然而，对于勤劳辛苦的人，又次于第三种人。《诗经》说：'率礼不越，遂视既发。'现在陶叔狐内心不反省自己的过失，不使百姓愉悦，又怎么赏赐他呢？"

第二十八章　古今一也

　　夫诈人者曰：①古今异情，其所以治乱异道。而众人皆愚而无知，陋而无度者也，于其所见犹可欺也，况乎千岁之后乎？彼诈人者，门庭之间犹挟欺，而况千岁之上乎！然则圣人何以不可欺也？曰：圣人以己度人者也。以心度心，以情度情，以类度类，古今一也。类不悖，虽久同理。故性缘理而不迷也。夫五帝之前无传人。②非无贤人，久故也。五帝之中无传政。非无善政，久故也。虞夏有传政，③不如殷周之察也。④非无善政，久故也。夫传者久则愈略，近则愈详。略则举大，详则举细。故愚者闻其大不知其细，闻其细不知其大。是以久而差。三王五帝，⑤政之至也。《诗》曰："帝命不违，至于汤齐。"⑥言古今一也。

[注释]

①诈人：诡诈的人。②五帝：指黄帝、颛顼、帝喾、尧、舜。③虞夏：指有虞氏之世和夏代。史学界一直把夏朝作为中国的第一个王朝，然而还有学者指出，夏朝之前还有虞朝，虞朝是中国历史上先于夏朝的第一个朝代。④殷周：指商代和周代。⑤三王：指夏禹、商汤、周文王。⑥"帝命"二句：出自《诗经·商颂·长发》。意思是，不违背上天的意旨，直到商汤也是一样。汤：成汤，商王朝的建立者，他以武力推翻夏桀的统治，建立商王朝。齐：齐一，一样。

[译文]

那些诡诈的人说，古代和现在情况不同，所以社会治乱的道理也是不一样的。然而民众大都愚昧无知，孤陋寡闻不能准确推测事物，对于他们亲自见到的事，还会被欺骗，何况千年之后的事情呢？那些诡诈的人，即使是在门庭之间的事情尚且会骗人，更何况是千年之前的事情呢？既然这样，圣人为什么不能被欺骗呢？答：圣人用自己推断他人，用自己的心推断他人的心，用自己的情况推断他人的情况，用同类的事物互相推断，古代和现在是相通的。同类事物不相违背，虽然相隔很久，但道理仍是相通的。所以缘循事理，就不会迷惑。五帝之前没有贤人流传下来，并不是没有贤能的人，只是因为时间太久远了。五帝之中，没有政策流传下来，并不是没有好的政策，也是太久远了。有虞氏之世和夏代也有传世的政事，却不如商代和周代的清楚详细，并不是没有好的政事，而是时间太久远了。流传下来的政事，越久远的就越简略，越相近的就越详细。简略就只会举出大概，详细才会举出细节。所以愚蠢的人听到简略的事情就不再去了解详细的事情，听到详细的事情也不去了解它的大要。所以年代久远就会产生差错。三王五帝时期，是社会治理最好的时代。《诗经》说："帝命不违，至于汤齐。"说的是古代和现在是一样的。

第二十九章　先圣后圣，其揆一也

舜生于诸冯，①迁于负夏，②卒于鸣条，③东夷之人也。文王生于岐周，④卒于毕郢，⑤西夷之人也。地之相去也，千有余里，世之相后也，千有余岁，然得志行乎中国，若合符节。⑥孔子曰："先圣后圣，其揆一也。"⑦《诗》曰："帝命不违，至于汤齐。"⑧

[注释]

①诸冯：地名，相传在今山东菏泽以南。②负夏：地名，大约在今山东济宁以西。③鸣条：地名，在今山西安邑北。④岐周：即"岐下"，周族的发祥地，即今之岐山，在陕西岐山县东北。⑤毕郢：地名，大约在今

陕西咸阳东。⑥若合符节：完全符合。符、节是古代的一种信物，中分为二，双方各持一半为凭，相合无误以表示身份或传达命令。⑦揆一：同一个准则。揆：尺度，准则。⑧"帝命"二句：出自《诗经·商颂·长发》。

[译文]

舜出生在诸冯，迁居到负夏，死在鸣条，是东方偏远地区的人。周文王出生在岐周，死在毕郢，是西方偏远地区的人。两地相隔一千多里，时代相距一千余年，但他们得志后在中国推行的政事，如同符节吻合那样一致。孔子说："无论是在先的圣人还是在后的圣人，他们所遵循的准则是相同的。"《诗经》说："帝命不违，至于汤齐。"

第三十章　孔子观于周庙

孔子观于周庙，有欹器焉。①孔子问于守庙者曰："此谓何器也？"对曰："此盖为宥座之器。"②孔子曰："吾闻宥座之器，满则覆，虚则欹，中则正，有之乎？"对曰："然。"孔子使子路取水试之，满则覆，中则正，虚则欹。孔子喟然而叹曰："呜呼！恶有满而不覆者哉！"③子路曰："敢问持满有道乎？"孔子曰："持满之道，抑而损之。"子路曰："损之有道乎？"孔子曰："德行宽裕者，守之以恭。土地广大者，守之以俭。禄位尊盛者，守之以卑。人众兵强者，守之以畏。聪明睿智者，守之以愚。博闻强记者，守之以浅。夫是之谓抑而损之。"《诗》曰："汤降不迟，圣敬日跻。"④

[注释]

①欹（qī）：倾斜。②宥座之器：古时国君置于座右，作为一种警戒之物。宥：通"右"。③恶（wū）：哪里，怎么。④"汤降"二句：见《诗经·商颂·长发》。意思是商汤尊贤下士，毫不怠慢，其圣明恭谨的德行一天天提升。汤：成汤，帝号天乙，商王朝的建立者。降：降生。跻：升。

[译文]

孔子到周朝宗庙参观，看到一只倾斜易覆的器皿。孔子问守庙的人说："这是什么器具呢？"守庙的人回答说："这是放在座右，用来警戒自己的器皿。"孔子说："我听说宥坐之器盛满水就会倾覆，空了就斜着，水装到一半时就端正，是这样的吗？"守庙人回答说："是这样的。"孔子让子路取水来试，果然水满便倾覆，盛了一半的水就端正，空了就斜着。孔子长叹道："唉！怎么会有盈满而不倾覆的事呢！"子路问："请问保持盈满有方法吗？"孔子说："保持盈满的方法，压抑然后使之减损。"子路说："减损有方法吗？"孔子说："德行宽厚的人，要用恭谨来持守。土地广大的人，要用勤俭来持守。禄位尊盛的人，要用谦卑来持守。人多兵强的人，要用敬畏来持守。聪明睿智的人，要用愚笨来持守。博闻强记的人，要用浅陋来持守。这就是抑损的方法啊。"《诗经》说："汤降不迟，圣敬日跻。"

第三十一章　周公诫伯禽

周公践天子之位七年,^①布衣之士所执贽而师见者十人,^②所友见者十二人,穷巷白屋所先见者四十九人,^③时进善者百人,教士者千人,官朝者万人。当此之时,诚使周公骄而且吝,则天下贤士至者寡矣。成王封伯禽于鲁,^④周公诫之曰:"往矣!子其无以鲁国骄士。吾文王之子,武王之弟,成王之叔父也,又相天子,吾于天下亦不轻矣。然一沐三握发,一饭三吐哺,犹恐失天下之士。吾闻德行宽裕,守之以恭者,荣。土地广大,守之以俭者,安。禄位尊盛,守之以卑者,贵。人众兵强,守之以畏者,胜。聪明睿智,守之以愚者,哲。博闻强记,守之以浅者,智。夫此六者,皆谦德也。夫贵为天子,富有四海,由此德也。不谦而失天下亡其身者,桀纣是也。^⑤可不慎欤!故《易》有一道,大足以守天下,中足以守其国家,^⑥小足以守其身,谦之谓也。夫天道亏盈而益谦,地道变盈而流谦,鬼神害盈而福谦,人道恶盈而好谦。^⑦是以衣成则必缺衽,^⑧宫成则必缺隅,屋成则必加措,示不成者,天道然也。《易》曰:'谦亨,君子有终吉。'^⑨《诗》曰:'汤降不迟,圣敬日跻。'^⑩诫之哉!子其无以鲁国骄士也。"

[注释]

①周公：周武王之弟，名旦。食邑于周（今陕西岐山北），故称"周公"。②执贽：古代礼制，谒见人时持礼物相赠。贽：所带的礼品。③白屋：古代平民住的房子，用白茅草盖顶，不施色彩，称为白屋。先：介绍。④成王：周成王，周武王之子，即位时年幼，由周公摄政。伯禽：周公长子。⑤桀纣：泛指暴君。⑥国家：诸侯的封地称国，大夫的封地称家。⑦"天道……好谦"：出自《易·谦》。⑧衽（rèn）：衣襟。⑨"谦亨"句：出自《易·谦》。⑩"汤降"二句：出自《诗经·商颂·长发》。

[译文]

周公代理天子的职位七年，在平民当中，他携带礼物以对待老师之礼去拜见的有十人，以朋友之礼求见的有十二人，经人介绍而拜访住陋巷茅屋中的人有四十九人，时常引荐的品行好的人有上百人，教导的读书人有上千人，官员拜见他的有上万人。在这个时候，如果周公傲慢而吝啬，那么天下贤德的人来得就少了。周成王封伯禽为鲁国的国君，周公告诫伯禽说："去吧！你不要因为拥有鲁国而对有才能的人傲慢。我是文王的儿子，武王的弟弟，成王的叔父，又辅助天子，我的地位在天下可算是不轻了。然而我洗一次头要几次把头发握起来，吃一次饭几次吐出嘴里的食物（以起身待客），这样尚且担心遗失天下的人才。我听说德行宽厚，用恭谨去持守的就会荣耀；土地广大，用俭朴去持守的就会安宁；禄位高贵显赫，用谦卑去持守的就会显贵；人民众多、军队强大，用敬畏之心去持守的就会取胜；聪明睿智，用愚笨去持守的就会明智；见闻广博而记忆力强，用浅薄来持守的就会聪明。这六个方面，都是谦虚的美德。那些身居帝王之位，富有到拥有天下的人，就是因为有这样的德行。不谦虚而失去天下，丧失性命的，桀和纣就是例子，能不谨慎吗！因此，《易经》上有一个道理，从大的方面来说，足可以保住天下；从中等方面来说，足可以保住自己的国和家；从小的方面来说，足可以保全自身，说的就是谦虚。天的规律要减损满的而增益谦的，地的规律要变动满的而流向谦的，鬼神之意是损害满的而福佑谦的，人的心理是厌恶满的而喜欢谦的。因此衣服做成便一定要在衣襟留缺口，院墙建成便一定缺一个角，房屋建成便一定要有加固措施，以表明不圆满，是因为天理如此。《易经》说：'谦卦具有亨通的德性！象征君子善始善终。是吉祥的象征。'《诗经》说：'汤降不迟，圣敬日跻。'你要引以为戒啊！不要因为拥有鲁国而对人才傲慢。"

第三十二章　子路盛服以见孔子

　　传曰：子路盛服以见孔子。①孔子曰："由疏疏者何也？②昔者江出于岷，③其始出也，不足以滥觞。④及其至乎江之津也，⑤不方舟，不避风，不可渡也。非其下流众川之多欤？今汝衣服甚盛，颜色充满，天下有谁加汝哉？"子路趋出，改服而入，盖揖如也。孔子曰："由志之。吾语汝。夫慎于言者不哗，慎于行者不伐。色知而有长者小人也。故君子知之为知之，不知为不知，言之要也。能之为能之，不能为不能，行之要也。言要则知，行要则仁，既知且仁，又何加哉？《诗》曰：'汤降不迟，圣敬日跻。'"⑥

[注释]

①子路：孔子弟子。名仲由，字子路，又字季路，鲁国人。②疏疏：犹楚楚。服装鲜明整齐貌。③渍（fén）：亦作"岷""汶"，山名。④滥觞：指江河发源处水很小，仅可浮起酒杯。⑤津：渡口。⑥"汤降"二句：出自《诗经·商颂·长发》。

[译文]

古书记载说：子路穿整齐华丽的衣服去见孔子。孔子说："你为什么这样衣冠楚楚呢？从前长江发源于渍山，它开始流出来的时候，源头小得不足以浮起酒杯，等它流到长江渡口的时候，船如果不并在一起，不避开大风，就不能渡过去了。这不是因为下游流水众多的缘故吗？现在你身着盛服，脸上又神气十足，那么天下还有谁会加劝你呢？"子路快步走出，换了衣服再进去，恭敬地作揖而入。孔子说："由，你把我的话记下来。我告诉你，言语谨慎的人不夸夸其谈，行为谨慎的人不自我炫耀。表面装作有智慧的人是小人啊。所以君子知道了就是知道，不知道就是不知道，这是说话的要领。会做的就是会做，不会做的就是不会做，这是行动的准则。说话合乎要领就是明智，行动合乎准则就是仁德。既明智又有仁德，哪里又有需要提升的地方呢？《诗经》说：'汤降不迟，圣敬日跻。'"

第三十三章　君子不贵者

君子行不贵苟难，^①说不贵苟察，名不贵苟传，惟其当之为贵。

夫负石而赴河，此行之难为者也，而申徒狄能之。②君子不贵者，非礼义之中也。山渊平，天地比，齐秦袭，入乎耳，出乎口，钩有须，卵有毛，③此说之难持者也，而邓析、惠施能之。④君子不贵者，非礼义之中也。盗跖吟口，⑤名声若日月，与舜禹俱传而不息。君子不贵者，非礼义之中也。故曰君子行不贵苟难，说不贵苟察，名不贵苟传，惟其当之为贵。《诗》曰："不竞不絿，不刚不柔。"⑥言当之为贵也。

[注释]

①苟：苟且，不正当。②申徒狄：商代人。商汤尝欲以天下授之，他因此投河而死。③山渊平，天地比，齐秦袭，入乎耳，出乎口，钩有须，卵有毛：语出《荀子》。比：相等。袭：连合。钩：通"姁"。妇女。④邓析、惠施：二人皆为春秋战国时期人物。⑤盗跖：春秋末期鲁国人。姬姓，展氏，名跖，在先秦古籍中被称为"盗跖"和"桀跖"，是中国民间传说中春秋时期率领盗匪数千人的大盗。吟口：说话含混不清。⑥"不竞"二句：出自《诗经·商颂·长发》。意思是，不竞争不急躁，不刚猛也不温柔。絿（qiú）：急。

[译文]

对君子来说，行为不以不正当的方式做到难成的事为可贵，言论不以不正当的手段明察为可贵，名声不以不正当的方式流传为可贵，行为、言论、名声只有符合礼义才可贵。如怀抱石头而投河自杀，是很难做到的事，但是申徒狄竟能做到。君子不认为申徒狄可贵，因为这是不合于礼义的。高山和深渊齐平，天和地相等，齐国和秦国相连，话从耳朵入，由嘴巴出，女子有须，蛋有毛，这是难以相信的学说，但是邓析、惠施却能解释。君子不认为他们可贵，因为这些内容不合于礼义。盗跖说话含混不清，名声却像日月一样，与舜、禹的名字一样流传不断。君子不认为他的名声可贵，因为这是不合于礼义的。所以对君子来说，行为不以不正当的方式做到难成的事为可贵，言论不以不正当的手段明察为可贵，名声不以不正当的方式流传为可贵，行为、言论、名声只有符合礼义才可贵。《诗经》说："不竞不絿，不刚不柔。"是说正当的事情才是可贵的。

第三十四章　圣人之谓

伯夷、叔齐目不视恶色，①耳不听恶声。非其君不事，非其民不使。横政之所出，②横民之所止，弗忍居也。思与乡人居，若朝衣朝冠，③坐于涂炭也。故闻伯夷之风者，贪夫廉，懦夫有立志。至柳下惠则不然。④不羞污君，不辞小官。进不隐贤，必由其道。厄穷而不悯，⑤遗佚而不怨。与乡人居，愉愉然不去也。⑥虽袒裼裸裎于我侧，彼安能浼我哉！⑦故闻柳下惠之风者，鄙夫宽，薄夫厚。至乎孔子去鲁，迟迟乎其行也，⑧可以去而去，可以止而止，去父母国之道也。伯夷，圣人之清者也。柳下惠，圣人之和者也。孔子，圣人之中者也。《诗》曰："不竞不絿，不刚不柔。"⑨中庸和通之谓也。

[注释]

①伯夷、叔齐：商朝末年孤竹国君的两个儿子，在周武王灭商以后，不愿吃周朝的粮食，一同饿死在首阳山（现山西永济南）。后人称颂他们能忠于故国。②横（hèng）：凶暴，横逆，不讲理。③朝衣朝冠：旧时高级官员穿的朝服和礼帽。④柳下惠：春秋时期鲁国人。食邑柳下，私谥为惠，故又称柳下惠。以讲究礼节著称，被认为是遵守中国传统道德的典范，他"坐怀不乱"的故事为历代所传颂。⑤厄穷：困厄穷迫。⑥愉愉：和顺和悦貌。⑦浼（měi）：污染。⑧迟迟：表示时间长或时间拖得很晚。⑨"不竞"二句：出自《诗经·商颂·长发》。

[译文]

伯夷、叔齐眼睛不看不好的事物，耳朵不听不好的声音，不是他的君主不去侍奉，不是他的百姓不去使唤。施行暴政的国家，住有暴民的地方，他们不忍心去居住。他们认为同乡下人相处，就好比穿戴着礼服礼帽坐在烂泥和炭火之中。所以听闻伯夷高风亮节的人，贪婪的人变得廉洁，懦弱的人树立志向。到柳下惠却不是这样。他并不觉得侍奉不好的君主是耻辱，不会因官职小而辞去不做，他履行职事不隐藏自己的才干，必定要按自己的原则行事。处于困窘之境也不自我怜悯，被冷落遗忘而隐逸也不抱怨。与乡下人相处，高高兴兴而不忍心离开。他认为："即使有美女一丝不挂赤裸裸站在我身边，又怎么能迷惑而沾污我呢？"所以听闻柳下惠风范的人，狭隘的人变得宽容，刻薄的人变得厚道。至于孔子离开鲁国时，行动非常缓慢，该离开就离开，该留下就留下，这是离开父母之国的道理。伯夷是圣贤中清高的人。柳下惠是圣贤中和顺通达的人。孔子是圣贤中比较中庸的人。《诗经》说："不竞不绿，不刚不柔。"说的是能够把握中庸和顺通达的原则。

第三十五章　王者之法

王者之法，等赋正事，①田野什一，关市讥而不征，②山林泽梁，以时入而不禁。相地而衰正，③理道而致贡，万物群来，无有流滞，以相通移，近者不隐其能，远者不疾其劳，虽幽间僻陋之国，莫不趋使而安乐之。夫是之谓王者之法，等赋正事。《诗》曰："敷政优优，百禄是遒。"④

[注释]

①等赋：制定不同等级的赋税。正：通"政"。②关：关卡。讥：查问，察问。③正：通"征"。④"敷政"二句：出自《诗经·商颂·长发》。意思是，施政理念始终是从容宽裕，无尽福禄就会聚集在一起。优优：温和宽厚。遒：聚。

[译文]

王者的法度，制定公平的赋税制度，公正地处理政务，对于农田，按收入的十分之一征税；对于关卡和集市，进行检查而不征税；对于山林湖堤，按时开放而不禁止。考察土地的肥瘠来分别征税，区别道路的远近来决定收取贡品，使各种财货流通，没有滞留积压，以互通有无。近处的人不隐藏自己的才能，远处的人不厌恶奔走的劳苦，即使幽远偏僻的国家，也无不前来听从使役而安定快乐。这就是奉行王道的君主所实行的法度，制定公平的赋税制度,公正地处理政务。《诗经》说:"敷政优优,百禄是遒。"

第三十六章　孙卿与临武君议兵

孙卿与临武君议兵于赵孝成王之前。①

王曰:"敢问兵之要。"

临武君曰:"夫兵之要,上得天时,下得地利,后之发,先之至,此兵之要也。"

孙卿曰:"不然。夫兵之要,在附亲士民而已。六马不和,造父不能以致远。②弓矢不调,羿不能以中微。③士民不亲附,汤武不能以战胜。④由此观之,要在于附亲士民而已矣。"

临武君曰:"不然。夫兵之用,变故也。其所贵,谋诈也。善用之者犹脱兔,莫知其出。孙吴用之无敌于天下。⑤由此观之,岂必待附亲士民而后可哉?"

孙卿曰:"不然。君之所道者,诸侯之兵,谋臣之事也。臣之所道者,仁人之兵,圣王之事也。彼可诈者,怠慢者也。君臣上下之际,奂然有离德者也。⑥夫以跖而诈桀,⑦犹有工拙焉。⑧以桀而诈尧,如以指挠沸,以卵投石,抱羽毛而赴烈火,入则燋也。⑨夫何可诈也?且夫暴国将孰与至哉?彼其所与至者必其民,民之亲我也,芬若椒兰,⑩欢如父子。彼反顾其上,如憯毒蜂虿。⑪人之情,虽桀、跖岂肯为其所至恶，贼其所至爱哉？是犹使人之子孙自贼其父母也。彼则先觉其失，何可诈哉？且仁人之兵，聚则成卒，散则成列。延居则若莫邪之长刃，⑫婴之者断。⑬锐居则若莫邪之利锋，当之者溃。圆居则若丘山之不可移也，方居则若磐石之不可拔也，触之摧角折节而退尔，夫何可诈也？《诗》曰：'武王载发，有虔秉钺，如火烈烈，则莫我敢遏。'⑭此谓汤武之兵也。"

孝成王避席抑手曰："寡人虽不敏，请依先生之兵也。"

[注释]

①孙卿：即荀子，名况，字卿，战国末期赵国人。西汉时因避汉宣帝刘询讳，因"荀"与"孙"二字古音相通，故又称孙卿。临武君：楚国将军。赵孝成王：战国时期赵国的君主。②造父：西周著名御车者，周穆王的车夫。③羿：后羿，中国远古时期的神话人物，在民间有"后羿射日"的传说。④汤武：商汤和周武王。⑤孙吴：孙武和吴起。孙武，春秋末期齐国人。春秋时期著名的军事家、政治家，尊称兵圣或孙子。吴起，战国初期军事家、政治家、改革家，兵家代表人物。⑥奂然：鲜明貌。⑦跖：指盗跖。桀：指夏桀。⑧工拙：精巧和笨拙。⑨燋：同"焦"。⑩椒兰：椒与兰，皆芳香之物，故以并称。比喻美好的事物。⑪憯（cǎn）毒：残忍狠毒，虐害。蜂虿（chài）：蜂和虿，都是有毒刺的螫虫，比喻恶人或敌人。⑫莫邪：古代传说中的一把剑，泛指锋利的宝剑。⑬婴：触，缠绕。⑭"武王"四句：出自《诗经·商颂·长发》。意思是，商汤王刚出兵，他虔诚地手持斧钺，冲锋陷阵的大军勇猛如火，没有人敢阻挡。武王：成汤之号。载：始。秉钺：执持长柄大斧。钺：青铜制

大斧。遏：阻挡。

[译文]

荀子和临武君在赵孝成王面前讨论用兵之道。

孝成王问："请问用兵的要领是什么。"

临武君回答说："用兵的要领，上能得有利于攻战的自然气候条件，下能得地理上的有利形势，在敌人后出动，比敌人先到达，这就是用兵的要领。"

荀子说："不对。用兵的要领在于使士兵和民众亲附而已。如果驾车的六匹骏马不配合，造父就不能驾驭到远方。弓和箭不协调，后羿就不能用它来射中微小的目标。如果军民不亲近归附君主，商汤、周武王就不能打胜仗。由此看来，用兵的要领在于士兵和民众亲附而已。"

临武君说："不对，用兵在于随机应变。用兵可贵的是机变诡诈。善于运用这些兵法的人，突然发起进攻就像脱兔一样行动迅疾，敌人根本不知道他们是从哪里出来的。孙武、吴起用这样的方法，天下无敌。由此看来，哪里要等到士兵和民众亲附才可以用兵呢？"

荀子说："不对。您刚才所说的是诸侯的用兵，是善于出谋划策的臣子所做的事。而我所说的是仁者的用兵，是圣王所做的事。那个可受欺诈的，一定是懈怠大意的人，君臣上下之间，明显是离心离德的军队。假使盗跖欺诈夏桀，方法还有精巧和笨拙的不同。若是夏桀去欺诈唐尧，就如同用手指搅拌沸水，拿鸡蛋碰石头，抱着羽毛冲向烈火，放进去就烧焦了，又怎么可以欺诈呢？况且暴躁的君主，将会有谁同他来呢？能够和他来的一定是他的民众，然而他的民众亲附我们，就像喜爱芳香的椒兰一样，欢乐得就像和父母在一起的样子。他们回头看看他们的君主，像蜂虿一样残忍狠毒。人的性情，即使像夏桀、盗跖一样残暴贪婪，哪里愿意为了他们厌恶的人，而去残害他们喜欢的人呢？这就像让别人的子孙去杀害他们的父母一样啊。他们事先已经觉察到他们失去的东西了，又怎么可以欺诈呢？况且仁者的军队，聚集起来是训练有素的队伍，分散开则形成行列。展开阵形就像莫邪宝剑的利刃一样，触碰他们的就会断裂。冲锋陷阵则像莫邪宝剑一样锋利，阻挡他们的就会溃败。列阵驻守，犹如大山一样不可移动，士兵并列起来则坚定如磐石不可拔动，触犯他们只会连号角、符节都折断而败退。这样的军队又怎么可以欺诈呢？《诗经》说：'武王载发，有虔秉钺，如火烈烈，则莫我敢遏。'这说的就是商汤和周武的军队啊。"

孝成王离开座位拱手说："我虽然不聪明，还请遵从先生的用兵之道。"

第三十七章　受命之士

受命之士，正衣冠而立，俨然人望而信之。其次，闻其言而信之。其次，见其行而信之。既见其行，而众皆不信，斯下矣。《诗》曰："慎尔言矣，谓尔不信。"①

[注释]

①"慎尔"二句：出自《诗经·小雅·巷伯》。意思是，说话要谨慎啊，不然就得不到信任。

[译文]

接受任命的人，穿戴整齐站立，表情庄重，人们看到了就觉得这个人值得信任。其次，听到他说的话而信任他。再其次，看到他的行为而信任他。如果已经看见了他的行为，但是大家都不信任他，他就是一个不值得信任的人。《诗经》说："慎尔言矣，谓尔不信。"

第三十八章　不出户而知天下

昔者不出户而知天下，不窥牖而见天道者，①非目能视乎千里之前，非耳能闻乎千里之外，以己之度度之也，以己之情量之也。己恶饥寒焉，则知天下之欲衣食也。己恶劳苦焉，则知天下之欲安佚也。己恶衰乏焉，则知天下之欲富足也。知此三者，圣王之所以不降席而匡天下。②故君子之道，忠恕而已矣。夫饥渴苦血气，寒暑动肌肤，此四者民之大害也。大害不除，未可教御也。四体不掩，则鲜仁人。五藏空虚，则无立士。故先王之法，天子亲耕，后妃亲蚕，先天下忧衣与食也。《诗》曰："父母何尝？"③"心之忧矣，子之无裳。"④

[注释]

①牖（yǒu）：窗户。②降席：离开座位走下来。③"父母"句：出自《诗经·唐风·鸨羽》。意思是，父母吃什么呢？尝：食。④"心之"

二句：出自《诗经·卫风·有狐》。意思是，我心里很忧愁，那个人没有衣服穿。裳：衣服。

[译文]

从前不走出大门就能知道天下大事，不用打开窗户就能看见天道运行规律的人，并不是因为眼睛能看到千里之远，耳朵能听到千里之外，而是因为能用自己的心去推度千里之外的事物，用自己的情感去衡量他人的情感。自己厌恶饥饿寒冷，就知道天下人想要吃饱穿暖。自己厌恶劳累痛苦，就知道天下人向往安逸的生活。自己厌恶贫穷困乏，就知道天下人想要过富足的生活。知道这三点，所以圣明的君王不需要离开座位走下来就能治理好天下。所以说君子处世之道，就是忠良、宽恕罢了。忍饥受渴以至血气匮乏，受严寒酷暑之苦使身体受累，这四点是最危害百姓的。不除去百姓的大害，就不能教化役使民众。百姓衣不遮体，就少有仁爱之人；百姓肚子吃不饱，就没有树立志向的人。所以古代圣王治理天下的方法，就是天子亲自耕种，后妃亲自养蚕，先于天下人忧虑衣物和食物的问题。《诗经》说："父母何尝？""心之忧矣，子之无裳。"

卷四

第一章 纣作炮格之刑

纣作炮格之刑。①王子比干曰：②"主暴不谏，非忠也。畏死不言，非勇也。见过即谏，不用即死，忠之至也。"遂谏，三日不去朝，纣囚而杀之。《诗》曰："昊天大怃，予慎无辜。"③

[注释]

①纣：商朝最后一代帝王，是历史上有名的暴君。炮格：相传是商朝纣王所用的一种酷刑。在铜柱上涂油脂，下面用炭烧，令人在上面行走，人往往滑下去跌入炭火中。②比干：殷商王室的重臣，商纣王帝辛的叔父。③"昊天"二句：出自《诗经·小雅·巧言》。意思是，老天不察太疏忽，我确实是无辜。昊天：老天，苍天。怃（wǔ）：怅然失意的样子。慎：确实。

[译文]

商纣王实施炮格的刑罚。王子比干说："君王暴戾而臣子不劝谏，这不是忠诚的行为。因为怕死而不敢劝谏，这不能称之为勇。一旦发现君王有不当的行为就要劝谏，君王如果不采用，那么就以死明谏，这才是作为忠诚臣子的最高标准。"于是比干就劝谏纣王，三天不离开朝廷，纣王将其囚禁，然后杀了他。《诗经》说："昊天大怃，予慎无辜。"

第二章　关龙逢谏桀

桀为酒池,①可以运舟,糟丘足以望十里,②一鼓而牛饮者三千人。③关龙逢进谏曰:④"古之人君,身行礼义,爱民节财,故国安而身寿。今君用财若无穷,杀人若恐弗胜,君若弗革,天殃必降,而诛必至矣。君其革之。"立而不去朝。桀囚而杀之。君子闻之曰:"天之命矣。"《诗》曰:"昊天大怃,予慎无辜。"⑤

[注释]

①桀:夏朝最后一个国王,是历史上有名的暴君。②糟丘:即积糟成丘,极言酿酒之多,沉湎之甚。③牛饮:俯身而饮。泛指狂饮、豪饮。④关龙逢:夏末大臣。中国历史上的名相,因为进谏忠言而被杀。⑤"昊天"二句:出自《诗经·小雅·巧言》。

[译文]

夏桀建造的酒池,船可以在里面运行,堆起来的酒糟就像山丘,站在上面可以看到十里外的地方,击鼓一次,池中之酒可供三千人牛饮。关龙逢向夏桀进谏说:"古代的君王,亲身践行仁义,爱护人民,节省财物,因此国家安定而自己长寿。如今君王您无穷尽地挥霍财物,杀人好像杀不尽似的,您若不改变,上天必会降下灾祸,必然会招致惩罚。恳请君王改变您的行为。"说完立于朝廷不肯离去。夏桀命人把他囚禁起来杀掉了。

君子听到这件事后说:"这是上天的命令啊。"《诗经》说:"昊天大忧,予慎无辜。"

第三章 三"忠"与国贼

有大忠者,有次忠者,有下忠者,有国贼者。以道覆君而化之,①是谓大忠也。以德调君而辅之,是谓次忠也。以谏非君而怨之,是谓下忠也。不恤乎公道达义,偷合苟同以之持禄养交者,②是谓国贼也。若周公之于成王,③可谓大忠也。管仲之于桓公,④可谓次忠也。子胥之于夫差,⑤可谓下忠也。曹触龙之于纣,⑥可谓国贼也。皆人臣之所为也,吉凶贤不肖之效也。《诗》曰:"匪其止恭,惟王之邛。"⑦

[注释]

①覆:覆盖,影响。②养交:亦作"养佼"。谓豢养其私交以成朋党。③周公:周武王之弟,名旦。食邑于周(今陕西岐山北),故称"周公"。成王:周成王,周武王之子,即位时年幼,由周公摄政。④管仲:名夷吾,字仲,谥敬,史书又称作管敬仲。春秋时期担任齐桓公的相,使齐国富强,称霸天下。⑤子胥:姓伍,名员,字子胥,春秋时期楚国人,受楚王迫害逃到吴国,为吴大夫。后苦谏吴王夫差,反对越国的求和,被逼自杀。夫差:春秋末年吴国国君,后为越王勾践所灭。⑥曹触龙:商纣

王的佞臣。⑦"匪其"二句：出自《诗经·小雅·巧言》。意思是，他不忠于职责，使得君王也深受其害。匪：假借为"非"，表示否定。止恭：尽职尽责，忠于职责。邛（qióng）：病。

[译文]

　　有上等的忠臣，有次一等的忠臣，有下等的忠臣，有国家的奸贼。用道义熏陶君主而感化他，是上等的忠诚；用道德来教导君主而辅助他，是次一等的忠诚；劝谏君主的是非而抱怨他，是下等的忠诚。不顾公道正义，以苟且迎合君主来保住自己的俸禄，豢养结交党羽的，是国家的奸贼。像周公对于周成王，可以说是上等的忠诚；管仲对齐桓公，可以说是次一等的忠诚了；伍子胥对夫差，可以说是下等的忠诚了。曹触龙对于商纣王，可以说是国贼了。这些都是为人臣子的所作所为，对国家却有吉利、凶险、贤、不肖的效果。《诗经》说："匪其止恭，惟王之邛。"

第四章　鲁哀公问取人

　　哀公问取人。①孔子曰："无取健，无取佞，无取口谗。健，骄也。佞，谄也。口谗，诞也。故弓调，然后求劲焉。马服，然后求良焉。士信悫，②而后求知焉。士不信悫而又多知，譬之豺狼与，其难以身近也。"《周书》曰："无为虎傅翼，将飞入邑，择人而食。"③夫置不肖之人于位，是为虎傅翼也。不亦殆乎？《诗》曰："匪其止恭，惟王之邛。"④言其不恭其职事，而病其主也。

[注释]

①哀公：鲁哀公。②信悫（què）：诚实。③"无为"三句：出自《逸周书·寤儆》，为周公旦语。④"匪其"二句：出自《诗经·小雅·巧言》。

[译文]

鲁哀公问怎样选择人。孔子说："不要选取体格强健的人，不要选取阿谀奉承的人，不要选取能言善辩的人。体格强健的人骄傲，阿谀奉承的人谄媚，能言善辩的人说话荒诞不实。所以先调整好弓，然后再要求弓强劲有力。先驯服马，然后再要求马成为良马。人先要诚实，然后再要求智慧。人不诚实而又多智，就好比豺狼一样，是无法接近他的。"《周书》说："不要给虎添上翅膀，否则它就要飞入都城，挑人来吃。"把人格卑劣的人安置在官位上，就是给老虎添上翅膀，不是很危险的吗？《诗经》说："匪其止恭，惟王之邛。"就是说不忠于自己职守的人，使他们的君主忧愁。

第五章　夫知者之于人也

齐桓公独与管仲谋伐莒，①而国人知之。桓公谓管仲曰："寡人独为仲父言，②而国人知之何也？"管仲曰："意者国中有圣人乎。今东郭牙安在？"③桓公顾曰："在此。"管仲曰："子有言乎？"东郭牙曰："然。"管仲曰："子何以知之？"曰："臣闻君子有三色，是以知之。"管仲曰："何谓三色？"曰："欢忻爱说，④钟鼓之色也。⑤愁悴哀忧，衰绖之色也。⑥猛厉充实，兵革之色也。⑦是以知之。"管仲曰："何以知其莒也？"对曰："君东南面而指，口张而不掩，舌举而不下，是以知其莒也。"桓公曰："善。"东郭先生曰："目者，心之符也。言者，行之指也。夫知者之于人也，未尝求知而后能知也。观容貌，察气志，定取舍，而人情毕矣。"《诗》曰："他人有心，予忖度之。"⑧

[注释]

①齐桓公：齐国国君，春秋五霸之一。管仲：名夷吾，字仲，谥敬，史书又称作管敬仲。春秋时期担任齐桓公的相，使齐国富强，称霸天下。莒（jǔ）：周代诸侯国，在今山东莒县一带。②仲父：用于帝王对宰相重臣的尊称。③东郭牙：春秋时期齐国著名的谏臣，是齐桓公时期的五杰之一，由齐国名相管仲推举。④说（yuè）：通"悦"。⑤钟鼓之色：指欢欣喜乐的面色，像欣赏音乐时表现出的那样。⑥衰绖（cuī dié）：丧服。⑦兵革：兵器和甲胄的总称。泛指武器军备。⑧"他人"二句：出自《诗经·小雅·巧言》。意思是，其他人心里想什么，我也能够揣度出来。忖度：猜测，揣想。

[译文]

齐桓公单独与管仲商讨伐莒，却举国皆知。桓公询问管仲说："我单独与您商讨，为什么国人都知道这件事呢？"管仲回答说："我料想国内必定有圣人。现在东郭牙在哪儿呢？"桓公回过头说："在这里。"管仲说："您有说这个话吗？"东郭牙说："是的。"管仲问："您是怎么知道这件事的?"东郭牙回答说:"臣听说君子有三种脸色,因此知道了这件事。"管仲问:"哪三种脸色呢?"东郭牙说:"欢欣喜乐,是享受音乐时的脸色;憔悴悲哀,是有丧事的脸色;威猛严厉,是谋划用兵时的脸色。我因此知道了这件事。"管仲问:"您怎么知道要讨伐的是莒地呢?"东郭牙回答说:"君王手指向东南方向,嘴巴张开没有合上,舌头举起没有放下,因此我知道君主要伐莒。"桓公说:"您太聪明了。"东郭牙先生说:"眼睛是心灵的窗户,言语是行为的意向。想要知道一个人,不是等了解这个人之后才能知道他的行为,观看他的容貌,细察面色志向,从中决定取舍内容,这样人的心意就能全部了解了。"《诗经》说:"他人有心,予忖度之。"

第六章　坚甲利兵不足以施敌破虏

今有坚甲利兵,^①不足以施敌破虏。弓良矢调,^②不足射远中微,与无兵等尔。有民不足强用严敌,与无民等尔。故盘石千里,不为有地;愚民百万,不为有民。《诗》曰:"维南有箕,不可以簸扬。维北有斗,不可以挹酒浆。"^③

[注释]

①坚甲利兵:坚固的盔甲,锋利的兵器。借指装备精良的军队。
②矢:箭。③"维南"四句:出自《诗经·小雅·大东》。意思是,南方

箕星虽像箕,却不可用来簸米糠;北斗星虽然像斗,却不可用来舀酒浆。箕:俗称簸箕星,四星联成的星座,形如簸箕,距离较远的两星之间是箕口。斗:北斗星座,位置在箕星之北。挹(yì):舀。

[译文]

现在虽然拥有装备精良的军队,却不能够攻克、打败敌军。弓质优良,箭调配适宜,却不能射中远方微小的目标,等同于没有兵器。有民众却不足以用来抵御强敌,等同于没有民众。所以即使拥有上千里铺满盘石的土地,也不算是真正地拥有土地;即使拥有上百万愚笨的民众,也不算是真正拥有人民。《诗经》说:"维南有箕,不可以簸扬。维北有斗,不可以挹酒浆。"

第七章 弹琴而治

传曰:舜弹五弦之琴,①以歌《南风》,②而天下治。周公酒肴不离于前,钟石不解于悬,③以辅成王,而宇内亦治。匹夫百亩一室,不遑启处,④无所移之也。夫以一人而兼听天下,其日有余而治不足,使人为之也。夫擅使人之权,而不能制众于下,则在位者非其人也。《诗经》说:"维南有箕,不可以簸扬。维北有斗,不可以挹酒浆。"⑤言有位无其事也。

[注释]

①五弦之琴:相传为舜制作的乐器,琴有宫、商、角、徵、羽五根

弦。②《南风》：古诗歌的名称。③钟石：钟和磬。古代乐器。④不遑启处：没有空闲的时间过安宁的日子，指忙于应付繁重或紧急的事务。⑤"维南"四句：出自《诗经·小雅·大东》。

[译文]

古书记载说：舜弹奏着五弦琴，伴唱着《南风》歌，而天下就得到了治理。周公平日里离不开美酒佳肴，钟、磬都悬挂着弹奏，辅佐周成王，而国家也得到了治理。老百姓有一百亩田地和一间房屋，却没有闲暇时间过安宁的日子，更没有时间到其他地方去了。现在君主凭一个人的力量同时治理整个天下，反而有时间从容地生活而治理的事少得不够做是用对了人。有的人擅用权力，却不能使众人服从，一定是用人不当的原因。《诗经》说："维南有箕，不可以簸扬。维北有斗，不可以挹酒浆。"就是说占用职位却不谋职事。

第八章　齐桓公不使燕君失礼

齐桓公伐山戎，①其道过燕，燕君送之出境。②桓公问管仲曰：③"诸侯相送，固出境乎？"管仲曰："非天子不出境。"桓公曰："然则燕君畏而失礼也。寡人不可使燕君失礼。"乃割燕君所至之地以与之。诸侯闻之皆朝于齐。《诗》曰："静恭尔位，好是正直。神之听之，介尔景福。"④

[注释]

①齐桓公：齐国国君，春秋五霸之一。山戎：少数民族部落名，居于今河北北部。②燕君：指燕庄公。③管仲：名夷吾，字仲，谥敬，史书又称作管敬仲。春秋时期担任齐桓公的相，使齐国富强，称霸天下。④"静恭"四句：出自《诗经·小雅·小明》。意思是，忠于职守，喜爱公正。神明听到，会赐给你很大的福报。介：增加。景：大。

[译文]

齐桓公讨伐山戎，道路经过燕国，燕君把他送出了燕国边境。桓公问管仲说："诸侯之间送别，本来需要送出边境外吗？"管仲说："不是送天子不用出国境。"桓公说："这样的话，燕君因敬畏我，因此背失礼节了。我不能让燕君背失礼节。"于是把燕君出境后所到的地方割让给燕国。诸侯听说此事都来齐国朝拜桓公。《诗经》说："静恭尔位，好是正直。神之听之，介尔景福。"

第九章 《韶》用干戚

《韶》用干戚，①非至乐也。舜兼二女，②非达礼也。③封黄帝之子十九人，④非法义也。往田号泣，未尽命也。以人观之，则是也，以法量之，则未也。《礼》曰："礼仪三百，威仪三千。"《诗》曰："静恭尔位，正直是与。神之听之，式谷以女。"⑤

[注释]

①《韶》：舜时乐名，赞美舜的德治教化。韶，绍也（《乐记》：韶，继也），舜能继绍尧之德，故而其乐名为《韶》。干戚：盾与斧。古代的两种兵器，亦为武舞所执的舞具。②舜兼二女：据说尧把两个女儿娥皇、女英嫁给舜为正妻。按礼，即便是皇帝也只能有一个正妻，所以说"非达礼也"。③达礼：通行的礼仪。④封黄帝之子十九人：出自《韩非子·说疑》"封黄帝之子十九人，非法义也"。⑤"静恭"四句：出自《诗经·小雅·小明》。意思是，忠于职守，交往正直之士、亲近贤人。神明听到你的作为，将赐福禄给你。式：乃，则。以：与。女：汝。

[译文]

演奏《韶》乐时，手上拿着盾牌和大斧而舞，不是高妙的音乐。舜娶二位正妻，不是通行的礼节。黄帝的儿子受封的有十九人，不符合法规。去往田地，边走边哭泣，是因为没有尽全力耕作。从人的角度看是这样，但用礼法衡量则又不一定是这样的。《礼记》说："礼仪三百，威仪三千。"《诗经》说："静恭尔位，正直是与。神之听之，式谷以女。"

第十章　礼者，治辩之极也

礼者，治辩之极也，①强国之本也，威行之道也，功名之统也。王公由之，所以一天下也。不由之，所以陨社稷也。是故坚甲利兵不足以为武，高城深池不足以为固，严令繁刑不足以为威，由其道则行,不由其道则废。

昔楚人蛟革犀兕以为甲,②坚如金石,宛钜铁鉇,③惨若蜂虿,④轻利剽疾,卒如飘风,⑤然兵殆于垂沙,⑥唐子死,⑦庄蹻起,⑧楚分为三四者,此岂无坚甲利兵也哉?其所以统之者非其道故也。汝、淮以为险,⑨江、汉以为池,⑩缘之以方城,⑪限之以邓林,⑫然秦师至于鄢郢,⑬举若振槁然。⑭是岂无固塞限险也哉?其所以统之者非其道故也。纣杀比干而囚箕子,为炮格之刑,杀戮无时,群下愁怨,皆莫冀其命,然周师至,而令不行乎左右。其岂无严令繁刑也哉?其所以统之者非其道故也。

若夫明道而均分之,⑮诚爱而时使之,⑯则下之应上如影响矣。⑰有不由命者,然后俟之以刑。刑一人而天下服,下不非其上,知罪在己也。是以刑罚竞渻而威行如流者,⑱无他,由是道故也。《诗》曰:"自东自西,自南自北,无思不服。"⑲如是则近者歌讴之,远者赴趋之,幽间僻陋之国莫不趋使而安乐之,若赤子之归慈母者,何也?仁刑义立,⑳教诚爱深,礼乐交通故也。《诗》曰:"礼义卒度,笑语卒获。"㉑

[注释]

①治辨:治理。②蛟革:鲨鱼皮。蛟:通"鲛"。兕(sì):雌性犀牛。③宛:地名,今河南南阳,当时为楚邑。钜:刚硬的铁。鉇(shī):矛。④虿(chài):蝎子一类的毒虫。⑤卒:通"猝"。突然。⑥垂沙:地名。其地不详。⑦唐子:楚将名。⑧庄蹻:楚将名。楚顷襄王命庄蹻西征滇池(今云南昆明)一带,被秦军截断归路,庄蹻便在滇地拥兵称王,

故谓"庄蹻起,楚分为三四者"。⑨汝、淮:汝水、淮水。⑩江、汉:长江、汉水。池:护城河。⑪缘:围绕。方城:一说是楚长城;一说是邑名,在今河南方城县东北。⑫邓林:地名。指今湖北襄阳县南之凤林山。⑬鄢郢:楚国都城。春秋楚文王定都于郢,惠王之初曾迁都于鄢,仍号郢,因以"鄢郢"指楚都,亦泛指今湖北江陵、襄阳一带。⑭振槁:摇动枯树枝叶。比喻非常顺利。⑮明道而均分之:明示礼义使人民都能安分守己。道:指礼义。⑯时使:适时使用民力。⑰如影响:如影随形,如响应声。响:回声。⑱渻(shěng):古同"省"。减少。威行如流:威令的执行如流水一样畅通。⑲"自东"三句:出自《诗经·大雅·文王有声》。意思是,从东方、西方、南方、北方来看,四方的人没有一个不服从。⑳刑:通"形"。显著。㉑"礼义"二句:出自《诗经·小雅·楚茨》。意思是,礼义行为完全符合法度,一言一笑都恰到好处。卒:尽,完全。度:法度。获:得时,恰到好处。

[译文]

礼,是治理国家的最高准则,是使国家强大的根本措施,是威力得以实施的有效办法,是功业名声得以成就的纲要。天子诸侯遵行了它,因而能取得天下。不遵行它,因此会失去国家政权。所以,坚固的铠甲、锋利的兵器不足以获胜;高耸的城墙、深深的护城河不足以用来固守城防;严厉的命令、繁多的刑罚不足以用来造成威势。遵行礼义之道才能成功,不遵行礼义之道就会失败。

以前楚国人用鲨鱼皮、犀牛皮做成铠甲,坚硬得就像金石一样;宛地出产的钢铁长矛,狠毒得就像蜂、蝎的毒刺一样;士兵行动轻快敏捷,迅速得就像飘风一样。然而兵败垂沙,唐子阵亡,庄蹻起兵,楚国被分裂成了三四块。这难道是因为没有坚固的铠甲、锋利的兵器吗?这是因为他们用来统治国家的方法并不是礼义之道的缘故啊。楚国凭借汝水、淮水作为天险要塞，以长江、汉水作为护城河，有方城围绕来保护自己，有邓林作为它的边界屏障，但是秦军一来到，鄢、郢就被轻而易举地攻取了。这难道是因为没有要塞险阻吗？这是因为他们用来统治国家的办法并不是礼义之道的缘故啊。商纣王杀死比干，囚禁了箕子，设置了炮格的酷刑，随时杀人，臣下心惊胆战，没有谁能对自己的生命抱有期望，但是周军一到，他的命令就不能在下面贯彻执行了。这难道是因为命令不严厉、刑罚不繁多吗？这是因为他用来统治国家的办法并不是礼义之道的缘故啊。

如果能够明确道义而使百姓都能安分守己，真诚地爱护民众而适时使用民力，那么民众附和君主就像影子和回响一样。如有不遵从命令的，就用刑罚来惩处。惩罚了一个人而天下都归服，受刑罚的人不非议自己的君主，因为他知道罪责在自己身上。因此刑罚大大减少而威令的执行如流水一样畅通，这没有其他的原因，是因为遵行了礼义之道啊。《诗经》说："自东自西，自南自北，无思不服。"这样做，近处的人讴歌赞扬他，远方的人则奔跑着前来归附，幽远偏僻荒乱的国家，没有不派使者前来求得安宁和乐的，就好像婴儿回到慈母身边一样。这是为什么呢？是因为仁义彰明，道义建立，使诚信仁爱深入人心，礼乐教化交相通达的缘故啊。《诗经》说："礼义卒度，笑语卒获。"

第十一章　审礼

君人者以礼分施，均遍而不偏。① 臣以礼事君，忠顺而不解。②

父宽惠而有礼，子敬爱而致恭。兄慈爱而见友，弟敬诎而不慢。③夫照临而有别，④妻柔顺而听从。若夫行之而不中道，即恐惧而自竦。此道也，偏立则乱，具立则治。⑤

请问兼能之奈何？曰审礼。昔者先王审礼以惠天下，故德及天地，动无不当，夫君子恭而不难，⑥敬而不巩，⑦贫穷而不约，⑧富贵而不骄，应变而不穷，审之礼也。故君子于礼也，敬而安之。其于事也，经而不失。⑨其于人，宽裕寡怨而弗阿。⑩其于仪也，修饰而不危。其应变也，齐给便捷而不累。其于百官伎艺之人也，不与争能，而致用其功。其于天地万物也，不说其所以然而谨裁其盛。⑪其待上也，忠顺而不解。其使下也，均遍而不偏。其于交游也，⑫缘类而有义。其于乡曲也，⑬容而不乱。是故穷则有名，通则有功。仁义兼覆天下而不穷，明通天地，理万变而不疑。血气平和，志意广大，行义塞天地，仁知之极也。⑭夫是之谓先王审之礼也。若是，则老者安之，少者怀之，朋友信之，如赤子之归慈母也。曰：仁刑义立，教诚爱深，礼乐交通故也。《诗》曰："礼义卒度，笑语卒获。"⑮

[注释]

①遍：普遍，全面。②解：通"懈"。怠慢。③敬诎：恭敬顺从。④临：近。⑤具：皆。⑥难：畏惧。⑦巩：恐惧。⑧约：卑下，卑微。⑨经：常道。指常行的义理、准则、法制。⑩阿：迎合，偏袒。⑪裁：裁取。⑫交游：朋友。⑬乡曲：乡里。⑭知：通"智"。⑮"礼义"二句：出自《诗经·小雅·楚茨》。

[译文]

做君王的人要按照礼义去施以恩惠，公平而不偏私。臣子要按照礼义去侍奉君主，忠诚顺从而不懈怠。父亲要宽厚仁爱而有礼节，儿子要敬爱父母而恭敬有礼。兄长对弟弟要仁慈而友爱，弟弟对兄长要恭敬顺服而不怠慢。丈夫要尽力亲近妻子而又保持一定的界限，妻子要温柔顺从听命他。如果不遵行礼义就诚惶诚恐而独自保持肃敬。这些原则，只能部分地做到，那么天下仍会混乱；全部做到了，天下就会大治。

请问要全部做到这些该怎么办呢？回答说：必须审察清楚礼义。从前，古代圣王明察礼义，使天下人受惠，所以君王的恩泽普及于天地，行动没有不恰当的。君子谦恭但不胆怯，肃敬但不恐惧，贫穷却不卑屈，富贵却不骄纵，面对事物的变化能应对自如而不会束手无策，这都是因为弄明白了礼义的缘故。所以君子对于礼义，敬重并遵守它。他对于事务，按规律去做而不出差错。他对于别人，宽宏大量很少埋怨而不阿谀逢迎。他对于仪容外表，加以修饰而不自以为清高。他应对事变，迅速敏捷而不糊涂。他对于各种官府中的官吏和有技术的人才，不和他们竞争技能的高下而能做到很好地利用他们的成果。他对于天地万物，不致力于解说它们形成的原因而能做到很好地利用。他侍奉君主，忠诚顺从而不懈怠。他使唤下边的人，公平而不偏私。他结交朋友，依循礼义而有法度。他住在家乡，待人宽容而不胡作非为。所以君子处境穷困时就享有一定名望，显达时就一定能建立功勋。他的仁爱宽厚之德普照天下而无穷尽，他的明智通达能够整治天地万物，处理各种事变而不疑惑。他心平气和，思想开阔，德行道义充满在天地之间，仁德智慧达到了极点。这是因为他弄明白了古代圣王所说的礼义的缘故啊。能做到这些，老年人生活安乐，年轻人胸怀大志，朋友之间相互信任，好像婴儿回到慈母身边一样。回答说：是因为仁义彰明，道义建立，使诚信仁爱深入人心，礼乐教化交相通达的缘故啊。《诗经》说："礼义卒度，笑语卒获。"

第十二章　晏子聘鲁

晏子聘鲁，①上堂则趋，②授玉则跪。③子贡怪之，④问孔子曰："晏子知礼乎？今者晏子来聘鲁，上堂则趋，授玉则跪，何也？"孔子曰："其有方矣。待其见我，我将问焉。"俄而晏子至，孔子问之。晏子对曰："夫上堂之礼，君行一，臣行二。今君行疾，臣敢不趋乎？今君之授币也卑，臣敢不跪乎？"孔子曰："善！礼中又有礼。赐寡使也，何足以识礼也！"《诗》曰："礼义卒度，笑语卒获。"⑤晏子之谓也。

[注释]

①晏子：名婴，字仲，谥平，习惯上多称平仲。夷维（今山东高密）人，春秋时期齐人。聘：诸侯之间派使访问。②趋：快步走。③授玉：给予玉圭。古代诸侯相朝，互相授受以玉为礼。④子贡：姓端木，名赐，字子贡。孔子的弟子。⑤"礼义"二句：出自《诗经·小雅·楚茨》。

[译文]

晏子访问鲁国，上朝堂时快步走，举行授玉礼节时下跪。子贡觉得奇怪，问孔子说："晏子懂得礼节吗？现在晏子来访问鲁国，上朝堂时快步走,举行授玉礼节时下跪,这是为什么呢?"孔子说:"他一定是有道理的。等他来见我的时候,我要问问他。"一会儿晏子来了,孔子问他。晏子回答说:"上朝堂的礼节,君主走一步,臣要走两步。现在君主走得很快,我敢不快步走吗?现在君主行授玉礼节姿势很低,我敢不下跪吗?"孔子说:"做得好!礼节之中还有礼节。子贡出使少,哪里懂得礼节啊!"《诗经》说:"礼义卒度,笑语卒获。"说的就是晏子这种情况。

第十三章　古者八家而井田

古者八家而井田。①方里为一井,广三百步,长三百步为一里,其田九百亩。广一步,长百步为一亩。广百步,长百步为百亩。八家为邻,家得百亩。余夫各得二十五亩。②家为公田十亩,余二十亩共为庐舍,各得二亩半。八家相保,出入更守,疾病相忧,患难相救,有无相贷,饮食相招,嫁娶相谋,渔猎分得,仁恩施行,是以其民和亲而相好。《诗》曰:"中田有庐,疆场有瓜。"③今或不然,令民相伍,④有罪相伺,有刑相举,使构造怨仇,而民相残,伤和睦之心,贼仁恩,害上化,所和者寡,欲败者多,于仁道泯焉。《诗》曰:"其何能淑,载胥及溺。"⑤

[注释]

① 井田:古代的一种土地制度。以方九百亩为一里,划为九区,形如

"井"字,故名。中间一区为公田,外八区为私田,八家均私百亩,同养公田。公事毕,然后治私事。②余夫:古代授田,每户以五口为准,授田百亩;超过五人者,称为"余夫"。③"中田"两句:出自《诗经·小雅·信南山》。意思是,大田中间有居住的房屋,田埂上长着瓜果。疆埸(yì):田界。④伍:古代军队的最小单位,由五个人编成,现在泛指军队。⑤"其何"二句:出自《诗经·大雅·桑柔》。意思是这种情况如何能改善,只不过都遭受溺亡罢了。淑:善。载:乃。胥(xū):皆。

[译文]

　　古代以八户人家为单位施行井田制度。一里见方的土地定为一方井田。宽三百步,长三百步为一里,每一井田的面积为九百亩地。宽一步,长一百步为一亩。宽一百步,长一百步为一百亩。八家相邻,每家各得一百亩田地。每家有超出授田范围的人,每个人可以得到二十五亩田地。每家耕种公田十亩,剩下的二十亩田用来建房屋,每家可分得二亩半。八家互相保护,出入时轮流看守房屋,有疾病相互照应,遇到灾难相互救助,各家物资相互借贷,饮酒吃饭相互招呼,嫁女儿娶媳妇相互商量,渔猎有收获相互分配,大家以仁爱之心相处,因此人民相互亲近、友好相处。《诗经》说:"中田有庐,疆埸有瓜。"现在却不同了,让老百姓五家组成一伍,犯了罪就互相揭发,使得民众彼此抱怨,相互残害,中伤和睦,破坏了仁德,损害了风俗教化,使得相互和睦的人少了,败坏民风的人多了,仁德道义因此消失了。《诗经》说:"其何能淑,载胥及溺。"

第十四章　天子不言多少

天子不言多少，诸侯不言利害，大夫不言得丧，士不通财货，不贾于道。①故驷马之家不恃鸡豚之息，②伐冰之家不图牛羊之入，③千乘之君不通货财，④冢卿不修币施，⑤大夫不为场圃，⑥委积之臣不贪市井之利，⑦是以贫穷有所欢，而孤寡有所措其手足也。《诗》曰："彼有遗秉，此有滞穗，伊寡妇之利。"⑧

[注释]

①贾（gǔ）：做买卖。②驷马：指显贵者所乘的驾四匹马的高车。表示地位显赫。鸡豚之息：微小的收益。③伐冰之家：用以称达官贵族。伐冰，凿取冰块。古代唯有卿大夫以上的贵族丧祭得以用冰。④千乘之君：指有千辆战车的君王。⑤冢卿：指六卿中的首卿，即上卿，是朝廷中地位最高的官员之一。⑥场圃：指收获等农事。⑦委积：储备财物。⑧"彼有"三句：出自《诗经·小雅·大田》。意思是，那里有遗留的束禾，还有掉落的谷穗，就让那些寡妇们捡去吧。秉：把，捆扎成束的禾把。

[译文]

天子不谈论自己有多少财产，诸侯不讲求自己的利害，大夫不计较自身的得失，士人不去贩运买卖财货。所以显赫之家不要贪图养鸡养猪的小利，达官贵族不要贪图养牛养羊的收入，君王之家不要经营财货，掌管国政的人不要私自筹造货币，大夫一级的官员不参加农事活动，储备货物的大臣不贪图市井小利，因此贫穷的人，生活也有欢乐，孤儿寡母也有出力谋生的地方。《诗经》说："彼有遗秉，此有滞穗，伊寡妇之利。"

第十五章　唯贤是举

人主欲得善射，及远中微，则悬贵爵重赏以招致之。内不阿子弟，①外不隐远人，能中是者取之。是岂不谓之大道也哉？虽圣人弗能易也。

今欲治国驭民，调一上下，将内以固城，外以拒难，治则制人，人弗能制，乱则危削灭亡可立待也。然而求卿相辅佐独不如是之公，惟便辟亲比己者之用，②是岂不谓过乎？故有社稷，莫不欲安，俄则危矣，莫不欲存，俄则亡矣。古之国千余，今无数十，其故何也？莫不失于是也。故明主有私人以百金名珠玉，而无私人以官职事业者，何也？曰：本不利于所私也。彼不能而主使之，是暗主也。③臣不能而为之，是诈臣也。主暗于上，臣诈于下，灭亡无日矣。俱害之道也。故惟明主能爱其所爱，暗主则必危其所爱。

夫文王非无便辟亲比己者，④超然乃举太公于舟人而用之，⑤岂私之哉？以为亲邪？则异族之人也。以为故耶？则未尝相识也。以为姣好耶？则太公年七十二，齳然而齿堕矣。⑥然而用之者，文王欲立贵道，欲白贵名，兼制天下，以惠中国，而不可以独，故举是人而用之。贵道果立，贵名果白，兼制天下。立国七十一，姬姓独居五十二，周之子孙，苟不狂惑，莫不为天下显诸侯，夫是之谓能爱其所爱矣。故曰：惟明主能爱其所爱，暗主则必危其所爱，此之谓也。《大雅》曰："贻厥孙谋，以燕翼子。"⑦爱其所爱之谓也。《小雅》曰："死丧无日，无几相见。"⑧危其所爱之谓也。

[注释]

①阿：偏护，偏爱。②便辟：指君主左右受宠幸的小臣。③暗主：指昏庸的君主。④文王：指周文王。⑤太公：即吕尚，姜姓，吕氏，名尚，字子牙，号太公望，俗称姜太公。舟：古国名，姜姓，建都淳于（今山东安丘县东北）。⑥齳（yǔn）：无齿。⑦"贻厥"二句：出自《诗经·大雅·文王之声》。意思是，留下安民的好谋略，以帮助后代安定王业。贻：留下。孙：同"逊"，顺。燕：安定。翼：帮助。⑧"死丧"二句：出自《诗经·小雅·頍弁》。意思是，不到几天就要死了，也没有几次相见的机会了。

[译文]

君主想要得到善于射箭的人，既射得远又能命中微小的目标，就拿出高贵的爵位、丰厚的奖赏来招引他们。对内不偏袒自己的子弟，对外不埋没关系疏远的人，能够达到目标的人就录取他。这难道不就是求得善射者的办法吗？即使是圣人也不能改变它。

现在君主想要治理好国家，管理好人民，协调统一上下，准备对内巩固城防，对外抵抗敌人的侵略，国家治理好了，就能制服别人，而别人不能制服他。国家混乱，那么危险、国力削弱、灭亡的局面就会马上到来。

但是君主在求取卿相辅佐的时候，偏偏不像选拔善于射箭的人那样公正，而只任用些身边受宠幸的小臣以及依附亲近自己的人，这难道不是错得太厉害了吗？所以拥有国家的君主，无不希望国家安定，但不久就危险了；无不希望国家存在，但不久就灭亡了。古代有上千个国家，现在不到几十个了，这是什么原因呢？没有不是因为用人不公而丢失了政权啊。所以英明的君主有把昂贵的金银珠宝玉器私下送人的，但没有把官职政务私下给人的，这是为什么呢？回答说：因为这样做根本不利于那些被偏爱的人。那些人没有才能而君主任用他，是昏庸的君主。臣子无能而冒充有才能，是欺诈的臣子。君主昏庸于上，臣子欺诈于下，灭亡就要不了几天了。这是对君主以及所宠爱的臣子都有害处的做法啊。所以只有明智的君主能真正爱护他所宠爱的人，昏庸的君主只能危害他所宠爱的人。

周文王并非没有宠臣亲信，却与众不同地在别国人之中提拔了姜太公而重用他，这难道是偏袒他吗？以为他们是亲族吧？姜太公是异族的人。以为他们是旧交吧？但他们从来不相识。以为周文王爱容貌漂亮吧？但是太公已七十二岁，牙齿都掉光了。然而文王还是要任用他，是因为文王想要树立宝贵的政治原则，想要显扬尊贵的名声，全面控制天下，以此来造福天下，而这些是不能单独靠自己一个人办到的，所以提拔了这个人而任用了他。于是宝贵的政治原则果然树立起来了，尊贵的名声果然彰显，全面控制了天下。设置了七十一个诸侯国，其中姬姓诸侯国就独占五十二个。周族的子孙，只要不是发疯糊涂的人，无不成为天下显贵的诸侯。像这样，才算是能爱护所宠爱的人啊。所以说：只有英明的君主才能爱护他所宠爱的人，昏庸的君主必然会危害他所宠爱的人，说的就是这个道理。《大雅》说："贻厥孙谋，以燕翼子。"说的是爱护所宠爱的人。《小雅》说："死丧无日，无几相见。"说的是危害所宠爱的人。

第十六章　君子不瞽不隐

问楛者不告,①告楛者勿问。有诤气者勿与论。②必由其道至,然后接之。非其道,则避之。故礼恭然后可与言道之方,辞顺然后可与言道之理,色从然后可与言道之极。故未可与言而言谓之瞽,③可与言而不与之言谓之隐。君子不瞽不隐,谨慎其序。《诗》曰:"彼交匪纾,天子所予。"④言必交吾志然后予。

[注释]

①楛(kǔ):不正当。②诤气:争胜好强的意气。③瞽(gǔ):眼盲。比喻没有识别能力。④"彼交"二句:出自《诗·小雅·采菽》。意思是,不急不缓风度好,这是天子所赐的。彼:通"匪"。交:通"绞"。急。纾:缓。

[译文]

问不正当之事的人,就不要告诉他;诉说不正当之事的人,就不要去问他。有争强好胜脾气的人,就不要和他争辩。必须要合乎道义,才可以接待他。如果不合乎礼义之道,就回避他。所以请教的人要礼貌恭敬,然后才可以和他谈论有关道的学习方法;言辞和顺的人,才可以和他谈论道的内容,态度诚恳的人,才可以和他谈论有关道最精深的含义。所以,不可以交谈却跟他交谈的是眼盲,可以交谈却不跟他交谈的是隐瞒。君子有识别能力又不隐瞒，谨慎遵守秩序。《诗经》说："彼交匪纾，天子所予。"说的是必须与我心志交合然后才可以和他交往。

第十七章　子为亲隐

子为亲隐，义不得正。君诛不义，仁不得爱。虽违仁害义，法在其中矣。《诗》曰："优哉柔哉，亦是戾止。"①

[注释]

①"优哉"二句：出自《诗经·小雅·采菽》。意思是，悠然从容地过日子，天下自然就安定了。优哉柔哉：悠闲自得的样子。戾（lì）：安定。

[译文]

儿子为父母亲隐瞒过错，就道义来说是不公正的。君主诛杀不义的人，就仁义来说是不仁爱的。这样做虽然违背了仁，损害了义，但是却是符合法律的。《诗经》说："优哉柔哉，亦是戾止。"

第十八章　王者以百姓为天

齐桓公问于管仲曰：①"王者何贵？"曰："贵天。"桓公仰而视天。管仲曰："所谓天，非苍莽之天也。王者以百姓为天，百姓与之则安，辅之则强，非之则危，倍之则亡。"②《诗》曰：'民之无良，相怨一方。'③民皆居一方而怨其上，不亡者未之有也。"

[注释]

①齐桓公：齐国国君，春秋五霸之一。管仲：名夷吾，字仲，谥敬，史书又称管敬仲。春秋时期担任齐桓公的相，使齐国富强，称霸天下。②倍：通"背"。③"民之"二句：出自《诗经·小雅·角弓》。意思是，人民没有善良的德行，互相埋怨对方。

[译文]

齐桓公问管仲道："帝王以什么为贵？"管仲说："以天为贵。"桓公仰起头来看天。管仲说："我说的天，并不是苍茫的天空。帝王把百姓当作天，百姓依附，国家就会安定；百姓辅助，国家就会强盛；百姓非难，国家就会危险；百姓背叛，国家就会灭亡。《诗经》说：'民之无良，相怨一方。'百姓都站到一起，怨恨君主，国家不灭亡的从来都没有。"

第十九章　诚爱而利之

善御者不忘其马。善射者不忘其弓。善为上者不忘其下。诚爱而利之，四海之内，阖若一家。不爱而利之，子或杀父，而况天下乎？《诗》曰："民之无良，相怨一方。"①

[注释]

① "民之"二句：出自《诗经·小雅·角弓》。

[译文]

善于驾驶车马的人，不会忘记自己的马。善于射箭的人，不会忘记自己的弓。善于做国君的，不会忘记他的百姓。真诚爱护百姓而为他们谋取利益，天下的人聚在一起像一家人一样。如果不爱护百姓，反而要从他们那里获利，儿子都可能杀掉父亲，更何况天下的老百姓呢？《诗经》说："民之无良，相怨一方。"

第二十章　小人之行

出则为宗族患，入则为乡里忧。《诗》曰："如蛮如髦，我是用忧。"① 小人之行也。

[注释]

① "如蛮"二句：出自《诗经·小雅·角弓》。意思是，如蛮夷粗野无礼，我心因此多烦忧。蛮、髦（máo）：南蛮与夷髦，古代对西南部族的称呼，用以比"小人"的粗野。

[译文]

出门在外时成为家族的祸患，回到家乡成为乡里的忧愁。《诗经》说："如蛮如髦，我是用忧。"是粗野小人的行为。

第二十一章　能知于人而不能自知

有君不能事,有臣欲其忠。有父不能事,有子欲其孝。有兄不能敬,有弟欲其从令。《诗》曰:"受爵不让,至于己斯亡。"①言能知于人,而不能自知也。

[注释]

①"受爵"二句:出自《诗经·小雅·角弓》。意思是,抱怨别人不把爵位让给自己,却忘记了自己也不让人。

[译文]

有君主不能事奉,有臣子却要求他对自己忠诚。有父亲不能事奉,有儿子却要求他孝顺自己。有兄长不能尊敬,有弟弟却要求他顺从自己。《诗经》说:"受爵不让,至于己斯亡。"就是说知道要求别人怎么做,却忘记了自己该做的事。

第二十二章　夫当世之愚

夫当世之愚,饰邪说,文奸言,以乱天下,欺惑众愚,使混然不知是非治乱之所存者，则是范雎、魏牟、田文、庄周、慎到、田骈、墨翟、宋钘、邓析、惠施之徒也。①此十子者，皆顺非泽，②闻见杂博，然而不师上古，不法先王，按往旧造说，务自为工，③道无所遇，二人相从，故曰十子者之工说，说皆不足合大道、美风俗、治纲纪。然其持之各有故，言之皆有理，足以欺惑众愚，交乱朴鄙，则是十子之罪也。

若夫总方略，一统类，齐言行，群天下之英杰，告之以大道，教之以至顺，隩窔之间，④衽席之上，⑤简然圣王之文具，沛然平世之俗起，⑥工说者不能入也，十子者不能亲也。无置锥之地，而王公不能与争名，则是圣人之未得志者也，仲尼是也。

一天下，财万物，长养人民，兼利天下，通达之属莫不从服，⑦工说者立息，十子者迁化，则圣人之得势者，舜禹是也。仁人将何务哉？上法舜禹之制，下则仲尼之义，以务息十子之说。如是者，仁人之事毕矣，天下之害除矣，圣人之迹著矣。《诗》曰："雨雪麃麃，曣晛聿消。"⑧

[注释]

①范雎：战国时期魏国人，著名政治家、军事谋略家，出任秦相，对秦统一天下起了重大作用。魏牟：战国时期魏国人。田文：战国时期齐国贵族，战国四公子之一，即孟尝君。庄周：战国时期道家学派代表人物，与老子并称"老庄"。慎到：战国中期赵国人，主张法治、势治，是一个由黄老学派演变而来的早期法家人物。田骈（pián）：战国时期齐国人，与慎到同一学派。墨翟（dí）：战国初期鲁国人，一说宋国人，墨家学派

的创始人,反对礼乐,主张兼爱、平等。宋钘(jiān):又称宋牼、宋荣子,战国时期宋国人,主张"禁攻",认为人的本性是少欲的。邓析(xī):春秋时期郑国人,刑名学家。惠施:战国中期宋国人,曾任魏相,名家学派的代表人物之一。②泽:恩惠,恩泽。③工:通"功"。④隩:通"奥"。室内西南角。窔(yào):室内东南角。⑤衽(rèn):泛指卧席。⑥沛(pèi)然:盛大貌。平世:政治清明的时代。⑦通达之属:政令能够通达的属地。⑧"雨雪"二句:出自《诗经·小雅·角弓》。意思是,雪花落下满天飘舞,一见到阳光就全部融化了。麃(biāo)麃:下雪很盛的样子。曣晛(yàn xiàn):日出。

[译文]

现在愚蠢的人,粉饰邪恶的说法,美化奸诈的言论,来搞乱天下,欺骗蒙蔽愚昧的民众。使人混混沌沌不知道是非标准、社会治理混乱的原因的,就是范雎、魏牟、田文、庄周、慎到、田骈、墨翟、宋钘、邓析、惠施这些人了。这十个人,都顺从不能使民众受惠的言论,他们见闻广博杂多,然而却不学习上古思想,不效法古代圣王,而是以过去的学说来创造新说,尽力使自己的学说精致,他们的学说和主张无法被社会接受或应用,只有少数人追随他们。所以说这十个人的学说,都谈不上符合于大道、美化风俗、治理社会纲纪。但是他们立论时却有根有据,解说论点时又有条有理,足够用来欺骗蒙蔽愚昧的民众,使得朴素和卑陋混淆不清,这就是这十个人的罪过。

至于总括各种学问知识,贯通纲纪条例内容,使自己的言行一致,聚合天下的英雄豪杰,把最根本的原则告诉他们,教导他们最正确的道理,就在堂室之中,起居作息之处,使圣明君王的礼制简洁明了又完备,那太平时代的风俗蓬勃兴起,擅长论说的人不得进入讲堂,那十个人也不能接近讲堂。虽然没有立锥之地，但天子诸侯不能与之竞争名望，就是圣人中没有实现志愿的人啊，孔子就是这种人。

统一天下，管理万物，养育人民，使天下人都得到好处。凡是能到达的地方，没有人不服从的，那些精致的学说立刻销声匿迹，那十个人也弃邪从正，这是圣人得到了权势后能做到的，舜、禹就是这种人。仁德的人应该做些什么呢？向上，效法舜、禹的政治制度；向下，学习孔子的道义，以求消除上述十个人的学说。如果能这样，仁人的任务就完成了，天下的祸害除去了，圣明帝王的事迹也就彰明了。《诗经》说："雨雪麃麃，曣晛聿消。"

第二十三章　君子大心

君子大心则敬天而道，小心则畏义而节，知则明达而类，愚则端悫而法，^①喜则和而治，忧则静而违，达则文而容，穷则约而详。小人大心则慢而暴，小心则淫而倾，知则攫盗而渐，^②愚则毒贼而乱，喜则轻易而快，忧则挫而慑，达则骄而偏，穷则弃而累。其肢体之序与禽兽同节，言语之暴与蛮夷不殊，出则为宗族患，入则为乡里忧。《诗》曰："如蛮如髦，我是用忧。"^③

[注释]

①端悫（què）：正直诚谨。②攫（jué）：强夺。渐：欺诈。③"如

蛮"二句：出自《诗经·小雅·角弓》。

[译文]

君子如果心往大的方面用，就会敬奉自然而遵循规律；如果心往小的方面用，就会敬畏礼义而有所节制；如果聪明，就会明智通达而触类旁通；如果愚钝，就会正直诚谨而遵守法度；如果高兴了，就会平和地去治理；如果忧愁了，就会冷静地去避开；如果显贵，就会文雅而从容；如果穷困，就会自我约束而明察事理。小人如果心往大的方面用，就会傲慢而粗暴；如果心往小的方面用，就会放纵而倾轧别人；如果聪明，就会巧取豪夺而用心欺诈；如果愚钝，就会狠毒残忍而作乱；如果高兴了，就会轻浮而急躁；如果忧愁了，就会垂头丧气而心惊胆战；如果显贵，就会骄横而不公正；如果穷困，就会自暴自弃而累及他人。他们的一举一动，和禽兽相同；语言粗暴，和野蛮人没有什么差别，出外则成为家族的祸患，在家则成为乡里的忧愁。《诗经》说："如蛮如髦，我是用忧。"

第二十四章　爱由情出谓之仁

传曰：爱由情出谓之仁，节爱理宜谓之义，①致爱恭谨谓之礼，文礼谓之容。②礼容之义生，③以治为法。故其言可以为民道，民从是言也。行可以为民法，民从是行也。书之于策，传之于志。万世子子孙孙道而不舍。由之则治，失之则乱。由之则生，失之则死。今夫肢体之序与禽兽同节，言语之暴与蛮夷不殊，混然无道，此明王圣主之所罪。《诗》曰:"如蛮如髦,我是用忧。"④

[注释]

①节爱:有操守而又仁爱。②文礼:行礼如仪,不失其度。③礼容:礼制仪容。④"如蛮"二句:出自《诗经·小雅·角弓》。

[译文]

古书记载说:爱从内在情感体现出来,才能称之为仁爱;有操守而又仁爱,事情处理适当称之为义;能够仁爱又恭敬谨慎称之为礼;行礼如仪,不失其度称之为容。礼制仪容规范的产生,可以作为治理的法则。因此,他说的话可以作为治理民众的原则,民众会顺从他的言论。他的行为可以被民众效法,民众会顺从这些行为。把这些内容写在书简,用文字标记下来传与后世。万世子孙后代遵行而不会舍弃这些原则。遵行礼制,国家就安定太平,违背礼制,国家就会陷入混乱。遵行礼制可以生存下去,违背礼制就会走向灭亡。现在一些人的举动,和禽兽相同;语言粗暴,和野蛮人没有什么差别,混乱而没有道义,这是圣明君主所要处罚的人。《诗经》说:"如蛮如髦,我是用忧。"

第二十五章　客说春申君

客有说春申君者曰:①"汤以七十里,文王百里,皆兼天下,一海内。今夫孙子者,②天下之贤人也,君藉之百里之势,臣窃以为不便于君。若何？"春申君曰："善。"于是使人谢孙子。孙子去而之赵，赵以为上卿。

客又说春申君曰："昔伊尹去夏之殷，③殷王而夏亡。管仲去鲁入齐，④鲁弱而齐强。由是观之，夫贤者之所在，其君未尝不善，其国未尝不安也。今孙子天下之贤人，何谓辞而去？"春申君又云："善。"于是使使请孙子。

孙子为书谢之曰："鄙语曰：'疠怜王。'⑤此不恭之语也。虽然，不可不审也。此为劫杀死亡之主言者也。夫人主年少而放，无术以知奸，即大臣以专断图私，以禁诛于己也。故舍贤长而立幼弱，废正适而立不义。故《春秋》志之，⑥曰：'楚王之子围聘于郑，⑦未出境，闻王疾，返问疾，遂以冠缨绞王而杀之，因自立。齐崔杼之妻美，⑧庄公通之。⑨崔杼帅其党而攻庄公。公请与分国，崔杼不许。欲自刃于庙，崔杼又不许。庄公走出，逾于外墙，射中其股，遂杀之，而立其弟景公。'近世所见：李兑用赵，⑩饿主父于沙丘，⑪百日而杀之。淖齿用齐，⑫擢闵王之筋，⑬而悬之于庙梁，宿昔而杀之。夫疠虽癰肿疕疮，⑭上比远世，未至绞颈射股也，下比近世，未至擢筋饿死也。夫劫杀死亡之主，心之忧劳，形之苦痛，必甚于疠矣。由此观之，疠虽怜王，可也。"

因为赋曰："璇玉瑶珠不知佩，⑮杂布与锦不知异，闾娵、子都莫之媒，⑯嫫母、力父是之喜。⑰以盲为明，以聋为聪。以是为非，以吉为凶。呜呼上天，曷为其同！"《诗》曰："上帝甚蹈，无自瘵焉。"⑱

[注释]

①春申君：战国时期楚人，原名黄歇，战国四公子之一。曾任楚国国相，援赵灭鲁。②孙子：即荀子，赵人。汉代为避宣帝讳，称为孙卿。③伊尹：夏末商初人。被商汤封官为尹（相当于宰相），故以伊尹之名传世。④管仲：春秋时期担任齐桓公的相，使齐国富强，称霸天下。⑤疠：癞病，麻风病。⑥《春秋》：古代第一部编年体史书，也是周朝时期鲁国的国史，现存版本据传是由孔子修订而成。⑦围：楚共王的次子，名围，杀了侄儿楚郏敖自立为楚国国君，是为楚灵王，春秋时期有名的穷奢极欲、昏暴之君。⑧崔杼：春秋时期齐国大夫。⑨庄公：指齐庄公。⑩李兑：战国时期赵国权臣，赵惠文王时任相。⑪主父：战国时期赵武灵王让国于惠文王，自号主父。⑫淖齿：战国时期楚国将领。齐闵王时相，后来杀了齐闵王，欲与燕国共分齐地，最后被齐国人王孙贾所杀。⑬闵王：指齐闵王。战国时期齐国国君，又称齐湣王。⑭瘫（yōng）：同"痈"。疕（bǐ）：疮上结的痂。⑮璇玉：美玉。瑶珠：明珠。珮：玉质装饰物。⑯闾娵（lǘ jū）、子都：分别为古代的美女和美男子。⑰嫫母：古代丑女名。力父：古代丑男子名。⑱"上帝"二句：出自《诗经·小雅·菀柳》。意思是，帝王心思变化无常，不要自取祸殃。蹈：动，变化无常。瘵（zhài）病，多指痨病。

[译文]

有一个门客游说楚国的春申君说："商汤靠着七十里的土地，周文王靠着一百里的土地，他们都兼并了天下，统一了全国。现在荀子是天下的贤人，您竟想给他一百里土地的势力范围，我私以为这对您很不便利。不知您以为如何？"春申君说："说得对。"于是就派人谢绝了荀子。荀子就离开楚国到了赵国，赵王封他为上卿。

这时又有门客对春申君说："从前伊尹离开夏国到了殷国，结果令殷王统一天下，而夏朝灭亡。管仲离开鲁国到了齐国，鲁国衰弱而齐国强盛。由此看来，贤人在的地方，那里的君王没有不好的，国家没有不安定的。现在荀子是天下的贤人，您怎么能谢绝他，让他离开呢？"春申君又说："说得对。"于是春申君就派人到赵国请荀子。

荀子写了一封信辞谢说："俗话说：'得麻风病的人还可怜国王。'这虽然是不恭敬的话，却不能不加以思考。这是针对被臣子杀死的国君而说的。如果君主年轻又性格放纵，又没有方法识别奸邪的人，那么大臣就会专横跋扈、图谋私利，为了禁绝自己被诛杀。所以他们杀死有才能、年长的君主，拥立年幼、体弱的君主，废弃正直合适的人，拥立不义的人。因而《春秋》记载说：'楚共王的儿子围，到郑国去访问，还没走出国境，听说父王生病了，就返回来探问病情，却乘机用帽带把楚共王勒死，而自立为王。齐国大夫崔杼的夫人美貌，齐庄公和她私通。崔杼率领党羽攻打庄公。庄公请求和他共分齐国，崔杼不答应。庄公又要求到祖庙去自杀，崔杼也不答应。庄公逃出来，刚跳过外墙，崔杼就射中他的大腿，并杀了他，拥立庄公的弟弟景公为王。'近世可以看到的：李兑在赵国专权，在沙丘让赵武灵王饿了一百天终于困死他。淖齿在齐国专权，抽出齐闵王的筋，然后把闵王悬挂在庙梁上，隔了一夜闵王被活活吊死。那些麻风病人虽然皮肤痈肿结痂，如果往上和古代的帝王相比，还不至于被臣子用帽带勒死，用箭射死；如果往下和近代君主相比，也不至于被臣子抽筋吊死，活活饿死。被臣子杀害的君主，心神所受的忧愁苦闷，身体所受的痛苦，必定比麻风病人还要严重。由此看来，麻风病人可怜君王是有道理的。"

所以荀子在信尾赋诗说："美玉和明珠不知道佩戴，杂布与锦缎不知道区别。美如闾娵和子都没有人来作媒，丑如嫫母和力父却有人喜爱。把盲人说成眼光明亮,把聋人说成听觉灵敏,把对的说成错的,把吉祥的说成凶恶的。唉!上天啊,为什么我要和他们相同呢?"《诗经》说:"上帝甚蹈,无自瘵焉。"

第二十六章　习之于人微而著

南苗异兽之鞹犹犬羊也,①与之于人犹死之药也。安旧移质习贯易性而然也。②夫狂者自齕,③忘其非刍豢也,④饭土忘其非粱饭也。然则楚之狂者楚言,齐之狂者齐言,习使然也。夫习之于人微而著,深而固,是畅于筋骨,贞于胶漆。是以君子务为学也。《诗》曰:"既见君子,德音孔胶。"⑤

[注释]

①苗:少数民族名。鞹(kuò):去毛的兽皮。②习贯:同"习惯"。③齕(hé):用牙齿咬东西。④刍豢(huàn):指牛羊猪狗等牲畜。⑤"既见"二句:出自《诗经·小雅·隰桑》。意思是,见到了那位君子,他的话牢牢地印在我的心底。德音:善言。孔胶:很缠绵。

[译文]

南方苗族有奇异的怪兽,兽皮如同狗和羊的,人们看到这些野兽就会吓得要死。安守旧的习俗就会改变人的本质,习惯能改变人的本性,使之成为当然。那些发狂的人撕咬自己,却忘记了他并非牲畜,吃起土来却忘记了这些并非精细的米饭。然而楚国发狂的人说的是楚语,齐国发狂的人说的是齐语,习惯使得他们如此。习惯对于人来说,虽然微小却影响极大,深刻而牢固,流淌在身体里,如胶似漆坚定不移。因此君子一定要努力学习。《诗经》说:"既见君子,德音孔胶。"

第二十七章 仁,人心也

孟子曰:"仁,人心也。义,人路也。舍其路弗由,放其心而弗求。①人有鸡犬放,则知求之。有放心而不知求,其于心为不若鸡犬哉?不知类之甚矣。②悲夫!终亦必亡而已矣。故学问之道无他焉,求其放心而已。"《诗》曰:"中心藏之,何日忘之。"③

[注释]

①放:放任,失去。②不知类:不知轻重主次。③"中心"二句:出自《诗经·小雅·隰桑》。意思是,放在心中,哪一天会忘记呢?

[译文]

孟子说:"仁是人的本心,义是人的正路。放弃正路不走,丧失本心而不知道寻求。有人的鸡、狗丢失,也知道找寻回来。本心失去了却不知道去找寻,他的本心难道还不如鸡、狗吗?太不懂得事情的轻重主次了。可悲啊!最后必然会失去罢了。所以学问之道没有别的,不过就是把那失去了的本心找回来罢了。"《诗经》说:"中心藏之,何日忘之。"

第二十八章　道虽近，不行不至

道虽近，不行不至。事虽小，不为不成。暇日多者，出人不远矣。夫巧弓在此手也，傅角被筋，①胶漆之和，即可以为万乘之宝也。②及其彼手而贾不数铢。③人同材钧而贵贱相万者，尽心致志也。《诗》曰："中心藏之，何日忘之。"④

[注释]

①傅：附着。②万乘（shèng）：一万辆兵车，言贵重。③贾（gǔ）：指卖。铢（zhū）：古代重量单位。一两的二十四分之一。指极轻的分量。④"中心"二句：出自《诗经·小雅·隰桑》。

[译文]

路程虽然很近，不走就不能到达目标。事情虽然很小，不做就不能完成。那些闲暇时间多的人，即使超出别人，也不会很远的。精巧的弓在这个人手中，他贴附动物角片于弓臂的内侧，贴附动物的肌腱于弓臂的外侧，且胶粘合弓臂和角筋，将制好的弓臂涂上漆，就可以使弓成为价值万乘的宝物。等到弓到了另外一个人手中，却值不了几个钱。同样是人，弓材质相同，价值贵贱相差万倍，是因为这个人能集中注意力，尽力使用弓的缘故。《诗经》说："中心藏之，何日忘之。"

第二十九章　知刑敬之本

传曰：诚恶恶，知刑之本。诚善善，知敬之本。惟诚感神。达乎民心，知刑敬之本，则不怒而威，不言而信。诚德之主也，言之所聚也。《诗》曰："鼓钟于宫，声闻于外。"①

[注释]

①"鼓钟"二句：出自《诗经·小雅·白华》。意思是，宫内敲起乐钟，外面也能听到声音。

[译文]

古书上说：罪恶确凿的恶行，使人们明白刑罚的根本。真诚善良的善行，使人们知道敬爱的根本。只有真诚能感动神明。通达于民心，明白刑罚、敬爱的根本，就能够不需发怒而有威严的气质，不用说什么就能得到信任。真诚是道德的主宰，是言语所汇集起来的。《诗经》说："鼓钟于宫，声闻于外。"

第三十章　孔子见客

孔子见客。客去，颜渊曰：①"客仁也？"孔子曰："恨兮其心，颡兮其口,②仁则吾不知也。"颜渊蹴然变色,③曰:"良玉度尺,虽有十仞之土,④不能掩其光。良珠度寸,虽有百仞之水,不能掩其莹。夫形体之包心也,闵闵乎其薄也。⑤苟有温良在其中,则眉睫著之矣。疵瑕在其中,则眉睫亦不匿之。"⑥《诗》曰:"鼓钟于宫,声闻于外。"⑦言有诸中必形诸外也。

[注释]

①颜渊:春秋末期鲁国人,名回,字子渊。孔子的学生。②颡(sǎng):额头。③蹴(cù)然:吃惊不安的样子。④仞:古代长度单位。八尺或七尺叫作一仞。⑤闵闵:关切的样子。⑥眉睫:眉毛和睫毛。指人的表情。⑦"鼓钟"二句:出自《诗经·小雅·白华》。

[译文]

孔子会见客人。客人走后,颜渊问道:"这位客人是有仁德的人吗?"孔子说:"他心中有怨气,说话时嘴巴都大到额头了。至于仁德,我没有发现啊。"颜渊吃惊不安地变了脸色,说:"长度一尺的良玉,即使有十仞厚的泥土也掩盖不了它的光华。长度一寸的宝珠,即使有百仞深的水也掩盖不了它的光泽。人的身躯包裹着内心,常常担心身体太过单薄而不能包裹内心。如果有温和善良的心在胸中,眉目之间就能显露出来。如果有污点和小毛病的心在胸中,眉目之间也是隐藏不住。"《诗经》说:"鼓钟于宫,声闻于外。"说的是内在的品质必定会在身体外面表现出来。

第三十一章　伪诈不可长

伪诈不可长，空虚不可守，朽木不可雕，情亡不可久。《诗》曰："鼓钟于宫，声闻于外。"①言有中者必能见外也。

[注释]

① "鼓钟"二句：出自《诗经·小雅·白华》。

[译文]

虚伪欺诈不可能长久，空虚的事物不可能坚守，腐朽的木头不可雕刻，情感丧失了无法长久相处。《诗经》说："鼓钟于宫，声闻于外。"说的是内在的东西必定会在外面表现出来。

第三十二章　所谓庸人者

所谓庸人者，口不能道乎善言，心不能知先王之法，动作而不知所务，止立而不知所定，日选于物而不知所贵，不知选贤人善士而托其身焉，从物而流，不知所归，五凿为政，①心从而坏，遂不反。是以动而形危，静则名辱。《诗》曰："之子无良，二三其德。"②

[注释]

①五凿：五窍，即耳、目、鼻、口、心等五种器官的孔穴。一说五凿指喜、怒、哀、乐、怨五情。②"之子"二句：出自《诗经·小雅·白华》。意思是，这个人不善良，做事三心二意。二三其德：三心二意，指感情不专一。

[译文]

所谓平庸的人，嘴里不能说出好话，心里也不知道古代圣王的礼法，行动起来不知道干什么，停下来站着时又不确定在什么地方，每天挑选各种事物，却不知道什么东西贵重，不知道考虑选用贤人善士作为依靠，顺从外物而随波逐流，不知道归宿在哪里，为五官的欲望所主宰，思想也就跟着变坏，就再也回不来了。因此行动起来危害身体，安静的时候则有辱名声。《诗经》说："之子无良，二三其德。"

第三十三章 客有见周公者

客有见周公者，①应之于门曰："何以道旦也？"客曰："在外即言外，在内即言内。入乎将毋？"②周公曰："请入。"客曰："立即言义，坐即言仁，坐乎将毋？"周公曰："请坐。"客曰："疾言则翕翕，③徐言则不闻，言乎将毋？"周公唯唯：④"旦也喻。"明日兴师而诛管蔡。⑤故客善以不言之说，周公善听不言之说。若周公可谓能听微言矣。故君子之告人也微，其救人之急也婉。《诗》曰："岂敢惮行，畏不能趋。"⑥

[注释]

①周公：周武王之弟，名旦。食邑于周（今陕西岐山北），故称"周公"。②将毋（jiāng wú）：表示选择的疑问词。③翕（xī）翕：失意不满的样子。④唯唯：恭敬的应答声。⑤管蔡：管叔鲜与蔡叔度。两人皆为周武王之弟，武王死，挟纣子武庚发动叛乱，周公将其讨平，管叔被杀，蔡叔被放逐。⑥"岂敢"二句：出自《诗经·小雅·绵蛮》。意思是，哪里是怕徒步走，只怕太慢难走到。惮：畏惧，惧怕。趋：快走。

[译文]

有位客人要见周公，周公在门口迎接他说："您有什么话要告诉我呢？"客人说："在门外说'外话'，在门内说'内话'，进不进呢？"周公说："请进。"客人说："站着说就说有关义的事，坐下说就说有关仁的事，坐不坐下呢？"周公说："请坐。"客人说："说得快了怕您失意不满，说得慢了又担心您听不进去，还说不说呢？"周公恭敬地回答："我明白了。"第二天出兵诛灭管叔、蔡叔为首的叛乱集团。所以，客人善于用不说的劝说，周公善于听取不说的劝说。像周公这样，可以说能听取细微巧妙的劝说了。所以君子示人事理隐而不显，解救人的急难也很婉转。《诗经》说："岂敢惮行，畏不能趋。"

卷五

第一章 《关雎》何以为《国风》始也

子夏问曰:[1]"《关雎》何以为《国风》始也?"[2]孔子曰:"《关雎》至矣乎!夫《关雎》之人,仰则天,俯则地,幽幽冥冥,[3]德之所藏,纷纷沸沸,道之所行,虽神龙化,斐斐文章。[4]大哉《关雎》之道也,万物之所系,群生之所悬命也,河洛出书图,[5]麟凤翔乎郊。不由《关雎》之道,则《关雎》之事将奚由至矣哉?夫六经之策,[6]皆归论汲汲,[7]盖取之乎《关雎》,《关雎》之事大矣哉!冯冯翊翊,[8]自东自西,自南自北,无思不服。子其勉强之,思服之。天地之间,生民之属,王道之原,不外此矣。"子夏喟然叹曰:"大哉《关雎》!乃天地之基地。"《诗》曰:"钟鼓乐之。"[9]

[注释]

①子夏:姓卜名商,春秋时期晋国人,孔子的学生。②《关雎》:《诗经》中的第一首诗,通常认为是一首描写男女恋爱的诗歌。《国风》:《诗经》的一部分。大抵是周初至春秋间各诸侯国民间诗歌。③幽幽冥冥:极高远的样子。④斐斐:有文采的样子。⑤河洛:指以洛阳为中心、黄河与洛水交汇处的广大地区。⑥六经:《诗》《书》《礼》《易》《乐》《春秋》的合称。⑦汲汲:急迫。⑧冯冯翊翊:充实茂盛的样子。⑨"钟

鼓乐之"：出自《诗经·周南·关雎》。意思是，敲起钟来使她快乐。

[译文]

　　子夏问道："为什么把《关雎》这首诗放在《国风》的第一篇呢？"孔子回答说："《关雎》这首诗太好了。作《关雎》这首诗的人，抬起头来效法天道，低下头来效法地理，多么高深幽远，诗里蕴藏着德行，言论繁杂腾涌，正是道所实行的，好像神龙一样变化莫测，文采斐然。《关雎》这首诗里面所包含的道理太伟大了，正是天地间万物所要维系的，是各种生物能够生存繁殖的道理啊，黄河出龙图，洛水出龟书，麒麟、凤凰在郊野出现。如果不遵循《关雎》的道理，那么《关雎》所表征的事象怎么会出现呢？六经的内容与结论都很急迫，大概都是从《关雎》这首诗中取得的。《关雎》包含的事理多么广大！充实茂盛，从东方到西方，从南方到北方，没有不顺从的。你尽力学习它，好好思索它。天地之间的道理，人民生存的归属，王道形成的根源，都包含在这里。"子夏感叹地说："多么伟大呀！《关雎》是天地万物的基础。"《诗经》说："钟鼓乐之。"

第二章　孔子抱圣人之心

　　孔子抱圣人之心，彷徨乎道德之域，①逍遥乎无形之乡，倚天理，②观人情，明终始，知得失。故兴仁义，厌势利，③以持养之。于时周室微，王道绝，诸侯力政，④强劫弱，众暴寡，百姓靡安，⑤

莫之纪纲，礼仪废坏，人伦不理。于是孔子自东自西，自南自北，⑥匍匐救之。⑦

[注释]

①彷徨：徘徊。②倚：靠着。③厌（yā）：压制，抑制。④政：通"征"。⑤靡（mǐ）：没有。⑥"自东自西，自南自北"：出自《诗经·大雅·文王有声》。⑦"匍匐救之"：出自《诗经·邶风·谷风》。

[译文]

孔子拥有圣人的仁心，徘徊于仁爱的道德领域，在无形的境界中逍遥自在，依循自然之理，观察人之常情，明白事物发生演变的过程，知道兴亡得失的道理。所以宣扬仁义，抑制以权势、利益分别待人的风气，以持续推行仁义道德。当时周王室衰微，用仁德统治天下的政策遭到破坏，诸侯凭着武力互相征伐，强大的侵略弱小的，人多的欺凌人少的，人民无法安居，没有法纪和政纲，礼仪废弃毁坏，人们之间的道德关系被无视，于是孔子四处奔波，不顾一切竭尽全力挽救它。

第三章　王者之政

王者之政，贤能不待次而举，不肖不待须而废，元恶不待教而诛，中庸不待政而化。分未定也，则有昭穆。①虽公卿大夫之子孙也，行绝礼义，则归之庶人。虽庶民之子孙也，积文学，正身行，能礼义，则归之士大夫。反侧之民，②牧而试之，③须而待之，安则畜，④不安则弃。五疾之民，⑤上收而事之，官施而衣食之，⑥兼覆无遗。材行反时者，⑦死无赦，谓之天诛。是王者之政也。《诗》曰："人而无仪，不死何为！"⑧

[注释]

①昭穆：古代宗法制度，宗庙或墓地的辈次排列，以始祖居中，二世、四世、六世位于始祖的左方，称昭；三世、五世、七世位于右方，称穆：以此来分别上下辈次。②反侧：辗转不安，指违背法度、不安于位。③牧：治理。④畜：通"蓄"。养。⑤五疾：五种残疾，即哑、聋、瘸、骨折、身材异常矮小。⑥官：职事。施：施设，安排。衣（yì）：给……穿。食（sì）：给……吃。⑦材：通"才"。⑧"人而"二句：出自《诗经·鄘风·相鼠》。意思是，做人要是不懂得礼仪，不去死还等什么！

[译文]

圣王的政治措施，对于贤德有才能的人，不按照级别次序而提拔；对于不贤德的人，不等片刻而立即罢免；对于元凶首恶，不需教育而马上处死；对于才能中庸的民众，不等待刑法政令就进行教化。在名分还没有确定的时候，就要排列臣民的等级次序。即使是公卿士大夫的子孙，如果行事不合礼义，就把他们归入平民。即使是平民的子孙，如果积累了学问，修养品德，端正行为，能顺从礼义，就把他们归入士大夫。对于那些违背法度的人，试着管治他们，等待他们转变，能安于职守就留用，不安于职守就丢弃。对患有五种残疾的人，君主留用他们，根据职事安排供给他们吃穿，全部加以照顾而不遗漏。才智和行为反对现行制度的人，坚决处死,决不赦免。这叫作上天的诛杀。这是成就王业的圣王所采取的政治措施。《诗经》说:"人而无仪,不死何为!"

第四章　君者,民之源也

君者,民之源也。源清则流清,源浊则流浊。故有社稷者,不能爱其民,而求民亲己爱己,不可得也。民不亲不爱,而求为己用,为己死,不可得也。民弗为用,弗为死,而求兵之劲,城之固,不可得也。兵不劲,城不固,而欲不危削灭亡,不可得也。夫危削灭亡之情,皆积于此,而求安乐是闻,不亦难乎?是枉生者也。①悲夫!枉生者不须时而灭亡矣。故人主欲强固安乐,莫若反己。欲附下一民,则莫若反之政。欲修政美俗,则莫若求其人。彼其人者,生今之世,而志乎古之道。以天下之王公莫之好也,而是子独好之。以民莫之为也,而是子独为之也。抑好之者贫,②为之者穷,而是子犹为之,而无是须臾息焉。差焉独明夫先王所以遇之者,③所以失之者,知国之安危臧否,若别白黑,则是其人也。

人主欲强固安乐,则莫若与其人用之,巨用之,则天下为一,诸侯为臣。小用之,则威行邻国,莫之能御。若殷之用伊尹,④周之遇太公,⑤可谓巨用之矣。齐之用管仲,⑥楚之用孙叔敖,⑦可为小用之矣。巨用之者如彼,小用之者如此也。故曰:粹而王,驳而霸,无一而亡。《诗》曰:"四国无政,不用其良。"⑧不用其良臣而不亡者，未之有也。

[注释]

①枉生：白白生在这个世界，比喻无所作为。②抑：文言发语词。③差：差别。④伊尹：夏末商初人。《孟子·万章下》说伊尹"以尧舜之道要汤"，"说之以伐夏救民"，后被商汤封官为尹（相当于宰相），故以伊尹之名传世。⑤太公：指姜太公，一名望，字子牙。年老隐钓于渭水之上，周文王访得，载与俱归，立为师，又号太公望，辅佐文王、武王灭纣。⑥管仲：春秋时期担任齐桓公的相，使齐国富强，称霸天下。⑦孙叔敖：楚庄王时为楚国令尹，以贤能闻名于世，辅佐庄王独霸南方，使楚庄王成为春秋五霸之一。⑧"四国"二句：出自《诗经·小雅·十月之交》。意思是，天下没有良好的政治，是因为不任用贤良的人才。

[译文]

君主是百姓的源头。源头清澈，那么下边的流水也清澈；源头混浊，那么下边的流水也混浊。所以拥有国家的人，如果不能够爱护人民，而要求人民亲近爱戴自己，那是不可能办到的。人民不亲近、不爱戴，而要求人民为自己所用，为自己牺牲，那也是不可能办到的。人民不为自己所用，不为自己牺牲，而要求兵力强大，城防坚固，那是不可能办到的。兵力不强大，城防不坚固，而想要国家不危险削弱、不灭亡，那是不可能办到的。国家处于危险削弱以至灭亡的情况全都积聚在这里了，却还想求得安定快乐的盛名，不是太困难了吗？这真是无所作为的人啊。可悲啊！不作为的人等不了多久就会灭亡的。所以君主想要使国家强大、政权巩固、人民安定快乐，不如反省自己；想要使臣子归附，使人民与自己一条心，那就没有什么比得上回到政事上来；想要治理好政事、美化风俗，那就没有什么比得上寻求善于治国的人。那些善于治国的人，生在当世，却立志实行古代的大道。虽然天下的王公没有谁爱好古代的大道，但是这种人偏偏爱好它。虽然天下的民众没有谁想要遵行古代的大道，但是这种人偏偏遵行它。爱好古代大道的大多贫穷，遵行古代大道的大多困厄，但是这种人还是要遵行它，并不因此而有片刻怠慢。唯独这种人清楚地明了古代帝王所以得到天下和失去国家政权的原因，他们了解国家的安定和危险，就像能轻松分辨出黑白一样，就是这种贤明之人。

君主想要使国家强大，政权巩固，人民安定快乐，则没有比任用这种人更好的办法了。如果君主重用他们，那么天下就可以统一，诸侯就会来称臣。如果君主一般地任用他们，那么声威也能扩展到邻国，没有人阻挡得住。如殷商任用伊尹，周文王起用太公，可以说是重用了。齐国任用管仲，楚国任用孙叔敖，可以说是一般的任用。重用贤人的结果是天下统一，一般任用贤人的结果是称霸诸侯。所以说：完全任用贤明之人就能称王于天下，不完全任用贤明之人也能称霸诸侯，一样也做不到的就会灭亡。《诗经》说："四国无政，不用其良。"不任用贤良的大臣却不亡国的，还从来都没有过。

第五章　大儒之稽

造父，①天下之善御者矣，无车马则无所见其能。羿，②天下之善射者矣，无弓矢则无所见其巧。彼大儒者，善调一天下者也，无百里之地则无所见其功。夫车固马选而不能以致千里者，则非造父也。弓调矢直而不能射远中微者，则非羿也。用百里之地而不能调一天下制四夷者，则非大儒也。彼大儒者，虽隐居穷巷陋室，无置锥之地，而王公不能与之争名矣。用百里之地，则千里之国不能与之争胜矣。棰笞暴国，③一齐天下，莫之能倾，是大儒之勋也。其言有类，其行有礼，其举事无悔，其持险应变曲当，与时迁徙，与世偃仰，千举万变，其道一也，是大儒之稽也。④

故有俗人者，有俗儒者，有雅儒者，有大儒者。耳不闻学，行无正义，迷迷然以富利为隆，是俗人也。逢衣博带，略法先王而不足于乱世，术谬学杂，举不知法先王而壹制度，不知隆礼义而杀《诗》《书》，其衣冠言行为已同于世俗，而不知其恶也。言谈议说已无异于老墨，⑤而不知分。是俗儒者也。

法先王，一制度，言行有大法，而明不能济法教之所不及，闻见之所未至，知之为知之，不知为不知，内不自诬，外不诬人，以是尊贤敬法，而不敢怠傲焉。是雅儒者也。

法先王，依礼义，以浅持博，以一行万。苟有仁义之类，虽鸟兽若别黑白。奇物变怪，所未尝闻见，卒然起一方，则举统类以应之，无所疑怎，⑥援法而度之，奄然如合符节。⑦是大儒者也。

故人主用俗人，则万乘之国亡。用俗儒，则万乘之国存。用雅儒，则千里之国安。用大儒，则百里之地，久而三年，天下为一，诸侯为臣。用万乘之国则举错而定，⑧一朝而白。《诗》曰："周虽旧邦，其命维新。"⑨可谓白矣。文王亦可谓大儒已矣。

[注释]

①造父：周穆王的车夫，善于驾车。②羿：后羿，远古五帝时期的神话人物，传说中的射日英雄。③棰笞（chuí chī）：鞭打。④稽：准则，楷模。⑤老墨：指老子和墨子。⑥怎（zuò）：同"怍"。惭愧。⑦奄（yǎn）然：一致貌。符节：古代朝廷派遣使者、传达命令或征调兵将时用作凭证的东西。用竹、木、玉、铜等制成，刻上文字，分成两半，一半存留于朝廷，一半给外任官员或出征将帅。使用时两半相合为信。⑧举错：指举措，意思是言语、行动、措施。⑨"周虽"二句：出自《诗经·大雅·文王》。意思是，周虽然是个古老的国家，但它的使命在于革新。

[译文]

造父，是天下善于驾驭马车的人，要是没有车马就无法表现出他的才能。后羿，是天下善于射箭的人，要是没有弓箭就无法表现出他的技能。那些伟大的儒者，是善于治理统一天下的人，要是没有百里见方的土地就没有办法显示出他的功绩。如果有坚固的车子、精选的马匹，却不能日行千里，那就不是造父了。有调好的弓、平直的箭，却不能用它来射到远处的东西、命中微小的目标，那就不是后羿了。治理百里见方的土地，却不能调理统一，制服四方的少数民族，那就不是伟大的儒者了。那些伟大的儒者，即使隐居在偏僻的里巷与简陋的房子里，贫穷得无立锥之地，但天子王公也没有能力和他竞争名声。他治理百里见方的土地，而拥有千里见方的国家却不能与他争胜负。他讨伐强暴的国家，统一天下，也没有谁能推翻他，这是伟大儒者的功勋。他说话合乎法度，行为合乎礼义。他做事从不后悔，面对危险的局势，应对突发的事变处处都恰当。他与时势一起变化，与世人一起俯仰，即使采取上千种措施，遇到上万次变化，但奉行的原则是始终如一的，这是伟大儒者的考核标准。

所以有普通的百姓民众，有庸俗的儒者，有雅德的儒者，有伟大的儒者。不向人请教学问，行动不合于正义之举，迷迷茫茫把求取财富实利当作自己的最高目标，这是俗人。

穿着宽大的衣服，束着宽阔的腰带，简略地效法古代圣明的帝王而不足以用来治理乱世，荒谬做事，杂乱学一些东西，不懂得效法古代圣明帝王统一制度，不懂得推崇礼义而抛弃《诗》《书》。他的穿戴行为已经与社会上的流俗相同了，还不知道已经令人厌恶了。他的言谈议论已经与老子和墨子没有什么两样了，却没有能力分辨。这是庸俗的儒者。

效法古代圣明的帝王，统一制度，言论和行为遵循最高的法度，但是对事理的明辨却不能补足法度教令所没有涉及的地方，弄不明白没有看到听到的事物，知道就是知道，不知道就是不知道，对内不欺骗自己，对外不欺骗别人。因此尊重贤人、敬畏法度，不敢懈怠傲慢。这是雅德的儒者。

效法古代圣明的帝王，遵循礼义，用简单的事理去推知博大复杂的事理，根据一种道理去推求各种道理。如果是合乎仁义的事情，即使存在于鸟兽之中，也能像辨别黑白一样容易辨认。奇特的事物、怪异的变化，虽然从来没有听见过、看到过，突然在某一地方出现，也能根据相类的事来应对，而无所迟疑和不安，援引法度来衡量，如同符节般相合。这是伟大的儒者。

所以，君主如果任用俗人，那么拥有万辆兵车的大国也会灭亡；如果任用庸俗的儒者，那么拥有万辆兵车的大国能保存；如果任用雅德的儒者，那么拥有千里见方的国家能安定；如果任用伟大的儒者，那么即使百里见方的土地，最多三年，天下就能够统一，诸侯就会称臣。如果任用大儒治理拥有万辆兵车的大国，采取措施安定天下，声名很快显赫。《诗经》说："周虽旧邦，其命维新。"可以说表达得很明白了。周文王可以称为伟大的儒者了。

第六章　楚成王读书

楚成王读书于殿上，①而伦扁在下，②作而问曰：③"不审主君所读何书也？"成王曰："先圣之书。"伦扁曰："此直先圣王之糟粕耳。非美者也。"成王曰："子何以言之？"伦扁曰："以臣轮言之。夫以规为圆，矩为方，此其可传乎子孙者也。若夫合三木而为一，④应乎心，动乎体，其不可得而传者也。则凡所传直糟粕耳。故唐、虞之法可得而考也，⑤其喻人心不可及矣。"《诗》曰："上天之载，无声无臭。"⑥其孰能及之？

[注释]

①楚成王：春秋时期楚国国君。②伦扁：人名，古代制造车轮的工匠。③作：起。④三木：制造车轮的三种木材，分别用来制造轮子的外周、辐条、轮子内周穿辐条的部件。⑤唐：指古代帝王尧，因封于唐，称唐尧。虞：古代帝王舜，有虞氏，所以称为虞舜。⑥"上天"二句：出自《诗经·大雅·文王》。意思是，上天的事，没有声音，没有味道。载：事。

[译文]

楚成王在殿上读书,伦扁在殿下,他站起来问道:"不知道君王您在看什么书呢?"成王说:"古代圣王的书。"伦扁说:"那是古代圣王留下的无用之物,并不是好的东西。"成王说:"你为什么这样说?"伦扁说:"根据我制造车轮的经验来说。用圆规画成圆形,以直尺画成方形,这是能够传给子孙后代的。至于组合三种木材为车轮,心中明白怎么做,动手操作,这是无法传给子孙后代的。因此凡是传下来的都只是糟粕而已。所以尧、舜时代的法度能够考证出来,他们启发人心的方法是不能够得到的。"《诗经》说:"上天之载,无声无臭。"谁能达到呢?

第七章　孔子学鼓琴

孔子学鼓琴于师襄子而不进,①师襄子曰:"夫子可以进矣。"孔子曰:"丘已得其曲矣,未得其数也。"②有间,曰:"夫子可以进矣。"曰:"丘已得其数矣,未得其意也。"有间,复曰:"夫子可以进矣。"曰:"丘已得其意矣,未得其人也。"有间,复曰:"夫子可以进矣。"曰:"丘已得其人矣,未得其类也。"有间,曰:"邈然远望,③洋洋乎,④翼翼乎,⑤必作此乐也。黯然而黑,几然而长,⑥以王天下,以朝诸侯者,其惟文王乎。"⑦师襄子避席再拜曰:"善!师以为《文王之操》也。"⑧故孔子持文王之声,知文王之为人。师襄子曰:"敢问何以知其《文王之操》也?"孔子曰:"然。

夫仁者好韦,⁹和者好粉,⑩智者好弹,⑪有殷勤之意者好丽。⑫丘是以知《文王之操》也。"传曰：闻其末而达其本者，圣也。

[注释]

①师襄子：春秋时期卫国乐师。②数：技术。③逸：遥远。④洋洋：盛大的样子。⑤翼翼：繁盛的样子。⑥几：通"颀"。身长的样子。⑦文王：周文王。⑧《文王之操》：文王创作的琴曲。⑨韦：柔软的皮革。比喻声音柔和。⑩粉：粉末。用在这里有细腻的意思。⑪弹：弹奏，用手指击弦，这里取其急促之义。⑫殷勤：情意恳切。丽：通"厉"。形容声音高亢。

[译文]

孔子跟着师襄子学习弹琴却没有进展，师襄子说："您可以继续往下学习了。"孔子说："我已经掌握了曲调，但是还没掌握弹琴的技法。"过了一段时间，师襄子说："您可以往下学习了。"孔子说："我已经掌握了弹琴的技法，但是还没有了解曲子的意境。"又过了一段时间，师襄子又说："您可以往下学习了。"孔子说："我已经领悟了曲子的意境，还没有体会到作曲的人物。"又过了一段时间，师襄子又说："您可以往下学习了。"孔子说："我已体会到作曲人的情感，还没弄清楚他是哪类人。"过了一段时间，孔子说："远远望去，气势盛大，严肃庄严的人，一定会创作这样的乐曲。黑黑的面庞，修长的身材，可以做天下的君王，可以让诸侯朝见的人，正是周文王。"师襄子离开席位拜了两拜说："太好了！我让您演奏的就是《文王之操》啊。"所以孔子弹奏文王的乐曲，就知道文王的为人。师襄子说："请问您依据什么知道它是《文王之操》呢？"孔子说:"是这样的。仁爱的人喜欢柔和的声音,和顺的人喜欢细腻的声音,机智的人喜欢用力量弹奏,有殷切情意的人喜欢高亢的声音。我因此知道是《文王之操》。"古书记载说:听闻事物的现象就能明白事物本质的人,是圣人。

第八章 纣王为主

纣之为主,①戮无辜,劳民力,冤酷之令,加于百姓,憯凄之恶,②施于大臣。群下不信,百姓疾怨,故天下叛而愿为文王臣,③纣自取之也。夫贵为天子,富有天下,及周师至而令不行乎左右,悲夫!当是之时,索为匹夫,不可得也。《诗》曰:"天谓殷适,使不侠四方。"④

[注释]

①纣:商纣王。②憯(cǎn):凄惨,残暴。恶:刑戮。③文王:周文王。④"天谓"二句:出自《诗经·大雅·大明》。意思是,天命使殷嫡子居王位为天子,终又让他失去国家丧失威严。殷适:指纣王。适(dí):借作"嫡",嫡子。侠:或作"挟"。控制,占有。四方:天下。

[译文]

商纣王作为君主,杀害无辜的人,使人民辛苦劳累,不公正又严酷的法令加在百姓身上,残暴的罪过施加到大臣身上。结果群臣不信任他,百姓痛恨抱怨他,所以天下人背叛他,反而愿意做周文王的臣民,这是纣王自作自受的结果。商纣王虽然贵为天子,富有天下,可是等到周国的军队来了,他的命令连身边的臣下都不执行,可悲啊!在这个时候,即使想要做个平民,也做不到啊。《诗经》说:"天谓殷适,使不侠四方。"

第九章　穷则反本

夫五色虽明,有时而渝。①丰交之木,②有时而落。物有成衰,③不得自若。故三王之道,④周则复始,穷则反本,⑤非务变而已,将以止恶扶微,绌缪沦非,⑥调和阴阳,顺万物之宜也。《诗》曰:"亹亹我王,纲纪四方。"⑦

[注释]

①渝(yú):改变。②交:疑是"支"之误,"支"通"枝"。③成衰:盛衰。④三王之道:夏、商、周的开国君主夏禹、商汤、周文王被称为"三王",他们的治国方略被称为"三王之道"。⑤反:同"返"。⑥绌(chù):古同"黜"。罢免,革除。沦:消灭。⑦"亹亹(mén)"二句:出自《诗经·大雅·文王》。意思是,勤勉不倦周文王,治理天下四方。亹亹:旧作"勉勉",形容勤勉不倦。纲纪:治理,管理。

[译文]

五种颜色虽然明亮,过一段时间就会变化褪色。茂盛的草木,到一定的季节就会凋零。事物都有兴盛与衰落，不可能老是一个样子。所以圣王的治国之道，循环变化，在事情实在行不通时就返回到它本来的状态，这并不是他们一定要追求改变，而是因为只有通过改革才能挽救破败衰落、扶持衰微的局面，革除谬误，纠正是非，使阴阳有序，顺应万物适宜的环境。《诗经》说："亹亹我王，纲纪四方。"

第十章　礼者则天地之体

礼者则天地之体，因人之情而为之节文者也。无礼，何以正身？无师，安知礼之是也？礼然而然，是情安于礼也。师云而云，是知若师也。①情安礼，知若师，则是君子之道。言中伦，②行中理，天下顺矣。《诗》曰："不识不知，顺帝之则。"③

［注释］

①若：顺从。②伦：条理，次序。③"不识"二句：《诗经·大雅·皇矣》。意思是，不依赖知识，不依赖智慧，而是遵循天帝的自然法则。知：同"智"。

［译文］

礼是天地万物存在的准则，顺应人之常情而制定成文的。没有礼法，用什么来端正身心呢？没有老师，怎么能知道礼法的对错呢？礼法怎样规定的就怎样去做，这是人的性情合于礼法。老师是怎么说的就怎么说，这是知识顺从老师。性情安于礼法,知识顺从于老师,这就是君子之道。言语符合伦理,行为合于义理,天下人都会顺从。《诗经》说:"不识不知,顺帝之则。"

第十一章　上不知顺孝

上不知顺孝,①则民不知反本。②君不知敬长,则民不知贵亲。禘祭不敬,③山川失时,则民无畏矣。不教而诛,则民不识劝也。故君子修身及孝,则民不倍矣。④敬孝达乎下,则民知慈爱矣。好恶喻乎百姓,则下应其上如影响矣。是则兼制天下,定海内,臣万姓之要法也,⑤明王圣主之所不能须臾而舍也。《诗》曰:"成王之孚,下土之式。永言孝思,孝思维则。"⑥

[注释]

①顺孝:尽心奉养父母,顺从父母意志。②反:同"返"。本:指父母。③禘(dì)祭:古代对天神、祖先的大祭。④倍:通"背"。⑤臣:使动用法,使之为臣。⑥"成王"四句:出自《诗经·大雅·下武》。意思是,成为君王令人信服,可以作为天下的榜样。永远保存孝敬先祖的心意,这种孝敬的心意是效法先王的。下土:指天下。式:榜样、范式。孝思:孝顺先人之思,此系以孝代指所有的美德,举一以概之。则:法则。此谓以先王为法则。

[译文]

　　在上位的人不知道孝顺父母，那么百姓也就不知道报答父母。君主不知道尊敬长辈，百姓也就不知道尊贵亲长。君主对天神、祖先祭祀时态度不恭敬，山川的祭祀不按时进行，那么百姓也就无所敬畏。不教导百姓，等百姓犯了错就诛杀，老百姓就听不进劝告。所以君子修养身心，孝顺父母，民众就不会背弃父母了。尊敬长辈、孝顺父母的行为影响到了民众，民众就会明白慈爱的道理了。让百姓明白在上位者喜好、厌恶的事情，则民众对在上位者的呼应就像影子和回声一样迅速了。这就是统治天下，安定国家，使万民臣服的重要方法，圣明的君主是不能片刻舍弃的。《诗经》说："成王之孚，下土之式。永言孝思，孝思维则。"

第十二章　成王之时，有三苗贯桑而生

　　成王之时，①有三苗贯桑而生，同为一秀，②大几满车，③长几充箱，民得而上诸成王。成王问周公曰：④"此何物也？"周公曰："三苗同为一秀，意者天下殆同一也。"比几三年，⑤果有越裳氏重九译而至，⑥献白雉于周公。⑦曰："道路悠远，山川幽深。恐使人之未达也，故重译而来。"周公曰："吾何以见赐也？"⑧译曰："吾受命国之黄发曰：⑨'久矣天之不迅风疾雨也，海之不波溢也，三年于兹矣。意者中国殆有圣人，⑩盍往朝之。'于是来也。"周公乃敬求其所以来。《诗》曰："于万斯年，不遐有佐。"⑪

[注释]

①成王：周成王。②秀：植物抽穗开花（多指庄稼）。③几：将近，差一点。④周公：周武王之弟，名旦。⑤比：等到。⑥越裳：古代国名、氏族名，又作越常、越尝。重九译：语言经过辗转翻译才能听懂。借指边远之地。九译：边远地区或外国。⑦白雉：白色羽毛的野鸡，古时以为瑞鸟。⑧见赐：受人馈赠的谦辞。⑨黄发：老年人头发由白转黄，是旧时长寿的象征，后常指老人。⑩中国：古代指我国中原地区或在中原地区华夏族建立的政权。⑪"于万"二句：出自《诗经·大雅·下武》。意思是，基业长达千万年，不乏辅佐的贤良。

[译文]

周成王当政时，有三棵禾苗贯穿桑树生长出来，共同开出一支花并抽穗，禾穗大得几乎装满一整车，长得几乎充满一个车厢，老百姓把它献给周成王。成王问周公："这是什么东西呢？"周公说："三棵禾苗共同开花抽穗，预示着天下大概要统一了。"过了快三年时间，果然有边远之地的越裳氏经过多次传译来到周朝，进献白色的野鸡给周公。说："我们距离周国道路遥远，又有高山大川阻隔，担心使者无法传达明白，所以经过辗转翻译才到来朝贡。"周公说："我凭什么接受您们的赏赐呢？"翻译的人说："我受命于国内的老人，他们说：'好长时间了，上天不刮狂风，不下暴雨，大海也没有波涛汹涌，太平时间于今也有三年了。应该是中国有圣明的君主，何不前往朝拜。'于是我们就来了。"周公于是恭敬地询问他们前来的目的。《诗经》说："于万斯年，不遐有佐。"

第十三章　登高临深

登高临深,远见之乐,台榭不若丘山所见高也。①平原广望,博观之乐,沼池不如川泽所见博也。劳心苦思,从欲极好,②靡财伤情,毁名损寿,悲夫伤哉!穷君之反于是道而愁百姓。《诗》曰:"上帝板板,下民卒瘅。"③

[注释]

①台榭:古代将地面上的夯土高墩称为台,台上的木构房屋称为榭,两者合称为台榭。泛指楼台等建筑物。②从:通"纵"。放纵。③"上帝"二句:出自《诗经·大雅·板》。意思是,帝王行为乖戾,百姓都非常痛苦。板板:邪僻,乖戾。瘅(dàn):因劳致病。

[译文]

登上高处,面临深处,有目光高远的快乐,在楼台上不如在山丘上看得高远。在平原上放眼四望,有视野宽广的快乐,在沼泽水池不如在江河大泽边看得宽广。费尽心机,冥思苦想,放纵欲望,极尽所好,浪费钱财,损耗感情,毁坏名誉,损害寿命。可悲可叹!穷途末路的国君违反这一道理而使百姓愁苦。《诗经》说:"上帝板板,下民卒瘅。"

第十四章 儒者，儒也

儒者，儒也。①儒之为言无也，不易之术也。千举万变，其道不穷，六经是也。②若夫君臣之义，父子之亲，夫妇之别，朋友之序，此儒者之所谨守，日切磋而不舍也。虽居穷巷陋室之下，而内不足以充虚，外不足以盖形，无置锥之地，明察足持天下，大举在人上，则王公之材也，小用使在位，则社稷之臣也，虽岩居穴处而王侯不能与争名，何也？仁义之化存尔。如使王者听其言，信其行，则唐、虞之法可得而观，③颂声可得而听。《诗》曰："先民有言，询于刍荛。"④取谋之博也。

[注释]

①儒：《说文解字》："儒，柔也，术士之称。从人，需声。"可以释为人之所需，指人的需要。②六经：儒家的基本典籍。包括：《诗》《书》《礼》《乐》《易》《春秋》。③唐：指古代帝王尧，因封于唐，称唐尧。虞：古代帝王舜，有虞氏，所以称为虞舜。④"先民"二句：出自《诗经·大雅·板》。意思是，向普通老百姓了解情况，征求意见。刍荛：割草打柴的人，借指地位低微的人。

[译文]

所谓儒者，是解决人们需要的人。儒学中谈到的"无"，是指不可改变的道理和方法。无论形式如何变化，道理无穷尽的，就是六经了。至于君臣之间的礼义之道，父子之间的骨肉亲情，夫妻之间的男女之别，朋友之间的远近顺序，这是儒者所谨慎守护，每日里研讨而不会舍弃的。即使居住在偏僻的里巷与简陋的房子里，没有足够的食物吃饱肚子，没有完整的衣服遮盖身体，无立锥之地，他们对事理观察明细，足以安定天下。如果他们受重用，地位在一般人之上，他们就是做王公的材质；如果一般地任用他们，请他们做官，他们就是国家的重臣。即使隐居山中，住在洞穴中，天子诸侯也没有能力和他们竞争名望，这是为什么呢？因为他们具备了仁义的德行。如果君王听从他们的言论，信任他们的行为，那么尧、舜治世的方法就能看得到，民众歌颂的声音就能听到。《诗经》说："先民有言，询于刍荛。"说的是广博地采纳建议。

第十五章　天子居广厦之下

传曰：天子居广厦之下，帷帐之内，旃茵之上，①被踽舄，②视不出阃，③莽然而知天下者，④以有贤左右也。故独视不若与众视之明也，⑤独听不若与众听之聪也，⑥独虑不若与众虑之工也。⑦故明王使贤臣，辐凑并进，⑧所以通中正而致隐居之士。⑨《诗》曰："先民有言，询于刍荛。"⑩此之谓也。

[注释]

①旃（zhān）茵：毡制的褥子或坐垫。旃：毛织物。茵：垫子。

②蹝舃（xǐ xì）：趿着鞋走。蹝：同"屣"。没跟的鞋。舃：古代一种加木底的双层底鞋。③阃（kǔn）：门槛。④莽然：广大貌，众多貌。⑤明：眼力好。⑥聪：听觉敏锐。⑦工：精致，周密。⑧辐凑：车辐会聚于毂。形容人物的聚集和稠密。⑨中正：指正直之士。⑩"先民"二句：出自《诗经·大雅·板》。

[译文]

古书记载说：天子住在高大的房子里，坐在帷帐里面的毛垫上面，趿着鞋走路，视野不超过门外，却知道天下众多的事情，是因为有贤良的臣子在他身边辅佐。所以独自观察不如和众人一起观察看得清楚，独自听不如和众人一起听听得明白，独自考虑不如和大家一起考虑想得周密。所以圣明的君王任用贤良的大臣，就像辐条聚向车毂一样才能共同前进，因此可以沟通正直之士并招来隐居不仕的贤人。《诗经》说："先民有言，询于刍荛。"说的就是这种道理。

第十六章　天设其高

天设其高，而日月成明。地设其厚，而山陵成名。上设其道，①而百事得序。自周室衰坏以来，王道废而不起，礼义绝而不继。秦之时，非礼义，弃《诗》《书》，略古昔，大灭圣道，专为苟妄，以贪利为俗，以诰猎为化，②而天下大乱。于是兵作而火起，暴露居外，而民以侵渔遏夺相攘为服习，③离圣王光烈之日久远，④未尝见仁义之道，被礼乐之风。是以嚚顽无礼，⑤而肃敬日损，⑥凌迟以威武相摄，⑦妄为佞人，不避祸患，此其所以难治也。人有六情，目欲视好色，耳欲听宫商，⑧鼻欲嗅芬香，口欲嗜甘旨，其身体四肢欲安而不作，衣欲被文绣而轻暖。此六者，民之六情也。失之则乱，从之则穆。⑨故圣王之教其民也，必因其情而节之以礼，必从其欲而制之以义。义简而备，礼易而法，去情不远，故民之从命也速。孔子知道之易行也。《诗》云："诱民孔易。"⑩非虚辞也。

[注释]

①上：君主，皇帝。②告讦：犹告讦，责人过失或告发他人阴私。③侵渔：侵夺他人的财物。渔：捕鱼，此处引申为得到财物。遏夺：拦路抢劫。攘：抢夺，侵犯，窃取。服习：犹习惯、适应。④光烈：大业，伟绩。⑤嚚（yín）顽：愚蠢而顽固。⑥肃敬：恭敬。⑦凌迟：零割碎剐的一种酷刑。摄：同"慑"。⑧宫商：古代音律中的宫音与商音，引申为音乐、音律。⑨穆：和睦。⑩"诱民"句：出自《诗经·大雅·板》。意思是，教导人民是非常容易的事。孔：很。

[译文]

天处在高高的上空，因而太阳月亮能显现它们的光明。地有那么厚重，因而高山丘陵成就它们体势大的声名。在上的君主制定了治国方针，因而各项事务才能够有序进行。自从周王室衰微败坏以来，圣王的治国之道被废弃而不能起用，礼义断绝而不能继续。秦朝时，反对礼义，摒弃《诗》《书》，忽视古时的道义，大力毁灭圣王的学说，纠集起来胡作非为，把贪图利益当作风俗，以揭人阴私为风气，因而天下大乱。于是战争发生，战火四起。民众居无定所，流于野外，以侵夺他人财物、拦路抢劫、相互窃取为习惯。距离圣明君王的太平时代太久远了，民众未曾受到过仁义之道的教导，接受过礼乐之风的熏陶。因此民众愚昧顽固无礼，恭敬之心一天天衰微，以武力相互威胁，狂妄又善于花言巧语、阿谀奉承，为非作歹，这就是国家难以治理的原因。凡人有六种情欲，眼睛想看到美好的色彩，耳朵想听到动人的音乐，鼻子想嗅到芬芳的香味，嘴巴想吃到美味的食物，四肢不勤、好逸恶劳，喜欢穿华服丽裳且要轻便暖和。这六个方面，是民众的六种情欲需求，得不到满足国家就会生乱，顺从这六种情欲国家就会和睦。所以圣明君王教化其民众，必会依据人民的性情而用礼义加以节制；必定会顺从人民欲望而以道义加以节制。所施道义简单却完备，礼仪简便易行却有法度，不远离人情，所以人民能很快遵从国家的法令。孔子知道这些道理简单易行。《诗经》说："诱民孔易。"这并非虚夸不实的言辞。

第十七章　茧之性为丝

茧之性为丝，弗得女工燔以沸汤，①抽其统理，②则不成为丝。卵之性为雏，不得良鸡覆伏孚育，③积日累久，则不成为雏。夫人性善，非得明王圣主扶携，内之以道，则不成为君子。《诗》曰："天生烝民，其命匪谌。靡不有初，鲜克有终。"④言惟明王圣主然后使之然也。

[注释]

①燔：烧。沸汤：沸腾的水。②统：丝的头绪。③孚：同"孵"。④"天生"四句：出自《诗经·大雅·荡》。意思是，上天生了众民，他们的命运并不是如人所愿。凡事都有一个开始，却很少有能够坚持到最后。烝：众。谌（chén）：真诚，相信。靡：无。初：开始。鲜：少。克：能。

[译文]

茧有成为丝的特性，如果女工不用开水煮它，找到它的头绪抽丝，它就不会变成丝。鸡蛋有变成小鸡的特性，如果得不到好母鸡伏在上面孵育，时日累久，它就不会变成小鸡。人的本性是善的，但是如果得不到明王圣主的扶助提携，用道义充实他们的内心，他们就不会成为君子。《诗经》说："天生烝民，其命匪谌。靡不有初，鲜克有终。"是说只有明王圣主才能使他们成为君子。

第十八章　主明者其臣慧

智如泉源，行可以为表仪者，人师也。智可以砥砺，①行可以为辅弼者，人友也。据法守职，而不敢为非者，人吏也。当前快意，一呼再喏者，②人隶也。故上主以师为佐，中主以友为佐，下主以吏为佐，危亡之主以隶为佐。语曰："渊广者其鱼大，主明者其臣慧。"相观而志合，必由其中。故同明相见，同音相闻，同志相从，非贤者莫能用贤。故辅弼左右,所任使者,有存亡之机,得失之要也。可无慎乎?《诗》曰:"不明尔德,以无陪无侧。尔德不明,以无陪无侧。"③

[注释]

①砥砺:磨刀石,也引申为磨炼、锻练。②喏(rě):古代表示敬意的呼喊。③"不明"四句:出自《诗经·大雅·荡》。意思是,你的道德不能充分表现,是因为身边没有贤臣辅佐。

[译文]

智慧像泉水的源头,行为可以作为榜样的,可以当老师。智慧能经得起磨练,行为可以作为辅佐的,可以作朋友。依据法律、坚守职责,不敢做坏事的,可以做官吏。在人面前投合别人的心意,一声呼喊连声回应的,可以作奴仆。因此,上等君主可以用为人师的人来辅佐自己,中等君主用可以为朋友的人来辅佐自己,下等君主用可以为官吏的人来辅佐自己,亡国之君用可以作奴隶的人来辅佐自己。俗语说:"宽广的水池才能养大鱼,圣明的君主,他的臣子也聪慧。"相互观察而志向投合的,一定是他们内心观点一致。所以智慧相同的人彼此能够看见,音量相同的人彼此能够听见,志同道合的人彼此能够追随。不贤能的人是不能任用贤才的。所以身边的辅佐大臣任用什么样的人,是国家存亡、政治得失的关键。能不谨慎吗?《诗经》说:"不明尔德,以无陪无侧。尔德不明,以无陪无侧。"

第十九章　前车之鉴

昔者禹以夏王,①桀以夏亡。②汤以殷王,③纣以殷亡。④故无常安之国,无恒治之民,得贤则昌,失贤则亡。自古及今,未有不然者也。夫明镜者所以照形也,往古者所以知今也。夫知恶往古之所以危亡,而不袭蹈其所以安存者,则无以异乎却行而求逮于前人也。鄙语曰:"不知为吏,视已成事。"⑤或曰:"前车覆而后车不诫,是以后车覆也。"故夏之所以亡者而殷为之,殷之所以亡者而周为之。故殷可以鉴于夏,而周可以鉴于殷。《诗》曰:"殷监不远,在夏后之世。"⑥

[注释]

①禹:传说是夏朝的第一个王,鲧之子。因治水有功,舜让位给他。②桀:夏朝最后一个君王,是历史上有名的暴君。③汤:商汤。商王朝的建立者。殷:商朝初建国时国号为商,后盘庚迁都殷(今河南安阳小屯),所以又称殷。④纣:商朝的最后一代帝王。中国历史上有名的暴君。⑤"不知"二句:意思是,不知道怎么做官,就看看过去的事情。成事:往事。⑥"殷监"二句:出自《诗经·大雅·荡》。意思是,殷商的鉴戒不必远求,夏桀的灭亡就是鉴戒。夏后:夏朝的君主,此处疑指桀。

[译文]

从前，禹以夏朝称王，桀却使夏朝灭亡。商汤建立商朝称王，纣却使商朝灭亡。所以没有经常安定不变的国家，也没有永远安定的人民，得到贤才就昌盛，失去贤才就灭亡。从古到今，没有不是这样的。明亮的镜子是可以用来照形的，过去的历史是可以用来推知今天的事情的。知道厌恶过去灭亡的道理，却不继承过去长治久安的经验，那就无异于倒着走路却想要赶上前人了。俗话说："不知道怎么做官，就看看过去的事。"或者说："前面的车翻了，后面的车不引以为戒，所以后车也翻了。"因此夏朝灭亡的情景却被商朝重演，商朝灭亡的悲剧又被周朝承续。所以商朝可以把夏朝的灭亡作为借鉴，周朝可以把商朝的灭亡作为借鉴。《诗经》说："殷监不远，在夏后之世。"

第二十章　骄溢之君寡忠

传曰：骄溢之君寡忠，口惠之人鲜信。故盈把之木无合拱之枝，①荣泽之水无吞舟之鱼，②根浅则枝叶短，本绝则枝叶枯。《诗》曰："枝叶未有害，本实先拨。"③祸福自己出也。

[注释]

①盈把：满把，一手能握起。②荣泽：小水洼。吞舟之鱼：比喻大鱼。③"枝叶"二句：出自《诗经·大雅·荡》。意思是，大树的枝叶没

有损害,而树根先断了。

[译文]

古书上说:骄傲过分的君王很少有忠臣,口头许人好处的人很少守信用。所以一只手能握住的树不会有两手合围粗的树枝,小水泽里不会有能吞进船只的大鱼。树根浅枝叶就短小,树根断了枝叶会枯萎。《诗经》说:"枝叶未有害,本实先拨。"祸和福都是从自己身上出来的。

第二十一章　水渊深广

水渊深广,则龙鱼生之。山林茂盛,则禽兽归之。礼义修明,则君子怀之。故礼及身而行修,礼及国而政明。能以礼扶身,则贵名自扬,天下顺焉,令行禁止,而王者之事毕矣。《诗》曰:"有觉德行,四国顺之。"①夫此之谓也。

[注释]

① "有觉"二句:出自《诗经·大雅·抑》。意思是,君王拥有正直的德行,四方之国就会来顺承他。

[译文]

江河湖泊的水深了,龙和鱼就会在那里生长;山上树林茂盛了,禽和兽就聚集在那里;君主如果礼制道义修治严明,有道德的君子就归附他。所以用礼修身,品行就美好;用礼来治理国家,政治就清明。如果能够用礼来修身，那么高贵的名声就会传播，天下的人就会顺从，有命令就执行，有禁令就停止，因而君王所做的事情就具备了。《诗经》说："有觉德行，四国顺之。"就是说明这个道理的。

第二十二章　谈说之术

孔子曰：夫谈说之术，齐庄以立之，①端诚以处之，坚强以持之，辟称以喻之，分别以明之，欢忻芬芳以送之，②宝之珍之，贵之神之，如是则说恒无不行矣。夫是之谓能贵其所贵。若夫无类之说，不形之行，不赞之辞，君子慎之。《诗》曰："无易由言，无曰苟矣。"③

[注释]

①齐庄：严肃诚敬。②欢忻（xīn）：欢欣。③"无易"二句：出自《诗经·大雅·抑》。意思是，不要轻率乱发言，不要说做事可以草率马虎。苟：草率，随便。

[译文]

孔子说：谈话劝说的方法，以严肃诚敬的态度去面对他，以端正真诚的心地去对待他，以坚强的立场去扶持他，要善用譬喻的方法来使他通晓道理，用分类的方法使他明白道理，和颜悦色地迎送他，要如珍宝般地爱惜对方，要如神明般地敬重对方。如果能这样，那么劝说起来就往往没有不成功的。这是因为能尊重别人所珍重的东西。至于那些没有常法的谈说，没有根据的行为，不能受到赞美的言论，君子应审慎对待它。《诗经》说："无易由言，无曰苟矣。"

第二十三章　百姓内不乏食

夫百姓内不乏食，外不患寒，则可教御以礼义矣。《诗》曰："蒸畀祖妣，以洽百礼。"①百礼洽则百意遂，百意遂则阴阳调，阴阳调则寒暑均，寒暑均则三光清，②三光清则风雨时，风雨时则群生宁，如是而天道得矣。是以不出户而知天下，不窥牖而见天道。③《诗》曰："惟此圣人，瞻言百里。"④"於铄王师，遵养时晦。"⑤言相养之至于晦也。

[注释]

①"蒸畀"二句：出自《诗经·周颂·丰年》。意思是，进献祭祀先祖先妣，配合完成各种礼仪。蒸：献。畀（bì）：给予。祖妣：男女祖先。洽：配合。百礼：各种礼仪。②三光：古指日、月、星三光。③牖（yǒu）：窗户。④"惟此"二句：出自《诗经·大雅·桑柔》。意思是，只有这个圣人，他有长远的眼光。瞻言：有远见的言论。⑤"於铄"二句：出自《诗经·周颂·酌》。意思是，多么辉煌啊，王的军队，蓄势待发灭掉殷商。於（wū）：叹词，表示赞美。铄：通"烁"。光明辉煌。王

师：王朝的军队。遵：遵循。时：时势。晦：隐藏。

[译文]

老百姓在家不缺吃的，在外不忧愁寒冷，就可以用礼义教化他们了。《诗经》说："蒸畀祖妣，以洽百礼。"各种礼义相配合，各种意愿就能够达成，各种意愿达成就会阴阳调和，阴阳调和则四时寒冷和暑热均衡，寒暑均衡，日、月、星三光清明，三光清明就会致使风调雨顺，风调雨顺则各种生物都会得到安宁发展。这样做就是顺应了自然天道。因此圣人不出门就知道天下的事情，不必朝窗外看，就知道自然天道的规律。《诗经》说："惟此圣人，瞻言百里。""於铄王师，遵养时晦。"就是说顺应时机以蓄势待发。

第二十四章　天有四时

天有四时，春夏秋冬，风雨霜露，无非教也。清明在躬，气志如神，嗜欲将至，有开必先。天降时雨，山川出云。《诗》曰："嵩高维岳，峻极于天。维岳降神，生甫及申。维申及甫，维周之翰。四国于蕃，四方于宣。"[1]此文武之德也。[2]

[注释]

① "嵩高"八句：出自《诗经·大雅·嵩高》。意思是，巍峨的山峰以四岳为最高大，高峻可达青天。四岳之上降下神灵，由此诞生甫侯、申

伯二位良臣。甫侯和申伯这两位贤臣，是大周王朝的栋梁，他们保护了四方的藩国，也把周王的恩德宣扬到四方。嵩：山高而大。维：是。岳：特别高大的山。峻：高大。极：至。维：发语词。甫：国名，此指甫侯。其封地在今河南南阳西。申：国名，此指申伯。其封地在今河南南阳北。翰："干"之假借，筑墙时树立两旁以障土之木柱。于：犹"为"。蕃：即"藩"。藩篱，屏障。宣："垣"之假借。②文武：指周文王、周武王。

[译文]

　　一年有春、夏、秋、冬四个季节，风、雨、霜、露等自然现象，这些无不显示着上天的教化。自身德行清明，气度志向变化神妙，自身的意愿将要实现的时候，必定会有预兆开始显现。就像天降及时雨，又像山川飘出祥云。《诗经》说："嵩高维岳，峻极于天。维岳降神，生甫及申。维申及甫，维周之翰。四国于蕃，四方于宣。"这是赞扬周文王、周武王的德行。

第二十五章　三代之王

　　三代之王也，①必先其令名。《诗》曰："明明天子，令闻不已。矢其文德，洽此四国。"②此大王之德也。

[注释]

　　①三代：指夏、商、周三个朝代。②"明明"四句：出自《诗经·

大雅·江汉》。意思是，勤勉的周天子，让他的美名流传不止。施行礼乐教化，使周边国家和睦相处。明明：勉勉。令闻：美好的声誉。矢："施"的假借。

[译文]

夏、商、周三代称王的圣者，在其称王之前就已经有了美好的名声。《诗经》说："明明天子，令闻不已。矢其文德，洽此四国。"这是赞扬圣王的德行。

第二十六章　比翼而飞

蓝有青，①而丝假之青于蓝。地有黄，而丝假之黄于地。蓝青地黄，犹可假也。仁义之事，②不可假乎哉？东海之鱼名曰鲽，③比目而行，不相得不能达。北方有兽名曰娄，④更食而更视，不相得不能饱。南方有鸟名曰鹣，⑤比翼而飞，不相得不能举。西方有兽名曰蟨，⑥前足鼠，后足兔，得甘草必衔以遗蛩蛩距虚，⑦其性非爱蛩蛩距虚，将为假足之故也。夫鸟兽鱼犹知相假，而况万乘之主乎？⑧而独不知假此天下英雄俊士与之为伍，则岂不病哉。故曰：以明扶明，则升于天。以明扶暗，则归其人。两瞽相扶，不触墙木，不陷井穽，⑨则其幸也。《诗》曰："惟彼不顺，往以中垢。"⑩暗行也。

[注释]

①蓝：草名。可以加工成靛青，作染料。②事：古通"士"。③鲽：比目鱼。④娄：传说中的野兽名。⑤鹣（jiān）：比翼鸟。⑥蟨（jué）：兽名。⑦蛩蛩距虚：兽名。⑧万乘：周代规定，天子地方千里，出兵车万乘。所以用"万乘"指代天子。乘：古代一车四马为一乘。⑨井穽（jǐng）：陷阱。⑩"惟彼"二句：出自《诗经·大雅·桑柔》。意思是，那些不按道理做事的人，只能在暗昧不明的路上行走。比喻昏君不行善政。往：行。中垢：暗冥，不光明。

[译文]

蓝草里含有青色的色素，用蓝草染丝，丝的青色比蓝草还要青。黄土里面含有黄色的色素，用黄土染丝，丝的颜色比黄土还黄。蓝草是青色的，黄土是黄色的，尚且可以借用来染成青色和黄色的东西。仁人志士难道就不可以借用吗？东海里有一种鱼，名字叫鲽，需两条鱼双双配合，左右都有眼睛才能方便游动，如果不互相配合就不能到达目的地。北方有一种野兽叫娄，也需要相互配合轮流吃食物，轮流放哨，不相互配合就吃不饱。南方有一种鸟叫鹣，两只鸟只有并着翅膀才能飞，不相配合就飞不起来。西方有种兽叫蟨，前脚像老鼠，后脚像兔子，得到甘草必定衔给蛩蛩距虚，它并不是本性喜欢蛩蛩距虚，而是因为它要借助蛩蛩距虚的后脚走路。鸟兽游鱼尚且知道互相借用合作，何况是大国的君主呢？但是偏偏不知道借助天下的英雄豪杰，和他们结成团体，这岂不令人为之痛惜。所以说：眼光敏锐的人扶助眼光敏锐的人，就可以飞升上天。眼光敏锐的人扶助眼盲的人，就可以送这个眼盲的人回家。两个眼盲的人互相扶助，不撞在墙壁、树木上，不掉进陷阱里，就是最大的幸运了。《诗经》说："惟彼不顺，往以中垢。"这是愚昧的行为。

第二十七章　福生于无为

福生于无为,①而患生于多欲。知足,然后富从之。德宜君人,然后贵从之。故贵爵而贱德者,虽为天子,不尊矣。贪物而不知止者,虽有天下,不富矣。夫土地之生物不益,山泽之出财有尽,怀不富之心而求不益之物,挟百倍之欲而求有尽之财,是桀纣之所以失其位也。②《诗》曰:"大风有隧,贪人败类。"③

[注释]

①无为:指顺其自然,清心寡欲。②桀:夏朝最后一个国王,是历史上有名的暴君。纣:商朝的最后一代帝王,历史上有名的暴君。③"大风"二句:出自《诗经·大雅·桑柔》。意思是,大风吹过来是有通道的,贪婪的人败坏了善道。隧:应作"隧",道。贪人:贪财枉法的小人。

[译文]

福气产生于顺其自然,祸患产生于贪欲。一个人知道满足,然后才能感受到富有。德行适合于做国君,然后才有尊贵的地位。所以重视爵位而轻视德行的人,即使做了天子,也不尊贵。贪求财物而不知满足的人,即使拥有了天下,也不会觉得富有。土地所生长的东西不会增加,山林水泽出产的东西也是有限的。抱着不知足的心理,去追求不会增加的物资,怀着百倍的欲望去贪求有限的财物，这正是桀、纣丧失帝位的原因。《诗经》说："大风有随，贪人败类。"

第二十八章　古圣贤者皆有师

哀公问于子夏曰：①"必学然后可以安国保民乎？"子夏曰："不学而能安国保民者，未之有也。"哀公曰："然则五帝有师乎？"子夏曰："臣闻黄帝学乎大填，②颛顼学乎禄图，③帝喾学乎赤松子，④尧学乎务成子附，⑤舜学乎尹寿，⑥禹学乎西王国，⑦汤学乎贷子相，⑧文王学乎锡畴子斯，⑨武王学乎太公，⑩周公学乎虢叔，⑪仲尼学乎老聃。⑫此十一圣人，未遭此师，则功业不能著乎天下，名号不能传乎后世者也。"《诗》曰："不愆不忘，率由旧章。"⑬

[**注释**]

①哀公：鲁哀公，春秋时期鲁国国君。子夏：姓卜名商，春秋时期晋国人，孔子的学生。②黄帝：传说中的古代帝王。姓公孙，因为居住在轩辕之丘，号轩辕氏。大填：传说为黄帝的老师。③颛顼：传说中的古代帝王。黄帝之孙，号高阳氏。禄图：传说中颛顼帝的老师。④帝喾：传说中的古代帝王，黄帝的后裔，代高阳氏为帝。赤松子：传说中的神仙，帝喾的老师。⑤尧：上古五帝之一，传说中的贤君，帝喾之子。初封于陶，又封于唐，所以登帝位后国号为陶唐氏，又称唐尧。务成子附：姓务成，尧

的老师。⑥舜：传说中古代帝王，号有虞氏，史称虞舜。舜传位夏禹。尹寿：舜的老师。⑦禹：传说中的古代帝王，鲧之子。因治水有功，继天子位，建立夏朝。西王国：人名。传说中禹的老师。⑧汤：商汤。商王朝的建立者。贷子相：人名。传说中商汤的老师。⑨文王：指周文王。锡畴子斯：人名。传说中周文王的老师。⑩武王：周武王，文王之子，周王朝的建立者。太公：姓姜，名尚，字子牙，文王立为师，武王尊为尚父，辅佐武王灭商，封于齐。⑪周公：周武王之弟，名旦。食邑于周（今陕西岐山北），故称周公。虢叔：周文王的弟弟，与文王的另一位弟弟虢仲同封于虢，所以以虢作为他们的氏。文王时他们是卿士。⑫仲尼：孔丘，字仲尼。老聃：老子，名聃，春秋时期楚国苦县人，孔子曾向他问礼。⑬"不愆"二句：出自《诗经·大雅·假乐》。意思是，不犯过错，不昏不忘，遵循先王的法章。率：遵循。

[译文]

鲁哀公问子夏说："一定要先学习了，然后才可以安定国家、保护人民吗？"子夏回答说："不学习就能安定国家、保护人民的，还未曾有过。"哀公又问："既然这样，那么五帝有老师吗？"子夏回答说："我听说黄帝跟大填学习，颛顼跟禄图学习，帝喾跟赤松子学习，尧跟务成子附学习，舜跟尹寿学习，禹跟西王国学习，商汤跟贷子相学习，周文王跟锡畴子斯学习，周武王跟姜太公学习，周公跟虢叔学习，孔丘跟老聃学习。这十一位圣人，如果没遇上这些老师，那么功业就不能闻名天下，英名显号就不能流传到后代。"《诗经》说"不愆不忘，率由旧章。"

第二十九章　德也者，包天地之大

德也者，包天地之大，①配日月之明，立乎四时之周，临乎阴阳之交。寒暑不能动也，四时不能化也，敛乎太阴而不湿，②散乎太阳而不枯。鲜洁清明而备，严威毅疾而神。至精而妙乎天地之间者，德也。微圣人其孰能与于此矣！《诗》曰："德輶如毛，民鲜克举之。"③

[注释]

①包：包含，容纳。②敛：收藏。太阴：极盛的阴气。③"德輶（yóu）"二句：出自《诗经·大雅·烝民》。意思是，品德仿佛比羽毛还轻，却很少有人能举得起。輶：轻。

[译文]

德性广大，包含在天地万物之中，和日月的光辉相匹配，存在于四季的转换中，包含在阴阳的交替中。寒冷暑热不能使它变动，四时更替不能使它变化。聚集收藏在极盛的阴气中不会潮湿，散发于极盛的阳气中不会枯萎。它洁净清明而又完备，严厉威武、果断迅速且神妙。最精微神妙地存在天地之间的，就是德了。如果不是圣人，又有谁能达到这种境界呢！《诗经》说："德輶如毛，民鲜克举之。"

第三十章　如岁之旱

如岁之旱，草不溃茂。①然天悖然兴云，②沛然下雨，③则万物无不兴起者。民非无仁义根于心者也，王政怵迫而不得见。④忧郁而不得出，圣王在被蹝舄，⑤视不出阍，⑥动而天下随，倡而天下和。何如在此有以应哉？《诗》曰："如彼岁旱，草不溃茂。"⑦

[注释]

①溃茂：繁盛，丰茂。②悖然：猝然。③沛然：行疾貌。④怵（chù）迫：诱迫。⑤蹝舄（xǐ xì）：趿着鞋走。蹝：同"屣"。没跟的鞋。舄：古代一种加木底的双层底鞋。⑥阍（hé）：疑是"阃"之误。阃（kǔn），门槛。⑦"如彼"二句：出自《诗经·大雅·召旻》。意思是，好像遇到干旱的年岁，草木生长得不茂盛。

[译文]

就像遇到大旱的年岁，草木长得不茂盛。如果老天忽然乌云大作，很快下起雨来，那么万物没有不生长茂盛的。民众并非没有将仁义植根于内心，对君王政策的恐惧，迫使他们的仁义之心无法显露出来。心中忧愁郁积，无法使他们表现出来。圣明的帝王趿着鞋子，看不到门槛外的情形，然而一旦行动起来，天下人皆相跟随；他一旦有倡议，天下人都相附和。圣王在位，天下都响应，这是什么原因呢？《诗经》说："如彼岁旱，草不溃茂。"

第三十一章　道存则国存

道者何也？曰：君之所道也。君者何也？曰：群也，①能群天下万物而除其害者，谓之君。王者何也？曰：往也。天下往之谓之王。曰：善生养人者，故人尊之。善辩治人者，②故人安之。善显设人者，③故人亲之。善粉饰人者，故人乐之。四统者具，而天下往之。四统无一，而天下去之。往之谓之王，去之谓之亡。故曰道存则国存，道亡则国亡。夫省工商，众农人，谨盗贼，除奸邪，是所以生养之也。天子三公，④诸侯一相，大夫擅官，士保职，莫不治理，是所以辩治之也。决德而定次，量能而授官，贤以为三公，以为诸侯，次则为大夫，是所以显设之也。修冠弁衣裳，⑤黼黻文章，⑥雕琢刻缕，皆有等差，是所以粉饰之也。故自天子至于庶人，莫不称其能，得其意，安乐其事，是所同也。若夫重色而成文，累味而备珍，⑦则圣人所以分贤愚，明贵贱。故道得则泽流群生，而福归王公，泽流群生则下安而和，福归王公则上尊而荣。百姓皆怀安和之心，而乐戴其上，夫是之谓下治而上通。下治而上通，颂声之所以兴也。《诗》曰："降福简简，威仪昄昄。既醉既饱，福禄来反。"⑧

[注释]

①群：聚集。②辩治：治理。③显：提拔任用。④三公：辅助君主掌

握军政大权的最高官员,各个朝代名称不同,周朝的三公为太师、太傅、太保。⑤冠弁(biàn):古代男子二十岁行冠礼,因以指成年。⑥黼黻(fǔ fú):泛指礼服上所绣的华美花纹。⑦味:食物。备:完美的意思。⑧"降福"四句:出自《诗经·周颂·执竞》。意思是,天帝赐下大福,仪态慎重又大方。神灵喝醉又吃饱,不断赐福禄于周邦。简简:大的意思。威仪:祭祀时的礼节仪式。皈皈:盛大的意思。

[译文]

　　道是什么呢?回答说:道是君主治理国家所遵循的原则。君主是什么呢?回答说:是能够把人民汇聚起来,能够把天下百姓汇聚起来,并且替他们除去祸害的人,可以称为君主。王是什么呢?回答说:是归往的意思。天下人都归往他,可以称为王。回答说:善于养活抚育人的,人们就尊重他。善于治理人的,人们就安心顺从他。善于任用安置人的,人们就亲近他。善于美化修饰人的,人们就喜欢他。这四种才能都具备了,天下人就会归顺他。如果这四种才能都不具备,天下人就会背弃离开他。天下人都归顺他,他就可以称王天下;天下人都背弃离开他,他就会亡国。所以说正确的治国之道存在,国家就存在;正确的治国之道丧失了,国家就灭亡。减少手工业者和商人,增加务农的人,防范小偷强盗,铲除奸诈邪恶之徒,这就是使人民生存,生活的办法。天子设太师、太傅、太保三公,诸侯设一位卿相,大夫专职某一官位,士人谨守自己的职责,他们无不是把事情处理得很好,这就是用来治理人民的方法。根据人的德行来确定等级职位,衡量才能来授予官职,有贤德才能的任命为三公,次一等的贤才任命为诸侯,再次一等的贤才任命为大夫,这就是任用安置人的办法。制定各种帽子衣裳、在礼服上绘画各种华美的花纹、在各种器具上雕刻图案等都有一定的等级差别,这就是用修饰来分别职位的方法。所以从天子一直到平民，没有职位不与他们的才能相称的，都适合他们的心意，都能安心愉快地做好自己分内的事，这是大家相同的地方。至于穿着各种不同色彩花纹的衣服，食用各种味道的珍奇食物，这是圣明的帝王用来区分贤良、愚笨，表明各人地位贵贱高低的方法。所以治理方法得当，恩德就会流及百姓众生，而福气也会流归王公，恩德流及百姓众生就会使人民安定和平，福气流归王公就会使君主受到尊重和赞美。百姓都怀着安定和平的心，而乐于拥戴执政者，这就是所谓的民众得到治理，民情通达于君主。民众得到治理而执政者了解民情，这就是赞颂之声兴起的原因了。《诗经》说："降福简简，威仪昄昄。既醉既饱，福禄来反。"

第三十二章　圣人养一性而御六气

圣人养一性而御六气，①持一命而节滋味，②奄治天下，③不遗其小，存其精神，以补其中，谓之志。《诗》曰："不竞不絿，不刚不柔。"④言得中也。

[注释]

①养一性：陶冶心性。御：驾驭，治理。六气：指好、恶、喜、怒、哀、乐。②一命：天命，上天所赋予人的。滋味：本来指食物的滋味，这里泛指各种欲望。③奄治：抚治。谓奄有其地而治之。④"不竞"二句：

出自《诗经·商颂·长发》。意思是,既不争逐也不急躁,不过于刚硬也不过于柔和。绿(qiú):急。

[译文]

圣人修养心性,以驾驭控制自身的好、恶、喜、怒、哀、乐之情,保持上天所赋予的自然之命,而节制各种欲望,安抚治理天下,连小的方面也不忽略,保全他的精神理念,以补充他的中庸之道,这是圣人的志向。《诗经》说:"不竞不绿,不刚不柔。"所言得乎中庸之道。

第三十三章　通移有常

朝廷之士为禄,故入而不能出。山林之士为名,故往而不能返。入而亦能出,往而亦能返,通移有常,① 圣也。《诗》曰:"不竞不绿,不刚不柔。"② 言得中也。

[注释]

① 通移:转移,转化。②"不竞"二句:出自《诗经·商颂·长发》。

[译文]

在朝廷做官的人为了禄位,所以入朝做官而不愿意退出。隐居山林的人为了名声,所以隐退后而不愿意回朝做官。在朝廷做官也能够退出,隐居山林也能够出来做官,出入变化成为常态,就是圣人了。《诗经》说:

"不竞不绿，不刚不柔。"就是说明白中庸之道了。

第三十四　孔子侍坐于季孙

孔子侍坐于季孙，①季孙之宰通曰：②"君使人假马，其与之乎？"孔子曰："吾闻君取于臣谓之取，不曰假。"季孙悟，告宰通，曰："自今以往，君有取谓之取，无曰假。"故孔子正假马之名，而君臣之义定矣。《论语》曰："必也正名乎。"③《诗》曰："君子无易由言。"④言名正也。

[注释]

①季孙：春秋末期鲁国掌权的贵族。②宰：主管。通：人名。③正名：纠正有关礼制、名分上用词不当的现象。④"君子"句：出自《诗经·小雅·小弁》。意思是，君子不要轻易说话。

[译文]

孔子陪坐在季孙旁边，季孙的管家名字叫通的进来说："国君派人来借马，可以借给他吗？"孔子说："我听说君主向臣子寻求什么东西叫取，不叫借。"季孙领悟了孔子的意思，他告诉管家通说："从今以后，国君有所寻求就说取，不要说借。"由于孔子纠正了"借马"的用词，君臣的名分也就确定了。《论语》说："一定要把名分确立了。"《诗经》说："君子无易由言。"说的是名分正当。

卷六

第一章 比干谏而死

比干谏而死。①箕子曰:②"知不用而言,愚也。杀身以彰君之恶,不忠也。二者不可,然且为之,不祥莫大焉。"遂解发佯狂而去。君子闻之曰:"劳矣箕子!尽其精神,竭其忠爱,见比干之事免其身,仁知之至。"《诗》曰:"人亦有言,靡哲不愚。"③

[注释]

①比干:殷商王室的重臣,商纣王帝辛的叔父。因直言劝谏纣王被杀。②箕子:殷商末期贵族,是商纣王的叔父,官太师,因其封地在箕,故称箕子。③"人言"二句:出自《诗经·大雅·抑》。靡哲不愚:没有一个哲人不出现愚蠢的时候。比喻任何人都会犯错误。靡:没有。哲:哲人。

[译文]

比干因为劝谏纣王而被杀害。箕子说:"知道劝谏不会被君主采纳,仍然要说,这是愚蠢的行为。招致杀身之祸而使君主的恶名彰显,这是不忠的行为。这两点都不可以做,尚且去做,没有比这更不吉利的事了。"于是,他解散头发,假装颠狂而离去。君子听说这件事后,说:"箕子劳心了,尽自己的精力,用尽忠诚仁爱之心,看到比干的事使自己免受伤害，实在是仁爱智慧到了极点。"《诗经》说："人亦有言，靡哲不愚。"

第二章 齐桓公见小臣

齐桓公见小臣，^①三往不得见。左右曰："夫小臣国之贱臣也，君三往而不得见，其可已矣。"桓公曰："恶！是何言也？吾闻之，布衣之士，不欲富贵，不轻身于万乘之君。^②万乘之君，不好仁义，不轻身于布衣之士。纵夫子不欲富贵可也，吾不好仁义不可也。"五往而得见也。天下诸侯闻之，谓桓公犹下布衣之士，而况国君乎？于是相率而朝，靡有不至。桓公之所以九合诸侯，^③一匡天下者，此也。《诗》曰："有觉德行，四国顺之。"^④

[注释]

①齐桓公：齐国国君，春秋五霸之一。小臣：地位低下的小吏。②万乘：周代规定，天子地方千里，出兵车万乘。所以用"万乘"指代天子。乘：古代一车四马为一乘。③九合诸侯：齐桓公多次召集会盟诸侯。九：表示多次。合：纠合。④"有觉"二句：出自《诗经·大雅·抑》。意思是，有良好德行的君王，四方国家都顺从他。

[译文]

齐桓公去见小臣，去了三次都没见着。身边的侍臣说："小臣是国家低贱的臣民，君主去了三次都没见着，可以不见了。"桓公说："不能这样说，这是什么话呢？我听说，平民如果不想富贵，不会把自己看得比万乘之君轻。万乘之君如果不爱好仁义，也不会把自己看得比平民轻。那位先生如果不愿意要富贵是可以的，我不爱好仁义则是不可以的。"去了五趟，终于见到了。天下诸侯听说这件事，都说齐桓公连平民都能谦恭对待，何况我们这些国君呢？于是相约来齐国朝见，没有不来的。齐桓公之所以能多次召集会盟诸侯，一匡天下，就是这个缘故。《诗经》说："有觉德行，四国顺之。"

第三章　政教之极

赏勉罚偷，则民不怠。兼听齐明，①则天下归之。然后明其分职，考其事业，较其官能，莫不治理，则公道达而私门塞，公义立而私事息。如是则得厚者进，②而佞谄者止，贪戾者退，而廉节者起。周制曰：③"先时者死无赦。不及时者死无赦。"人习事而固，人之事使，如耳目鼻口之不可相借也。故曰：职分而民不慢，次定而序不乱，兼听齐明而事不留。如是则群下百吏，莫不修己，然后敢安仕。诚能然后敢受职。小人易心，百姓易俗，奸究之属，④莫不反悫。⑤夫是之为政教之极，则不可加矣。《诗》曰："讦谟定命，远犹辰告。敬慎威仪，惟民之则。"⑥

[注释]

①齐明:无所不明。②得:通"德"。③周制:周代的制度。④奸宄(guǐ):违法乱为的人。⑤反慝(què):改变心志。谓改心向善。慝:诚实,恭谨。⑥"讦谟"四句:出自《诗经·大雅·抑》。意思是,制定国家的方针政策,长远国策要及时告知。举止行为要谨慎,把民意当作唯一的准则。讦(xū)谟:重大的谋划。命:政令。猷:谋略。辰:按时。

[译文]

奖赏勤劳的人,惩罚偷懒的人,那么民众就不敢懒惰了。全面听取各种意见,完全明察一切事情,那么天下人就会归顺他。然后明确民众的分工职责,考察他们处理事务的能力,比较他们当官的才智,就没有什么事务得不到治理。那么为公家效劳的道路就畅通了,而谋私的门径就被堵住了;公义的道理树立起来了,谋私利的事情就平息了。像这样,德行深厚的人就被起用,巧言谄媚的人就受到遏止,贪婪暴戾的人被黜退,廉洁奉公的人被提拔。周代的法制说:"在规定时刻之前行动的,处死不赦。没有赶上规定时刻而落后的,处死不赦。"人们往往因为习惯的事而固定不变,人们从事各种事务,就像耳朵、眼睛、鼻子、嘴巴等不可以互相替代。所以说:职责区分清楚了,民众做事就不会怠慢;职位确定后,秩序就不会混乱;全面听取各种意见,完全明察一切,各种事情就不会被搁置。像这样,所有官吏就无不先修养品德,然后才敢安于做官。真正有了才能以后才敢接受职务。品行不端的人转变了思想,百姓改变了习俗,违法乱为的人无不转向诚实谨慎,这就是政治教化的最高境界,就不能比这更好了。《诗经》说:"讦谟定命,远猷辰告。敬慎威仪,惟民之则。"

第四章　子路治蒲

子路治蒲三年，①孔子过之，入其境而善之，曰："善哉！由恭敬以信矣。"入其邑，②曰："善哉！由忠信以宽矣。"至其庭，曰："善哉！由明察以断矣。"子贡执辔而问曰：③"夫子未见由，而三称善，可得闻乎？"孔子曰："我入其境，田畴甚易，草莱甚辟。④此恭敬以信，故其民尽力。入其邑，墉屋甚尊，⑤树木甚茂。此忠信以宽，故其民不偷。⑥入其庭，甚闲，故其民不扰也。"《诗》曰："夙兴夜寐，洒扫庭内。"⑦

[注释]

①子路：名仲由，字子路，又字季路，鲁国卞人。孔子弟子。蒲：春秋时期卫国地名，在今河南长垣境内。②邑：指城市。③子贡：姓端木，名赐，字子贡。孔子的弟子。辔（pèi）：马缰绳。④草莱：杂草。⑤墉屋：指垣墙与房舍。⑥不偷：不苟且，不懈怠。⑦"夙兴"二句：出自《诗经·大雅·抑》。意思是，早起晚睡，洒水扫地。表示勤劳。

[译文]

子路治理蒲地三年，孔子经过那里，进入他的境内就称赞他，说："好啊！仲由恭敬有礼，讲究诚信了。"进入城里，说："好啊！仲由忠信可靠，为人宽厚了。"到了庭院里，说："好啊！仲由明察秋毫，断案公道了。"子贡手里拿着马缰绳问道:"先生还没看到仲由,就三次称好,能听听是为什么吗?"孔子说:"我进入他的境内,发现田地治理得很好,荒芜的土地开垦得很好。这是因为他谦恭有礼、讲究信义,所以百姓都尽力劳动。进入城内,发现城墙、房屋都很高,树木茂盛。这是因为他忠诚可靠、为人宽厚,所以百姓不敢懈怠。进入庭院,发现人们很闲适,这是因为他明察秋毫、断案公道,所以百姓不扰乱。"《诗经》说:"夙兴夜寐,洒扫庭内。"

第五章 古者必有命民

古者必有命民,① 民有能敬长怜孤,取舍好让居事力者,命于其君,命然后得乘饰车骈马。未得命者不得乘,乘者皆有罚。故其民虽有余财侈物,而无礼义功德,则无所用。故其民皆兴仁义而贱财利,贱财利则不争,则强不陵弱,众不暴寡,是唐虞之所以兴象刑,② 而民莫犯法,民莫犯法,而乱斯止矣。《诗》曰:"告尔人民,谨尔侯度,用戒不虞。"③

[**注释**]

①命民:指平民受帝王赐予爵位者。②唐:指古代帝王尧,因封于唐,称唐尧。虞:古代帝王舜,号有虞氏,所以称为虞舜。象刑:上古时的刑罚。让犯人依其罪的大小,穿着不同颜色的衣服,以示羞辱。③"告

尔"三句：出自《诗经·大雅·抑》。意思是，告知你的老百姓，谨守法度，以防国家发生不测。侯：语助词。不虞：不测。戒：防止。

[译文]

古时候必定都有被君主赏赐爵位表彰的人。民众中有能够尊敬长者、体恤孤苦，待人接物谦让有礼，做事尽力的，君主将颁布诏命嘉奖他。得到诏命以后，受嘉奖者可以乘坐装饰过的，由两匹马拉的车子。没有得到诏命的人不许乘坐，如果乘坐了就会受到惩罚。因此，百姓中即使有多余的财物，而言行不合礼义，没有功业和德行，就没有机会使用多余的财物。所以百姓都倡行仁义，轻视财物。轻视财物就不会有争夺，没有争夺也就不会有人以强凌弱、以众欺寡。这就是唐尧、虞舜之所以只实行象刑，而老百姓没有人犯法的原因。老百姓不犯法，社会混乱就不会发生了。《诗经》说："告尔人民，谨尔侯度，用戒不虞。"

第六章　天下之辩

天下之辩，有三至三胜，①而辞直为下。②辩者，别殊类，使不相害，序异端，使不相悖，输志通意，揭其所谓，使人预知焉，不务相迷也。是胜者不失所守，不胜者得其所求，故辩可观也。夫繁文以相假，饰辞以相悖，数譬以相移，外人之身使不得反其意，则论便然后害生也。夫不疏其指而弗知谓之隐，③外意外身谓之讳，几廉倚跌谓之移，④指缘谬辞谓之苟。⑤四者君子所不为也，故理可同睹也。夫隐、讳、移、苟，争言竞为而后息，不能无害其为君子也，故君子不为也。《论语》曰："君子于其言，无所苟而已矣。"《诗》曰："无易由言，无曰苟矣。"⑥

[注释]

①三至：三条原则。②直：通"置"。③指：通"旨"。④几：靠近。廉：靠边沿的地方。倚：偏。趹：疾行。⑤谬辞：取笑嘲讽的言语。⑥"无易"二句：出自《诗经·大雅·抑》。意思是，不要轻易说话，不要说得马马虎虎。

[译文]

天下的辩论，有三条原则和三种胜利，而以设置华丽的文辞为最低的级别。所谓辩论，是用于区别不同种类的事物，使它们不相妨害；列举不同的见解，使彼此不相违背；抒发自己的心意，表明自己的观点，让别人理解，而不是使人迷惑。如此，辩论的胜者能坚持自己的立场，不胜者也能得到他所追求的真理，这样的辩论是值得看的。如果用繁琐复杂的文辞来互相借用，用巧言饰辞以背离论点，多次引用华丽词藻来偷换概念，因这些词藻远离日常生活，使人难以懂得真正的含义，这样的辩论虽对自己有利，然而祸害因此而产生。辩论的人不注解疏通其旨意，使人无法理解，这叫作隐语；远离辩论主题使人无法理解意义，这叫作避讳；差一点就靠近辩论主旨又快速离开，可以叫作转移话题；用取笑嘲讽的言辞来表达，这叫作苟且应对。这四个方面是君子不愿意做的，因此道理大家都可以明白。用隐语、避讳、转移话题、苟且应对四种方法，竞相争胜对方才肯住口，不能不说是有害于君子的作为，所以君子不参与这样的辩论。

《论语》说:"君子对于自己的言行,是从不马虎对待的。"《诗经》说:"无易由言,无曰苟矣。"

第七章 夫服人之心

吾语子:①夫服人之心,高上尊贵不以骄人,聪明圣知不以幽人,②勇猛强武不以侵人,齐给便捷不以欺诬人。③不能则学,不知则问。虽知必让,然后为知。遇君则修臣下之义,出乡则修长幼之义,遇长老则修子弟之义,遇等夷则修朋友之义,④遇少而贱者则修告道宽裕之义。故无不爱也,无不敬也,无与人争也,旷然而天地苞万物也。⑤如是,则老者安之,少者怀之,朋友信之。《诗》曰:"惠于朋友,庶民小子。子孙承承,万民靡不承。"⑥

[注释]

①子:古代对人的尊称。②幽:幽禁。③齐给:敏捷。④等夷:同等,同辈。⑤苞:通"包"。包容。⑥"惠于"四句:出自《诗经·大雅·抑》。意思是,要施惠于朋友,顾及到民众。子子孙孙要承继,人民没有不接受的。

[译文]

我告诉您:要使别人心悦诚服,即使自己地位崇高、身份尊贵,却不因此傲视别人;聪明睿智、通达事理,却不因此轻视别人;勇敢刚强,却不因此侵害别人；言辞敏捷，却不因此欺骗别人。遇到不懂的东西就去学习，遇到不知道的就请教别人。即使自己知道也要表现出谦让的态度，这样才能算有知识。面对君主，就应该奉行做臣子的道义；面对乡亲，就践行长幼之间的道德标准；面对长辈，就遵行晚辈应尽的道义；面对同辈，就践行朋友应尽的情义；面对地位卑贱而年纪又小的人，就承担教导宽容的道义。所以心中无所不爱，无所不敬，不跟别人争执，心胸宽广得就像天地包容万物一样。像这样，则老年人能够安享幸福，年轻人能够得到关怀，朋友之间都能够相互信任。《诗经》说："惠于朋友，庶民小子。子孙承承，万民靡不承。"

第八章　仁者必敬其人

仁者必敬其人。敬其人有道，遇贤者则爱亲而敬之，遇不肖者则畏疏而敬之。其敬一也，其情二也。故夫忠信端悫而不害伤，[1]则无接而不然，是仁之质也。仁以为质，义以为理，开口无不可以为人法式者。《诗》曰："不僭不贼，鲜不为则。"[2]

[注释]

①悫（què）：诚实。②"不僭"二句：出自《诗经·大雅·抑》。意思是，不逾本分，不伤害别人，则众人无不以他为准则。僭（jiàn）：超越本分。贼：残害。鲜（xiǎn）：少。则：法则。

[译文]

　　仁爱的人一定会恭敬别人。恭敬别人是有方法的,遇到贤良的人便爱戴亲近地恭敬他;遇到不正派的人,就畏惧疏远地恭敬他。恭敬的礼节是一样的,心情却是不一样的。因此忠厚诚实、端正真诚而没有伤害别人的心思,不论与谁交往无不如此,这是仁爱的本质。以仁爱为根本,以道义为理据,开口说话就没有不可以为人法则的。《诗经》说:"不僭不贼,鲜不为则。"

第九章　不学而好思

　　子曰:"不学而好思,虽知不广矣。学而慢其身,①虽学不尊矣。不以诚立,虽立不久矣。诚未著而好言,虽言不信矣。美材也,而不闻君子之道,隐小物以害大物者,灾必及其身矣。"《诗》曰:"其何能淑,载胥及溺。"②

[注释]

　　①慢:怠慢。②"其何"二句:出自《诗经·大雅·桑柔》。意思是,那如何能做好,只不过相继落水被淹死罢了。淑:善。载:则。胥:相。溺:淹死,引申为陷入困境。

[译文]

　　孔子说:"不学习却喜欢思考,即使有知识也不会广博的。好学习却对自身要求不严格，即使有学问也不会受到尊重。不依靠真诚而立身，即使有所成就也不会长久的。没有表现足够的真诚却喜欢发表言论，即使说了也没人相信。优秀的人才，却不去学习君子之道，因为隐讳小的事物却伤害了大的事物，灾害必定会降到他身上。"《诗经》说："其何能淑，载胥及溺。"

第十章　民劳思佚

民劳思佚，①治暴思仁，刑危思安，国乱思天。《诗》曰："靡有旅力，以念穹苍。"②

[注释]

①佚：同"逸"。②"靡有"二句：出自《诗经·大雅·桑柔》。意思是，没有力量改变现状，只能思念依靠上苍。旅力：体力。穹苍：苍天。

[译文]

人民劳累，就希望生活安逸；统治残暴，人民就希望有仁爱君主。刑法残酷造成社会混乱，人民就希望国家安定；国家混乱，人们就希望上天来拯救。《诗经》说："靡有旅力，以念穹苍。"

第十一章　古之知道者曰先生

问者曰:"古之知道者曰先生,何也?"曰:"犹言先醒也。不闻道术之人,则冥于得失,不知治乱之所由,眊眊乎其犹醉也。①故世主有先生者,②有后生者,有不生者。

昔者楚庄王谋事而当,③居有忧色。④申公巫臣问曰:⑤'王何为有忧也?'庄王曰:'吾闻诸侯之德,能自取师者王,能自取友者霸,而与居不若其身者亡。⑥以寡人之不肖也,诸大夫之论莫有及于寡人,是以忧也。'庄王之德宜君人,威服诸侯,曰犹恐惧,思索贤佐。此其先生者也。

昔者宋昭公出亡,⑦谓其御曰:'吾知所以亡矣。'御者曰:'何哉?'昭公曰:'吾被服而立,侍御者数十人,无不曰吾君丽者也。吾发言动事,朝臣数百人,无不曰吾君圣者也。吾外内不见吾过失,是以亡也。'于是改操易行,安义行道,不出二年而美闻于宋。宋人迎而复之,谥为昭。⑧此其后生者也。

昔郭君出郭,⑨谓其御者曰:'吾渴欲饮。'御者进清酒。曰:'吾饥欲食。'御者进干脯粱糗。⑩曰:'何备也?'御者曰:'臣储之。'曰:'奚储之?'御者曰:'为君之出亡而道饥渴也。'曰:'子知吾且亡乎?'御者曰:'然。'曰:'何以不谏也?'御者曰:'君喜道谀而恶至言。臣欲进谏,恐先郭亡,是以不谏也。'郭君作色而怒曰：'吾所以亡者，诚何哉？'御转其辞曰：'君之所以亡者，太贤。'曰：'夫贤者所以不为存而亡者，何也？'御曰：'天下无贤而君独贤，是以亡也。'郭君喜，伏轼而笑，⑪曰：'嗟乎！夫贤人如此苦乎？'于是身倦力解，⑫枕御膝而卧，御自易以备，疏行而去。身死中野，为虎狼所食。此其不生者。

故先生者，当年而霸，楚庄王是也。后生者，三年而复，宋昭公是也。不生者，死中野，为虎狼所食，郭君是也。"《诗》曰："听言则对，诵言如醉。"⑬

[注释]

①眊（mào）眊：昏乱，糊涂。②世主：国君。③楚庄王：春秋时期楚国国君，春秋五霸之一。④居：平时。⑤申公巫臣：春秋时期楚国申县（今河南南阳北）县尹，曾辅佐过楚庄王和晋景公。⑥与居：相处。⑦宋昭公：春秋时期宋国国君。⑧谥：古代帝王、贵族、大臣或其他有地位的人死后，按照他们生前事迹评定褒贬给予的称号。⑨郭：通"虢"。春秋时期国名。⑩干脯（fǔ）：肉干。粱糗（qiǔ）：干粮，炒熟的米或面等。⑪轼：车前横木。⑫解：通"懈"。⑬"听言"二句：出自《诗经·大雅·桑柔》。意思是，听到顺从的话就答对，听到谏言就像喝醉。

[译文]

有人问："古代懂得道理的人叫先生，为什么呢？"

有人回答说："先生就是先觉醒。没有听过道理和治术的人，就看不清得失，不知道国家安定与混乱的根源，整日昏昏沉沉就像喝醉了一样。所以国君有事先觉醒的，有事后觉醒的，有终身不醒的。

从前楚庄王谋划事情妥当，平时脸上还有忧愁。申公巫臣问他：'大王为什么还有忧愁呢？'庄王说：'我听说诸侯所具有的德行，能够自己找到老师的可以称王，能够自己交上朋友的可以称霸，如果和不如自己的人相处就要灭亡。以我的不才，但是各位大夫的见解没有赶上我的，因此我发愁。'庄王的德行适合做国君，他的威望使诸侯臣服，尚且有恐惧感，希望得到有才能的人辅佐，这就是事先觉醒的国君。

从前宋昭公逃亡在外，对他的马夫说：'我知道我逃亡的原因了。'马夫说：'是什么呢？'昭公说：'我穿上衣服站在那里，周围侍候我的几十个人，没有一个不说我们的国君漂亮。我说话行事，朝中大小官吏几百人，没有一个不说我们的国君圣明。我宫内宫外的人都看不到我的过失，这就是我逃亡的原因。'于是昭公改变他的心态和行为，顺着道义，实行正道，不满两年，他的美名传回了宋国，宋国人迎他回国恢复国君之位，在他死后封谥号为'昭'。这就是事后觉醒的国君。

从前郭国的国君逃亡在外，对他的车夫说：'我渴了，想喝水。'车夫给他献上清醇的酒。他又说：'我饿了，想吃东西。'车夫给他献上肉干和干粮。郭君说：'怎么准备的？'车夫说：'我储存的。'郭君说：'为什么要储存呢？'马夫说：'为国君逃亡路上饥渴时用啊。'郭君说：'你知道我将要逃亡吗？'车夫说：'是的。'郭君说：'你为什么不劝谏我呢？'车夫说：'您喜欢听阿谀奉承，不喜欢听真话。我想劝阻您，又担心自己会死在郭国灭亡之前，所以没有进谏。'郭君变脸发怒说：'我之所以逃亡，究竟是为什么呢？'车夫调转话头：'国君您之所以逃亡，是因为您太贤明了。'郭君说：'贤明的人却不能保全国家反而要逃亡，是为什么呢？'车夫说：'天下没有贤明的人，而唯独您贤明，所以您要逃亡。'郭君高兴了，他伏在车轼上笑了起来，说：'唉！贤明的人要这样受苦吗?'于是他精疲力竭,枕着车夫的膝盖睡着了。车夫换了别的东西给郭君枕着,离开他逃走了。郭君死在野地里,被虎狼吃掉了。这就是终身不觉醒的国君。

所以说事先觉醒的国君,当年就能称霸诸侯,楚庄王就是这样。事后觉醒的国君,三年后能重登君位,宋昭公就是这样。终身不觉醒的国君,身死旷野,被虎狼吞食,郭君就是这样。"《诗经》说:"听言则对,诵言如醉。"

第十二章　田常弑简公

田常弑简公,①乃盟于国人曰:"不盟者死及家。"石他曰:"古之事君者,死其君之事。舍君以全亲,非忠也。舍亲以死君之事,非孝也。他则不能。然不盟是杀吾亲也,从人而盟,是背吾君也。呜呼!生乎乱世,不得正行,劫乎暴人,不得全义。悲夫!"乃进盟以免父母,退伏剑以死其君。闻之者曰:"君子哉!安之命矣。"《诗》曰:"人亦有言,进退惟谷。"②石先生之谓也。

[注释]

①田常:春秋时期齐国大臣。弑:杀。古代专指臣杀君、下杀上。简公:齐简公。春秋时期齐国国君。②"人亦"二句:出自《诗经·大雅·桑柔》。意思是,无论是进还是退,都是处在困境之中。形容进退两

难。惟：相当于"是"。谷：比喻困境。

[译文]

田常杀害齐简公，让齐国人和他盟誓说："不参加盟约的人，自己和家人都得被杀死。"石他说："古代事奉君主的人，为君主之事而死。如果舍弃君主而保全父母双亲，这是不忠；如果舍弃父母双亲为君主之事而死，这是不孝。舍弃君主还是舍弃亲人，我石他都不能做。然而不参加誓约就会使我的父母双亲被杀掉；跟从他人而参加誓约，就是背叛我的君主啊。唉！生逢乱世，不能依正道行事，被残暴的人劫持，不能保全自己的忠义。太可悲了！"于是，他接受誓约使父母免于被杀，退下来后以剑自刎，为君主尽忠而死。听到这件事的人都说："这是君子的行为啊！安于命运的安排。"《诗经》说："人亦有言，进退惟谷。"说的就是石先生啊。

第十三章　困而知疾据贤人

《易》曰："困于石，据于蒺藜，①入于其宫，不见其妻，凶。"此言困而不见据贤人者也。昔者秦缪公困于殽，②疾据五羖大夫、蹇叔、公孙支而小霸。③晋文公困于骊氏，④疾据咎犯、赵衰、介子推而遂为君。⑤越王勾践困于会稽，⑥疾据范蠡、大夫种而霸南国。⑦齐桓公困于长勺，⑧疾据管仲、宁戚、隰朋而匡天下。⑨此皆困而知疾据贤人者也。夫困而不知疾据贤人而不亡者，未尝有之也。《诗》曰："人之云亡，邦国殄瘁。"⑩无善人之谓也。

[**注释**]

①蒺藜：一年生草本植物。果皮布满尖刺，便于扎附在人的衣服或动物的皮毛上，从而扩大其生存范围。蒺藜多刺，使人不敢轻易触碰，据于蒺藜，则整日如芒在背。②秦缪公：亦作秦穆公，春秋时期秦国国君，任用百里奚、蹇叔等，励精图治，国势日强，为春秋五霸之一。殽：山名。大约在今陕西潼关至河南新安一带，地势险要。③五羖（gǔ）大夫：春秋时期秦国著名贤相百里奚。羖：公羊。百里奚原为虞国大夫，晋献公灭虞，俘虏了百里奚，并把他作为秦穆公夫人的陪嫁之臣。百里奚以为耻，逃到宛，被楚国人拘禁。秦穆公知道他的才华，用五张羊皮把他赎回，委以国政，所以称为"五羖大夫"。蹇叔：秦穆公时秦国大夫。公孙支：秦穆公时秦国大夫。④晋文公：即姬重耳，春秋时期晋国国君，晋献公之子。献公宠爱骊姬，杀太子申生，重耳出逃流亡达十九年之久。后在秦穆公的帮助下回国当了国君，用狐偃、赵衰等贤才辅佐，称霸诸侯，成为春秋五霸之一。⑤咎犯：晋文公的舅舅，名狐偃，字子犯。赵衰：春秋时期晋文公的臣子，跟随文公出亡十九年。文公返国即位，称霸诸侯，赵衰与狐偃辅佐之功最大。介子推：又作介之推，春秋时期晋国人，随重耳出亡十九年，传说道中乏粮，介子推割大腿上的肉给重耳吃。重耳回国当了国君，赏赐随从出亡诸臣，忘记了介子推。于是介子推与母亲一起隐居绵山。后来重耳追寻介子推，但他不肯出山，重耳使人放火烧山逼他出山，结果介子推被烧死了。⑥勾践：春秋时期越国国君。被吴王夫差打败，困于会稽，屈膝求和。后卧薪尝胆，奋发图强，终于灭掉吴国。会稽：山名，在今浙江绍兴东南。⑦范蠡：字少伯，楚国宛地三户（今河南南阳淅川县滔河乡）人。春秋末期政治家、军事家、经济学家。曾献策扶助越王勾践复国，兴越灭吴，后隐去。大夫种：姓文，名种，越国大夫，与范蠡

一起辅佐勾践灭吴。⑧齐桓公：齐国国君，春秋五霸之一。长勺：春秋时期鲁地，在今山东莱芜东北。鲁庄公十年，齐国军队在这里被鲁国军队打败。⑨管仲：名夷吾，字仲，谥敬，史书又称他为管敬仲。春秋时期担任齐桓公的相，使齐国富强，称霸天下。宁戚：春秋时期卫国人，齐国大夫。隰（xí）朋：春秋时期齐国大夫，帮助管仲辅佐齐桓公成就霸业。⑩"人之"二句：出自《诗经·大雅·瞻卬》。意思是，贤人都没有了，国家将完全陷入瘫痪。殄：尽。瘁：病。

[译文]

　　《易经》说："被困在山石之间，抓住蒺藜脱离困境，返身回到自己家里，又见不到自己的妻子，必有凶险。"这是说陷入困境又没遇到值得依赖的贤人。从前秦穆公在殽山被困，他马上依靠五羖大夫、蹇叔、公孙支而成为诸侯中的小霸主。晋文公因为遭到骊姬的谗害而陷入困境，他马上依靠咎犯、赵衰、介子推，而后做了国君。越王勾践被吴国军队困于会稽山，他马上依靠范蠡、大夫种，最终称霸南方。齐桓公因在长勺之战陷入困境，他马上依靠管仲、宁戚、隰朋，终于成就一匡天下的大业。这都是陷入困境而知道马上依赖贤人的例子。陷入困境而又不知马上依靠贤人却不亡国的人，还从来没有过。《诗经》说："人之云亡，邦国殄瘁。"是说国家缺少贤人。

第十四章　孟子与淳于髡之辩

　　孟子说齐宣王而不说。①淳于髡侍。②孟子曰："今日说公之君，公之君不说，意者其未知善之为善乎？"淳于髡曰："夫子亦诚无善耳。昔者瓠巴鼓瑟而潜鱼出听，③伯牙鼓琴而六马仰秣。④鱼马犹知善之为善，而况君人者也？"孟子曰："夫电雷之起也，破竹折木，震惊天下，而不能使聋者卒有闻。日月之明，遍照天下，而不能使盲者卒有见。今公之君若此也。"淳于髡曰："不然。昔者揖封生高商，⑤齐人好歌。杞梁之妻悲哭，⑥而人称咏。夫声无细而不闻，行无隐而不形。夫子苟贤，居鲁而鲁国之削，何也？"孟子曰："不用贤，削何有也！吞舟之鱼不居潜泽，度量之士不居污世。夫蓻冬至必雕，⑦吾亦时矣。《诗》曰：'不自我先，不自我后。'⑧非遭雕世者欤？"

[注释]

①孟子：名轲，战国时期邹人，继孔子以后儒家学派的重要代表人物。齐宣王：战国时期齐国国君，喜文学游说之士，延请邹衍、淳于髡等七十六人，"稷下学派"得以盛极一时。②淳于髡（kūn）：战国时期齐国人，以滑稽善辩著称。③瓠巴：楚国人，善于鼓瑟。④伯牙：春秋时期楚国人，善于弹琴。仰秣（mò）：马听见美妙的音乐，竟反常地昂起头来吃饲料。秣：喂马的饲料。⑤揖封：即绵驹。战国时期齐国人，善于唱歌。高商：即"高唐"。春秋时期齐邑，在今山东禹城西南。⑥杞梁之妻：春秋时期齐大夫杞梁之妻。或云即孟姜女。齐庄公四年，齐袭莒，杞梁战死，其妻迎丧于郊，哭甚哀，遇者挥涕，城为之崩。后演变为孟姜女哭长城的传说故事。⑦蓻（zí）：草木生貌。⑧"不自"二句：出自《诗经·小雅·正月》。意思是，不前不后，正被自己赶上。是生不逢时的感叹。

[译文]

孟子游说齐宣王,齐宣王不高兴。淳于髡在一边陪侍。孟子说:"今天我劝说您的国君,您的国君不高兴,我想他不知好的东西为什么好吧?"淳于髡说:"先生您言语的确没什么高明之处。从前瓠巴弹瑟,连水底的鱼都浮出水面倾听。伯牙弹琴,六匹吃草的马都抬起头来倾听。鱼和马都知道好的东西是好的,更何况是国君呢?"孟子说:"电闪雷鸣时,能击破竹子,折断树木,震惊天下,却不能使聋人一下子听到;太阳和月亮的光辉,照遍了天下,却不能使盲人一下子就看见。现在您的国君就是这样。"淳于髡说:"不是这样。从前绵驹生活在高唐,齐国人便喜欢唱歌。杞梁的妻子哭得悲哀,受到人们的称颂。声音没有细微到别人听不见的,行为没有隐藏到别人看不见的。如果先生能称得上贤能,住在鲁国而鲁国削弱,这是为什么呢?"孟子说:"不任用贤人,国家就会削弱甚至灭亡!能吞掉大船的鱼不隐居深的沼泽里,有度量的人不待在污浊的社会里。草木到了冬天必然会凋零,我也恰好遇上了这个时代。《诗经》说:'不自我先,不自我后。'不就是生逢衰世的悲叹吗?"

第十五章　孔子论学

孔子曰:"可与言终日而不倦者,其惟学乎。其身体不足观也,勇力不足惮也,①族姓不足称也,宗祖不足道也,然而可以闻于四方,而昭于诸侯者,其惟学乎。"《诗》曰:"不愆不忘,率由旧章。"②夫学之谓也。

[注释]

①惮（dàn）：畏惧。②"不愆"二句：出自《诗经·大雅·假乐》。意思是，不犯过错，不要遗忘，遵循传统的典章。愆：过失。忘：遗漏。

[译文]

孔子说："可以与人交谈整天而不感到疲倦的，只有学问。一个人的身体不值得细看，勇敢与力量也不值得害怕，家族姓氏也不值得称道，宗祖也不值得一说。但是可以使自己闻名四方，在诸侯中显耀的，只有学问。"《诗经》说："不愆不忘，率由旧章。"说的就是关于学问的事。

第十六章　君子知命

子曰："不知命，无以为君子。"言天之所生，皆有仁义礼智顺善之心。不知天之所以命生，则无仁义礼智顺善之心。无仁义礼智顺善之心，谓之小人。故曰："不知命，无以为君子。"《小雅》曰："天保定尔，亦孔之固。"①言天之所以仁义礼智，保定人之甚固也。《大雅》曰："天生烝民，有物有则。民之秉彝，好是懿德。"②言民之秉德以则天也。不知所以则天，又焉得为君子乎？

[注释]

①"天保"二句：出自《诗经·小雅·天保》。意思是，上天保佑您安宁，王位稳固、国家昌盛。保：保护。定：平安。尔：指国君。亦：又。孔：很。固：巩固。②"天生"四句：出自《诗经·大雅·烝民》。意思是，上天生育众多百姓，宇宙万物都有一定的规律。民众把握此规律，所以喜爱美好的品德。烝民：众民。秉：执，掌握。彝：常理。懿德：美德。

[译文]

孔子说："不懂得天命，就不能成为君子。"就是说上天所造就的人类，都具有仁义礼智从善的心。不知道上天为什么赋予人类生命，就没有仁义礼智从善的心。没有仁义礼智从善的心，这样的人就是小人。所以说："不懂得天命，就不能成为君子。"《小雅》说："天保定尔，亦孔之固。"就是说上天之所以使人类具备仁义礼智，是为了保全安定人本身固有的品性。《大雅》说："天生烝民，有物有则。民之秉彝，好是懿德。"说的是民众保持美好的品德是以上天为法则的。不知道以上天为法则，又哪里能称得上君子呢？

第十七章　王者必立牧

王者必立牧，^①方三人，^②使窥远牧众也。远方之民有饥寒而不得衣食，有狱讼而不平其冤，失贤而不举者，入告乎天子。天子于其君之朝也,揖而进之,曰:"噫,朕之政教有不得尔者耶?③如何乃有饥寒而不得衣食,有狱讼而不平其冤,失贤而不举?"然后其君退而与其卿大夫谋之。远方之民闻之,皆曰:"诚天子也!夫我居之僻,见我之近也,我居之幽,见我之明也。可欺乎哉?"故牧者所以开四门,明四目,通四聪也。《诗》曰:"邦国若否,仲山甫明之。"④此之谓也。

[注释]

①牧:古代官名。相当于监察官。②方:方国。指四方诸侯之国,四邻之国。③政教:指刑赏与教化。④"邦国"二句:出自《诗经·大雅·烝民》。意思是,国事顺利与否,仲山甫心里最明白。若:顺。仲山甫:西周末年周宣王时大臣,封于樊(今河南济源市),称樊侯。

[译文]

天子一定要设立监察官,每个邦国三人,让他们监视远方,监察民众。远方的民众有饥饿寒冷却得不到食物和衣服的,有陷于争讼却得不到公平伸冤的,贤才流失而得不到举荐的,就要汇报给天子。天子在各诸侯国国君来朝时,拱手行礼传话给他们:"唉!我的政治教化有不得当的地方吗?怎么竟然有饥饿寒冷却得不到食物和衣服,有诉讼而不能公平地伸冤,有贤才流失却得不到举荐的情况?"然后那些国君回去和他们的卿大夫共同商量解决的办法。远方的百姓听说后,都说:"真是天子啊!我们住得这么偏远,他看我们却这么近;我们住得这么隐僻,他看我们却这么明白。怎能欺骗了他?"所以,监察官的作用在于为天子开通四方的通道,为天子擦亮观察四方的眼睛,增强听取四方的听力。《诗经》说:"邦国若否,仲山甫明之。"说的就是这种事情。

第十八章　楚庄王伐郑

楚庄王伐郑。郑伯肉袒,①左把茅旌,②右执鸾刀,③以进言于庄王,曰:"寡人无良边陲之臣,以干大祸,使大国之君沛焉,④远辱至此。"庄王曰:"君之不令臣,⑤交易为言,是以使寡人得见君之玉面也,而微至乎此。"⑥庄王受节,左右麾楚军退舍七里。将军子重进谏曰:"夫南郢之与郑,⑦相去数千里,大夫死者数人,厮役死者数百人。⑧今克而弗有,无乃失民臣之力乎?"庄王曰:"吾闻古者杅不穿,⑨皮不蠹,⑩不出于四方,以是见君子之重礼而贱财也,要其人,不要其土。人告以从而不舍,不祥也。吾以不祥立乎天下,灾及吾身,何取之有?"

既,晋之救郑者至,曰:"请战。"庄王许之。将军子重进谏曰:"晋,强国也,道近兵锐,楚师奄罢,⑪君其勿许。"庄王曰:"不可。强者我避之,弱者我威之,是寡人无以立乎天下也。"乃遂还师以逆晋寇。庄王援桴而鼓之,⑫晋师大败,士卒奔者争舟而指可掬也。庄王曰:"嘻!吾两君不相好,百姓何罪!"乃退楚师以佚晋寇。⑬《诗》曰:"柔亦不茹,刚亦不吐。不侮矜寡,不畏强御。"⑭庄王之谓也。

[注释]

①郑伯：指郑穆公，春秋时期郑国国君。肉袒：脱去上衣，表示请罪。②茅旌：用茅草制成的旗。③鸾刀：祭祀时切割牺牲用的刀。郑伯手持宗庙器具，表示自己无力抵抗，实际上已沦为亡国之君。④沛：盛怒，不悦。⑤令：美好。⑥微：小。⑦郢（yǐng）：楚国国都，在今湖北江陵西北。⑧厮役：旧称干杂事劳役的奴隶。后泛指受人驱使的奴仆。这里指士兵。⑨杅（yú）：通"盂"。指浴盆或盛浆汤等的器皿。⑩蠹（dù）：蛀蚀。⑪奄：古同"淹"。停留，久留。罢：古同"疲"。累。⑫桴（fú）：鼓槌。⑬佚：使……逃亡。⑭"柔亦"四句：出自《诗经·大雅·烝民》。意思是，不吃掉柔软的食物，也不吐掉坚硬的食物。不欺负老弱孤苦的人，也不畏惧豪强、有权势的人。比喻不欺软怕硬。矜（guān）：通"鳏"。年老无妻的人。

[译文]

楚庄王讨伐郑国。郑伯脱掉上衣，袒露身体相见，他左手举着茅旌，右手拿着鸾刀，走上前对楚庄王说："我没有好的边疆官吏，犯下这场大祸，使大王您发怒，委屈大驾来到这里。"楚庄王说："您那不好的臣子，往来反复说您的坏话，才使我得以见到您的尊颜，以致使一点小事发展到这个地步。"楚庄王接过郑伯的旌旗，指挥左右楚军向后撤退了七里。楚国将军子重进谏庄王说："我们京城郢和郑国相距数千里，大夫死了好几个，士兵也死了好几百，现在可以攻克却不占有它，不就是损失了臣子百姓的力量吗？"庄王说："我听说古人杅不破掉、皮裘不破损不出使外国。由此可见君子对礼节的重视和对钱财的轻视。我们只要郑国人的态度，不要他们的土地。人家表示顺从了，我们却不放弃，仍然攻打他们，这是不吉祥的。我带着不吉祥的战果立于天下，灾祸就会降到我身上。那样，我又能获得什么呢?"

不久,晋国救援郑国的军队到了,说:"请决战。"庄王答应了。将军子重进谏说:"晋国是强大的国家,路途近士兵精锐,楚国军队疲惫不堪,大王您不能答应交战。"楚庄王说:"不行。遇到强大的我就躲开,遇到弱小的我就威胁,这样我就无法在天下立身了。"于是调回军队迎击晋国军队。楚庄王手执鼓槌击鼓进军,晋国军队大败,奔逃的士兵争着上船,因而被砍掉的指头可以用手捧。楚庄王说:"唉,我们两国国君不友好,老百姓有什么罪呢!"于是命令楚军后退,放晋国士兵逃走。《诗经》说:"柔亦不茹,刚亦不吐。不侮矜寡,不畏强御。"说的正是楚庄王这种人。

第十九章　君子崇人之德

君子崇人之德,扬人之美,非道谀也。^①正言直行,指人之过,非毁疵也。^②诎柔顺从,^③刚强猛毅,与物周流,道德不外。《诗》曰:"柔亦不茹,刚亦不吐。不侮矜寡,不畏强御。"^④

[注释]

①道谀:阿谀奉承。②毁疵:诽谤挑剔。③诎(qū)柔:屈曲柔弱。④"柔亦"四句:出自《诗经·大雅·烝民》。意思是,不欺负弱小,也不害怕强暴。

[译文]

君子推崇别人的德行,赞扬别人的优点,并不是出于谄媚阿谀。公正地议论,直接地指出别人的过错,并不是出于诋毁挑剔。无论是柔弱顺从,还是勇猛刚毅,都顺应事物的发展而变化,不超出道德的范围。《诗》说:"柔亦不茹,刚亦不吐。不侮矜寡,不畏强御。"

第二十章　子夏言勇

卫灵公昼寝而起,①志气益衰,使人驰召勇士公孙悁,道遭行人卜商。②卜商曰:"何驱之疾也?"对曰:"公昼寝而起,使我召勇士公孙悁。"子夏曰:"微悁,而勇若悁者可乎?"御者曰:"可。"子夏曰:"载我而反。"至,君曰:"使子召勇士,何为召儒?"使者曰:"行人曰:'微悁,而勇若悁者可乎?'臣曰:'可。'即载与来。"君曰:"诺,延先生上。趣召公孙悁。"俄而悁至,入门杖剑疾呼,曰:"商下!我存若头。"子夏顾叱之,曰:"咄!内剑,③吾将与若言勇。"于是君令悁内剑而上。子夏曰:"来!吾尝与子从君而西见赵简子,④简子披发杖矛而见我君。我从十三行之后,趋而进曰:'诸侯相见,不宜不朝服。君不朝服,行人卜商将以颈血溅君之服矣。'使反朝服而见吾君者,⑤子耶我耶?"悁曰:"子也。"子夏曰:"子之勇不若我一矣。又与子从君而东至阿,遭齐君重鞇而坐。⑥吾君单鞇而坐。我从十三行之后,趋而进曰:'礼,诸侯相见,不宜相临以庶。'揄其一鞇而去之者,⑦子耶我耶?"悁曰:"子也。"子夏曰:"子之勇不若我二矣。又与子从君于囿中,⑧于是两寇肩逐我君,⁹拔矛下格而还之者。子耶我耶?"悁曰:"子也。"子夏曰:"子之勇不若我三矣。所贵为士者,上不摄万乘,⁰下不敢敖乎匹夫,外立节矜而敌不侵扰,⁰内禁残害而君不危殆,是士之所长而君子之所致贵也。若夫以长掩短,以众暴寡,凌轹无罪之民,⁰而成威于闾巷之间者,⁰是士之甚毒而君子之所致恶也,众之所诛锄也。《诗》曰:'人而无仪,不死何为!'⁰夫何以论勇于人主之前哉!"于是灵公避席抑手曰:"寡人虽不敏,请从先生之勇。"《诗》曰:"不侮矜寡,不畏强御。"⁰卜先生之谓也。

[注释]

①卫灵公:春秋时期卫国国君。②卜商:姬姓,卜氏,名商,字子夏,尊称卜子(夏)。春秋时期卫国人,孔子学生。③内:纳,收起来。④赵简子:春秋时期晋国赵氏的领袖,赵国基业的开创者。⑤反:同"返"。⑥鞇(yīn):车上的垫褥。⑦揄:牵拉。⑧囿:养动物的园地。⑨肩:指三岁的野兽。⑩摄:通"慑"。畏惧。万乘:指代天子、帝王。⑪节矜:节制约束而又刚毅坚强。⑫凌轹(lì):欺凌毁损。⑬闾巷:泛指乡里民间。⑭"人而"二句:出自《诗经·鄘风·相鼠》。⑮"不侮"二句:出自《诗经·大雅·烝民》。

[译文]

卫灵公白天睡觉,起来后精神更加不振,派人赶快驾车召勇士公孙悁来。赶车的人在路上遇见行人卜商。卜商说:"为什么驾车走得这样快?"赶车的人回答说:"国君白天睡觉起来,要我去唤勇士公孙悁来。"子夏说:"没有公孙悁,而有像公孙悁一样勇敢的人可以吗?"赶车人说:"可以。"子夏说:"那就带我坐车回去吧。"到了朝廷,国君说:"派你去唤勇士来,为什么找了个儒生来?"派去的人说:"行人说:'没有公孙悁,而有像公孙悁一样勇敢的人可以吗?'我说:'可以。'就带他坐车回来了。"国君说:"好,请先生进来。赶快去叫公孙悁来。"一会儿公孙悁到了,他进门就手持利剑大呼:"卜商下来,我要留下你的人头。"子夏回过头来呵斥说:"嗨!把你的剑收起来。我要和你讨论什么是勇士。"于是国君命令公孙悁收起剑,到堂上来。子夏说:"您过来。我曾经和您一起随主上去西方见赵简子。赵简子披头散发、手持长矛来见我们国君。我从十三行后快步上去说:'诸侯相见,不应该不穿朝服。您若不穿朝服,行人卜商将把脖子里的血溅到您的衣服上。'让他回去换上朝服来见我们国君的,是您呢还是我呢?"公孙悁说:"是您。"子夏说:"您的勇敢比不上我,这是第一次。我又曾和您一起跟随国君向东到东阿,遇到齐国国君垫着两层车垫坐着,而我们国君却只垫一层车垫坐着。我从十三行之后快步跑上前说:'按照礼节,诸侯相见,不应该以多对少,居上视下。'抽出他一个坐垫的,是您呢还是我呢?"公孙悁说:"是您。"子夏说:"您的勇敢比不上我,这是第二次。我又曾和您一起随国君去狩猎场,两个野兽追逐我们国君,拔出长矛格斗而打退它们的,是您呢还是我呢?"公孙悁说:"是您。"子夏说:"您的勇敢比不上我,这是第三次。作为一个士人,可贵的地方在于上可以不畏惧帝王的权势,下不对平民百姓傲慢,对外树立气节和威严,使敌人不敢侵犯,对内禁止残害,使君王不至于受到危险。这是士人们所擅长的,也是君子表示尊重的地方。如果凭借自己的长处掩盖自己的短处,依仗人多势众欺负人少势弱的,欺凌无罪的人,在民间逞威风,这是士人所痛恨的,君子所厌恶的,也是大家都要除掉的。《诗经》说:'人而无仪,不死何为!'那还凭什么在国君面前谈论勇敢呢!"于是灵公离开座位,放下手说:"我虽然不聪明,请允许我赞同先生对于勇的看法。"《诗经》说:"不侮矜寡,不畏强御。"说的就是卜先生这样的人啊。

第二十一章　孔子似阳虎而被围

孔子行,简子将杀阳虎,①孔子似之,带甲以围孔子舍。子路愠怒,②奋戟将下。③孔子止之曰:"由!何仁义之寡裕也!④夫《诗》《书》之不习,礼乐之不讲,是丘之罪也。若我非阳虎而以我为阳虎,则非丘之罪也。命也夫!歌予和若。"子路歌,孔子和之,三终而围罢。《诗》曰:"来游来歌。"⑤以陈盛德之和而无为也。⑥

[注释]

①简子:赵简子,春秋时期晋国赵氏的领袖,赵国基业的开创者。阳虎:春秋末期鲁国人,季孙氏家臣,后跻身鲁国卿大夫行列,春秋历史上的大反派。②子路:名仲由,字子路,又字季路,鲁国卞人,孔子弟子。③戟(jǐ):古代兵器,把矛和戈结合于一体,具有刺击和钩杀双重功能,后代形制有所变化。④裕:宽大,宽容。⑤"来游"句:出自《诗经·大雅·卷阿》。意思是,一起郊游一起唱歌。⑥盛德:崇高的品德。

[译文]

孔子出行,遇到赵简子正追杀阳虎。孔子容貌很像阳虎,士兵因此包围了孔子住的地方。子路很生气,举起戟要去和他们搏斗。孔子阻止他说:"由!为什么学习仁义的人也缺少包容之心呢?不学习《诗》《书》,不修行礼乐,这是我孔丘的过错。至于我不是阳虎却把我当成阳虎,那不是我的罪过,这是命运呀!你来唱歌,我来和你。"于是子路唱起歌来,孔子同他唱和,唱完三首,士兵就撤除包围了。《诗经》说:"来游来歌。"是说有崇高品德的平和而顺其自然。

第二十二章　恺悌君子,民之父母

《诗》曰:"恺悌君子,民之父母。"①君子为民父母何如?曰:君子者,貌恭而行肆,②身俭而施博,故不肖者不能逮也。殖尽于己,③而区略于人,故可尽身而事也。笃爱而不夺,厚施而不伐。见人有善,欣然乐之,见人不善,惕然掩之,④有其过而兼包之。授衣以最,授食以多。法下易由,事寡易为。是以中立而为人父母也。筑城而居之,别田而养之,立学以教之。使人知亲尊。亲尊故父服斩缞三年,⑤为君亦服斩缞三年,为民父母之谓也。

[注释]

①"恺悌"二句:出自《诗经·大雅·泂酌》。意思是,和善可亲的君主,是老百姓的父母。恺悌:和善,可亲。君子:指君王。②肆:直,正。③殖:树立。④惕然:惶恐貌。⑤斩缞(cuī):旧时五种丧服中最重

的一种。用粗麻布制成，左右和下边不缝。服制三年。子及未嫁女为父母，媳为公婆，承重孙为祖父母，妻妾为夫，均服斩缞。

[译文]

《诗经》说："恺悌君子，民之父母。"君王怎么样才能成为百姓的父母？回答说：身为君王，外貌恭敬而行为正直，自身厉行节约而广泛施舍他人，因而德行不好的人比不上他。只严格要求自己正直，却区别对待他人而不做要求，因而可以竭尽全力处理好事务。自己深切喜爱的东西不夺取，施予别人丰厚的财物也不自我夸耀。看到善行，从内心感到高兴，看到恶行，恐慌忧虑并为之掩饰，并且能完全包容他人犯的过失。给百姓最好的衣物，最多的食物。实行的法令简易而易于遵从，政事不繁杂而容易办理。因此，他可以中正独立地做百姓的父母。建设城市让老百姓居住，分配田地给老百姓以维持生活，设立学校教导他们。使民众知道亲近尊重长辈。亲近尊重父母，因而为父母服孝三年，为君王也要服孝三年，这就是所说君王为百姓父母的意思。

第二十三章　事强暴之国难

事强暴之国难，使强暴之国事我易。事之以货宝，则宝单而交不结。①约契盟誓，则约定而反无日。②割国之锱锤以赂之，③则割定而欲无厌。④事之弥顺，其侵之愈甚，必致宝单国举而后已。虽左尧右舜，未有能以此道免者也。故非有圣人之道，特以巧敏拜请畏事之，则不足以持国安身矣。故明君不道也。必修礼以齐朝，正法以齐官，平政以齐下，然后礼义节奏齐乎朝⑤，法则度量正乎官，忠信爱利刑乎下。行一不义，杀一无罪，而得天下不为也。故近者竞亲而远者致愿。上下一心，三军同力。名声足以薰炙之，⑥威强足以一齐之，则拱揖指麾，⑦而强暴之国莫不趋使如赤子归慈母者，何也？仁形义立，教诚爱深。故《诗》曰："王猷允塞，徐方既来。"⑧

[注释]

①单：通"殚"。尽。②反：背叛。③锱（zī）锤：比喻极微小的数量。④厌：满足。⑤节奏：指礼节、礼仪等方面的具体法度。⑥薰炙：犹熏陶。比喻以气势凌人。⑦拱揖指麾：指从容不迫，指挥若定。拱：两手抱拳，表示恭敬。揖：行拱手礼。指麾：即"指挥"，发号施令。⑧"王猷"二句：出自《诗经·大雅·常武》。意思是，天子的谋划实在充分，徐国君臣心悦诚服愿归顺。猷：谋略。允：诚。塞：实，指谋略不落空。徐方：方是古代对邦国的称呼，徐方就是徐国。

[译文]

奉事强暴的国家难，使强暴的国家奉事我们国家却容易。如果用财货珍宝去奉事强暴的国家，那么财货珍宝送光了而邦交仍然建立不起来。和他们订立契约、盟誓，可盟约签定后没几天他们就背弃毁约了。割让一些土地去贿赂他们吧，那么割让完毕后他们的欲望却没有得以满足。事奉他们越依顺，他们侵略得就越厉害，一定要到把财物送光，把国家全部拿来送给他们，然后才能罢休。即使你身边有尧、舜那样的贤人，也没有能靠这种办法来避免灭亡的。如果不用圣人的方法，只靠奉承说好话、献殷勤、跪拜请求而诚惶诚恐地去事奉他们，那是不能够保全国家与自身安危的。所以英明的君主不这样做，而一定要修订礼制来整治朝廷，端正法制来整治官吏，公正地处理政事来整治民众，从而使礼仪制度在朝廷上得到严格执行，各种法规制度在官府中公正执行，忠诚信实爱护民众，使刑法顺利执行。假使去做一件不仁义的事情，去杀一个无罪的人，因此可以得到天下，他们都不会去做的。所以邻近的国家就会争先恐后地来亲近，远方的国家也会表达出恭谨之情。国内上下团结一心，三军共同努力。名声足以威慑天下，武力足够用来统一天下，从容地指挥，而强暴的国家没有不奔走前来归附的，就像婴儿回归慈母的怀抱一样，这是为什么呢？是因为君主仁心显著，道义树立，教诲诚挚，天下人爱之深切的缘故啊。所以《诗经》说："王猷允塞，徐方既来。"

第二十四章　见其诚心，金石为开

勇士一呼而三军皆避，①出之诚也。昔者楚熊渠子夜行，②见寝石以为伏虎，弯弓而射之，没金饮羽，下视知其石也，因复射之，矢跃无迹。熊渠子见其诚心，而金石为之开，而况人乎？夫倡而不和，动而不偾，③中心有不合者矣。夫不降席而匡天下者，④求之己也。孔子曰："其身正，不令而行；其身不正，虽令不从。"先王之所以拱揖指麾而四海宾服者，⑤诚德之至也，色以形于外也。《诗》

曰："王猷允塞，徐方既来。"⑥

[注释]

①三军：春秋时期三军是指打仗的前、中、后三军。后"三军"泛指军队。②熊渠子：古代善射者，又作雄渠子，楚国人。③偾（fèn）：动，进。④降席：从席子上下来。⑤拱揖指麾：指从容不迫，指挥若定。四海：指天下。古人认为中国四周都是海，所以把中国称作海内，外国称为海外。⑥"王猷"二句：出自《诗经·大雅·常武》。

[译文]

勇士大呼一声，三军一齐回避，是由于勇士发出的声音是真诚的。从前楚国熊渠子夜间走路，看见一块横卧在地上的石头，以为是趴在地上的老虎，便拉弓射它，箭头和箭杆上的羽毛都射进了石头里边。他下马仔细一看才知道是块石头，接着又射它，箭头跳起来没有留下什么痕迹。熊渠子真心诚意，金石也会因之打开，更何况是人呢？你倡议而别人不回应，你行动而别人不跟随，这是因为内心有不合拍的地方。不离开座席而能匡正天下，是因为严格要求自己的缘故啊。孔子说："自我品行端正了，即使不发布命令，别人也会去实行；若自身品行不端正，即使发布命令，别人也不会服从。"古代圣王之所以从容不迫，指挥若定而天下无不臣服，是因为道德修养达到了极高的境界，他的光芒已经展现到外面了。《诗经》说："王猷允塞，徐方既来。"

第二十五章　中牟闻义而请降

昔者赵简子薨而未葬,①而中牟畔之。②既葬五日,襄子兴师而攻之,③围未匝,而城自坏者十丈。襄子击金而退之。军吏谏曰:"君诛中牟之罪而城自坏,是天助也。君曷为而退之?"襄子曰:"吾闻之于叔向曰:④'君子不乘人于利,不厄人于险。'使修其城然后攻之。"中牟闻其义而请降,曰:"善哉!襄子之谓也。"《诗》曰:"王猷允塞,徐方既来。"⑤

[注释]

①赵简子:春秋时期晋国赵氏的领袖,赵国基业的开创者。薨(hōng):古代称诸侯或高官等的死亡。②中牟:地名。在今河南中牟。畔:通"叛"。背叛。③襄子:赵襄子,赵简子之子。④叔向:姬姓,羊舌氏,名肸(xī),又称叔肸。春秋时期晋国大夫、政治家,与郑国的子产、齐国的晏婴齐名。⑤"王猷"二句:出自《诗经·大雅·常武》。

[译文]

从前赵简子死后还没下葬,中牟的守将就叛变了。赵襄子将父亲赵简子下葬后五天发兵攻打中牟城,但还没完全包围中牟,中牟城的城墙突然自己倒塌了十丈。赵襄子下令击金收兵。军吏们劝谏说:"您率兵马讨伐中牟守将的罪行,现在城墙自己倒塌,这说明老天爷在帮助我们,您为什么要我们撤退呢？"赵襄子说："我听叔向说过：'君子不该在自己有利的形势下去欺凌别人，也不该在别人处于险境时去逼迫他。'让他们将城墙修好后我们再进攻吧。"中牟城内的守将听到赵襄子这番如此仁义的话，就请求投降，说："多么好啊！说的就是赵襄子啊。"《诗经》说："王猷允塞，徐方既来。"

第二十六章　威有三术

威有三术。有道德之威者，有暴察之威者，有狂妄之威者。此三威不可不审察也。

何谓道德之威？曰：礼乐则修，分义则明，举措则时，爱利则刑。①如是，则百姓贵之如帝王，亲之如父母，畏之如神明。故赏不用而民劝，罚不加而威行。是道德之威也。

何谓暴察之威？曰：礼乐则不修，分义则不明，举措则不时，爱利则不刑。然而其禁非也察，其诛不服也审，其刑罚繁而信，其诛杀猛而必，暗然如雷击之，如墙压之。百姓劫则致畏，怠则傲上，执拘则聚，②远间则散。③非劫之以刑势，振之以诛杀，④则无以有其下。是暴察之威也。

何谓狂妄之威？曰：无爱人之心，无利人之事，而日为乱人之道。百姓讙哗，⑤则从而放执于刑灼。不知人心，悖逆天理，是以水旱为之不时，年谷以之不升。百姓上困于暴乱之患，而下穷衣食之用，愁哀而无所告诉，比周愤溃以离上，⑥倾覆灭亡，可立而待，是狂妄之威也。

夫道德之威，成乎众强。暴察之威，成乎危弱，狂妄之威，成乎灭亡。故威名同而吉凶之效远矣，故不可不审察也。《诗》曰："昊天疾威，天笃降丧。瘨我饥馑，民卒流亡。"⑦

[注释]

①刑：同"形"。②执拘：拘捕，指强行集中。③间（jiàn）：间隙，空子，时机。④振：通"震"。恐惧。⑤諠（huān）：喧哗。⑥比周：结伙。愤溃：愤然逃散。⑦"昊天"四句：出自《诗经·大雅·召旻》。意思是，老天暴虐，接二连三降灾荒。饥馑遍地灾情重，百姓全都流亡。疾威：暴虐。笃：厚，重。瘨（diān）：灾病。

[译文]

威严有三种类型。有道德的威严，有严酷监察的威严，有放肆妄为的威严。这三种威严不可不仔细地考察。

什么是道德的威严？回答说：礼乐制度完善，名分道义明确，政令措施切合时宜，爱护、造福人民能具体体现出来。像这样，百姓就会像对待帝王那样敬重他，像对待父母那样亲近他，像对待神灵那样敬畏他。所以不用奖赏而民众就很勤劳，不用刑罚而威力就能通行。这就叫作道德的威严。

什么是严酷监察的威严？回答说：礼乐制度不完善，名分道义不明确，政令措施不合时宜，爱护人民、造福人民不能落实。但是他禁止非法的事情很明察，他惩处不服从的人很审慎，他施行刑罚繁多而且一定能做到，他处决犯人严厉而坚决，突然地就像雷电闪击他们一样，就像墙壁倒塌压死他们一样。百姓一旦受到胁迫就会产生畏惧，君主稍有懈怠他们就会傲视君主，君主强制逮捕他们就聚集起来，一旦有机会就四散逃跑。如果不是用刑罚权势去胁迫他们，不是用惩罚杀戮去震慑他们，那就无法控制臣民。这就叫作严酷监察的威严。

什么是放肆妄为的威严？回答说：既没有爱护人民的心肠，也不做有益于人民的事情，而是整天搞那些扰乱人民的歪门邪道。百姓如果喧哗抱怨，就跟着逮捕他们，对他们用刑罚。不了解民心，违反天理，犯上作乱，因此水涝和干旱不时发生，谷物因之不丰收，百姓对上则受困于暴乱政治的祸患，对下还要忧虑缺衣少食。哀愁痛苦无人倾诉，因而结伙逃散而离开君主了，国家垮台灭亡，就会随时到来。这就叫作放肆妄为的威严。

道德的威严可以成就国家的安定强盛，严酷监察的威严导致国家变得危险衰弱，放肆妄为的威严则会导致国家的灭亡。因此，同样是威严，产生的吉凶效果却相差很远。所以这三种威严，是不可不仔细考察的。《诗经》说："昊天疾威，天笃降丧。瘨我饥馑，民卒流亡。"

第二十七章　晋平公游西河

晋平公游于西河而乐，[①]曰："安得贤士与之乐此也！"船人盍胥跪而对曰："主君亦不好士耳。夫珠出于江海，玉出于昆山，[②]无足而至者,犹主君之好也。③士有足而不至者,盖主君无好士之意耳,何患于无士乎?"平公曰:"吾食客门左千人,门右千人,朝食不足,夕收市赋,暮食不足,朝收市赋。吾可谓不好士乎?"盍胥对曰:"夫鸿鹄一举千里,所恃者六翮尔。④背上之毛,腹下之毳,⑤益一把,飞不为加高,损一把,飞不为加下。今君之食客门左门右各千人,亦有六翮在其中矣。将皆背上之毛、腹下之毳耶?"《诗》曰:"谋夫孔多,是用不就。"⑥此之谓也。

[注释]

①晋平公:春秋时期晋国国君。西河:古称黄河上游南北流向的一段为西河。这段黄河处在春秋时晋国的西部。②昆山:昆仑山的简称,传说这里产美玉,称为"昆玉"。③犹:通"由"。由于。④六翮(hé):鸟类双翅中的正羽。指鸟的两个翅膀。⑤毳(cuì):细毛。⑥"谋夫"二句:出自《诗经·小雅·小旻》。意思是,谋士很多,但不是贤者,因而不成功。孔:很。

[译文]

晋平公在西河游玩感到非常快乐,说:"怎么能得到有才能的人并和他同乐呢?"船夫盍胥跪下回答说:"国君您也许不是真正喜爱人才。珍珠长在江海中,玉石长在昆仑山上,没有脚却都能来到您面前,是因为国君您喜欢。那些人才有脚却没有来到您身边,大概因为国君您并没有喜爱人才的意愿,为什么要因为没人才而担忧呢?"平公说:"我养的门客,在门的左边住着一千人,在门的右边住着一千人。早饭不够吃,我晚上就去收税供养他们,晚饭不够吃,我清晨就去收税供养他们。我这样做还可以说不喜爱人才吗?"盍胥回答说:"鸿鹄振翅一飞千里,靠的是两翼的六根健羽。至于脊背上的细毛、肚子下的绒毛,多一把,它不会飞得更高,少一把,它不会飞得更低。现在国君您的食客门左门右各一千人,肯定会有健羽在里面。难道都是脊背上的细毛和肚子底下的绒毛吗?"《诗经》说:"谋夫孔多,是用不就。"说的就是这种情况。

卷七

第一章　君不如父重

齐宣王谓田过曰：①"吾闻儒者丧亲三年，丧君三年，君与父孰重？"田过对曰："殆不如父重。"宣王忿然，曰："曷为士去亲而事君？"田过对曰："非君之土地无以处吾亲，非君之禄无以养吾亲，非君之爵无以尊显吾亲。受之于君，致之于亲，凡事君，以为亲也。"宣王悒然无以应之。②《诗》曰："王事靡盬，不遑将父。"③

[注释]

①齐宣王：战国时期齐国国君，齐威王之子。田过：战国时期齐国人。②悒（yì）然：郁闷貌。③"王事"二句：出自《诗经·小雅·四牡》。意思是，君王的事务无休止，没时间侍奉父亲。靡：无。盬（gǔ）：停止。遑：闲暇。将：养。

[译文]

齐宣王对田过说："我听说儒者父亲去世守孝三年，国君去世也守孝三年，那么君主和父亲谁更重要呢？"田过回答说："国君恐怕比不上父亲重要。"宣王很生气，说："那为什么士人要离开亲人来侍奉国君呢？"田过回答说："没有国君的土地就无法安置我的父母双亲，没有国君的俸禄就无法供养我的父母双亲,没有国君的爵位就无法使我的父母双亲尊贵显耀。从国君那里接受来的,要供奉给父母双亲。所以侍奉国君也是为了双亲。"齐宣王郁闷不乐,无以应答。《诗经》说:"王事靡盬,不遑将父。"

第二章　瑟柱不可记

赵王使人于楚,鼓瑟而遣之,曰:"必如吾言,慎无失吾言。"使者受命,伏而不起,曰:"大王鼓瑟未尝若今日之悲也。"王曰:"然,瑟固方调。"使者曰:"调则可记其柱。"①王曰:"不可。天有燥湿,弦有缓急,②柱有推移,③不可记也。"使者曰:"臣请借此以喻。楚之去赵也千有余里,亦有吉凶之变,凶则吊之,吉则贺之,犹柱之有推移,不可记也。故明王之使人也,必慎其所使,既使之,任之以心,④不任以辞也。"《诗》曰:"莘莘征夫,每怀靡及。"⑤

[注释]

①柱:琴瑟上紧弦的木条,用来调节声音。②缓急:松紧。③推移:转动。④任:担负,承担。这里有"使……承担"的意思。⑤"征夫"二句:出自《诗经·大雅·烝民》。意思是,众多出征的战士匆匆赶路,总是担心不能很好地完成王命。莘莘:数量多的样子。

[译文]

赵王派人出使楚国,弹奏瑟为使者送行,说:"一定要按照我的话传达,要慎重,千万不要与我的话有出入。"使者接受了使命,但伏在地上不起来,说:"大王弹瑟,声音从来没有像今天这样悲伤啊。"赵王说:"是的,瑟弦的音确实是正在调整。"使者说:"调音可以把瑟柱转动的情况记在瑟柱上。"赵王说:"不可以。天气有时干燥,有时潮湿,瑟弦则有松有紧,这样瑟柱转动会变位,无法记下来。"使者说:"我请求借这件事打个比方。楚国距离赵国有一千多里,行程期间,楚国也可能发生吉凶变化之事。有凶事时就要慰问,有吉祥之事就要祝贺,这就像瑟柱时有转动移位一样,不可以死记其位置。所以圣明的君主派遣使者的时候,对于他所派遣的人,一定要慎重,已经派定了人,就只能把心里的想法交代给他,而不是把言辞交代给他。"《诗经》说:"莘莘征夫,每怀靡及。"

第三章 齐有隐士东郭先生

齐有隐士东郭先生梁石君。①当曹相国为齐相也,②客谓匮生曰:③"夫东郭先生梁石君,世之贤士也。隐于深山,终不诎身下志以求仕者也。④吾闻先生得谒曹相国,愿先生为之先。臣里妇与里母相善。妇见疑盗肉,其姑去之,⑤恨而告于里母,里母曰:'安行,今令姑呼汝。'即束蕴请火去妇之家,曰:'吾犬争肉相杀,请火治之。'姑乃直使人追去妇还之。故里母非谈说之士,束蕴请火,⑥非还妇之道也，然物有所感，事有适可。何不为之先？"匮生曰："愚恐不及，然请尽力为东郭先生梁石君束蕴请火。"于是乃见曹相国曰："臣之里有夫死三日而嫁者，有终身不嫁者。则自为娶，将何娶焉？"相国曰："吾亦娶其终身不嫁者耳。"匮生曰："齐有隐士东郭先生梁石君，世之贤士也。隐于深山，终不诎身下志以求仕。相国娶妇，欲娶其不嫁者，取臣独不取其不仕之臣耶？"于是曹相国因匮生束帛安车迎东郭先生梁石君，⑦厚客之。《诗》曰："既见君子，我心则降。"⑧

[注释]

①东郭先生梁石君：西汉初年齐国人，事迹不详。《汉书·蒯通传》认为东郭先生和梁石君是两个人，从本文内容看，应当是一个人，梁石君是姓名，东郭先生是号。②曹相国：曹参。西汉开国功臣，汉朝第二位相国，史称"曹相国"。汉高祖六年，封长子刘肥为齐王，因其年轻，故任命曹参为齐国相佐助齐王刘肥。③匮生：指汉代蒯通。匮：通"蒯"。④诎（qū）：同"屈"。⑤姑：古称丈夫的母亲。⑥束蕴请火：比喻求助于人，也比喻为人排难解纷。⑦束帛：捆为一束的五匹帛。古代用为聘问、馈赠的礼物。安车：古代可以坐乘的小车。古车立乘，此为坐乘，故称安车，供年老的高级官员及贵妇人乘用。高官告老还乡或征召有名望的人，往往赐乘安车。安车多用一马，礼尊者则用四马。⑧"既见"二句：出自《诗经·小雅·出车》。意思是说，见到了君子，我的心就平静了下来。

[译文]

齐地有位隐士东郭先生梁石君。当时曹相国是齐国的宰相，有位宾客对蒯通说:"东郭先生梁石君是当今世上的贤才,他隐居在深山中,始终不肯委屈自己求官做。我听说您能进见曹相国,希望您为他先介绍一下。我家乡有位妇人和一位老妈妈关系很好。妇人在家中被怀疑偷了肉,她的婆婆赶走了她。妇人心中怨恨,告诉了老妈妈,老妈妈说:'你慢慢地走,我现在去让你婆婆追你回来。'于是(老妈妈)拿着一束柴禾到了妇女家里,说:'我家的狗争肉吃互相咬死了,请给我引着火回去烧狗肉吃。'婆婆听后就径直派人把妇人追了回来。所以老妈妈并不是善于言说的人,捆柴禾去求火种也不是使妇人回来的好办法,然而事物之间是有感应的,事情有恰好适宜可行的,为什么不先为他介绍一下呢?"蒯通说:"我恐怕做不到,但请允许我尽力为东郭先生梁石君束蕴请火。"于是就进见曹相国,说:"我家乡有丈夫死了三天就改嫁的,有一辈子不改嫁的。如果让您自己娶,您会娶谁呢?"相国说:"我娶终身不嫁的。"蒯通说:"齐国有位隐士东郭先生梁石君,是当今世上的贤才,隐居在深山中,始终不肯低三下四求官做。相国娶媳妇,要娶不肯改嫁的,选取臣子难道就不肯选取那些不肯自己求官做的吗?"于是曹相国托蒯通带着束帛作为礼物,用车把东郭先生梁石君迎接过来,以厚礼待为上宾。《诗经》说:"既见君子,我心则降。"

第四章　周公三变

孔子曰:"昔者周公事文王,[①]行无专制,事无由己,身若不胜衣，言若不出口，有奉持于前，②洞洞焉若将失之，③可谓能子矣。武王崩，④成王幼，⑤周公承文武之业，履天子之位，听天下之政，征夷狄之乱，诛管蔡之罪，⑥抱成王而朝诸侯，诛赏制断，无所顾问，威动天地，振恐海内，可谓能武矣。成王壮，周公致政，北面而事之，请然后行，无伐矜之色，⑦可谓能臣矣。故一人之身，能三变者，所以应时也。"《诗》曰："左之左之，君子宜之。右之右之，君子有之。"⑧

[注释]

①周公：周文王的儿子，周武王之弟，姓姬，名旦。食邑于周（今陕西岐山北），故称"周公"。文王：周文王，姓姬，名昌，商朝末年诸侯，在西方为诸侯之长，称西伯，他奠定了西周灭商的基础。②奉：捧。持：拿。③洞洞：恭敬虔诚。④武王：周武王，姓姬，名发。周王朝的建立者。公元前十一世纪中期，起兵伐纣，大败商军于牧野，灭商，正式建立周王朝。⑤成王：周成王，姓姬，名诵，周武王的儿子。⑥管蔡：管叔鲜与蔡叔度。两人皆为周武王之弟，武王死，挟纣王的儿子武庚叛变，周公将其讨平，管叔鲜被杀，蔡叔度被放逐。⑦伐矜：高傲自夸。⑧"左之"四句：出自《诗经·小雅·裳裳者华》。意思是，左也可，右也可，君子无所不宜。这里用来表示周公能顺应时变。

[译文]

孔子说："从前周公侍奉文王，不敢独断专行，不敢自作主张，身体好像连衣服都撑不起来，连话都说不出口，手里捧着东西走向文王的时候，恭敬小心得好像就要失去一样，真可以说是尽到为人子的责任了。武王死后,成王年幼,周公继承文王、武王的事业,坐在天子的位置上,处理国家政务,带兵征讨少数民族的侵扰,平定管叔、蔡叔的叛乱,抱着成王接受诸侯朝拜,诛杀赏赐的裁断都由自己决定。他的威严震动天地,使天下畏惧,真可以说是有军事才能啊。成王长大成人后,周公把政权还给他,自己面向北侍奉成王。凡事先请示后办理,没有一点骄傲自夸的表情,可以说是能守作为臣子的本分。所以一个人能有三次重大变化,完全是为了顺应时势的变化啊。"《诗经》说:"左之左之,君子宜之。右之右之,君子有之。"

第五章 君子避三端

传曰:鸟之美羽勾喙者,①鸟畏之。鱼之侈口垂腴者,②鱼畏之。人之利口赡辞者,③人畏之。是以君子避三端:避文士之笔端,避武士之锋端,避辩士之舌端。《诗》曰:"我友敬矣!谗言其兴。"④

[注释]

①喙(huì):鸟兽的嘴。②侈口:大口。垂腴:腹部肥大下垂。③利口:能言善辩。赡辞:善于言辞。④"我友"二句:出《诗经·小雅·沔水》。意思是,我的朋友要警惕!谗言就要兴起。敬:通"儆"。戒惧。谗言:毁谤的话,挑拨离间的话。

[译文]

古书记载说:鸟类中羽毛华美、尖嘴带钩的,其他的鸟都怕它。鱼类中嘴大肚肥下垂的,其他的鱼都怕它。人类中伶牙俐齿、能言善辩的,其他的人都怕他。因此君子躲避三种尖端:避开文士的笔尖,避开武士的刀尖,避开辩士的舌尖。《诗经》说:"我友敬矣!谗言其兴。"

第六章　孔子困于陈蔡

孔子困于陈蔡之间,①即三经之席,②七日不食,藜羹不糁,③弟子有饥色,读《诗》《书》习礼乐不休。子路进谏曰:④"为善者,天报之以福。为不善者,天报之以祸。今夫子积德累仁,为善久矣。意者尚有遗行乎,奚居之隐也?"

孔子曰:"由来!汝小人也,未讲于论也。⑤居,吾语汝。子以知者为无罪乎,则王子比干何为剖心而死?⑥子以义者为听乎,则伍子胥何为抉目而悬吴东门?⑦子以廉者为用乎,则伯夷、叔齐何为饿于首阳之山?⑧子以忠者为用乎,则鲍叔何为而不用,⑨叶公子高终身不仕,⑩鲍焦抱木而立,⑪子推登山而燔?⑫故君博学深谋,不遇时者众矣。岂独丘哉?贤不肖者材也。遇不遇者时也。今无有时,贤安所用哉?

故虞舜耕于历山之阳,⑬立为天子,其遇尧也。⑭傅说负土而版筑,⑮以为大夫,其遇武丁也。⑯伊尹故有莘氏僮也,⑰负鼎操俎调五味,而立为相,其遇汤也。⑱吕望行年五十,⑲卖食棘津,⑳年七十屠于朝歌,㉑九十乃为天子师,则遇文王也。㉒管夷吾束缚自槛车,㉓以为仲父,㉔则遇齐桓公也。㉕百里奚自卖五羊之皮,㉖为秦伯牧牛,㉗举为大夫,则遇秦缪公也。㉘虞丘名闻于天下,㉙以为令尹,让于孙叔敖,㉚则遇楚庄王也。㉛伍子胥前功多,后戮死,非知有盛衰也,前遇阖闾,㉜后遇夫差也。㉝夫骥罢盐车,㉞此非无形容也,莫知之也。使骥不得伯乐,安得千里之足?造父亦无千里之手矣。㉟

夫兰茝生于茂林之中,㊱深山之间,不为人莫见之故不芬。夫学者非为通也。㊲为穷而不困,忧而志不衰,先知祸福之终始,而心无惑焉。故圣人隐居深念,独闻独见。夫舜亦贤圣矣,南面而治天下,惟其遇尧也。使舜居桀、纣之世,㊳能自免于刑戮之中,则为善矣,亦何位之有?桀杀关龙逄,㊴纣杀王子比干,当此之时,岂关龙逄无知,而王子比干不慧乎哉?此皆不遇时也。故君子务学,修身端行而须其时者也。子无惑焉。"

《诗》曰:"鹤鸣九皋,声闻于天。"㊵

[注释]

①陈:春秋时期诸侯国,在今河南淮阳及安徽亳州一带。蔡:周代国名,在今河南上蔡、新蔡一带。②三经:儒家的三部经书。指《诗》《书》《礼》。③藜(lí)羹:用藜菜做的羹。泛指粗劣的食物。糁:谷类磨成的碎粒。④子路:名仲由,字子路,又字季路,春秋时期鲁国卞人,孔子弟子。⑤讲:明白,知晓。⑥比干:商纣王帝辛的叔父,因劝谏纣王,被挖心而死。⑦伍子胥:姓伍,名员,字子胥,春秋时期楚国人,逃到吴国,辅佐吴王阖闾打败楚国。阖闾死后,夫差即位,大败越国。越国请和,伍子胥曾多次劝谏夫差杀掉越王勾践,夫差不听,反听信谗言,逼

伍子胥自杀。伍子胥临死说："抉吾眼置之吴东门，以观越之灭吴。"后来吴国果然被越国灭掉。⑧伯夷、叔齐：商朝末年孤竹国君的两个儿子，在周武王灭商以后，不愿吃周朝的粮食，一同饿死在首阳山（现山西永济南）。后人称颂他们能忠于故国。⑨鲍叔：《说苑·杂言》作鲍庄，事迹不详（非齐国的鲍叔牙）。⑩叶公子高：春秋时期楚国叶县令尹，姓沈，名诸梁，字子高，曾做县尹、司马。本文说他终身不仕，可能另有依据。⑪鲍焦：春秋时期隐士，耕田而食，穿井而饮，非妻所织不穿。他因不满时政，廉洁自守，遁入山林，抱树而死。⑫子推：即介子推，春秋时期晋国人，随重耳出亡十九年，传说道中乏粮，介子推割股肉给重耳吃。重耳回国当了国君，赏赐随从出亡诸臣，忘记了介子推。于是介子推与母亲一起隐居绵山中。后来重耳追寻介子推，但介子推不肯出山，重耳使人放火烧山逼介子推出山，结果介子推被烧死了。⑬虞舜：传说中的古代帝王，姓姚，名重华，号有虞氏，史称虞舜。⑭尧：指古代帝王，因封于唐，称唐尧。⑮傅说：商朝人，传说曾在傅岩之野筑土打墙，遇到商王武丁，举为宰相，天下大治。⑯武丁：商朝帝王，在位时期，励精图治，使商朝再度强盛，史称"武丁盛世"。⑰伊尹：夏末商初人。《列子·天瑞》称："伊尹生乎空桑。"《墨子·尚贤》称："伊尹为有莘氏女师仆。"伊尹出生后，被有莘国庖人收养。耕于莘野，乐尧舜之道。因被商汤封官为尹（相当于宰相），故以伊尹之名传世。⑱汤：商汤。商王朝的建立者。⑲吕望：西周初年人，名尚，字子牙。本姓姜，他的先人封于吕，因姓吕。年老隐钓于渭水之上，文王访得，载与俱归，立为师，又号太公望，辅佐文王、武王灭纣。⑳棘津：古代黄河津渡名。在今河南延津东北。相传周文王师姜尚曾卖食于此。㉑朝歌：商朝国都，在今河南淇县。㉒文王：周文王，姓姬，名昌，商朝末年诸侯，在西方为诸侯之长，称西伯，他奠定了西周灭商的基础。㉓管夷吾：指管仲，名夷吾，字仲，谥敬，又称管敬仲。春秋时期担任齐桓公的相，使齐国富强，称霸天下。㉔仲父：古代称父亲的大弟。齐桓公对管仲的尊称。㉕齐桓公：齐国国君，春秋五霸之一。㉖百里奚：春秋时期虞国人，原为虞国大夫，晋献公灭虞，俘虏了百里奚，并把他作为秦穆公夫人的陪嫁之臣。百里奚以为耻，逃到宛，被楚国人拘禁。秦穆公知道他的才华，用五张羊皮把他赎回，委以国政，所以称为"五羖大夫"。㉗秦伯：指秦穆公。周朝诸侯国分为公、侯、伯、子、男五等爵位，而秦国是伯爵，所以叫秦伯。㉘秦缪公：亦作秦穆公，春秋时期秦国国君，任用百里奚、蹇叔等，励精图治，国势日强，为春秋五霸之一。㉙虞丘：即虞丘子，春秋时期楚国令尹（宰相），闻孙叔敖贤，推荐给楚王，以代替自己。㉚孙叔敖：春秋时期楚国令尹（宰相）。为相三月，吏无奸邪，盗贼不起，是有名的贤相。㉛楚庄王：春秋时期楚国国君，春秋五霸之一。㉜阖闾：春秋时期吴国国君，用伍子胥为相，屡败楚兵。与越王勾践打仗，战败后伤指而死。㉝夫差：春秋时期吴国国君，阖闾之子。后为越王勾践所败，自杀亡国。㉞骥：千里马。罢：通"疲"。㉟造父：西周著名御车者，周穆王的车夫。㊱兰茝（chǎi）：香草名。㊲通：通达。㊳桀：夏朝最后一个国王，历史上有名的暴君。纣：商朝的最后一代帝王，历史上有名的暴君。㊴关龙逢：夏末大臣。中国历史上的名相，因为进谏忠言而被杀。㊵"鹤鸣"二句：出自《诗经·小雅·鹤鸣》。意思是说，鹤在深泽中鸣叫，声音传到天上。比喻贤者虽然隐居，但美名远扬。九皋：曲折深远的沼泽。

[译文]

孔子被困在陈国和蔡国之间，但他仍然讲述《诗》《书》《礼》三经，七天没吃上粮食，野菜汤里没有一点儿谷物。弟子们脸上都有饥饿的神色,但他们还是读《诗》《书》,练习礼乐,未曾中止。子路提意见说:"做好事的人,上天会给他福报。做坏事的人,上天会降给他灾祸。现在老师积累德行和仁义,做好事已经很久了。难道是还有什么遗漏的好事没有做到吗?不然为什么还这样穷困呢?"

孔子回答说:"仲由,你过来!你真是个不明道理的小人,不懂得事理啊。坐下来,我说给你听。你以为智慧的人就不会遭遇祸患吗?那么王子比干为什么会被剖心而死?你以为忠义的人所说的必定被听从吗?那么伍子胥为什么会被挖出眼睛挂在吴国都城的东门上?你以为清廉的人必定会被任用吗?那么伯夷、叔齐为什么会饿死在首阳山?你以为忠心的人必定会被重用吗?那么鲍叔为什么会不被任用?叶公子高为什么一辈子不做官?鲍焦为什么会抱木而死?介子推又为什么会在山中被烧死?所以君子虽然知识渊博、虑谋深远,碰不到机遇的人太多了,又何止我孔丘一个人呢?贤能不贤能是人才本身的问题,有没有机会遇到明君是机遇问题。现在没有遇上好时机,即使具备贤德,又能用在哪里呢?

所以舜在历山的南边耕地,却当了天子,是因为他遇到了尧。傅说背土筑墙,却做了大夫,是因为他遇到了武丁。伊尹本是有莘氏的佣人,背着鼎、拿着切肉的板子为人烹调饮食,却当了宰相,是因为他遇到了商汤。吕望五十岁还在棘津卖饭,七十岁还在朝歌当屠夫,九十岁时却做了天子的老师,是因为他遇到了周文王。管夷吾被绑在囚车上,却被尊为仲父,是因为他遇到了齐桓公。百里奚自己卖自己换了五张羊皮,为秦伯放牛,却被举为大夫,是因为他遇到了秦穆公。虞丘子名闻天下,做了楚国的宰相,又让位于孙叔敖,是因为他遇到了楚庄王。伍子胥先前立下了很多功劳,后来却被逼自杀,并不是他的智力有盛衰变化,而是因为他先遇到了阖闾,后来却遇到了夫差。千里马拉盐车累得疲惫不堪,这并不是因为它的外形不好，而是因为没人知道它是千里马。假使千里马遇不到伯乐，它怎么能得到日行千里的机会呢？造父也不可能有一日赶车千里的手艺了。

兰茝香草生长在茂密的森林之中，深山之间，并不因为没人见到它们就不吐露芬芳。学者治学，并非为了通达，而是为了即使处于贫穷也不为之所困，心中忧愁，但意志并不消沉，预先知道祸福的由来而心里并不为此迷惑。所以圣人隐居思考，有独特的见闻观点。舜也是贤能圣明的人，坐北朝南治理天下，只因为他遇到了尧。假使舜处在夏桀商纣的时代，能够免于刑罚杀戮就很不错了，又哪里会有什么王位呢？夏桀杀关龙逢，商纣王杀王子比干，在那时，难道是关龙逢无知，王子比干不聪明吗？这都是因为他们生不逢时啊。所以君子要努力学习，修身养性，端正品行的同时还必须遇到好的时机。你不要被眼前的状况迷惑了。"

《诗经》说："鹤鸣九皋，声闻于天。"

第七章　家贫亲老，不择官而仕

曾子曰：①"往而不可还者亲也。至而不可加者年也。是故孝子欲养，而亲不待也，木欲直，而时不待也。是故椎牛而祭墓，②不如鸡豚逮亲存也。故吾尝仕为吏，禄不过钟釜，③尚犹欣欣而喜者，非以为多也，乐其逮亲也。既没之后，吾尝南游于楚，得尊官焉，堂高九仞，④榱题三围，⑤转毂百乘，⑥犹北乡而泣涕者，非为贱也，悲不逮吾亲也。故家贫亲老，不择官而仕。若夫信其志⁷，约其亲者，非孝也。"《诗》曰："有母之尸饔。"⑧

[注释]

①曾子：名参，字子舆，孔子晚年弟子之一。②椎（chuí）牛：杀牛。③钟釜：古代的量器。春秋时期齐国以四升为豆，四豆为区，四区为釜，十釜为钟。④仞：古代长度单位。七尺或八尺为一仞。⑤榱（cuī）题：屋椽的端头。⑥转毂：载运货物的车子。⑦信：通"伸"。伸张。⑧"有母"句：出自《诗经·小雅·祈父》。陈奂《诗毛氏传疏》："言我从军以出，有母不得终养，归则惟陈饔以祭是可忧也。"饔：通"饔"。熟食。在这里表达了有母不能尽孝的悲愤情感。

[译文]

曾子说："过去了（死了）而不能再回来（活）的，是父母双亲。到了时候无法再增加的，是年寿。因此，孝子想奉养双亲，但双亲却等不到了。长弯的树要想再长直，但光阴已经逝去，没有机会了。所以杀牛到墓地祭祀父母，不如在双亲活着的时候杀只鸡或小猪去奉养他们。所以我曾经做过小官，俸禄不过一钟一釜，我还是欣欣自喜，并不是觉得俸禄多，而是因为能够养活父母双亲而高兴。双亲去世后，我曾经游历到南方的楚国，在那里得到了高官，殿堂高达九仞，屋檐的椽子头有三围粗，运货的车子有百辆之多，即便如此我还是朝北哭泣流泪，并不是觉得官位低贱，而是因为来不及用来奉养双亲而悲哀。所以家境贫寒、双亲年老的情况下，就不要挑剔官位。至于那些为了实现自己的志愿却约束了父母双亲的人，不是孝子。"《诗经》说："有母之尸饔。"

第八章　千羊之皮不若一狐之腋

赵简子有臣曰周舍,①立于门下三日三夜,简子使人问之,曰:"子欲见寡人何事?"周舍对曰:"愿为谔谔之臣,②墨笔操牍,③从君之后,司君之过而书之,日有记也,月有成也,岁有效也。"简子居则与之居,出则与之出。居无几何,而周舍死,简子如丧子。后与诸大夫饮于洪波之台,④酒酣,简子涕泣。诸大夫皆出走,曰:"臣有罪而不自知也。"简子曰:"大夫皆无罪。昔者吾友周舍有言,曰:'千羊之皮不若一狐之腋,众人之唯唯不若直士之谔谔。昔者商纣默默而亡,⑤武王谔谔而昌。'⑥今自周舍之死,吾未尝闻吾过也。吾亡无日矣,是以寡人泣也。"

[注释]

①赵简子:春秋时期晋国赵氏的领袖,赵国基业的开创者。②谔谔:直言争辩貌。③牍:古代写字用的木简。④洪波之台:位于河北邯郸成安县城西北,战国时期赵国观兵操练演习之处。⑤商纣:商朝的最后一个帝王,中国历史上有名的暴君。⑥武王:周武王。周王朝的建立者。

[译文]

赵简子有个臣子叫周舍,站在赵简子的门口三天三夜。赵简子派人问周舍:"你想见我有什么事呢?"周舍回答说:"我很想做一个敢于直谏的臣子，能够经常拿着笔墨和木牍跟随在您身后，看到您犯了过错就把它记下来。每天都有记录，每月都有成绩，每年就有收获。"赵简子住在家里，他就和赵简子一块住在家里；赵简子外出，他就跟着外出。过了不久，周舍死了。赵简子悲痛得像失去了儿子一样。后来赵简子和诸位大夫在洪波台喝酒，喝得很尽兴，赵简子却哭了起来。大夫们都站起离开座位说："我们犯了罪自己却不觉知。"赵简子说："诸位大夫都无罪。从前我的朋友周舍有句话，说：'一千只羊的皮加起来抵不上一只狐狸腋下的皮毛。众多人的唯唯诺诺，抵不上一个正直之人的直言相谏。从前商纣王因残害诤臣，以致无人敢谏而灭亡，周武王因为鼓励诤臣而昌盛起来。'现在，自从周舍死后，我就再也没有听到过有人指出我的过错，我不久也要灭亡了，所以我才哭泣。"

第九章　国之大患

传曰：齐景公问晏子：①"为国何患？"晏子对曰："患夫社鼠。"②景公曰："何谓社鼠？"晏子曰："社鼠出窃于外，入托于社，灌之恐坏墙，熏之恐烧木，此鼠之患。今君之左右，出则卖君以要利，入则托君，不罪乎乱法，君又并覆而有之，此社鼠之患也。"景公曰："呜呼！岂其然！""人有市酒而甚美者，置表甚长，③然至酸而不售。问里人其故。里人曰：④'公之狗甚猛，而人有持器而欲往者，狗辄迎而啮之，是以酒酸不售也。'士欲白万乘之主，⑤用事者迎而啮之,⁶亦国之恶狗也。左右者为社鼠,用事者为恶狗,此为国之大患也。"《诗》曰:"瞻彼中林,侯薪侯蒸。"⁷言朝廷皆小人也。

[注释]

①齐景公:春秋时期齐国国君。晏子:即晏婴,齐国大夫。②社:土地庙。③表:标志,招引客人的招牌或酒旗。④里人:同一住宅区的人。古时二十五家为一里。⑤白:告诉,陈述。万乘之主:指国君。⑥用事者:指国君左右把持权力的大臣。⑦"瞻彼"二句:出自《诗经·小雅·正月》。意思是,远望树林中树木一片,但粗细只能当柴烧。侯:语气助词。薪、蒸:木柴。

[译文]

古书记载说:齐景公问晏子:"治理国家的忧患什么?"晏子回答说:"忧患的是社庙中的老鼠。"景公问:"为什么说是社庙中的老鼠呢?"晏子答道:"社鼠出外去偷窃,回来又在社庙寄居,用水去灌它的洞吧,恐怕把墙弄坏了,用烟火去熏它吧,又害怕把社庙中的木器给烧坏了。这就是老鼠的忧患啊。现在君王您身边的近臣,在朝廷之外就卖弄君权来索取利益,在朝廷之内就依靠君王的宠信,违法乱纪也不受惩处,国君还宽恕庇佑他。这就是社庙老鼠的忧患啊。"齐景公说:"哎呀!难道真是这样啊!"晏子回答说:"有一个卖美酒的人,招引客人的酒旗高高悬挂,可是他的酒到酸了都卖不出去。卖酒的人问邻居原因。邻居说:'您的狗太凶猛了,有时有人拿着酒器想来买酒,狗就迎过来咬人,因此您的酒放酸了都卖不出去。'士人想要和国君说话,那些当政的官员就迎过来咬他,这也是国家的恶狗啊。身边近臣是社庙的老鼠，掌权的官员是国家的恶狗，这实在是国家最大的祸患啊。"《诗经》说："瞻彼中林，侯薪侯蒸。"说的就是朝廷中都是小人。

第十章　司城子罕相宋

昔者司城子罕相宋，①谓宋君曰：②"夫国家之安危，百姓之治乱，在君之行赏罚。夫爵赏赐与，人之所好也，君自行之。杀戮刑罚，民之所恶也，臣请当之。"君曰："善。寡人当其美，子受其恶，寡人自知不为诸侯笑矣。"国人知杀戮之刑专在子罕也，大臣亲之，百姓畏之，居不期年，③子罕遂劫宋君而专其政。故《老子》曰："鱼不可脱于渊，国之利器不可以示人。"《诗》曰："胡为我作，不即我谋？"④

[注释]

①司城：官名，即司空。子罕：宋国国相。②宋君：指宋辟公，又称宋桓侯，战国时期宋国国君。③期年：一年。④"胡为"二句：出自《诗经·小雅·十月之交》。意思是，为何役使我，不肯先和我商量谋划？我作：作我，役使我。

[译文]

从前司城子罕做宋国的国相。他对宋君说："国家的安危，百姓的治乱，全在君主施行的赏罚。爵位的赏赐之类的事，是人们所喜好的，君王您自己实行它。惩处杀戮之类的事，是人们所厌恶的，我请求负责这些事。"宋君说："好，我施行人们所喜好的事，你主管人们厌恶的事，我的智慧就不会被诸侯所取笑了。"国人知道刑杀的大权，专掌在子罕手中，大臣们亲近他，百姓畏惧他。过了不到一年，子罕就赶走了宋君而独揽宋国政权。因此《老子》说："鱼儿不能离开深渊，治理国家的权柄不能授予他人。"《诗经》说："胡为我作，不即我谋？"

第十一章　弘演内肝

卫懿公之时，^①有臣曰弘演者，受命而使。未反，而狄人攻卫。于是懿公欲兴师迎之。其民皆曰："君之所贵而有禄位者，鹤也，所爱者，宫人也，亦使鹤与宫人战，余安能战？"遂溃而皆去。狄人至，^②攻懿公于荧泽，^③杀之。尽食其肉，独舍其肝。弘演至，报使于肝，辞毕，呼天而号。哀止，曰："若臣者，独死可耳。"于是，遂自刳，出腹实，内懿公之肝，^④乃死。桓公闻之，^⑤曰："卫之亡也，以无道也。今有臣若此，不可不存。"于是复立卫于楚丘。^⑥如弘演，可谓忠士矣。杀身以捷其君，非徒捷其君，^⑦又令卫之宗庙复立，祭祀不绝，可谓有大功矣。《诗》曰："四方有羡，我独居忧。民莫不穀，我独不敢休。"^⑧

[注释]

①卫懿公：春秋时期卫国第十八任国君，喜好养鹤，竟赐给鹤官位和俸禄，因此遭致臣民怨恨。公元前660年，赤狄攻打卫国，卫懿公兵败被杀。②狄：古代北方部族。③荧泽：古地名，在今河南浚县一带。④内：同"纳"。⑤桓公：宋桓公，春秋时期宋国国君。⑥楚丘：古地名。春秋时期卫地。在今河南滑县东。⑦捷：通"接"。⑧"四方"四句：出自《诗经·小雅·十月之交》。意思是，天下之人多富足，只有我还在忧虑。民众生活没有不好的，唯有我劳苦不敢休息。羡：富余，足够而多余。不穀：不善。

[译文]

卫懿公当政的时候，有一个大臣名叫弘演，受卫懿公之命出使在外，还没有回来，这时候狄人攻打卫国。于是卫懿公想要命令军队前去抵抗。卫国的民众都说："国君所尊贵并使之享有地位和待遇的，是鹤；真正爱的人是宫人，那么就让鹤和宫人去打仗吧，我们又怎么能作战呢？"于是军队溃散离开。狄人到达，在荧泽攻打卫懿公，杀了他。吃掉了卫懿公的整个肉身，只留下了肝脏。弘演回来，向懿公的肝禀报已完成使命。说完后，就呼天抢地哭号。弘演停止悲泣后，说："像我这样的臣子，可以独自为国而死。"于是自己剖腹，将内脏挖出来，装入懿公的肝脏而死。宋桓公听说这件事，说："卫国的灭亡，是因为卫懿公昏庸无道，现在有这样的臣子，卫国不能不存在下去。"于是在楚丘复立卫国。弘演这样做，可以说是忠士了。剖杀身体承接国君的肝，不仅剖杀身体承接国君的肝，又使卫国宗庙复立，祭祀不断，可以说是立了大功。《诗经》说："四方有羡，我独居忧。民莫不穀，我独不敢休。"

第十二章　孙叔敖遇狐丘丈人

孙叔敖遇狐丘丈人。①狐丘丈人曰:"仆闻之,②有三利必有三患,子知之乎?"孙叔敖蹴然易容曰:③"小子不敏,何足以知之。敢问何谓三利?何谓三患?"狐丘丈人曰:"夫爵高者,人妒之。官大者,主恶之。禄厚者,怨归之。此之谓也。"孙叔敖曰:"不然。吾爵益高,吾志益下。吾官益大,吾心益小。吾禄益厚,吾施益博。可以免于患乎?"狐丘丈人曰:"善哉言乎!尧舜其犹病诸。"《诗》曰:"温温恭人,如集于木。惴惴小心,如临于谷。"④

[注释]

①孙叔敖:楚庄王时为楚国令尹,以贤能闻名于世,辅佐楚庄王成为春秋五霸之一。狐丘:地名。丈人:古时对老年男子的尊称。②仆:谦辞。旧时男子称自己。③蹴然:吃惊不安的样子。④"温温"四句:出自《诗经·小雅·小宛》。意思是,处在高位上的人温和恭谨,就像站在高树上、身临深谷旁那样小心谨慎。温温:温和的样子。恭人:谦恭之人。惴惴:害怕的样子。

[译文]

孙叔敖遇到狐丘丈人。狐丘丈人说:"我听说,有三利必有三害,你知道吗?"孙叔敖吃惊不安地说:"我不聪明,怎么能够知道。请问什么叫三利，什么叫三害？"狐丘丈人说："爵位高的人，人们会嫉妒他；官职大的人，君主会厌恶他；俸禄多的人，怨恨会集中于他。这就是三利三害。"孙叔敖说："不是这样的。我的爵位越是高，我的态度越是谦下；我的官职越是大，做事越小心谨慎；我的俸禄越是多，我布施越加广博。通过这种办法可以避免祸患吗？"狐丘丈人说："说得好啊！这种事连尧、舜他们都特别担心做不到呢。"《诗经》说："温温恭人，如集于木。惴惴小心，如临于谷。"

第十三章　明王有三惧

孔子曰："明王有三惧。一曰处尊位而恐不闻其过，二曰得志而恐骄，三曰闻天下之至道而恐不能行。昔者越王勾践与吴战，①大败之，兼有南夷。当是之时，君南面而立，近臣三，远臣五，令诸大夫曰：'闻过而不以告我者为上戮。'此处尊位而恐不闻其过也。昔者晋文公与楚战，②大胜之，烧其军，③火三日不息，文公退而有忧色。侍者曰：'君大胜楚而有忧色，何也？'文公曰：'吾闻能以战胜而安者惟圣人。若夫诈胜之徒，未尝不危，吾是以忧也。'此得志而恐骄也。昔者齐桓公得管仲、隰朋，④辩其言，说其义，正月之朝，⑤令具太牢，⑥进之先祖。桓公西面而立，管仲、隰朋东面而立。桓公曰：'吾得二子也，吾目加明，吾耳加聪，不敢独擅，进之先祖。'此闻天下之至道而恐不能行者也。由桓公、晋文、越王勾践观之，三惧者，明君之务也。"《诗》曰："温温恭人，如集于木。惴惴小心，如临于谷。战战兢兢，如履薄冰。"⑦此言文王居人上也。⑧

[注释]

①勾践：春秋时期越国国君。被吴国夫差打败，后卧薪尝胆，奋发图强而灭吴。②晋文公：春秋时期晋国国君，春秋五霸之一。③军：营垒。④齐桓公：春秋时期齐国国君，春秋五霸之一。管仲：名夷吾，字仲。春秋时期担任齐桓公的相，使齐国富强，称霸天下。隰（xí）朋：春秋时期齐国大夫，帮助管仲辅佐齐桓公成就霸业。⑤朝：初。⑥太牢：古代帝王祭祀社稷时，牛、羊、豕（猪）三牲全备为"太牢"。⑦"温温"六句：出自《诗经·小雅·小宛》。用在这里，指圣明的君主处在高位上，不敢稍有疏忽怠慢，对政事小心谨慎。⑧文：疑为"明"。

[译文]

孔子说："圣明的君王都会有三种恐惧。一是身居尊位而恐怕听不到自己的过错，二是在得志时恐怕会骄傲自满，三是听闻到了天下最高明的道理恐怕不能实践。从前越王勾践和吴国打仗，彻底打败了吴国，统一了南方各民族。正在这个时候，国君面朝南坐在王位上，左右近臣有三人，在外稍远一些的大臣有五人，他命令各位大夫说：'听到我的过错却不告诉我的，将处以重刑。'这就是处在高贵的位置上而害怕听不到自己过错的。从前晋文公与楚国打仗，取得重大胜利，烧了楚国的营垒，大火三天不灭。晋文公退兵后面有忧愁，侍臣说：'国君您大胜楚国，却面带忧愁，为什么呢？'晋文公说：'我听说通过战争取胜又能长治久安的只有圣人，至于那些靠欺诈取胜的人们，没有不陷入危险境地的，我因此才感到忧愁。'这就是得志后而害怕骄傲的。从前齐桓公得到管仲、隰朋两位贤才，辩论他们的言说，讨论他们的想法，正月之初，齐桓公命令用牛、羊、猪三牲祭品，进荐给列祖列宗。齐桓公面向西站立，管仲、隰朋面向东站立。齐桓公说：'我得到二位先生，我的眼睛更明亮，我的耳朵听力更好了。我不敢独自占有你们，我要报告给列祖列宗。'这就是听到天下最高明的道理而怕不能实行的。从齐桓公、晋文公、越王勾践来看，三种恐惧是圣明君主所必备的。"《诗经》说："温温恭人，如集于木。惴惴小心，如临于谷。战战兢兢，如履薄冰。"这是说圣明君主处在高位的心情。

第十四章　殿上绝缨

楚庄王赐其群臣酒。①日暮酒酣，左右皆醉。殿上烛灭，有牵王后衣者。后挖冠缨而绝之，②言于王曰："今烛灭，有牵妾衣者，妾挖其缨而绝之。愿趣火视绝缨者。"③王曰："止！"立出令曰："与寡人饮，不绝缨者，不为乐也。"于是冠缨无完者，不知王后所绝冠缨者谁。于是王遂与群臣欢饮，乃罢。后吴兴师攻楚，有人常为应行合战者，④五陷阵却敌，⑤遂取大军之首而献之。王怪而问之曰："寡人未尝有异于子，子何为于寡人厚也？"对曰："臣先殿上绝缨者也。当时宜以肝胆涂地。⑥负日久矣，⑦未有所效。今幸得用于臣之义，⑧尚可为王破吴而强楚。"《诗》曰："有漼者渊，萑苇淠浑。"⑨言大者无不容也。

[注释]

①楚庄王：春秋时期楚国国君，春秋五霸之一。②扢（jié）：猛然揪住。冠缨：帽带。③趣（cù）：古同"促"。催促，急促。④应行：即"颜行"，指打头阵。合战：交战。⑤却：击退。⑥肝胆涂地：形容惨死。也形容竭尽忠诚，任何牺牲都在所不惜。⑦负：亏负，负疚。⑧义：按道理应该做的。⑨"有漼"二句：出自《诗经·小雅·小弁》。意思是，渊水很深，苇荻茂密。漼（cuǐ）：水深的样子。萑（huán）：古同"萑"。形状像芦苇，茎可编苇席。淠淠（pì）：同"渒渒"。形容多。

[译文]

楚庄王设宴赏赐他的群臣喝酒。傍晚时分，酒兴正浓，左右的人都喝醉了。大殿上的蜡烛也灭了，这时有人在暗中拉扯王后的衣服。王后揪住帽带给揪了下来，对楚王说："这会儿蜡烛灭了，有人拉扯我的衣裳，我把他的帽带揪下来了。希望赶快拿烛火来，看被揪了帽带的人是谁。"楚王说："不要这样！"他立即下令说："和我一起喝酒，不把帽带揪下来，就不够尽兴。"于是，没有一个人有帽带了，也就不知道被王后揪下帽带的人是谁了。这样，楚庄王又与群臣欢乐饮酒，直到宴会结束。后来吴国发兵攻打楚国，有一个人在战斗中常打头阵，五次冲锋打退敌人，取到敌方将军的头献给楚王。楚王感到奇怪问他说："我并不曾对你有什么特别优待，你为何对我这样忠厚呢？"那人回答说："我就是先前在殿上被王后揪下帽带的那个人啊。当时就应该受刑而死，至今负罪很久了，没能有所报效。现在有幸能做一个臣子理应做的事，并且可以为您战胜吴国，使楚国强大。"《诗经》说："有漼者渊，萑苇淠淠。"说的是心胸宽广的人是无所不容的。

第十五章　予慎无辜

传曰："伯奇孝而弃于亲，①隐公慈而杀于弟，②叔武贤而杀于兄，③比干忠而诛于君。"④《诗》曰："予慎无辜。"⑤

[注释]

①伯奇：古代孝子。相传为周宣王时重臣尹吉甫长子。母死，后母乃谮伯奇，吉甫怒，放逐伯奇。②隐公慈而杀于弟：鲁隐公欲立其弟（桓公），为其尚少，自己先摄位，后来被其弟桓公所杀。③叔武贤而杀于兄：叔武乃卫成公之弟。成公出奔于陈，使叔武居守。后来成公归国，疑忌叔武而杀之。④比干：商纣王帝辛的叔父，因劝谏纣王，被挖心而死。⑤"予慎"句：出自《诗经·小雅·巧言》。意思是，我确实太无辜。

[译文]

古书记载说："伯奇孝顺却被双亲遗弃，隐公慈爱却被弟弟杀掉，叔武贤良却被兄长杀掉，比干忠诚却被纣王处死。"《诗经》说："予慎无辜。"

第十六章　往古以知今

纣杀王子比干,①箕子被发佯狂。②陈灵公杀泄冶,③邓元去陈以族从。④自此之后,殷并于周,陈亡于楚,以其杀比干、泄冶,而失箕子、邓元也。燕昭王得郭隗而邹衍、乐毅以齐魏至。⑤于是兴兵而攻齐,栖闵王于莒。⑥燕度地计众,不与齐均也。然所以信意至于此者,⑦由得士也。故无常安之国,无恒治之民。得贤者昌,失贤者亡,自古及今,未有不然者也。明镜者,所以照形也,修往古者,所以知今也,知恶往古之所以危亡,而不务袭蹈其所以安存,则未有以异乎却走而求逮前人也。太公知之,⑧故举微子之后而封比干之墓。⑨夫圣人之于贤者之后,尚如是其厚也,而况当世之存者乎!《诗》曰:"昊天太怃,予慎无辜。"⑩

[注释]

①纣王:商朝的最后一代帝王,中国历史上有名的暴君。比干:商纣王帝辛的叔父,因劝谏纣王,被挖心而死。②箕子:殷商末期贵族,是商纣王的叔父,官太师,因其封地为箕,故称箕子。③陈灵公:春秋时期陈国国君。泄冶:春秋时期陈国大夫,因谏陈灵公与夏姬私通之事而被陈灵公所杀。④邓元:春秋时期陈国大夫。⑤燕昭王:战国时期燕国国君。郭隗:战国时期燕国大臣、贤者。邹衍:战国时期齐国人,阴阳家代表人

物、五行创始人。乐毅：战国时期杰出的军事家，辅佐燕昭王振兴燕国。公元前284年，他统帅燕国等五国联军攻打齐国，连下七十余城，创造了中国古代战争史上以弱胜强的著名战例。⑥闵王：战国时期齐闵王，也称齐湣王。莒：地名。古称"莒城"，隶属于今山东日照。⑦信意：随意，任意。⑧太公：指姜太公。⑨微子：商王帝乙的长子、商纣王帝辛的长兄。⑩"昊天"二句：出自《诗经·小雅·巧言》。意思是，老天太令人失望了，我确实太无辜。昊天：老天，苍天。忼：怅然失意的样子。慎：确实。

[译文]

　　商纣王杀王子比干，箕子披散头发假装疯狂。陈灵公杀泄冶，邓元带着族人离开陈国。从此以后，殷商被周朝取代，陈国被楚国灭亡，这是因为纣王杀掉比干，陈灵公杀掉泄冶，从而失去了箕子、邓元。燕昭王任用郭隗，因而邹衍从齐国投奔燕昭王，乐毅从魏国投奔燕昭王。于是燕国起兵攻打齐国，把齐闵王赶到莒城寄居。燕国获得了大量的土地，齐国不能与它势均力敌。然而，燕国的势力之所以能随意达到这样的地步，是因为它得到了贤士。所以没有长久安定的国家，也没有适合治理的百姓，君主得到贤才就昌盛，失去贤才就灭亡。从古到今，没有不是这样的。明亮的镜子是用来映照形体的，过去的历史是可以用来推知了解现在的。知道厌恶过去灭亡的道理，却不继承过去长治久安的经验，那就无异于倒着走路却想要赶上前人了。姜太公知道这样的道理，因而推举微子的后人，修建比干的墓地。圣人对于贤德者的后人，还这样优厚，何况对当时还活着的贤人呢？《诗经》说："昊天太忼，予慎无辜。"

第十七章　宋玉因其友见楚襄王

宋玉因其友见楚襄王,①襄王待之无以异,乃让其友。②其友曰:"夫姜、桂因地而生,不因地而辛。女因媒而嫁,不因媒而亲。子之事王未耳,何怨于我?"宋玉曰:"不然。昔者齐有狡兔,曰东郭䨲,盖一日而走五百里。于是齐有良狗曰韩庐,亦一日而走五百里。使之瞻见指注,③虽良狗犹不及众兔之尘。若摄缨而纵绁之,④则狡兔亦不能离也。今子之属臣也,摄缨纵绁与?瞻见指注与?"其友曰:"仆人有过,⑤仆人有过。"《诗》曰:"将安将乐,弃予如遗。"⑥

[注释]

①宋玉:战国末期楚国士大夫,曾事楚襄王。因:通过,依靠。楚襄王:战国时期楚国国君。②让:责怪。③瞻见:远望。指注:指点。④摄:捕捉。缨:带子。绁:缰绳。⑤仆人:谦称自己。过:过错。⑥"将安"二句:出自《诗经·小雅·谷风》。意思是,你将要过上安乐日子了,就把我抛弃忘记了。

[译文]

宋玉通过朋友的推荐见到了楚襄王,襄王对待他和对待别人没有什么不同。于是宋玉责怪他的朋友。他的朋友说:"姜和肉桂依靠土地生长,却不是因为土地才有辛味。女人依靠媒人而出嫁，却不是因为媒人而被丈夫亲爱。你没侍奉好君王，又何必抱怨我呢？"宋玉说："你说的不对。从前齐国有一只好兔名叫东郭逡，一天能跑五百里路。在当时齐国也有一只好狗名叫韩庐，一天也能跑五百里。如果只是让韩庐远远地看到了东郭逡，指着让它去追，这样即使像韩庐一样的好狗对一般的兔子尚且望尘莫及。如果放开拴狗的绳子，让狗自己去追，那么即使东郭逡这样的好兔子也不能逃脱追捕。现在你把我介绍给君王做臣子，是放开了缰绳让我自由地表现呢？还是让君王远远地看到我，暗中指给他呢？"他的朋友说："我有过错，我有过错。"《诗经》说："将安将乐，弃予如遗。"

第十八章　宋燕见逐

宋燕相齐见逐，①罢归之舍，召门尉陈饶等二十六人，②曰："诸大夫有能与我赴诸侯者乎？"陈饶等皆伏而不对。宋燕曰："悲乎哉！何士大夫易得而难用也！"陈饶对曰："非士大夫易得而难用也，君弗能用也。君不能用，则有不平之心。是失之己而责诸人也。"宋燕曰："夫失诸己而责诸人者何？"陈饶对曰："三斗之稷不足于士，③而君雁鹜有余粟，④是君之一过也。果园梨栗，后宫妇人以相提掷，而士曾不得一尝，是君之二过也。绫纨绮縠，⑤靡丽于堂，从风而弊，而士曾不得以为缘，⑥是君之三过也。且夫财者，君之所轻也。死者，士之所重也。君不能行君之所轻，而欲使士致其所重，譬犹铅刀畜之，而干将用之，⁷不亦难乎？"宋燕面有惭色，逡巡避席曰：⁸"是燕之过也。"《诗》曰："或以其酒，不以其浆。"⁹

[注释]

①宋燕：战国时期齐国人，生卒年不详。《战国策·齐策四》"宋燕"作"管燕"。②门尉：守门的官吏。陈饶：人名。《战国策·齐策四》"陈饶"作"田需"。③稷：古代一种粮食作物，指粟或黍属。④雁鹜：鹅和鸭。⑤绫纨：指薄而细的丝织品。绮縠（qǐ hú）：绫绸绉纱之类，或作丝织品的总称。⑥缘：边缘。⑦干将：古代传说中的剑，十大名剑之一。⑧逡巡：因为有所顾虑而徘徊不前或退却。⑨"或以"二句：出自《诗经·小雅·大东》。意思是，有人饮用美酒，有人喝不上米浆。

[译文]

宋燕做齐国的宰相却被齐国驱逐，罢官回到家里，召集门尉陈饶等二十六人，对他们说："各位大夫有愿意跟我投奔其他诸侯的吗？"陈饶等人都伏在地上不回答。宋燕说："令人悲伤啊！为什么士大夫容易得到却难以任用呢？"陈饶回答说："不是士大夫容易得到而难以任用，是先生不能任用他们啊。先生不能任用他们，他们就产生不满的情绪。您这样说是自己有过错却反而怪罪别人。"宋燕说："我自己有过错却反而怪罪别人指的是什么呢？"陈饶回答说："您给每个士人三斗黍稷的薪俸，这还不够维持他们的生活，但是您家饲养的鸭鹅却有吃不完的粟米，这是先生的第一个过错。你家果园的梨子、栗子，后房里的妇人用来抛掷玩乐，可是士人却一颗都没有尝过，这是先生的第二个过错。你家的绫罗绸缎，华丽地悬挂在堂上，随风吹拂而变质败坏，但是士人想用一点做衣服的边饰材料都不曾得到，这是先生的第三个过错。财物是先生所轻视的东西，死亡是士人所重视的东西。先生所轻视的东西尚且不能赐与，而希望士人献出他们所重视的东西，这好比像对待铅刀一样养护他们，而却要求像宝剑一样使用他们，这不是很困难吗？"宋燕脸上露出惭愧的表情，徘徊离开座位说："这是我宋燕的过错。"《诗经》说："或以其酒，不以其浆。"

第十九章　善为政者

传曰：善为政者，循情性之宜，①顺阴阳之序，通本末之理，合天人之际。②如是则天气奉养而生物丰美矣。不知为政者，使情厌性，使阴乘阳，③使末逆本，使人诡天，④气鞠而不信，⑤郁而不宣。如是则灾害生，怪异起，群生皆伤，而年谷不熟。是以其动伤德，其静亡救。故缓者事之，急者弗知，日反理而欲以为治。《诗》曰："废为残贼，莫知其尤。"⑥

[注释]

①情性：情感，秉性。②天人之际：自然和人事之间的相互关系。③乘：战胜，胜过。④诡：欺诈。⑤鞠：弯曲。信：古同"伸"。舒展开。⑥"废为"二句：出自《诗经·小雅·四月》。意思是，执政者变成伤害人民的人，还不知道这到底是谁的罪过。残：残害。贼：破坏。尤：

错,罪过。

[译文]

古书记载说:善于治国理政的人,依循万物的本性,顺应阴阳变化的顺序,通晓事物本末终始的道理,符合自然和人事之间的相互关系。这样,天气状况顺应季节变化,滋养万物,从而使万物生长得丰盛美好。不善于治国理政的人,使情感压制秉性,使阴胜过阳,使次要事物抵触主要事物,使人违反上天,使人的心情受到压制却无法舒展情绪,郁闷却无法宣泄。这样就会滋生灾害,出现奇异反常的事物,万物都会受到伤害,五谷不能成熟。因此他行动起来有损于道德,安静下来也得不到拯救。所以他去做一些不紧要的事情,却不知道需要迫切处理的事情是什么,每日做违反事理的事却想要把国家治理好。《诗经》说:"废为残贼,莫知其尤。"

第二十章　君子先择而后种

魏文侯之时,①子质仕而获罪焉,②去而北游,谓简主曰:③"从今已后,吾不复树德于人矣。"简主曰:"何以也?"质曰:"吾所树堂上之士半,吾所树朝廷之大夫半,吾所树边境之人亦半。今堂上之士恶我于君,朝廷之大夫恐我以法,边境之人劫我以兵,是以不复树德于人也。"简主曰:"噫!子之言过矣。夫春树桃李,夏得阴其下,秋得食其实。春树蒺藜,④夏不可采其叶,秋得其刺焉。由此观之，在所树也。今子之所树，非其人也，故君子先择而后种也。"《诗》曰："无将大车，惟尘冥冥。"⑤

[注释]

①魏文侯：战国时期魏国的建立者，是当时有名的贤君。②子质：人名，事迹不详。《韩非子》《说苑》载此事作"阳虎"。③简主：即赵简子，春秋时期晋国赵氏的领袖，赵国基业的开创者。④蒺藜：一年生草本植物。⑤"无将"二句：出自《诗经·小雅·无将大车》。意思是，不要去推那辆大车，只会被车后的扬尘迷住了视线。这里比喻不要进举小人，那样只会阻挡自己光明的前程，使自己受到伤害。大车：平地载运之车，此指牛车。这里比喻小人。冥冥：昏暗，形容尘土迷蒙的样子。

[译文]

魏文侯在位的时候，子质做官犯了罪，离开魏国到北方周游。他对赵简子说："从今以后，我不再为别人施恩德了。"赵简子说："因为什么呢？"子质说："我所培养举荐的朝堂上的士人占一半，我所举荐的朝廷上的大夫也占一半，我所举荐的边境上的官员也占一半。现在，朝堂上的士人在国君面前说我的坏话，朝廷上的大夫用法律恐吓我，边境上的官员用士兵劫持我。所以我不再为别人树立德行了。"赵简子说："唉！您的话有些不对了。春天栽桃李，夏天能在它们下面乘凉，秋天能吃到它们的果实。春天若种蒺藜，夏天不能采它的叶，秋天所能得到的也只是它的刺。从这个角度看，关键在于所栽的是什么。现在您所培养的，不是合适的人。所以君子要先选择好对象，然后再培养提拔。"《诗经》说："无将大车，惟尘冥冥。"

第二十一章　正直者顺道而行

正直者顺道而行，顺理而言，公平无私，不为安肆志，不为危易行。

昔卫献公出走，①反国及郊，将班邑于从者而后入。②太史柳庄曰：③"如皆守社稷，则孰负羁絷而从？④如皆从，则孰守社稷？君反国而有私也，无乃不可乎？"⑤于是不班也。柳庄正矣。

昔者卫大夫史鱼病且死，⑥谓其子曰："我数言蘧伯玉之贤而不能进，⑦弥子瑕不肖而不能退。⑧为人臣生不能进贤而退不肖，死不当治丧正堂，殡我于室足矣。"卫君问其故，⑨其子以父言闻。君造然召蘧伯玉而贵之，⑩而退弥子瑕，徙殡于正堂，成礼而后去。生以身谏，死以尸谏，可谓直矣。《诗》曰："静恭尔位，好是正直。"⑪

[注释]

①卫献公：春秋时期卫国国君。②班：赏赐，分给。③太史：朝廷大臣。掌管起草文书，策命诸侯卿大夫，记载史事，编写史书，兼管国家典籍、天文历法、祭祀等。柳庄：人名。④负羁絷（zhí）而从：意思是，在国君身旁效力。羁絷：马络头和马缰绳。⑤无乃：大概，恐怕。表示委婉反问。⑥史鱼：春秋时期卫国大夫。名佗，字子鱼，也称史鳅。卫灵公时任祝史，负责卫国对社稷神的祭祀。⑦蘧伯玉：名瑗，字伯玉，春秋时

期卫国大臣，卫献公中期举国皆知的贤大夫。⑧弥子瑕：春秋时期卫国大夫。⑨卫君：指卫灵公。⑩造然：突然。⑪"静恭"二句：出自《诗经·小雅·小明》。意思是，做好本职工作，结交正直之士。静：同"靖"。敬。恭：履行。位：职位，职责。

[译文]

　　正直的人沿着正道行事，按照道理讲话，公正无私，不因为安逸富贵而放纵自己的意志，也不因为危难而改变自己的言行。

　　从前，卫献公出逃在外，后来返回卫国。到了城郊，想要把一些采邑分赏给随他逃亡的人，然后再进城。太史柳庄说："如果大家都来保卫国家，那还有谁跟随您奔走效力呢？如果大家都跟随着您，那么谁来保卫国家呢？国君一返回自己国家就有私心，恐怕这不可以吧？"于是卫献公没有分赏采邑。柳庄是公正的人啊！

　　从前卫国大夫史鱼生病将要死时，对他的儿子说："我数次向君王进谏蘧伯玉贤德却没被任用，弥子瑕无才而担任重要的职务却不被罢黜。作为臣子活着不能推举贤人而屏退无才能的人，我死了以后也不能在正屋大堂办丧事，在侧面的屋子为我办丧事就可以了。"卫灵公前去凭吊，问史鱼灵柩停在侧室的原因。他的儿子把父亲的话告诉了卫灵公。卫灵公立刻召见蘧伯玉，并且任命他很高的官职，同时罢免了弥子瑕，然后迁移史鱼的灵柩到正堂办丧事，完成丧礼之后返回朝廷。史鱼活着的时候亲身进谏，死了又用尸体来进谏，真可以说是忠心耿直呀。《诗经》说："静恭尔位，好是正直。"

第二十二章　子贡问为人下之道

孔子闲居,①子贡侍坐,②请问为人下之道奈何。孔子曰:"善哉!尔之问也。为人下,其犹土乎。"子贡未达。③孔子曰:"夫土者,掘之得甘泉焉,树之得五谷焉,④草木植焉,鸟兽鱼鳖遂焉。⑤生则立焉,死则入焉,多功不言,赏世不绝。故曰:能为人下者,其惟土乎?"子贡曰:"赐虽不敏,请事斯语。"⑥《诗》曰:"式礼莫愆。"⑦

[注释]

①闲居:避人独居。②子贡:姓端木,名赐,字子贡,孔子的弟子。③达:明白。④树:种植。⑤遂:顺心,称意。⑥事:从事。⑦"式礼"句:出自《诗经·小雅·楚茨》。意思是,遵循各种礼法,没有错失。

[译文]

孔子在家闲居,子贡陪侍在他身边,请教孔子应该如何做人的属下。孔子说:"你问得好呀!做人属下,大概就像土地一样吧!"子贡不明白孔子的意思。孔子说:"土地,挖掘它就可以得到甘泉,耕种它就会得到五谷,草木在它上边生长,鸟兽鱼鳖在其中顺意生长。人活着站在土地上,死后就埋入土地下。土地的功劳很多但从不张扬,赏赐给人们的东西却源源不绝。所以说,善于做属下的,只有土地了吧?"子贡说：“我虽然不聪明，也一定要按您这话去做。”《诗经》说：“式礼莫愆。”

第二十三章　高比与下比

传曰：南假子过程本子，①本子为之烹鲡鱼。南假子曰：“吾闻君子不食鲡鱼。”本子曰：“此乃君子不食也，我何与焉？”假子曰：“夫高比所以广德也，②下比所以狭行也。③比于善者，自进之阶。比于恶者，自退之原也。且《诗》不云乎：'高山仰止，景行行止。'④吾岂自比君子哉？志慕之而已矣。"

[注释]

①南假子：人名。事迹不详。过：拜访，探望。程本子：姓程，名本，字子华，晋国人。博学多才，赵简子想任用他，他不肯就任，逃到齐国，赵简子卒后才返回晋国。②高比：与高尚的人相比。③下比：与品德低下的人相比。④"高山"二句：出自《诗经·小雅·车辖》。意思是，品行才学像高山一样的人，要人仰视，而让人不禁以他的举止作为准则。高山：比喻高尚的德行。景行：大路。比喻行为正大光明，有"喻以崇高的品行"之意。后以"高山景行"比喻崇高的德行。

[译文]

古书记载：南假子拜访程本子，程本子烹制鲡鱼招待他。南假子说:"我听说君子不吃鲫鱼。"程本子说:"这是说君子不吃,与我有什么关系呢?"南假子说:"跟品德高尚的人相比,可以提高自己的德行;跟品德低下的人相比,会降低自己的德行。同德行好的人相比,是自己进步的阶梯;同德行差的人相比,是自己退步的原因。况且《诗经》不也说:'高山仰止,景行行止。'我哪里敢和君子相比,只是羡慕君子的志向罢了。"

第二十四章　子贡问大臣

子贡问大臣。①子曰:"齐有鲍叔,②郑有子皮。"③子贡曰:"否。齐有管仲,④郑有东里子产。"⑤孔子曰:"然。吾闻鲍叔之荐管仲也,子皮之荐子产也,未闻管仲、子产有所荐也。"子贡曰:"然则荐贤贤于贤。"曰:"知贤,智也。推贤,仁也。引贤,义也。有此三者,又何加焉?"

[注释]

①子贡:姓端木,名赐,字子贡,孔子的弟子。大臣:古代指官职尊贵者,这里指贤能的大臣。②鲍叔:即鲍叔牙。事齐桓公,他知道管仲贤能,便把管仲推荐给齐桓公。管仲曾说:"生我者父母,知我者鲍叔。"③子皮:春秋时期郑国人。郑国上卿,他知道子产贤能,便推荐子产为相。④管仲:名夷吾,字仲,谥敬,史书又称作管敬仲。春秋时期担任齐

桓公的相,使齐国富强,称霸天下。⑤东里:地名。在今河南新郑故城内。子产:姓公孙,名侨,字子产,又字子美。子皮知他贤能,便把他推荐给郑简公。子产居东里,故称"东里子产"。

[译文]

子贡问谁是贤能的大臣。孔子说:"齐国有鲍叔牙,郑国有子皮。"子贡说:"不对。齐国有管仲,郑国有东里子产。"孔子说:"对。我听说鲍叔牙推荐管仲,子皮推荐子产,并没听说管仲、子产推荐过别人。"子贡说:"您这样说是推荐贤人的人比贤人更贤能。"孔子说:"了解贤人的人,是有智慧的。推崇贤人的人,是仁爱的。推荐贤人的人,是正义的。有了这三点,又有什么比这更好呢?"

第二十五章　孔子游景山

孔子游于景山之上,①子路、子贡、颜渊从。②孔子曰:"君子登高必赋。小子愿者,③何言其愿。丘将启汝。"子路曰:"由愿奋长戟,荡三军,乳虎在后,④仇敌在前,蠚跃蛟奋,⑤进救两国之患。"孔子曰:"勇士哉!"子贡曰:"两国构难,壮士列阵,尘埃涨天,赐不持一尺之兵,一斗之粮,解两国之难。用赐者存,不用赐者亡。"孔子曰:"辩士哉!"颜回不愿。孔子曰:"回何不愿?"颜渊曰:"二子已愿,故不敢愿。"孔子曰:"不同,意各有事焉。回其愿,丘将启汝。"颜渊曰:"愿得小国而相之。主以道制,臣以德化,君臣同心,外内相应。列国诸侯,莫不从义向风,壮者趋而进,老者扶而至。教行乎百姓,德施乎四蛮,⑥莫不释兵,辐辏乎四门。⑦天下咸获永宁,蟬飞蠕动,⑧各乐其性。进贤使能,各任其事。于是君绥于上,⑨臣和于下,垂拱无为,动作中道,从容得礼。言仁义者赏,言战斗者死。则由何进而救?赐何难之解?"孔子曰:"圣士哉!大人出,小子匿,圣者起,贤者伏。回与执政,则由、赐焉施其能哉!"《诗》曰:"雨雪麃麃,曣晛聿消。"⑩

[注释]

①景山:山名,在今山东曹县东南。②子路:名仲由,字子路,一字季路。孔子的学生,以勇力著称。子贡:姓端木,名赐,字子贡。孔子的学生。儒商鼻祖。颜渊:名回,字子渊,春秋时期鲁国人。好学,安贫乐道,在孔门中以德行著称。③小子:长辈对晚辈的称呼,这里是老师称呼学生。④乳虎:哺育小虎的母老虎。⑤蠃:通"蠃"。寄生蜂的一类。蛟:古代传说中一种能发洪水的龙。⑥四蛮:中原地区以外的少数民族。⑦辐辏:形容人或物聚集像车辐集中于车毂一样。⑧蟬飞:虫飞动的样子。⑨绥:安好。⑩"雨雪"二句:出自《诗经·小雅·角弓》。意思是,雪下得很大,太阳一出来,雪就融化消失了。麃(biāo)麃:雨雪很盛的样子。曣晛(yàn xiàn):指日出。这里用来比喻孔子所说的"大人出,小子匿,圣者起,贤者伏"。

[译文]

孔子在景山上游玩,子路、子贡和颜渊跟随。孔子说:"君子登上高山一定要赋诗抒发情怀,你们如果愿意的话,何不说说自己的志向。我会教导启发你们的。"子路说:"我希望挥动长戟,扫荡三军,后面有母老虎,前面有仇敌,但我像蠢虫一样跃进,像蛟龙一样奋起,前去拯救两国之间的祸患。"孔子说:"真是个勇士啊!"子贡说:"两个国家交战,双方强壮的战士排好了兵阵,尘埃飞扬,布满天空,而我不带一尺长的兵器,也不带一斗粮食,亲身去解除两国的灾难。任用我端木赐的国家就能保存,不任用我端木赐的国家就要灭亡。"孔子说:"真是个能言善辩之士啊!"颜渊不愿说出自己的志向。孔子说:"回,你为什么不愿说出你的志向呢?"颜渊说:"他们两位已经说出了他们的志向,所以我不敢说出我的志向。"孔子说:"这不是一回事,各人有各人的志向意愿。颜回,说出你的志向吧,我将会启发你。"颜渊说:"我希望能在一个小国家做宰相。使那个国家的国君用正道统治人民,臣下用道德教化民众,君臣同心,朝廷内外互相照应。各国诸侯没有不顺风而动,迅速地归向道义,强壮的快步而来,年老的相互搀扶地到来。教化推行到百姓,恩泽普及于四方民族,大家都放下了武器,聚集在都城四个城门。天下能得到长久的安宁,连各种天上飞的、地上爬的动物,各自都能按照自己的天性生活。君主任用贤能的人,使其分别负责各自的事务。因此君主能够安居上位,臣下能够和睦相处,君主垂衣拱手,顺其自然,行动合于正道,举止合于礼节。讲仁义的人受到赏赐,讲战斗的人被处死。那么还有什么需要由仲由前去拯救呢?还有什么灾难需要子贡去解除呢?"孔子说:"真是个圣士呀!有德行高尚的人出现,小人物就隐藏起来了。圣人出现了,贤人就隐伏了。如果颜回参与执政,那么仲由、端木赐哪里还能够施展他们的才能呢!"《诗经》说:"雨雪麃麃,曣晛聿消。"

第二十六章 孔子鼓瑟

昔者孔子鼓瑟,曾子、子贡侧门而听。①曲终,曾子曰:"嗟乎!夫子瑟声殆有贪狼之志,邪僻之行,何其不仁趋利之甚?"子贡以为然,不对而入。夫子望见子贡有谏过之色,应难之状,释瑟而待之。子贡以曾子之言告。子曰:"嗟乎!夫参,天下贤人也,其习知音矣。乡者丘鼓瑟,②有鼠出游,狸见于屋,循梁微行,造焉而避,③厌目曲脊,④求而不得。丘以瑟淫其音,参以丘为贪狼邪僻,不亦宜乎!"《诗》曰:"鼓钟于宫,声闻于外。"⑤

[注释]

①曾子:名参,字子舆,孔子晚期弟子之一,儒家学派的重要代表人物。子贡:孔子学生。姓端木,名赐,字子贡。②乡:不久。③造焉:遇到障碍。④厌:眯着。⑤"鼓钟"二句:出自《诗经·小雅·白华》。意思是,宫内敲起乐钟,外面能够听到声音。

[译文]

从前,孔子弹奏乐器,曾子、子贡侧耳在门外欣赏。一曲演奏完毕,曾子说:"唉!先生演奏的音乐声里恐怕有贪婪凶恶的意思,邪僻的行为,多么不讲仁义,刻意追求利益?"子贡认为他说得对,没有回答他就进去了。孔子看到子贡的脸上现出想要指出过错,表情为难的神情,就放下琴瑟等着他。子贡就把曾子的话告诉了孔子。孔子说:"唉,曾参是天下的贤士,他能熟悉了解音律。刚才我弹琴的时候,有老鼠从洞中钻出来闲逛,狸猫在屋子里看见,沿着屋梁爬行,遇到障碍就避让,眯着眼睛弯着腰,可就是不能捉到老鼠,我就用琴瑟演奏出邪乱的音乐。曾参认为我的音乐中透出贪婪邪僻之音,不也是应该的吗!"《诗经》说:"鼓钟于宫,声闻于外。"

第二十七章　为人父之道

夫为人父者,必怀慈仁之爱,以畜养其子。①抚循饮食,②以全其身。及其有识也,必严居正言,以先导之。及其束发也,③授明师以成其技。十九见志,请宾冠之,④足以成其德。血脉澄静,娉内以定之,⑤信承亲授,无有所疑。冠子不詈,⑥髦子不答,⑦听其微谏,无令忧之。此为人父之道也。《诗》曰:"父兮生我,母兮鞠我。拊我畜我,长我育我。顾我复我,出入腹我。"⑧

[注释]

①畜养:抚养,养育。②抚循:安抚。③束发:代指男子十五岁。古代男子十五岁束发。④冠:冠礼,是中国汉族男子的成年礼,嘉礼的一种。冠礼表示男子成年了,可以参加各项活动。⑤娉(pīng)内:亦作"娉纳"。古代婚礼中的问名、纳币。借指娶妻。⑥冠子:成年的男子。

詈（lì）：骂。⑦髦（máo）子：幼童。笞（chī）：用鞭、杖或竹板子抽打。⑧"父兮"六句：出自《诗经·小雅·蓼莪》。意思是，父亲生了我，母亲养了我。你们抚慰着我，哺育着我，扶助着我，培育着我，照看着我，反复留心着我，走进走出还要抱着我。鞠：抚养。拊：抚慰。畜：哺育。育：培育，培养。顾：照看。腹：此指怀抱。

[译文]

作为父亲，一定要心怀慈悲和仁爱，以此来养育孩子，安排孩子的饮食，使孩子身心健全。等到孩子有了自主意识，父亲一定要严格要求自己言行端正，以此作为榜样引导孩子。等孩子到了十五岁，给他请高明的老师来成就他的技艺。等孩子到了十九岁，就可以看出他的志向所在了，要请人主持冠礼，以成就他的好德行。这时孩子血气清静，于是就给他下聘定亲，用来安定他，使他对父亲教导的话真诚地听从和接受，没有什么可怀疑的。不责骂成年的孩子，不鞭打幼童，多听从孩子的小建议，不要让孩子感到忧虑。这就是为人父之道。《诗经》说："父兮生我，母兮鞠我。拊我畜我，长我育我。顾我复我，出入腹我。"

卷八

第一章　廉稽使荆

越王勾践使廉稽献民于荆王。①荆王使者曰："越，夷狄之国也。②臣请欺其使者。"荆王曰："越王，贤人也，其使者亦贤，子其慎之。"使者出见廉稽，曰："冠则得以俗见。不冠不得见。"廉稽曰："夫越亦周室之列封也，不得处于大国，而处江海之陂，③与鼋鳝鱼鳖为伍，④文身翦发而后处焉。今来至上国，必曰冠得俗见，不冠不得见，如此，则上国使适越，亦将劓墨文身翦发而后得以俗见，⑤可乎？"荆王闻之，披衣出谢。孔子曰："使于四方，不辱君命，可谓士矣。"⑥

[注释]

①廉稽：人名，越国使者。献民：清代王绍兰说，古诸侯想聘问，无献民之事。"献民"当是"献梅"之误。荆王：即楚王。"荆"是楚国的旧称。②夷狄：古称东方部族为夷，北方部族为狄。常用以泛称除华夏族以外的各族。③陂（bēi）：岸。④鼋（yuán）：古同"鼋"。大鳖。鳝（zhān）：鲟一类的鱼。⑤劓（yì）：古代割掉鼻子的一种酷刑。墨：古代一种刑罚，在脸上刺字并涂墨，亦称"黥"。⑥"使于"三句：出自《论语·子路》。士：先秦时期贵族的最低等级，位次于大夫。

[译文]

越王勾践派廉稽向楚王献梅。楚王的使者说:"越国是夷狄之国,请允许臣下欺诈一下他们的使者。"楚王说:"越王是个贤明的人,他的使者也贤明,你要谨慎啊。"楚王使者出来会见廉稽,说:"戴上帽子就能按本国礼俗接见,不戴帽子就不接见。"廉稽说:"越国也是周王朝分封诸侯之一,没能处在大国林立的中原地区,却处在江海岸边,和鼋鳝鱼鳖作伴,在身上刺上花纹,剪短头发,然后才能居住在那里。现在来到贵国,一定说要戴上帽子才能按贵国风俗被国君接见,不戴帽子就不能被接见,照这样,那么贵国使者到越国,也将要割去鼻子,脸上刺字涂墨,身刺花纹,剪短头发,然后才能以越国风俗被我国国君接见,可以吗?"楚王听了这话,披上衣服出来道歉。孔子说:"出使外国,很好地完成国君的使命,可以称作士了。"

第二章　贵身莫贵于气

人之所以好富贵安荣,① 为人所称誉者,为身也。恶贫贱危辱,为人所谤毁者,亦为身也。然身何贵也?莫贵于气。人得气则生,失气则死。其气非金帛珠玉也,不可求于人也。非缯布五谷也,② 不可籴买而得也。③ 在吾身耳,不可不慎也。《诗》曰:"既明且哲,以保其身"。④

[注释]

①安荣:安乐荣耀。②缯(zēng):古代对丝织品的总称。③籴(dí):买进粮食。④"既明"二句:出自《诗经·大雅·烝民》。意思是,既明事理又聪慧,可以保全自身。

[译文]

人们之所以喜欢富贵、安乐荣耀,被他人所称赞,是为了身体。人们之所以厌恶贫贱、危险和耻辱,被他人诽谤、诋毁,也是为了身体。然而对身体最为重要的是什么呢?没有比气更贵重了。人得到气就生,失去气就死。所谓的气并不是黄金、绢帛、珍珠、美玉等珍贵的东西,是不能向别人索求的;也不是丝织品、布匹、五谷,不是能够买到的。气在我们身体内,不能不慎重对待。《诗经》说:"既明且哲,以保其身。"

第三章　屠羊说辞不受命

吴人伐楚,昭王去国,①国有屠羊说从行。②昭王反国,赏从者。及说,说辞曰:"君失国,臣所失者屠。君反国,③臣亦反其屠。臣之禄既厚,又何赏之?"辞不受命。君强之,说曰:"君失国,非臣之罪,故不伏其诛。君反国,非臣之功,故不受其赏。吴师入郢,④臣畏寇避患。君反国,说何事焉?"君曰:"不受则见之。"说对曰:"楚国之法,商人欲见于君者,必有大献重质,⑤然后得见。今臣智不能存国,节不能死君,勇不能待寇,然见之,非国法也。"遂不受命，入于涧中。

昭王谓司马子期曰：⑥"有人于此，居处甚约，论议甚高，为我求之。愿为兄弟，请为三公。"⑦司马子期舍车徒求之，五日五夜，见之，谓曰："国危不救，非仁也。君命不从，非忠也。恶富贵于上，甘贫苦于下，意者过也。今君愿为兄弟，请为三公，不听君，何也？"说曰："三公之位，我知其贵于刀俎之肆矣。⑧万钟之禄，⑨我知其富于屠羊之利矣。今见爵禄之利，而忘辞受之礼，非所闻也。"遂辞三公之位，而反乎屠羊之肆。

君子闻之曰："甚矣哉！屠羊子之为也，约己持穷而处人之国矣。"说曰："何谓穷？吾让之以礼而终其国也。"曰："在深渊之中而不援彼之危，见昭王德衰于吴，而怀宝绝迹，以病其国，欲独全己者也。是厚于己而薄于君，狷乎非救世者也。"⑩"何如则可谓救世矣？"曰："若申伯、仲山甫，⑪可谓救世矣。昔者周德大衰，道废于厉，⑫申伯、仲山甫辅相宣王，拨乱世反之正，天下略振，宗庙复兴。申伯、仲山甫乃并顺天下，匡救邪失，喻德教，举遗士，海内翕然向风。⑬故百姓勃然咏宣王之德。⑭《诗》曰：'周邦咸喜，戎有良翰。'⑮又曰：'邦国若否，仲山甫明之。既明且哲，以保其身。夙夜匪懈，以事一人。'⑯如是可谓救世矣。"

[注释]

①昭王：楚昭王，春秋时期楚国国君。②屠羊说：一个卖羊肉的屠夫，名说。③反：通"返"。④郢：古地名。楚国都城屡有迁徙，凡迁至之地均称郢。⑤重质：重要的人质。古时派往别国或别处去作抵押的人，

多为君王的亲属或重臣。⑥司马子期：楚国将军。⑦三公：古代辅佐皇帝的最高官职。西汉今文经学家据《尚书大传》《礼记》等书以为周代三公指司马、司徒、司空。古文经学家则据《周礼》以为太师、太傅、太保为三公。⑧刀俎（zǔ）：指刀和砧板，原为宰割的工具。肆：铺子，商店。⑨万钟：指优厚的俸禄。钟：古量器名。⑩狷（juàn）：洁身自好。⑪申伯：西周厉王至宣王时期人，南申国（在今河南南阳）开国君主。仲山甫：一作仲山父。西周人。周宣王之大臣。⑫厉：指周厉王。周厉王在位期间，横征暴敛，征伐淮夷，又伐戎，均不克。诸侯不向周朝见。"国人莫敢言，道路以目"。后被国人逐奔于彘（今山西霍州东北），居汾水之旁，后死于彘。⑬翕然：形容言论、行为一致。⑭勃然：突然，兴起的样子。⑮"周邦"二句：出自《诗经·大雅·嵩高》。意思是，周邦人民皆欢喜，国家有贤良大臣的辅佐得以安宁。良翰：贤良的辅佐。⑯"邦国"六句：出自《诗经·大雅·烝民》。意思是，国事好与坏，仲山甫心里最分明。既明事理又聪慧，善于应付保自身。早晚不懈认真工作，侍奉周王献忠诚。若否：好坏。一人：指周天子。

[译文]

　　吴国人征伐楚国，楚昭王离开楚国，楚国有一个名字叫说的卖羊肉的屠夫跟着楚昭王出走。楚昭王返回楚国后，要赏赐跟随的人，赏到屠羊说。屠羊说推辞说："大王丧失国土，我也丧失了宰羊的工作。大王返回国家，我也回来宰羊，我宰羊的俸禄已经恢复了，又有什么好赏赐的呢？"因而推辞不接受赏赐。楚昭王勉强让他接受。屠羊说说："大王丧失国土，不是我的罪过，所以我不该接受惩罚。大王返回国家，也不是我的功劳，所以我不应当接受赏赐。吴国的军队攻入楚国都城，我畏惧敌寇逃避祸患。大王返还楚国，我做了什么事呢？"楚昭王说："不接受赏赐，就要来见我。"屠羊说回答说:"楚国的法令规定,商人想要觐见国君,必有重赏的大功或有重要的人质,而后才可以接见。现在我的智慧不足以保存国家,贞节不能够为君王效命,勇敢不足以抵挡敌寇,这样觐见大王,不符合楚国律法的规定。"于是拒不受命,避入深山中。

昭王对司马子期说:"有这样的人,地位卑贱,陈说义理很高明,你为我请到他。我愿意和他做兄弟,请任三公的职位。"司马子期舍弃车徒步去寻找屠羊说,找了五天五夜,才找到他,对他说:"国家危难不拯救,不仁义;国君的命令不听从,不忠诚。厌恶处上位的富贵,甘愿贫苦居于下层,恐怕是太过分了。现在国君愿意与你结为兄弟,请你任三公的职位,你不接受君命,是为什么呢?"屠羊说说:"三公的职位,我知道它贵于屠羊的职业;万钟的俸禄,我知道它富于屠羊的利益。现在看到爵禄的利益,而忘记接受赏赐的礼法,这是我没有听说过的。"于是辞去三公的职位,返回到屠羊的市场。

君子听到这件事说:"屠羊说的行为太过分了!他约束自己,过着穷困的生活,却住在别人的国家。"屠羊说说:"什么叫穷困?我是按照礼的规定而辞掉爵禄的。"回答说:"屠羊说住在深山老林而不援救国家的危难,看到楚昭王德行衰于吴国,满怀才能却绝迹于山林,使国家遭受祸患,仅仅只是为了保全自身,这样做是优待自己而薄待君主,洁身自好而不拯济世人。"屠羊说问道:"怎么样才算拯济世人呢?"回答说:"如周朝的申伯、仲山甫,可以说是拯济世人的。从前周王室德行衰退,治国之道因周厉王被荒废,申伯、仲山甫辅助周宣王,消除混乱局面,恢复正常秩序,筹划国家振兴,宗庙得以再度兴盛。申伯、仲山甫于是兼并顺服天下,匡正补救周厉王不正当的失职行为,晓喻民众道德教化,推举未被发现的才德之士,天下人翕然像风一样顺从。所以老百姓都来歌颂周宣王的贤德。《诗经》说：'周邦咸喜，戎有良翰。'又说：'邦国若否，仲山甫明之。既明且哲，以保其身。夙夜匪懈，以事一人。'这样可以说是救世了。"

第四章　荆蒯芮为君死

　　齐崔杼弑庄公。①荆蒯芮使晋而反，②其仆曰："崔杼弑庄公，子将奚如？"荆蒯芮曰："驱之。将入死而报君。"其仆曰："君之无道也，四邻诸侯莫不闻也。以夫子而死之，不亦难乎？"荆蒯芮曰："善哉而言也。早言我，我能谏。谏而不用，我能去。今既不谏，又不去。吾闻之，食其食，死其事。吾既食乱君之食，又安得治君而死之？"遂驱车而入死。其仆曰："人有乱君，犹必死之。我有治长，可无死乎？"乃结辔自刎于车上。③君子闻之，曰："荆蒯芮可谓守节死义矣。仆夫则无为死也，犹饮食而遇毒也。"《诗》曰："夙夜匪懈，以事一人。"④荆先生之谓也。《易》曰："不恒其德，或承之羞。"⑤仆夫之谓也。

[注释]

　　①崔杼（zhù）：又称崔子、崔武子，春秋时期齐国大夫，后为齐国执政。②荆蒯芮：春秋时期齐国大臣。③辔：驾驭牲口用的嚼子和缰绳。④"夙夜"二句：出自《诗经·大雅·烝民》。意思是，毫不懈怠地认真

工作，只为侍奉君王。⑤"不恒"二句：出自《易·恒卦》，是《恒卦》的九三爻辞。意思是，不能恒守德行的人，常常会受到羞辱。或：或许，有时，常常。承：承受，遭受。

[译文]

崔杼杀死了齐庄公。荆蒯芮当时奉齐庄公的命令出使晋国，当他回国的时候，他的仆人说："崔杼杀死了齐庄公，您要到哪里去呢？"荆蒯芮说："你快点赶车，我要进城用死来报答君王。"他的仆人说："国君昏庸无道，四边邻近的诸侯国没有不知道的。您为他而死，又怎么能做得到呢？"荆蒯芮说："你说得太好了。你如果能早点告诉我，我能够早些进谏君王。就算是我进谏了，君王不听从，那我也可以离开。现在我既然没有进谏，我就不能离去。我听说，吃君王的俸禄，就要为君王而死。我已经吃了无道昏君的俸禄，又怎么能为其他圣明的君王而死呢？"于是赶着车回国受死。他的仆人说："我的主人有昏庸的君主，尚且能够为君主去死，我有好的主人，又怎么能不为我的主人而死呢？"于是仆人用驾驭牲口用的缰绳打结在车上上吊自杀。君子听说这件事，说："荆蒯芮可以说是为了守忠节而死。他的仆人则不是为着什么而死，就好像饮食中毒而死一样。"《诗经》说："夙夜匪懈，以事一人。"说的就是荆先生啊。《易》曰："不恒其德，或承之羞。"说的就是他的仆人啊。

第五章　逊而直，上也

逊而直，上也。切，次之。谤谏为下。①懦为死。《诗》曰：

"柔亦不茹,刚亦不吐。"②

[注释]

①谤:恶意攻击别人,说别人的坏话。②"柔亦"二句:出自《诗经·大雅·烝民》。意思是,不欺负柔弱的人,也不回避强者。茹:吃。

[译文]

谦虚而又正直规劝国君,是最好的臣子。很急切地(规劝国君),是次一等的臣子。恶意地攻击规劝国君,是下等的臣子。最懦弱的臣子不敢劝谏,像死人一样。《诗经》说:"柔亦不茹,刚亦不吐。"

第六章　仇牧不畏强御

宋万与庄公战,①获乎庄公。庄公散舍诸宫中,②数月,然后归之。反为大夫于宋。宋万与闵公博,③妇人皆在侧。万曰:"甚矣,鲁侯之淑,④鲁侯之美也! 天下诸侯宜为君者,惟鲁侯耳。"闵公矜此妇人,⑤妒其言,顾曰:"尔虏,焉知鲁侯之美恶乎?"宋万怒,搏闵公绝脰。⑥仇牧闻君弑,⑦趋而至,遇之于门,手剑而叱之,万臂掇仇牧,⑧碎其首,齿著乎门阖。⑨仇牧可谓不畏强御矣。⑩《诗》曰:"惟仲山甫,柔亦不茹,刚亦不吐。"⑪

[注释]

①宋万:亦作南宫万。春秋时期宋国将领。庄公:即鲁庄公,春秋时期鲁国君主。②散舍:何休《解诂》云:"散,放也。舍,止也。"③闵公:即宋闵公,亦称宋后湣公,春秋时期宋国国君。博:下棋。④淑:善良。⑤矜:自负贤能。⑥脰(dòu):脖子,颈。⑦仇牧:春秋时期宋国大夫。⑧搩(sà):侧手击。⑨门阖:门扇。这里指宫门。⑩强御:强暴逞势者。⑪"惟仲山甫"三句:出自《诗经·大雅·烝民》。意思是,只有仲山甫不欺负柔弱的人,也不回避强者。仲山甫:周宣王时大臣。

[译文]

宋万与鲁庄公交战,被鲁庄公俘获了。鲁庄公让宋万住在宫中,过了几个月,鲁庄公就释放了他。宋万返回宋国后又当上了大夫。宋万和宋闵公在一起下棋,有很多妇人在旁边观看。宋万说:"太了不起了,鲁侯多么善良,鲁侯多么美好啊!天下的诸侯适宜当国君的,只有鲁侯一个人啊。"闵公在这些妇人面前自负贤能,很忌恨听到这些话,就回过头说:"你是鲁侯的俘虏。怎么能不知道鲁侯的好坏呢?"宋万大怒,抓住宋闵公,扭断了他的脖子。仇牧听到国君被杀,跑步赶来,在宫殿门口遇到宋万,便手持宝剑大声责骂。宋万挥起手臂,侧手击打仇牧,把他的脑袋打碎了,牙齿附着在宫门上。仇牧真可以说是不畏强暴的人。《诗经》说:"惟仲山甫,柔亦不茹,刚亦不吐。"

第七章　君亲不可夺

可于君,不可于父,孝子弗为也。可于父,不可于君,君子亦弗为也。故君不可夺，亲亦不可夺也。《诗》曰："恺悌君子，四方为则。"①

[注释]

① "恺悌"二句：出自《诗经·大雅·卷阿》。意思是，平易近人的君子，是天下人的榜样。恺悌：平易近人。君子：先秦时代对诸侯卿士的美称。则：标准。

[译文]

能忠于君王，而不能孝敬父母，孝子不会这样做。能孝敬父母，而不能忠于君王，君子也不会这样做。所以忠君之志不可以剥夺，孝敬父母之志也不可以剥夺。《诗经》说："恺悌君子，四方为则。"

第八章　黄帝得凤象

黄帝即位，①施惠承天，一道修德，惟仁是行，宇内和平，未见凤凰，惟思其象。夙寐晨兴，②乃召天老而问之曰：③"凤象何如？"天老对曰："夫凤之象，鸿前而麟后，④蛇颈而鱼尾，龙文而龟身，燕颔而鸡啄，⑤戴德负仁，抱中挟义，⑥小音金，⑦大音鼓。延颈奋翼，五彩备明。举动八风，气应时雨。食有质，⑧饮有仪。往即文始，⑨来即嘉成。⑩惟凤为能通天祉，⑪应地灵，⑫律五音，⑬览九德。⑭天下有道，得凤象之一，则凤过之。得凤象之二，则凤翔之。得凤象之三，则凤集之。得凤象之四，则凤春秋下之。得凤象之五，则凤没身居之。"黄帝曰："於戏⑮允哉！朕何敢与焉！"于是黄帝乃服黄衣，带黄绅，⑯戴黄冕，⑰致斋于中宫。凤乃蔽日而至。黄帝降于东阶，西面，再拜稽首曰："皇天降祉，敢不承命！"凤乃止帝东园，集帝梧桐，食帝竹实，没身不去。《诗》曰："凤凰于飞，翙翙其羽，亦集爰止。"⑱

[注释]

①黄帝：上古帝王，本姓公孙，后改姬姓。居轩辕之丘，号轩辕氏，也称姬轩辕。建都于有熊，亦称有熊氏。②夙寐晨兴：早起晚睡。③天老：相传为黄帝辅臣。④鸿：大雁。麟：麒麟。古代传说中的一种动物，像鹿，全身有鳞甲，有尾。古代以其象征祥瑞，又喻杰出的人物。简称"麟"。⑤颔：下巴。喙：别版作"喙"。喙，鸟兽的嘴。⑥中：通"忠"。挟义：怀持正义。⑦金：古代乐器八音之一。⑧质：准则。⑨文：文德，也指礼乐教化。⑩嘉：美，也指美德。⑪天祉：天赐的福祉。⑫地灵：土地山川的灵秀之气。⑬五音：古代五声音阶中的五个音级，即宫、商、角、徵、羽。⑭九德：贤人所具备的九种优良品格，谓忠、信、敬、刚、柔、和、固、贞、顺。⑮於戏：同"呜呼"，感叹词。⑯黄绅：古代官员束腰的黄色大带。⑰冕：古代中国冠饰之一。为天子、诸侯、卿、大夫所戴的礼帽。⑱"凤凰"三句：出自《诗经·大雅·卷阿》。意思是，凤凰飞于高天上，拍打翅膀发出声音，飞来后停歇在那儿。翙（huì）翙：鸟飞展翅的声音。爰：而。

[译文]

黄帝做了帝王，顺承天命布施恩惠。一心修养品德，只为实行仁政。

天下太平，却没有看到凤凰到来，他一心想着凤凰的形象。早起晚睡，于是召请天老问道："凤凰是什么形象呢？"天老回答说："凤凰的形象，前半身像大雁，后半身像麒麟，脖子像蛇，尾巴像鱼，身上有龙一样的花纹，身体长得像乌龟，下巴长得像燕子，嘴巴长得像鸡。它承担着道德，背负仁义，有忠贞的抱负，怀持正义。小声叫时，声音像金钟，大声叫时，声音像鼓。它伸长脖子，张开翅膀时，身上的羽毛具备五种色彩，飞行时能带动八方的风，它的气息和四时的雨相感应。它吃食物有准则，喝水有仪法。它离开时是文德的开始，它到来时是美德的完成。只有凤凰能和天赐的福祉沟通，能和土地山川的灵秀之气感应，作为五音的律例，观察人的九德。当天下政治清明，能够符合凤凰的一种形象，那么凤凰就会经过那里；能够符合凤凰的两种形象，凤凰就会飞翔盘旋在那里；能够符合凤凰的三种形象，凤凰就会聚集在那里；能够符合凤凰的四种形象，凤凰就会在春天和秋天来到那里；能够符合凤凰的五种形象，凤凰就会隐没身体，居住在那里。"黄帝说："呜呼，确实是这样啊！我怎么敢有看到凤凰的想法呢？"于是黄帝穿上黄色的衣服，系上黄色的腰带，戴上黄色的帽子，在宫中斋戒。凤凰于是遮天蔽日地来了。黄帝走下东边的台阶，面朝西方，再拜叩头，说："上天降下了福祉，我怎么敢不受命呢？"于是凤凰来到黄帝王宫东边的园子里，聚集在园里的梧桐树上，吃园里竹子的果实，终身都不离开。《诗经》说："凤凰于飞，翙翙其羽，亦集爰止。"

第九章　赵苍唐见魏文侯

魏文侯有子曰击，① 次曰诉，诉少而立之以为嗣，封击于中山，②三年莫往来。其傅赵苍唐谏曰：③"父忘子，子不可忘父，何不遣使乎？"击曰："愿之，而未有所使也。"苍唐曰："臣请使。"击曰："诺。"于是乃问君之所好与所嗜。曰："君好北犬，嗜晨雁。"④遂求北犬、晨雁赍行。⑤苍唐至，曰："北蕃中山之君，有北犬、晨雁，使苍唐再拜献之。"文侯曰："嘻！击知吾好北犬，嗜晨雁也。"则见使者。文侯曰："击无恙乎？"苍唐唯唯而不对，三问而三不对。文侯曰："不对何也？"苍唐曰："臣闻诸侯不名君。既已赐弊邑，⑥使得小国侯，君问以名，不敢对也。"文侯曰："中山之君无恙乎？"苍唐曰："今者臣之来，拜送于郊。"文侯曰："中山之君长短若何矣？"苍唐曰："问诸侯，比诸侯。诸侯之朝，则侧者皆人臣，无所比之。然则所赐衣裘几能胜之矣。"文侯曰："中山之君亦何好乎？"对曰："好《诗》。"文侯曰："于《诗》何好？"曰："好《黍离》与《晨风》。"文侯曰："《黍离》何哉？"对曰："彼黍离离，彼稷之苗。行迈靡靡，中心摇摇。知我者谓我心忧，不知我者谓我何求。悠悠苍天，此何人哉！"⑦文侯曰："怨乎？"曰："非敢怨也，时思也。"文侯曰："《晨风》谓何？"对曰："'鴥彼晨风，郁彼北林。未见君子，忧心钦钦。如何如何！忘我实多。'⑧此自以忘我者也。"于是文侯大悦，曰："欲知其子视其母，欲知其人视其友，欲知其君视其所使。中山君不贤，恶能得贤？"遂废太子诉，召中山君以为嗣。《诗》曰："凤凰于飞，翙翙其羽，亦集爰止。蔼蔼王多吉士，惟君子使，媚于天子。"⑨君子曰："夫使非直敝车罢马而已，亦将喻诚信，通气志，明好恶，然后可使也。"

[注释]

①魏文侯：战国时期魏国开国君主。②中山：战国时期由狄族建立的"侯国"，在燕国与赵国之间，今河北中南部。③傅：辅相。赵苍唐：一作赵苍、赵仓唐、赵仓堂。战国初魏国人。④晨雁：野鸭子。⑤赉（lài）：赐予，给予。⑥弊：通"敝"。谦辞，用于称跟自己有关的事物。⑦"彼黍"八句：出自《诗经·王风·黍离》。意思是，看那黍子一行行，高粱苗儿也在长。走上旧地脚步缓，心里只有忧和伤。能够理解我的人，说我是心中忧愁。不能理解我的人，问我把什么寻求。高高在上的苍天啊，这是什么样的人啊！黍（shǔ）：北方的一种农作物，形似小米，有黏性。离离：行列貌。稷（jì）：古代一种粮食作物，指粟或黍属。行迈：行走。靡（mǐ）靡：行步迟缓貌。中心：心中。摇摇：心神不定的样子。悠悠：遥远的样子。⑧"鹬（yù）彼"六句：出自《诗经·秦风·晨风》。意思是，疾飞的鸟啊，栖落在郁郁苍苍的北方树林。至今我还没见君子，忧心忡忡难以忘怀。怎么办呀，怎么办呀，恐怕早忘记了我。鹬：一种水鸟。晨风：鸟名，即鹯（zhān）鸟，属于鸢鹰一类的猛禽。郁：郁郁葱葱，形容茂密。钦钦：忧思难忘的样子。⑨"凤凰"六句：出自《诗经·大雅·卷阿》。意思是，凤凰飞于高天上，拍打羽翼发出飞翔的声音，飞来后停集在一起。君王身边有很多贤士，只听从君王役使，敬爱奉迎天子。蔼蔼：很多的样子。吉士：贤能之士。

[译文]

魏文候的长子名字叫击，次子名字叫诉，魏诉年龄小却被立为继承人，魏击被封在中山国为君，长达三年时间没有派遣使臣往来。魏击的辅相赵苍唐对他说："父亲可以忘记儿子，儿子却不能忘记父亲。君主您为什么不派遣使臣去朝见您的父亲呢?"魏击说:"我早就有这个心愿了,只是至今没有找到合适的人选出使。"赵苍唐说:"我请求被派遣出使。"击说:"好的。"于是,赵苍唐询问魏文侯有什么嗜好。击说:"君王爱好北方的狗,喜欢吃野鸭。"于是赵苍唐请求赐予带着北方的狗和野鸭出行。赵苍唐来到魏国都城,说:"北方蕃国中山的君主进献北方的狗和野鸭,派遣苍唐再次行礼奉献给君主。"魏文侯说:"好啊!击知道我喜好北方的狗和野鸭。"就召见使者赵苍唐。魏文侯问道:"击没有疾病忧患吧?"赵苍唐唯唯诺诺应承却不回答。魏文侯询问了三次,赵苍唐都没有回答。魏文侯说:"你为什么不回答呢?"赵苍唐说:"臣子听说,诸侯是不称呼名字的。君王您已赐封他为中山君,封他为小国的君主,您问话时直呼其名,我不敢回答。"魏文侯问道:"中山国君主没有疾病忧患吧?"赵苍唐回答道:"这次我来的时候,中山君曾亲自拜送我于郊外。"魏文侯说:"中山君身材高矮怎么样呢?"赵苍唐说:"询问诸侯的事情,只能和其他诸侯相比。诸侯的朝堂上,在旁边的都是臣子,没有人可以和诸侯相比。然而,君王您赐予他的衣服,他几乎都能够穿。"魏文侯说:"中山君有什么爱好吗?"赵苍唐回答说:"爱好《诗经》。"魏文侯问:"《诗经》里哪些篇章是他特别喜爱的?"赵苍唐:"特别爱好《黍离》和《晨风》。"魏文侯问:"《黍离》这首诗的内容是什么?"赵苍唐回答说:"彼黍离离,彼稷之苗。行迈靡靡,中心摇摇。知我者谓我心忧,不知我者谓我何求。悠悠苍天,此何人哉!"魏文侯说:"他是抱怨我吗?"赵苍唐说:"君主不敢抱怨您,他只是经常想念您啊。"魏文侯又问:"《晨风》这首诗的内容是什么?"赵苍唐回答说:"'鴥彼晨风,郁彼北林。未见君子,忧心钦钦。如何如何!忘我实多。'这是早就忘记我了啊。"这时魏文侯非常高兴,说:"要了解一个人的儿子,观察他的母亲就可以了;要了解一个人，观察他的朋友就可以了；要了解一个君主，观察他派遣的使者就可以了。中山君如果不是一个贤德的君主，怎么能得到贤能的臣子呢？"于是就废除了太子诉，召回中山君，立为王位的继承人。《诗经》说："凤凰于飞，翙翙其羽，亦集爰止。蔼蔼王多吉士，惟君子使，媚于天子。"君子说："使者出使在外，并不是让车辆损坏，马匹疲劳罢了，也要传达真诚信任，沟通彼此的意向，辨明好坏，然后才可以作为使者。"

第十章　子贱治单父

子贱治单父，①其民附。孔子曰："告丘之所以治之者。"对曰："不齐时发仓廪，振困穷，②补不足。"孔子曰："是小人附耳，③未也。"对曰："赏有能，招贤才，退不肖。"孔子曰："是士附耳，未也。"对曰："所父事者三人，所兄事者五人，所友者十有二人，所师者一人。"孔子曰："所父事者三人，足以教孝矣。所兄事者五人，足以教弟矣。④所友者十有二人，足以祛壅蔽矣。⑤所师者一人，足以虑无失策，举无败功矣。昔者尧、舜清微其身，⑥以听观天下，务来贤人。夫举贤者，百福之宗也，而神明之主也。惜乎不齐之所为者小也。为之大功，乃与尧、舜参矣。"⑦《诗》曰："恺悌君子，民之父母。"⑧子贱其似之矣。

[注释]

①子贱：姓宓，名不齐，字子贱，春秋末年鲁国人，孔子的学生，孔门七十二贤之一。单父：春秋时期鲁邑，在今山东菏泽单县。②振：通"赈"。③小人：百姓。④弟：通"悌"。⑤祛：去除。壅蔽：隔绝蒙蔽。多指用不正当手段有意隔绝别人的视听，使人不明真相。⑥清微：虚己谦下。⑦参：古同"叁"，三的大写。⑧"恺悌"二句：出自《诗经·大雅·泂酌》。意思是，和乐平易的君子，是人民的父母。恺悌：和乐平易。

[译文]

子贱治理单父，单父的民众都归附他。孔子说："请告诉我你治理单父的方法。"子贱回答说："我经常打开粮仓，赈济穷人，帮助粮食不够吃的人。"孔子说："这样做，百姓都归附你了，做得还不算好。"子贱回答说："赏赐有能力的人，招纳贤才，罢免不正派的人。"孔子说："这样做，士人都归附你了，做得还不算好。"子贱回答说："我当作父亲一样侍奉的有三人，当作兄长一样侍奉的有五人，当作朋友结交的有十二人，当作老师一样尊敬的有一人。"孔子说："当作父亲一样侍奉的三人，足够用来教导民众孝敬父母；当作兄长一样侍奉的五人，足够教导民众敬爱兄长；结交朋友十二人，足够使你隔绝蒙蔽；尊敬师长一人，足够使你考虑问题不会失策，做事不会失败。从前尧、舜虚心谦和，观察了解天下，致力于招揽贤人。推举贤人，这是各种福祉的根本，为神明所敬仰归依。可惜啊！子贱所治理的地方太小了，如果治理的地方够大，功绩可以与尧、舜一样了。"《诗经》说："恺悌君子，民之父母。"子贱多么像这种人啊。

第十一章　度地图居以立国

度地图居以立国,①崇恩溥利以怀众,②明好恶以正法度,率民力稼,③学校庠序以立教,④事老养孤以化民,升贤赏功以劝善,惩奸绌失以丑恶,讲御习射以防患,⑤禁奸止邪以除害,接贤连友以广智,宗亲族附以益强。⑥《诗》曰:"恺悌君子。"⑦

[注释]

①度地:测量土地。图居:谋划居所。②怀:安抚。③力稼:尽力耕种。④庠序:古代的地方学校。殷代叫序,周代叫庠。⑤御:驾驶车马。⑥宗:尊奉。族附:亲族归附。⑦"恺悌"句:出自《诗经·大雅·洞酌》。

[译文]

测量土地规划民居,以建立国家;崇尚恩德广施福利,以安抚民众;明辨好坏,以确立法度;带领民众,尽力耕种;设立学校,以实行教育;侍奉老人,抚养孤儿,以教化民众;提拔贤才,赏赐有功劳的人,以劝导民众向善;惩罚奸邪的人,罢免犯过失的人,以使邪恶的人感到羞耻;学习驾车和射箭,以预防祸患;禁止奸邪,以消除祸害;和贤人交往,广泛结交朋友,以增加智慧;尊敬亲长,族人归附,以使自己日益强大。《诗经》说:"恺悌君子。"

第十二章　齐景公使使于楚

齐景公使使于楚,①楚王与之上九重之台,②顾使者曰:"齐亦有台若此者乎?"使者曰:"吾君有治位之堂,土阶三等,茅茨不翦,采椽不斫,③犹以谓为之者劳,居之者泰。吾君恶有台若此者乎?"④于是楚王盖悒如也。⑤使者可谓不辱君命,其能专对矣。⑥

[注释]

①齐景公:春秋时期齐国国君。②九重:九层。③茅茨:亦作"茆茨"。茅草盖的屋顶。亦指茅屋。采椽(chuán):柞木椽子。斫(zhuó):用刀、斧等砍。④恶:疑问代词。相当于"何""怎么"。⑤悒如:烦闷不安的样子。⑥专对:单独应对。

[译文]

齐景公派遣使者到楚国去,楚王和使者一起登上九层的高台。楚王回头问使者说:"齐国有这样的高台吗?"使者回答说:"我的国君有治理国事的公堂,堂前有泥土做的台阶三层,茅草盖的房屋没有修剪,房屋的柞木椽子没有砍削,还认为建造房屋的人辛劳,居住的人太舒适了。我的国君怎么会有像这样的高台呢?"于是楚王感到不安。使者可以说是不辱使命,完成了君主的任命,能独立应对谈判了。

第十三章　天子九锡

　　传曰：予小子使尔继邵公之后。①受命者必以其祖命之。孔子为鲁司寇，②命之曰："宋公之子弗甫何孙，③鲁孔丘，命尔为司寇。"孔子曰："弗甫敦及厥辟将不堪。"④公曰：⑤"不妄。"传曰：诸侯之有德，天子锡之。⑥一锡车马，再锡衣服，三锡虎贲，⑦四锡乐器，五锡纳陛，⑧六锡朱户，⑨七锡弓矢，八锡铁钺，⑩九锡秬鬯，⑪谓之"九锡"也。《诗》曰："厘尔圭瓒，秬鬯一卣。"⑫

[注释]

　　①予小子：古代帝王对先王或长辈的自称。此处是周成王自称。邵公：姓姬，名奭，西周宗室、大臣，与周武王、周公旦同辈。姬奭辅佐周武王灭商后，受封于蓟（今北京），因采邑于召，故称召公，或召伯、召公奭。姬奭辅佐周成王、周康王两代君主，开创四十多年没有使用刑罚的"成康之治"，为周朝打下延续八百多年基业的坚实基础。②司寇：中国古代主管刑狱的官。③宋公之子弗甫何孙：《史记·孔子世家》载："孔子生鲁昌平乡陬邑。其先宋人也，曰孔防叔。防叔生伯夏，伯夏生叔梁纥。纥与颜氏女野合而生孔子，祷于尼丘得孔子。"《索隐》："《家语》：孔子，宋微子后，宋襄公生弗父何，以让弟厉公，弗父何生宋父周，周生世子胜，胜生正考父，考父生孔父嘉，五世亲尽，别为公族，故后以孔为

氏焉。孔父生子木金父，金父生睪夷，睪夷生防叔，避华氏之祸而奔鲁。故孔氏为鲁人也。"④敦：厚道，诚恳。厥：文言代词。相当于"其"。辟：君主。⑤公：指鲁定公。⑥锡：同"赐"。赏赐。⑦虎贲（bēn）：勇士。⑧纳陛：古代帝王赐给有殊勋的诸侯或大臣的"九锡"之一。纳：内。陛：台阶。凿殿基为登升的陛阶，纳之于檐下，不使尊者露而升，故名。⑨朱户：古代帝王赏赐诸侯或有功大臣的朱红色的大门。⑩铁钺（fū yuè）：斫刀和大斧，腰斩、砍头的刑具，帝王赐予之专征专杀之权。⑪秬鬯（jù chàng）：古代以黑黍、香草酿造的酒，用于祭祀降神及赏赐有功的诸侯。⑫"厘尔"二句：出自《诗经·大雅·江汉》。意思是，赏赐你玉制的酒器，以及黑黍香草酒一尊。厘：赐。圭瓒（guī zàn）：古代的一种玉制酒器，形状如勺，以圭为柄，用于祭祀。卣（yǒu）：古代一种盛酒的器具，口小腹大，有盖和提梁。

[译文]

古书记载说：我任命你为邵公的继承人。接受任命的君主必因他的祖先而被任命。孔子被任命为鲁国的司寇，任命书说："宋公的儿子弗甫何有个子孙是鲁国的孔丘，我任命你为司寇。"孔子说："弗甫诚恳厚道，对他的君主有很大的贡献，我怕是不能胜任君命啊。"鲁定公说："你不是虚妄不切实际的人。"古书记载说：诸侯有功德，天子给予赏赐。最初赏赐给诸侯车马，再次赏赐衣服，第三赏赐勇士，第四赏赐乐器，第五赏赐屋檐登升的阶梯，第六赏赐朱红色的大门，第七赏赐弓箭，第八赏赐专征专杀之权，第九赏赐以黑黍、香草酿造的酒。《诗经》说："厘尔圭瓒，秬鬯一卣。"

第十四章　子贡言孔子之圣

齐景公谓子贡曰：①"先生何师？"对曰："鲁仲尼。"曰："仲尼贤乎？"曰："圣人也，岂直贤哉！"②景公嘻然而笑曰："其圣何如？"子贡曰："不知也。"景公悖然作色。③曰："始言圣人，今言不知，何也？"子贡曰："臣终身戴天，不知天之高也。终身践地，不知地之厚也。若臣之事仲尼，譬犹渴操壶杓，④就江海而饮之，腹满而去，又安知江海之深乎？"景公曰："先生之誉，得无太甚乎？"子贡曰："臣赐何敢甚言，尚虑不及耳。臣誉仲尼，譬犹两手捧土而附泰山，其无益亦明矣。使臣不誉仲尼，譬犹两手杷泰山，⑤无损亦明矣。"景公曰："善！岂其然？善！岂其然？"《诗》曰："民民翼翼，不测不克。"⑥

[注释]

①齐景公：春秋时期齐国国君。子贡：孔子的弟子。姓端木，名赐，字子贡。②直：只，仅仅。③悖（bèi）然：因发怒或惊慌而变色之貌。④杓（sháo）：勺子。⑤杷（pá）：用手挖掘。⑥"民民"二句：出自《诗经·大雅·常武》。原意是，军队非常安静，又恭敬小心，令人感到深不可测，不可战胜。在这里表示孔子的圣明高深莫测，不可估量。翼翼：恭敬、小心的样子。民民：安静的样子。克：战胜。

[译文]

齐景公问子贡说:"先生的老师是谁?"子贡回答说:"鲁国的仲尼。"齐景公说:"仲尼是贤人吗?"子贡说:"仲尼是圣人,何止是贤人!"齐景公嘻笑着说:"他的圣明怎么样呢?"子贡说:"不知道。"景公勃然发怒,说:"刚才你说仲尼是圣人,现在又说不知道,为什么呢?"子贡说:"我一辈子头顶着天,却不知天有多高;我一辈子脚踩着地,却不知地有多厚。至于我跟着侍奉仲尼,就好像渴了拿着水壶和勺子到江海边喝水,喝满肚子就离开,又怎么能知道江海有多深呢?"齐景公说:"先生对仲尼的赞誉,是不是太过分了?"子贡说:"我端木赐怎敢说过分的话,就这还担心说得不够呢。我赞誉仲尼,就好比两手捧土往泰山上添,泰山不会有所增加,对它毫无益处是非常明显的。假使我不赞誉仲尼,就好比用两手去扒泰山的泥土,对它毫无损失也是非常明显的。"齐景公说:"好啊!难道真是这样吗?好啊!难道真是这样吗?"《诗经》说:"民民翼翼,不测不克。"

第十五章 大侵之礼

一谷不升谓之嗛,①二谷不升谓之饥,三谷不升谓之馑,②四谷不升谓之荒,五谷不升谓之大侵。③大侵之礼,君食不兼味,④台榭不饰,道路不除,⑤百官补而不制,⑥鬼神祷而不祠,此大侵之礼也。《诗》曰:"我居御卒荒。"⑦此之谓也。

[注释]

①不升：收成不好。馑：同"歉"。②馑：原指蔬菜没有收成，后指荒年。③大侵：严重歉收，大饥荒。④兼味：两种以上的菜肴。⑤除：修整。⑥制：制作，增加职位。⑦"我居"句：出自《诗经·大雅·召旻》。意思是，我的国家都在抵御灾荒。居：国中。御：抵御。

[译文]

一种谷物收成不好叫作歉收，两种谷物收成不好叫作饥荒，三种谷物收成不好就叫作荒年，四种谷物收成不好叫作灾荒，五种谷物收成不好就叫作大饥荒。国家遇到大饥荒所实行的礼节，君主吃饭不吃两种菜肴，楼台亭榭不加修饰，道路不修整，百官只是填补空缺，不增加新的职位，只祈祷鬼神而不进行祭祀，这就是遇到大饥荒的礼节。《诗经》说："我居御卒荒。"说的就是这种情况。

第十六章　诸侯受封

古者天子为诸侯受封，谓之采地。①百里诸侯以三十里，七十里诸侯以二十里，五十里诸侯以十五里。其后子孙虽有罪而绌，其采地不绌，②使子孙贤者守其地，世世以祠其始受封之君。此之谓兴灭国继绝世也。《书》曰："兹予大享于先王，尔祖其从与享之。"③

[注释]

①采地：古代封建制度下，天子赐给诸侯或诸侯赐给卿大夫的封地，称为采邑。②绌（chù）：通"黜"。废除。③"兹予"二句：出自《尚书·盘庚》。意思是，现在我要祭祀我们的先王，你们的祖先也将跟着享受祭祀。享：同"飨"。祭祀。

[译文]

古代天子赐予受封的诸侯以封地，叫作采地。封地有一百里的诸侯，采地有三十里；封地有七十里的诸侯，采地有二十里；封地有五十里的诸侯，采地有十五里。诸侯的后代子孙虽然犯了罪而被废除爵位，他的采地不被废除，天子让诸侯子孙中的贤德者保留采地，世世代代用采地所得，来祭祀最初接受天子封地的君主。这就叫作复兴灭亡的诸侯国，承续断绝的宗祀。《尚书》说："现在我要祭祀我们的先王，你们的祖先也将跟着享受祭祀。"

第十七章　伯宗不言受辇者

梁山崩，①晋君召大夫伯宗。②道逢辇者，③以其辇服其道。④伯宗使其右下，欲鞭之。辇者曰："君趋道岂不远矣，不如捷而行。"伯宗喜，问其居。曰："绛人也。"⑤伯宗曰："子亦有闻乎？"曰："梁山崩，壅河，顾三日不流，是以召子。"伯宗曰："如之何？"曰："天有山，天崩之。天有河，天壅之。伯宗将如之何？"伯宗私问之。曰:"君其率群臣素服而哭之,既而祠焉,河斯流矣。"伯宗问其姓名,弗告。伯宗到,君问伯宗。以其言对。于是君素服率群臣而哭之,既而祠焉,河斯流矣。君问伯宗何以知之,伯宗不言受輂者,诈以自知。孔子闻之曰:"伯宗其无后,攘人之善。"⑥《诗》曰:"天降丧乱,灭我立王。"⑦又曰:"畏天之威,于时保之。"⑧

[注释]

①梁山:山名,在今陕西韩城。②晋君:指晋景公。伯宗:春秋时期晋国大夫。③輂(niǎn):古时用人拉或推的车,也指乘车、载运、运送。④服:同"覆"。⑤绛:春秋时期晋国的都城,在今山西绛县。⑥攘:掠取。⑦"天降"二句:出自《诗经·大雅·桑柔》。意思是,天降祸乱与死亡,要灭我们所立的君王。⑧"畏天"二句:出自《诗经·周颂·我将》。意思是,敬畏天道威严,才能保全下来。于时:于是。

[译文]

梁山发生崩塌,晋景公召见大夫伯宗。伯宗在路上遇见一个拉车的人,车子倾覆在道路上。伯宗命令车夫从右边下车,想要鞭打他。车夫说:"您走这条路岂不更远了,不如从快道行走。"伯宗听了很高兴,问他是哪里人。车夫说:"是绛城人。"伯宗就问:"你在绛城听到什么情况了吗?"车夫回答说:"梁山发生了山崩,黄河堵塞,看到河水三天没有流通,所以国君召见你来商量。"伯宗问道:"那怎么办好呢?"车夫回答说:"上天的山,上天让它崩塌。上天的河,上天让它堵塞,伯宗你又能怎么办呢?"伯宗私下问他。车夫回答说:"国君可率领臣子们穿着素服去哭泣，然后举行祭祀，河流就会畅通的。"伯宗问他的姓名，车夫没有告诉他。伯宗到了王宫，晋景公问他怎么办。伯宗就把车夫的话告诉了晋景公。于是晋景公穿着素服率领臣子们哭泣，然后举行祭祀，河流就畅通了。晋景公问伯宗怎么知道用这种办法，伯宗没有说是车夫告诉他的，欺骗晋景公说是自己知道的。孔子听说这件事后说："伯宗恐怕要断子绝孙了。因为他掠取别人的好主意。"《诗经》说："天降丧乱，灭我立王。"还说："畏天之威，于时保之。"

第十八章　不出俎豆之间，折冲千里之外

晋平公使范昭观齐国之政。①景公锡之宴。②晏子在前。③范昭趋曰："愿君之倅樽以为寿。"④景公顾左右曰："酌寡人樽献之客。"范昭已饮，晏子曰："彻去樽。"范昭不说，起舞，顾太师曰："子为我奏成周之乐，⑤吾为子舞之。"太师对曰："盲臣不习。"⑥范昭起出门。景公谓晏子曰："夫晋，天下大国也，使范昭来观齐国之政，今子怒大国之使者，将奈何？"晏子曰："范昭之为人也，非陋而不知礼也，是欲试吾君臣，婴故不从。"于是景公召太师而问之曰："范昭使子奏成周之乐，何故不调？"对如晏子。于是范昭归报平公曰："齐未可并也。吾试其君，晏子知之。吾犯其乐，太师知之。"孔子闻之曰："善乎晏子，不出俎豆之间，⑦折冲千里之外。"⑧《诗》曰："实右序有周，薄言振之，莫不震叠。"⑨

[注释]

①晋平公：春秋时期晋国国君。范昭：春秋时期晋国大夫。②景公：齐景公。春秋时期齐国君主。锡：同"赐"。③晏子：即晏婴。春秋时期齐国大夫。④倅（cuì）：副。樽：盛酒的器具。⑤成周之乐：周天子之乐曲。⑥盲臣：古代乐官的自称。因乐官常以盲人充任，故称。齐国乐官太师以"盲臣"自称，有自谦之意，未必是盲人。⑦俎（zǔ）豆：俎和豆，古代祭祀、宴会时盛肉类等食品的器皿。这里指筵席。⑧折冲：克敌制胜。⑨"实右"三句：出自《诗经·周颂·时迈》。意思是，上天保佑周国兴旺，周王声震天下，诸侯国无不震惊慑服。实：语助词。一说指"实在，的确"。右：同"佑"。保佑。序：顺应。有周：即周王朝。薄言：犹言"薄然""薄焉"，发语词，有急迫之意。振：震动，指以武力震动威胁。之：指各诸侯邦国。震叠：即"震慑"，震惊慑服。叠：通"慑"。恐惧，畏服。

[译文]

晋平公派遣范昭到齐国，考察齐国的政治。齐景公设宴进行招待，晏子也出席酒宴。范昭快步向前对齐景公说："希望借君王备用的酒杯向君王进酒祝寿。"景公回头对左右说："把我的酒杯倒满酒，奉献给客人用吧。"范昭喝完酒，晏子说："撤掉景公的酒杯。"范昭不高兴，起身跳舞，对太师说："你为我演奏成周乐曲，我为你跳舞。"太师回答说："我没有学过这种音乐。"范昭起身出门。齐景公对晏子说："晋国，是天下的大国啊，派遣范昭来观察我国的政治，现在你们惹怒了大国的使臣，这可怎么办呢？"晏子说："范昭并不是没有见识而不懂礼法，他是想试探我们，我因此不服从。"于是，齐景公召见太师接着问道："范昭让你演奏成周之乐,你为什么不演奏呢?"太师的回答和晏子如出一辙。范昭回到晋国后,向晋平公报告说:"齐国是不可进攻的。因为,我想羞辱他们的国君,结果被晏子看穿了;想冒犯他们的礼法,又被其太师识破了。"孔子听到这件事说:"晏子太高明了,在宴会筵席间,就能制胜千里之外的敌人。"《诗经》说:"实右序有周,薄言振之,莫不震叠。"

第十九章　三公之任

三公者何?^①曰:司空、司马、司徒也。司马主天,司空主土,司徒主人。故阴阳不和,四时不节,星辰失度,灾变非常,则责之司马。山陵崩竭,川谷不流,五谷不植,^②草木不茂,则责之司空。君臣不正,人道不和,国多盗贼,下怨其上,则责之司徒。故三公典其职,^③忧其分,举其辩,明其德,此三公之任也。《诗》曰:"济济多士,文王以宁。"^④又曰:"明照有周,式序在位。"^⑤言各称职也。

[注释]

①三公:古代辅佐皇帝的最高官职。西汉今文经学家据《尚书大传》《礼记》等书以为周代三公指司马、司空、司徒。古文经学家则据《周礼》以为太师、太傅、太保为三公。②植:生长。③典:主持,主管。④济济二句:出自《诗经·大雅·文王》。意思是,众多优秀卓越的人

才,是文王治理天下安宁的原因。济济:众多的样子。⑤"明照"二句:出自《诗经·周颂·时迈》。意思是,眼光远大的周朝,合理安排诸侯的职位。式:发语词,无实义。序:顺序,依次。

[译文]

　　三公是什么?就是司空、司马和司徒。司马主管天文,司空主管土地,司徒主管人事。所有阴阳不和谐,春、夏、秋、冬四个季节运行不合时令,星辰运转失去正常的维度,灾害发生变化和往常不一样,就要问责于司马。高山丘陵崩塌,河川溪谷阻塞,五谷不正常生长,草木不茂盛,就要问责于司空。君臣名分不正,人伦秩序失调,国内出现很多盗贼,百姓埋怨朝廷上层,就要问责于司徒。所以说三公各司其职,操心自己的职事,发起辩明的事情,彰显自己的道德,这就是三公的责任。《诗经》说:"济济多士,文王以宁。"又说:"明照有周,式序在位。"就是说每个人都要能胜任自己的职务。

第二十章　贤君之治

　　夫贤君之治也,温良而和,宽容而爱,刑清而省,喜赏而恶罚。移风崇教,生而不杀,布惠施恩,仁不偏与。不夺民力,役不逾时,百姓得耕,家有收聚,民无冻馁,食无腐败。士不造无用,雕文不粥于肆。①斧斤以时入山林。②国无佚士,③皆用于世。黎庶欢乐衍盈,④方外远人归义,⑤重译执贽,⑥故得风雨不烈。《小雅》曰:

"有弇凄凄,兴云祁祁。"⑦以是知太平无飘风景雨明矣。⑧

[注释]

①雕文:以彩绘、花纹为饰的物品。粥:同"鬻"。卖。肆:市场。②斧斤:指各种斧子。③佚士:隐居不做官的人。④衍盈:富饶。⑤方外:边远地区。⑥重译:经过多次翻译。执贽:古代交际礼仪。贽:亦写作"挚",即礼品。拜谒尊长及串亲访友时必携见面礼物。⑦"有弇"二句:出自《诗经·小雅·大田》。意思是,天上阴云密布,雨渐渐沥沥而下。有弇(yǎn):阴云密布的样子。祁祁:徐徐。⑧景雨:大雨。

[译文]

贤明的君主治理国家,温润善良而和气,宽厚容人而友善,刑法清明而简约,喜欢奖赏而厌恶惩罚。改善风气,崇尚教化,使人生存而不实行杀戮,布施恩惠给大众,仁爱而不偏私。不争夺民众的劳力,不在农耕时役使民众,百姓得以适时耕种田地,家家粮食丰收,人民不挨饿受冻,吃的食物没有腐烂变坏的。工匠们不制造无用的器物,刻有花纹的装饰品不能在市场上出售。砍伐树木要按季节进入山林,国内没有隐士,都为社会所用。黎民百姓欢乐富饶,边远地区的人也前来归顺仁义之国,经过多次翻译并带着礼物前来拜见,所以国家没有暴风雨。《小雅》说:"有弇凄凄,兴云祁祁。"由此可知,国家太平时代,没有狂风暴雨是很显然的。

第二十一章 昨日何生

昨日何生?今日何成?必念归厚,①必念治生。②日慎一日,完如金城。《诗》曰:"我日斯迈,而月斯征。夙兴夜寐,无忝尔所生。"③

[注释]

①归厚:归于忠厚。②治生:经营家业,谋生计。③"我日"四句:出自《诗经·小雅·小宛》。意思是,我天天在外奔波,我月月在外远行。起早贪黑不停歇,不辱父母的名声。斯:乃,则。迈:远行,行役。征:远行。忝(tiǎn):辱没。所生:指父母。

[译文]

昨日怎么生活?今日有什么成就?一定要记着让德行归向忠厚,一定要思考着怎样谋划生计。一天比一天谨慎,使自己日渐完美,德行坚固如金城。《诗经》说:"我日斯迈,而月斯征。夙兴夜寐,无忝尔所生。"

第二十二章　慎终如始

官怠于有成,病加于小愈,①祸生于懈惰,孝衰于妻子,②察此四者,慎终如始。《易》曰:"小狐汔济,濡其尾。"③《诗》曰:"靡不有初,鲜克有终。"④

[注释]

①小:稍微。②衰:减少。③"小狐"二句:出自《易·未济》。意

思是，小狐狸将要渡过河，却打湿了尾巴。汔（qì）：接近。济：渡，过河。④"靡不"二句：出自《诗经·大雅·荡》。意思是，凡事都有个开始，但经常不了了之，没个结果。靡：无。初：开始。鲜：少。克：能。

[译文]

做官往往在有点成就时就开始懈怠，疾病往往在即将痊愈时开始加重，祸患常常在松懈懒惰时发生，孝心往往在有了妻子儿女以后开始衰减。明察这四种情况，做事情在终结时就如在开始时一样谨慎。《易经》说："小狐汔济，濡其尾。"《诗经》说："靡不有初，鲜克有终。"

第二十三章　学而不已

孔子燕居，^①子贡摄齐而前曰：^②"弟子事夫子有年矣，才竭而智罢，倦于学问，不能复进，请一休焉。"孔子曰："赐也欲焉休乎？"曰："赐欲休于事君。"孔子曰："《诗》云：'夙夜匪懈，以事一人。'^③为之若此其不易也，若之何其休也！"曰："赐欲休于事父母。"孔子曰："《诗》云：'孝子不匮，永锡尔类。'^④为之若此其不易也，如之何其休也！"曰："赐欲休于事兄弟。"孔子曰："《诗》云：'妻子好合，如鼓瑟琴。兄弟既翕，和乐且耽。'^⑤为之若此其不易也，如之何其休也！"曰："赐欲休于耕田。"孔子曰："《诗》云：'昼尔于茅，宵尔索绹，亟其乘屋，其始播百谷。'^⑥为之若此其不易也，若之何其休也！"子贡曰："君子亦有休乎？"孔子曰："'阖棺兮乃止播兮,⑦不知其时之易迁兮。'此之谓君子所休也。故学而不已,阖棺乃止。"《诗》曰:"日就月将。"⑧言学者也。

[注释]

①燕居:闲居。②子贡:姓端木,名赐,字子贡,孔子的弟子。摄齐:提起衣摆。古时官员升堂时提起衣摆,怕踩着衣摆,跌倒失态。也表示恭敬有礼。③"夙夜"二句:出自《诗经·大雅·烝民》。意思是,日夜谨慎工作勤奋不懈,忠诚地侍奉周天子。一人:指周天子。④"孝子"二句:出自《诗经·大雅·既醉》。意思是,孝顺的子子孙孙层出不穷,上天会恩赐福祉给孝顺的人。匮:竭尽。锡:通"赐"。⑤"妻子"四句:出自《诗经·小雅·棠棣》。意思是,夫妻亲密无间志同道合,就好比琴瑟协奏。兄弟亲亲热热聚在一起,是那样和睦欢乐。翕:和合。耽:停留。⑥"昼尔"四句:出自《诗经·豳风·七月》。意思是,白天取茅草,夜晚搓制绳子。急忙修理自己的屋子,因为播谷的工作又要开始了。索:指制绳。绹(táo):绳。索绹:打绳子。亟:急。乘屋:盖屋。⑦阖:闭。⑧"日就"句:出自《诗经·周颂·敬之》。意思是,每天有成就,每月有进步。就:成就。将:进步。

[译文]

孔子在家闲居,子贡提着衣摆前去见他,说:"我侍奉跟着您学习有好几年了,才能枯竭,智力疲惫,学问停滞不前,不能再有什么进步了。请让我停下来休息一段时间吧。"孔子问:"你想在什么方面休息?"子贡说:"我想在侍奉君主方面休息。"孔子说:"《诗经》上说:'夙夜匪懈,以事一人。'侍奉君主这件事真是不容易,怎么能休息呢!"子贡说:"我

韩诗外传 | 359

想在侍奉父母方面休息。"孔子说:"《诗经》上说:'孝子不匮,永锡尔类。'侍奉父母这件事真是不容易,怎么能休息呢!"子贡说:"我想在侍奉兄弟方面休息。"孔子说:"《诗经》上说:'妻子好合,如鼓瑟琴。兄弟既翕,和乐且耽。'侍奉兄弟这件事真是不容易,怎么能休息呢!"子贡说:"我就想在耕田方面休息。"孔子说:"《诗经》上说:'昼尔于茅,宵尔索绚,亟其乘屋,其始播百谷。'耕田这件事做起来真是不容易,怎么能休息呢!"子贡说:"君子有可以休息的时候吗?"孔子说:"'盖上棺材,然后才能停止播种。那时不知道时间的消逝。'这才是君子休息的时候。所以学习是不能停止的,只有盖上棺材才能停止学习。"《诗经》说:"日就月将。"说的就是求学。

第二十四章　必学而后为君子

鲁哀公问冉有曰:①"凡人之质而已,将必学而后为君子乎?"冉有对曰:"臣闻之,虽有良玉,不刻镂则不成器;虽有美质,不学则不成君子。"曰:"何以知其然也?""夫子路,卞之野人也。②子贡,卫之贾人也。③皆学问于孔子,遂为天下显士。诸侯闻之,莫不尊敬。卿大夫闻之,莫不亲爱。学之故也。昔吴、楚、燕、代,④谋为一举而欲伐秦。姚贾,⑤监门之子也,为秦往使之,遂绝其谋,止其兵。及其反国,秦王大悦,立为上卿。夫百里奚,齐之乞者也,逐于齐西,无以进,自卖五羊皮,为一轭车。⑥见秦缪公,立为相,遂霸西戎。⑦太公望少为人婿,老而见去,屠牛朝歌,⑧赁于棘津,⑨钓于磻溪,⑩文王举而用之,封于齐。管仲亲射桓公,⑪遂除报仇之心,立以为相,存亡继绝,九合诸侯,一匡天下。此四子者,皆尝卑贱穷辱矣,然其名声驰于后世,岂非学问之所致乎?由此观之,士必学问,然后成君子。《诗》曰:'日就月将。'"⑫于是哀公嘻然而笑曰:"寡人虽不敏,请奉先生之教矣。"

[注释]

①鲁哀公:春秋时期鲁国国君。冉有:名求,字子有,春秋时期鲁国人,孔子弟子。②卞:春秋时期鲁国邑名,故城在今山东泗水。③贾(gǔ)人:商人。④代:古国名。故地在今河北蔚县,战国时期被赵国所灭。⑤姚贾:战国时期魏国人。⑥軛:驾车时搁在牛马颈上的曲木。⑦西戎:西边的民族。⑧朝歌:商朝后期的都城,故城在今河南淇县。⑨赁:做佣工,出卖劳动力。棘津:津渡名。在今河南延津东北。⑩磻溪:水名,在今陕西宝鸡东北。⑪管仲亲射桓公:齐襄公有两个儿子,一个是公子小白,一个是公子纠。襄公死后,公子小白和公子纠为了争当国君打起仗来。当时鲍叔牙辅佐公子小白,管仲辅佐公子纠。在战场上,管仲箭射中了公子小白的腰带钩。后来公子小白打败了公子纠,当上了国君,就是春秋五霸之一的齐桓公。鲍叔牙向齐桓公力荐管仲,齐桓公不计前仇,任用管仲为相。⑫"日就"句:出自《诗经·周颂·敬之》。

[译文]

鲁哀公问冉有说:"一般人只要具备质朴的本性就可以了,还是一定要学习然后才能成为君子呢?"冉有回答说:"我听说,即使有美玉,不雕刻加工就不能成为器物,虽然有良好的本性,不经过学习就不能成为君子。"鲁哀公说:"怎么知道事情是这样的呢?"冉有说:"子路是卞地的乡下人,子贡是卫国的一个商人。他们都向孔子学习求教,终于成为天下的名士。诸侯听说他们的名字,无不表示尊敬。卿大夫听说他们的名字,无不表示亲爱。这是因为他们学习的缘故。从前,吴、楚、燕、代四国商量统一行动,讨伐秦国。姚贾,一个看门人的儿子,为秦国出使四国进行劝说,终于打消了四国的计谋,制止他们起兵。等姚贾返回秦国,秦王十分高兴,封他为上卿。百里奚,原是齐国一个乞丐,被赶到齐国西部,走投无路,就自己把自己卖了五张羊皮,换了一辆牛车,去拜见秦缪公,被封为宰相,使秦缪公称霸西戎。姜太公吕望年轻时做人家的上门女婿,老了又被赶出来,在朝歌杀牛,在棘津做佣工,在磻溪钓鱼。周文王任用他,分封到齐国。管仲曾亲自用箭射中齐桓公,齐桓公消除了报仇的念头,拜管仲为相,结果使灭亡的国家得以复存,承续已断绝的朝代,多次会盟诸侯,一手匡扶周王朝的天下。这四位先生,都曾经地位低下,受过侮辱,但他们的美名能够流传到后世,难道不是因为他们学习和请教才这样的吗?由这些事看,士人一定要学习,然后才能成为君子。《诗经》说:'日将月就。'"于是鲁哀公笑着说:"我虽然不聪明,但也要遵照先生的教诲去做。"

第二十五章　曾子有过

曾子有过,[①]曾晳引杖击之,仆地,有间乃苏,起曰:"先生得无病乎?"②鲁人贤曾子,以告夫子。夫子告门人:"参来勿内也。"③曾子自以为无罪,使人谢夫子,④夫子曰:"汝不闻昔者舜为人子乎?小棰则待,⑤大杖则逃。索而使之,未尝不在侧,索而杀之,未尝可得。今汝委身以待暴怒,拱立不去,汝非王者之民邪?杀王者之民,其罪何如?"《诗》曰:"优哉柔哉!亦是戾矣。"⑥又曰:"载色载笑,匪怒伊教。"⑦

[注释]

①曾子:名参,字子舆,春秋末年思想家,孔子晚期弟子之一,儒家学派的重要代表人物。其父曾点,字皙,七十二贤之一,与子曾参同师孔子。②病:疲倦。③内:通"纳"。④谢:告辞。⑤棰(chuí):用棍子打,杖刑。⑥"优哉"二句:出自《诗经·小牙·采菽》。意思是,从容闲适,优游自得,也是有罪过的。戾:罪过。⑦"载色"二句:出自《诗经·鲁颂·泮水》。意思是,和颜悦色,不对人发怒,而是教诲人们。色:温和的样子。匪:非,不是。伊:是。

[译文]

曾子犯了过错,他的父亲曾皙拿着棍子打他。曾子被打倒在地,过了一会儿才苏醒过来,他站起来说:"先生,您没有累坏吧?"鲁国人认为曾子贤德,便把这件事告诉了孔子。孔子告诉他的弟子说:"曾参来了不要让他进来。"曾子自以为没有过错,便让人和孔子告辞。孔子说:"你没有听说从前舜是怎么做儿子的吗?小木棍打就等着挨打,大木棍打就逃走。父亲找他做事,他从来没有不在父亲身边,想要把他杀掉,却从来没有找到他。现在你待在父亲身边等着他大怒,拱手站着不离去。难道你不是帝王的百姓吗？杀了帝王的百姓，你父亲该当何罪？"《诗经》说："优哉柔哉！亦是戾矣。"又说："载色载笑，匪怒伊教。"

第二十六章　弓人之妻

齐景公使人为弓，①三年乃成。景公得弓而射，不穿一札。②景公怒，将杀弓人。弓人之妻往见景公曰："蔡人之子，③弓人之妻也。此弓者，太山之南，④乌号之柘，⑤燕牛之角，荆糜之筋，⑥河鱼之胶也。四物者，天下之练材也，不宜穿札之少如此。且妾闻奚公之车，⑦不能独走，莫邪虽利，⑧不能独断，必有以动之。夫射之道，左手若拒石，⑨右手若附枝，掌若握卵，四指如断短杖，右手发之，左手不知，此盖射之道。"景公以其言为仪而射之，穿七札，蔡人之夫立出矣。《诗》曰："好是正直。"⑩

[注释]

①齐景公：春秋时期齐国国君。②札：铠甲的叶片。③蔡：周代诸侯国名，在今河南上蔡、新蔡一带。④太山：即泰山，在山东泰安。⑤乌号：指良弓。柘（zhè）：落叶灌木，木材质坚而致密，是贵重的木料。⑥荆糜：楚国出产的糜。荆：楚。糜：鹿属，似鹿而身体庞大。⑦奚公：奚仲，古时善于造车的人。⑧莫邪：宝剑名。⑨拒：通"矩"。画直角或方形的工具。⑩"好是"句：出自《诗经·小雅·小明》。好：喜爱。

[译文]

  齐景公让弓匠做弓,经过三年弓才做成。景公拿着弓,拉开弓射箭,却连铠甲的一层叶片也射不透。景公大怒,要杀做弓的弓匠。弓匠的妻子去见景公说:"我是蔡国人的女儿,弓匠的妻子。这张弓,是用从泰山南坡上找来的用来做良弓的桑柘木,燕地牛的角,楚地麋鹿的筋,黄河里的鱼的鱼皮熬制的鱼胶等材料做成的。这四种材料,是从天下精选出来的好材料,用这种材料做成的弓不应当只射穿这样少的铠甲片。况且我听说过,即使奚仲造的车子,也不能独自行走,莫邪宝剑虽然锋利,也不能独自斩断东西,一定要有人推动使用它。射箭的方法,左手稳稳的好像抵着石头,右手好像攀着树枝,手掌好像握着鸡蛋,四个指头好像折断了的短木棍,右手将箭发射出去,左手没有感觉好像不知道。这就是射箭的方法。"景公按弓匠妻所讲述的方法摆好姿势,然后射箭,一下子就穿透了七层铠甲的叶片。这位蔡国女人的丈夫立即被放了出来。《诗经》说:"好是正直"。

第二十七章 景公大怒

  齐有得罪于景公者。①景公大怒,缚置之殿下,召左右肢解之,敢谏者诛。晏子左手持头,②右手磨刀,仰而问曰:"古者明王圣主,其肢解人,不审从何肢始也?"景公离席曰:"纵之,罪在寡人。"《诗》曰:"好是正直。"③

[注释]

①景公：即齐景公，春秋时期齐国国君。②晏子：即晏婴，齐国大夫。③"好是"句：出自《诗经·小雅·小明》。

[译文]

齐国有个人得罪了齐景公。齐景公大怒，把他绑起来放在宫殿下面，命令身边的人把他肢解，并且说如果有人胆敢劝阻，也要被诛杀。晏子左手抓住那个人的头，右手磨着刀，抬头问齐景公："古代圣明的君主，他们要把人的身体肢解，不知道是从身体哪部分开始下刀？"景公从座位上站起来说："把人放了吧，这是我的罪过。"《诗经》说："好是正直。"

第二十八章　思齐则成

传曰：居处齐则色姝，①食饮齐则气珍，②言语齐则信听，③思齐则成，志齐则盈。④五者齐，斯神居之。⑤《诗》曰："既和且平，依我磬声。"⑥

[注释]

①居处：指日常生活。齐：整齐，端正。姝：美好。②珍：美。③信听：听从。④盈：长进。⑤神：超人的能力。⑥"既和"二句：出自《诗经·商颂·那》。意思是，曲调和谐又平正，磬声节乐有起伏。磬：

一种玉制打击乐器。

[译文]

　　古书记载:日常生活有规律,面色就会好;饮食正常,精神就会饱满;言语正直,别人就会信任听从;思虑纯正,事业就会成功;志向端正,就会有所长进。这五个方面都端正,就会具有超人的能力。《诗经》说:"既和且平,依我磬声。"

第二十九章　望人者不至,恃人者不久

　　魏文侯问狐卷子曰:①"父贤足恃乎?"对曰:"不足。""子贤足恃乎?"对曰:"不足。""兄贤足恃乎?"对曰:"不足。""弟贤足恃乎?"对曰:"不足。""臣贤足恃乎?"对曰:"不足。"文侯勃然作色而怒曰:"寡人问此五者于子,一一以为不足者何也?"对曰:"父贤不过尧,而丹朱放。②子贤不过舜,而瞽瞍拘。③兄贤不过舜,而象放。④弟贤不过周公,而管叔诛。⑤臣贤不过汤武,而桀纣伐。望人者不至,恃人者不久。君欲治,从身始。人何可恃乎?"《诗》曰:"自求伊祜。"⑥此之谓也。

[注释]

　　①魏文侯:战国时期魏国的建立者,曾用李悝为相、吴起为将、西门豹为邺令,并向子夏学习经艺,是当时有名的贤君。狐卷子:战国时期魏

国人。②丹朱：尧的儿子，因荒淫傲慢而遭放逐。③瞽瞍：原意指失明老人，此处指舜的父亲，传说中他是个盲人，后来被拘禁。④象：传说中舜的弟弟，后来被流放。⑤管叔：周武王之弟，周公之兄，名鲜。武王灭商后被封于管，后不满周公摄政，联合商纣之子叛乱，事败被杀。⑥"自求"句：出自《诗经·鲁颂·泮水》。意思是，自己求得福佑。祜（hù）：福。

[译文]

魏文侯问狐卷子说："父亲贤能，可以依赖他吗？"狐卷子回答说："不足以依赖"。又问："儿子贤能，可以依赖他吗？"回答说："不足以依赖"。又问："兄长贤能，可以依赖他吗？"回答说："不足以依赖。"又问："弟弟贤能，可以依赖他吗？"回答说："不足以依赖。"又问："臣子贤能，可以依赖他吗？"回答说："不足以依赖。"魏文侯勃然大怒说："我问了你这五个问题，你都认为不足以依赖，这是为什么呢？"狐卷子回答说："父亲贤能，没有能超过尧的，而他的儿子丹朱却被流放。儿子贤能，没有超过舜的，而他的父亲瞽瞍却被拘禁。兄长贤能，没有能超过舜的，而他的弟弟象却被流放。弟弟贤能，没有能超过周公的，而他的兄长管叔却被诛杀。臣子贤能，没有能超过商汤和周武王的，而他们的君王夏桀和商纣却遭到讨伐。指望他人的人达不到目的，依赖他人的人不会长久。君王想要使国家得到治理，应该从自身做起。怎么可以依赖他人呢？"《诗经》说："自求伊祜"。就是这个意思。

第三十章　汤作《护》

汤作《护》,①闻其宫声,②使人温良而宽大。闻其商声,使人方廉而好义。③闻其角声,使人恻隐而爱仁。④闻其徵声,使人乐养而好施。闻其羽声,使人恭敬而好礼。《诗》曰:"汤降不迟,圣敬日跻。"⑤

[注释]

①汤:商汤。商王朝的建立者。《护》:汤时乐曲名。②宫声:五声之一。宫、商、角、徵、羽为五声。③方廉:方正廉洁。④恻隐:见人遭遇不幸而心有所不忍。即同情。⑤"汤降"二句:出自《诗经·商颂·长发》。意思是,商汤处世谦逊,其圣明恭敬的德行每天都有进步。汤:商汤。降:下,谦逊。跻:升。

[译文]

商汤作乐曲《护》。听到乐曲里的宫声,使人温和善良,胸怀宽大。听到商声,使人方正廉洁,喜欢正义。听到角声,使人产生同情心而喜爱仁义。听到徵声,使人乐于供养,喜欢施舍。听到羽声,使人谦恭而喜好礼义。《诗经》说:"汤降不迟,圣敬日跻。"

第三十一章　谦者，抑事而损者也

孔子曰："《易》先《同人》后《大有》，①承之以《谦》，不亦可乎？"故天道亏盈而益谦，②地道变盈而流谦，③鬼神害盈而福谦，④人道恶盈而好谦。谦者，抑事而损者也。持盈之道，抑而损之，此谦德之于行也。顺之者吉，逆之者凶。五帝既没，三王既衰，能行谦德者，其惟周公乎。⑤周公以文王之子，武王之弟，成王之叔父，假天子之尊位七年，所执贽而师见者十人，⑥所还质而友见者十三人，⑦穷巷白屋之士所先见者四十九人，⑧时进善者百人，宫朝者千人，谏臣五人，辅臣五人，拂臣六人，⑨载干戈以至于封侯，⑩异族九十七人，而同姓之士百人。孔子曰："犹以为周公为天下党，则以同族为众，而异族为寡也。"故德行宽容而守之以恭者荣，土地广大而守之以俭者安，位尊禄重而守之以卑者贵，人众兵强而守之以畏者胜，聪明睿智而守之以愚者哲，博闻强记而守之以浅者不隘。此六者皆谦德也。《易》曰："谦亨君子有终，⑪吉。"能以此终吉者，君子之道也。贵为天子，富有四海，而德不谦，以亡其自身，桀纣是也，而况众庶乎？夫《易》有一道焉，大足以治天下，中足以安家国，近足以守其身者，其惟谦德乎。《诗》曰："汤降不迟，圣敬日跻。"⑫

[注释]

①同人:《易经》的卦名。后面的"大有""谦"也是卦名。②亏:减损。引申为消长、盛衰。③流:流布。④福:保佑。⑤周公:名旦,周文王姬昌第四子,周武王姬发的弟弟,曾两次辅佐周武王东伐纣王,周武王之子周成王即位时年幼,由周公摄政。周公摄政七年,提出了各方面的根本性典章制度,完善了宗法制度、分封制、嫡长子继承法和井田制。周公七年归政成王,正式确立了周王朝的嫡长子继承制。⑥贽(zhì):古时初次求见人时所送的礼物,见面礼。引申义是持物以求见、赠送。⑦质:同"贽",礼物。⑧穷巷白屋:指不施彩色、露出本材的房屋。也指以白茅覆盖的房屋。为古代平民所居的房屋。⑨拂(bì):同"弼"。辅助。⑩载:从事。干戈:古代的两种兵器,泛指武器。⑪亨:通达。有终:有始有终。⑫"汤降"二句:出自《诗经·商颂·长发》。

[译文]

孔子说:"《易经》先有《同人》卦,然后有《大有》卦,再承续以《谦》卦,这样不也是可以的吗?"所以天道的规律要减损满的而增益谦让,地的规律要变动满的而流向谦让,鬼神之意是损害满的而福佑谦让,人的心理是厌恶满的而喜欢谦让。所谓谦卦,就是退让减损。保持盈满的方法就是退让减损,这就是谦德的施行。顺应它的就吉利,违逆它的就会产生凶象。五帝已经没落,三王已经衰落,能够施行谦德的,只有周公了。周公以周文王的儿子、周武王的弟弟、周成王的叔父的身份,代行天子之职的七年中,他携带礼物以对待老师之礼去拜见的有十人,以朋友之礼求见的有十三人,经人介绍而拜访住陋巷茅屋中的有四十九人,时常向他进谏善言的有一百人,到王宫里朝见他的有一千人,直言规劝的大臣有五人,辅助的臣子有五人,辅佐匡正的臣子有六人,作战立功而被封侯的,异族的有九十七人,同姓的有一百人。孔子说:"有人还认为周公把天下看作他们一姓的天下,这是因为分封同族的人多,而分封异姓的人少。"所以德行宽容,用恭谨去持守就会荣耀;土地广大,用俭朴去持守就会安宁;禄位高贵显赫,用谦卑去持守就会显贵;人民众多,军队强大,用敬畏之心去持守就会取胜;聪明睿智,用愚笨去持守就会明智;见闻广博且记忆力强,用浅薄来持守就会聪明。这六个方面都是谦之德。《易经》说:"谦虚使人亨通顺利,君子能够始终谦逊,就会吉祥。"能够始终保持吉祥,是君子遵行的道路。一个人显贵而成为天子,富有而拥有天下,却不具备谦德,以致失去天下而牺牲性命的,桀和纣就是例子,更何况是平民百姓呢?《易经》中有一种道理,从大处说,足可以保住天下,其次,足可以保住自己的国和家;从小处说,足可以保全自身,说的就是谦德。《诗经》说:"汤降不迟,圣敬日跻。"

第三十二章 田之方赎老马

昔者田子方出,①见老马于道,喟然有志焉,②以问于御者曰:"此何马也?"御曰:"故公家畜也,③罢而不为用,④故出放之也。"田子方曰:"少尽其力,而老弃其身,仁者不为也。"束帛而赎之。⑤穷士闻之,知所归心矣。《诗》曰:"汤降不迟,圣敬日跻。"⑥

[注释]

①田子方:战国时期魏国人,名无择,曾随子贡学习,后成为魏文侯

的老师。②喟（kuì）然：形容叹气的样子。志：意念，感情。③公家：犹公室。指诸侯王国。④罢（pí）：通"疲"。⑤束帛：捆为一束的五匹帛。古代用为聘问、馈赠的礼物。⑥"汤降"二句：出自《诗经·商颂·长发》。

[译文]

从前田子方外出，看到路上有一匹老马，他有感触地发出长叹，因而问车夫："这是什么马啊？"车夫回答说："这是以前公家养的马，身体疲惫衰弱不再有用了，所以把它放逐在外面了。"田子方说："年轻时用尽了力，老了却被抛弃，仁爱的人不会这样做。"于是，用五匹帛赎回老马。穷困落魄的士人听到这件事，心里都知道该归附谁了。《诗经》说："汤降不迟，圣敬日跻。"

第三十三章　螳螂挡车

齐庄公出猎，①有螳螂举足将搏其轮，问其御曰："此何虫也？"御曰："此是螳螂也。其为虫，知进而不知退，不量力而轻就敌。"庄公曰："此为人必为天下勇士矣。"于是回车避之。而勇士归之。《诗》曰："汤降不迟，圣敬日跻。"②

[注释]

①齐庄公：春秋时期齐国国君。②"汤降"二句：出自《诗经·商

颂·长发》。

[译文]

齐庄公出去打猎,有只螳螂举起脚要击打车轮,齐庄公问他的车夫:"这是什么虫?"车夫说:"这是螳螂。它作为一种昆虫,只知道前进,不知道后退,不自量力却轻易进攻敌人。"庄公说:"如果它是人,必定是天下的勇士啊。"于是调转车轮避开了它,天下勇士因此归附齐庄公。《诗经》说:"汤降不迟,圣敬日跻。"

第三十四章　人有恶乎

魏文侯问李克曰:①"人有恶乎?"李克曰:"有。夫贵者则贱者恶之,富者则贫者恶之,智者则愚者恶之。"文侯曰:"善。行此三者,使人勿恶,亦可乎?"李克曰:"可。臣闻贵而下贱,则众弗恶也。富能分贫,则穷士弗恶也。智而教愚,则童蒙者弗恶也。"②文侯曰:"善哉言乎!尧舜其犹病诸。③寡人虽不敏,请守斯语矣。"《诗》曰:"不遑启处。"④

[注释]

①魏文侯:战国时期魏国的建立者,曾用李悝为相、吴起为将、西门豹为邺令,并向子夏学习经艺,是当时有名的贤君。李克:即李悝,战国初期魏国人,为魏文侯相,主持变法,废除旧贵族特权,按能力和功劳大

小选拔官吏；鼓励农民精耕细作，增加产量；国家在丰年时平价购买余粮，荒年时平价出售。变法后魏国成为战国初期强国之一。②童蒙：幼稚愚昧。③病：毛病，缺点。④"不遑"句：出自《诗经·小雅》的《四牡》和《采薇》。上句为"王事靡盬"，意思是，周王的徭役没完没了，没有闲暇的时间过安宁的日子。遑：闲暇。启处：安居。

[译文]

　　魏文侯问李克说："人有被别人憎恶的吗？"李克说："有。地位高的人被地位低的人憎恶，富裕的人被贫穷的人憎恶，聪明的人被愚笨的人憎恶。"魏文侯说："好。拥有这三种情况，使人不憎恶，可以做到吗？"李克说："可以。我听说地位高的人礼让地位低的人，那么地位低的人就不会憎恶他们。富裕的人把财富分给贫穷的人，那么贫穷的人就不会憎恶他们。聪明的人教诲愚笨的人，那么幼稚愚昧的人就不会憎恶他们。"魏文侯说："您说的太好了！尧、舜恐怕也难以做到吧！我虽然不聪明，但也要照您说的去做。"《诗经》说："不遑启处"。

第三十五章　圣人求贤者以自辅

　　有鸟于此，架巢于葭苇之颠，①天喟然而风，②则葭折而巢坏，何也？其所托者弱也。稷蜂不攻，③而社鼠不薰，④非以稷蜂、社鼠之神，其所托者善也。故圣人求贤者以自辅。夫吞舟之鱼大矣，荡而失水，则为蝼蚁所制，失其辅也。故《诗》曰："不明尔德，以无陪无侧,尔德不明,以无陪无侧。"⑤

[注释]

①葭苇:芦苇。颠:顶。②喟然:叹息声,这里应为突然兴起。③稷蜂:栖息在谷神庙里的蜂。稷:谷神。④社鼠:托身于土地庙的老鼠。⑤"不明"四句:出自《诗经·大雅·荡》。意思是,你的道德不能充分展现,是因为身边没有贤臣辅佐。

[译文]

这里有只鸟,把巢架筑在芦苇顶上。天突然刮起风,芦苇折断了,鸟巢毁坏了。为什么呢?是因为依托鸟巢的对象太脆弱了。栖息在谷神庙里的蜂不会被人攻击,土地庙中的老鼠不会遭到烟熏,并不是因为谷神庙里的蜂和土地庙中的老鼠有什么神异之处,是因为它们依托的地方好啊。所以圣人寻求贤能的人辅佐自己。能够吞掉船只的大鱼,如果要游荡却没有了水,就会为蝼蛄、蚂蚁所制服,是因为失去了辅助它的水。所以《诗经》说:"不明尔德,以无陪无侧,尔德不明,以无陪无侧。"

卷九

第一章　孟母教子

孟子少时诵,①其母方织。孟子辍然中止,②乃复进。其母知其谊也,③呼而问之曰:"何为中止?"对曰:"有所失复得。"其母引刀裂其织,以此诫之。自是之后,孟子不复谊矣。孟子少时,东家杀豚,④孟子问其母曰:"东家杀豚何为?"母曰:"欲啖汝。"⑤其母自悔失言。曰:"吾怀妊是子,席不正不坐,割不正不食,胎教之也。今适有知而欺之,是教之不信也。"乃买东家豚肉以食之,明不欺也。《诗》曰:"宜尔子孙承承兮。"⑥言贤母使子贤也。

[注释]

①孟子:名轲,战国时期邹国人,继孔子以后儒家学派的重要代表人物。②辍:停,中止。③谊:通"谖"。忘记。④豚:猪。⑤啖(dàn):吃或给人吃。⑥"宜尔"句:出自《诗经·周南·螽斯》。意思是,教导你的子孙谨慎小心啊。承承:小心谨慎的样子。

[译文]

孟子小时候背诵,他的母亲正在织布。孟子突然停了下来,一会儿又继续往下背诵。母亲知道他忘记了,便大声喊他问道:"为什么中间停下?"孟子回答说:"刚才有些地方忘记了,后来又想起来了。"母亲拿刀割断了正在织着的布,用来训诫他不能半途而废。自此以后,孟子背诵时就不再忘记了。孟子小时候,看到东边邻居家杀猪。孟子问母亲说:"东边邻居家杀猪做什么呢?"母亲说:"想给你肉吃呀!"说完,母亲就后悔说错了话,说:"我怀这个孩子时,席位不端正我就不坐,食物没有切方正就不吃,在母胎里就教育他。现在他刚有一点意识我就欺骗他,这是教他不守信啊。"于是就去买东边邻居家的猪肉给孟子吃,以表明她并没有欺骗孩子。《诗经》说:"宜尔子孙承承兮。"说的就是贤德的母亲使儿子成为贤人。

第二章　田子为相

田子为相,①三年归休,得金百镒奉其母。②母曰:"子安得此金?"对曰:"所受俸禄也。"母曰:"为相三年不食乎?治官如此,非吾所欲也。孝子之事亲也,尽力致诚,不义之物,不入于馆。为人臣不忠,是为人子不孝也。子其去之。"田子愧惭走出,造朝还金,③退请就狱。王贤其母,说其义,即舍田子罪,令复为相,以金赐其母。《诗》曰:"宜尔子孙承承兮。"④言贤母使子贤也。

[注释]

①田子:即田稷子,战国时期齐国宰相。②镒(yì):古代重量单位,一镒为二十两或二十四两。③造朝:上朝。④"宜尔"句:见

《诗经·周南·螽斯》。

[译文]

田子担任宰相,三年后退休回家,将他在任得到的百镒黄金献给他的母亲。他的母亲说:"你是怎么得到这些黄金的?"他回答说:"这是我当官所得的俸禄。"他的母亲说:"当宰相三年,不要吃饭么?你这样做官,不是我所期望的。孝顺的儿子侍奉父母,尽力做到诚实,不应当得到的东西,不要拿进家门。做臣子不忠诚,也就是为人子的不孝顺。你把这些东西拿走。"田子惭愧地走出家门,到朝廷那里退还黄金,请求君王让自己进监狱。君王认为他母亲很贤惠,赞赏她的大义,就免了田子的罪,再次任命他当宰相,还把黄金赏给了他的母亲。《诗经》说:"宜尔子孙承承兮。"说的就是贤德的母亲使儿子成为贤人。

第三章 皋鱼三失

孔子出行,闻哭声甚悲。孔子曰:"驱之驱之!前有贤者。"至则皋鱼也。①被褐拥镰,②哭于道旁。孔子辟车与之言,曰:③"子非有丧,何哭之悲也?"皋鱼曰:"吾失之三矣。少而好学,周游诸侯,以殁吾亲,④失之一也。高尚吾志,简吾事,⑤不事庸君,而晚事无成,失之二也。与友厚而中绝之,失之三矣。夫树欲静而风不止,子欲养而亲不待,往而不可追者年也,去而不可得见者亲也。吾请从此辞矣。"立槁而死。孔子曰:"弟子识之,足以诫矣。"于是门人辞归而养亲者十有三人。

[注释]

①皋鱼：春秋时期人，事迹不详。②被：同"披"。穿。褐：粗布衣服。③辟车：下车。辟：通"避"。④殁：死。⑤简：选择。

[译文]

孔子外出，听到有人哭得十分悲伤。孔子说："快赶车！快赶车！前面有个贤人。"到跟前一看，原来是皋鱼。他身上穿着粗布衣服，手里拿着镰刀，在路边哭泣。孔子离开车子对皋鱼说："你家没有丧事，怎么会哭得如此悲伤呢？"皋鱼说："我有三个过失。年轻时喜欢求学，周游各诸侯国，其间我的父母双亲去世了，这是第一个过失。我志向高尚远大，谨慎选择我的事业，不愿事奉昏庸的君主，结果老来一事无成，这是第二个过失。我与朋友交情深厚，却逐渐断绝了来往，这是第三个过失。树木想安静下来，可是风却不停地吹，儿子想奉养父母，可是他们已经不在了。过去了再也追不回来的是年华，失去了再也不能见到的是双亲。请让我现在就死吧。"于是站着不动像枯树一样死去。孔子说："弟子们要记住这件事，足可引以为戒了。"于是弟子辞别孔子，回家奉养父母双亲的有十三人。

第四章　君子笃孝

子路曰："有人于斯，夙兴夜寐，手足胼胝而面目犁黑，①树艺五谷以事其亲,②而无孝子之名者,何也?"孔子曰:"意者身未敬邪?色不顺邪?辞不逊邪?古人有言曰:'衣与饮,曾不尔聊。'④子劳以事其亲,无此三者,何为无孝之名?意者所友非仁人邪?坐,吾语汝。虽有国士之力,不能自举其身。非无力也,势不便也。是以君子入则笃孝,出则友贤,何为其无孝子之名?"《诗》曰:"父母孔迩。"⑤

[注释]

①胼胝(pián zhī):手脚上的老茧。②树艺:种植,栽培。③醪:酒的总称。此处指食物。④聊:依赖,凭借。⑤"父母"句:见《诗经·周南·汝坟》。意思是,父母生活迫近饥寒之境。孔:甚。迩(ěr):近,此指迫近饥寒之境。

[译文]

子路问孔子说:"有这样一个人,早起晚睡,手脚都磨出了老茧,脸也被晒得黑黑的,耕耘土地,种植五谷来赡养父母亲,却没有孝顺的名声,这是什么原因呢?"孔子说:"想来大概是他举止不恭敬吧?是他脸色不温顺吧?是他说话不谦虚吧?古人有句话说:'给我穿啊给我吃啊,都不曾依赖你。'你勤劳地侍奉父母,没有这三种行为,为什么会没有孝顺的名声呢?想来大概是他所交的朋友不是仁德之人吧?坐下来,我给你说说。即使有了全国闻名的大力士的力气,也不能自己举起自己的身体,这不是没有力气,而是客观情势不许他举起自己。所以君子在家里笃行孝道,出门在外就和贤能的人交朋友,怎么会没有孝顺的名声呢?"《诗经》说:"父母孔迩。"

第五章　伯牙绝弦

伯牙鼓琴,①锺子期听之。②方鼓琴,志在太山。③锺子期曰:"善哉鼓琴,巍巍乎如太山!"莫景之间,④志在流水。锺子期曰:"善哉鼓琴,洋洋乎若江河!"锺子期死,伯牙擗琴绝弦,⑤终身不复鼓琴,以为世无足与鼓琴也。非独鼓琴如此,贤者亦有之,苟非其时,则贤者将奚由得遂其功哉?

[注释]

①伯牙:春秋时期著名音乐家,以善琴著名。②锺子期:春秋时期楚国人,擅长欣赏音乐。③太山:高山,大山。有时也指泰山。④莫景:一会儿。⑤擗(pǐ):劈开。

[译文]

伯牙弹琴,锺子期倾听琴声。伯牙弹琴的时候,志趣在高山之间。锺子期说:"琴弹得太好了,就像巍峨的高山!"不一会儿,伯牙的志趣转到流水上。锺子期说:"琴弹得太好了,就像一望无际的江河!"锺子期去世后,伯牙劈断了琴,认为世间再没有人值得他为之弹琴了。不但弹琴是这样,贤人也是如此。如果生不逢时,那么贤人怎么能够成就自己的功业呢?

第六章　忠不畔上

秦攻魏，破之，少子亡而不得。令魏国曰："有得公子者赐金千斤，匿者罪至十族。"公子乳母与俱亡。人谓乳母曰："得公子者赏甚重，乳母当知公子处而言之。"乳母应之曰："我不知其处。虽知之，死则死，不可以言也。为人养子，不能隐而言之，是畔上畏死。①吾闻忠不畔上，勇不畏死。凡养人子者务生之，非务杀之也。岂可见利畏诛之故，废义而行诈哉？吾不能生而使公子独死矣。"遂与公子俱逃泽中。秦军见而射之，乳母以身蔽之，著十二矢，②遂不令中公子。秦王闻之，飨以太牢，③且爵其兄为大夫。《诗》曰："我心匪石，不可转也。"④

[注释]

①畔：通"叛"。背叛。②矢：箭。③飨：祭祀时进献食物。太牢：具备牛、羊、猪三牲的祭品。④"我心"二句：出自《诗经·邶风·柏舟》。意思是，我的心不是石头，是不可以随意转动的。匪：通"非"。

[译文]

秦国攻打魏国，魏国被打败，魏王的小儿子逃走了，无法找到。秦王在魏国发布命令说："有找到公子的人，赏赐金子一千斤，有藏匿公子的人，则降罪株连十族。"公子的奶妈和公子一起逃亡。有人对奶妈说：

"得到公子的人,秦王会有丰厚的赏赐,你应当知道公子在什么地方而告知秦王。"奶妈回答说:"我不知道公子在什么地方。即使知道,被处死就处死,也不能说出来。替人抚养孩子,无法隐藏反而告密,这是背叛君主,贪生怕死。我听说,忠诚的人不背叛君主,勇敢的人不畏惧死亡。凡是为人抚养孩子一定尽力让孩子活着,而不是要把他杀死。怎么能够见到利益,怕被诛杀,不讲道义而做出欺诈的事情呢?我不能自己活着而让公子独自去死啊。"于是和公子一起逃到沼泽中去。秦国军队发现了,就用箭射击他们,奶妈用身体保护公子,身上中了十二箭,却始终不让箭射中公子。秦王听到这件事,用太牢祭祀奶妈,而且赐给她哥哥爵位,封为大夫。《诗经》说:"我心匪石,不可转也。"

第七章 人善我

子路曰:①"人善我,我亦善之。人不善我,我不善之。"子贡曰:②"人善我,我亦善之。人不善我,我则引之进退而已耳。"颜回曰:③"人善我,我亦善之。人不善我,我亦善之。"三子所持各异,问于夫子。夫子曰:"由之所持,蛮貊之言也。④赐之所持,朋友之言也。回之所持,亲属之言也。"《诗》曰:"人而无良,我以为兄。"⑤

[注释]

①子路:名仲由,字子路,又字季路,鲁国卞人,孔子弟子。②子

贡:姓端木,名赐,字子贡,孔子弟子。③颜回:曹姓,颜氏,名回,字子渊,鲁国人,被尊称为复圣颜子,春秋末期鲁国思想家,孔子弟子。④蛮貊(mò):古代称南方和北方落后的部族,亦泛指四方落后部族。⑤"人而"二句:出自《诗经·鄘风·鹑之奔奔》。意思是,这个人心地不善良,凭什么把他当作兄长。无良:不善。我:"何"之借字,古音"我""何"相通。

[译文]

子路说:"别人善待我,我也善待他。别人不善待我,我也不善待他。"子贡说:"别人善待我,我也善待他。别人不善待我,我就引导他,同他接近或疏远罢了。"颜回说:"别人善待我,我也善待他。别人不善待我,我也善待他。"三个人的主张各不相同,就请教孔子。孔子说:"子路所主张的,是落后部族间相处的方式。子贡所主张的,是朋友之间相处的方式。颜回所主张的,是亲人之间相处的方式。"《诗经》说:"人而无良,我以为兄。"

第八章　齐景公纵酒

齐景公纵酒,①醉而解衣冠,鼓琴以自乐。顾左右曰:"仁人亦乐此乎?"左右曰:"仁人耳目犹人,何为不乐乎!"景公曰:"驾车以迎晏子。"②晏子闻之,朝服而至。景公曰:"今者寡人此乐,愿与大夫同之。请去礼。"晏子曰:"君言过矣。自齐国五尺已上,力皆能胜婴与君，所以不敢乱者，畏礼也。故自天子无礼则无以守社稷，诸侯无礼则无以守其国。为人上无礼则无以使其下，为人下无礼则无以事其上。大夫无礼则无以治其家，兄弟无礼则不同居。人而无礼，不若遄死。"景公色愧，离席而谢曰："寡人不仁，无良左右，淫湎寡人，③以至于此。请杀左右以补其过。"晏子曰："左右无过。君好礼，则有礼者至，无礼者去。君恶礼，则无礼者至，有礼者去。左右何罪乎？"景公曰："善哉！"乃更衣而坐，觞酒三行，④晏子辞去，景公拜送。《诗》曰："人而无礼，胡不遄死。"⑤

[注释]

①齐景公：春秋时期齐国国君。②晏子：即晏婴，齐国大夫。③淫湎（miǎn）：沉溺于酒色。④觞：酒杯。⑤"人而"二句：出自《诗经·鄘风·相鼠》。意思是，人不懂得礼，为什么不快点去死呢？胡：何，为什么，怎么。遄（chuán）：快，速速，赶快。

[译文]

齐景公放纵地喝酒，喝醉了，就脱下衣服帽子，弹琴取乐。回过头问左右侍从说："有仁德的人也喜欢这样的快乐吗？"左右侍从说："有仁德的人眼睛、耳朵长得跟普通人一样，怎么会不喜欢这些快乐呢！"景公说："驾车把晏子迎接过来。"晏子听说了这件事，穿着上朝的礼服来到王宫。景公说："今天我的快乐，愿意和大夫你共同享受，请免去礼节。"晏子说："君王的话错了，在齐国五尺以上身材的人，他们的力量都在君王和我之上，之所以他们不敢动用自己的力量发动叛乱，是因为畏惧礼。所以天子无视礼法就不能守护江山社稷，诸侯无视礼法就没有办法守护国家。

在上的君王无视礼法就没有办法使令下面的臣民,在下的臣民无视礼法就没有办法侍奉在上的君王,大夫无视礼法就没有办法治理他的家,兄弟无视礼法就不能和他居住在一起。人如果不懂礼,不如快点死去。"景公脸上露出惭愧的神色,离开座位谢罪说:"我没有仁德,左右侍人行为不良,使我沉溺于酒色,请杀了左右侍从,用来补救我的过失。"晏子说:"左右侍从没有过错。君王喜好礼,守礼的人就会到来,不守礼的人就会离开。君王厌恶礼,不守礼的人就会到来,守礼的人就会离开。左右侍从有什么罪过呢?"景公说:"你说的太好了!"于是重新穿上衣服坐下,喝过三杯酒。晏子告辞离开,景公行礼拜送他离去。《诗经》说:"人而无礼,胡不遄死!"

第九章　堂衣若扣孔子之门

传曰:堂衣若扣孔子之门曰:①"丘在乎?丘在乎?"子贡应之曰:"君子尊贤而容众,嘉善而矜不能,②亲内及外,己所不欲,勿施于人。子何言吾师之名焉?"堂衣若曰:"子何年少言之绞?"③子贡曰:"大车不绞则不成其任,琴瑟不绞则不成其音。子之言绞,是以绞之也。"堂衣若曰:"吾始以鸿之力,④今徒翼耳。"子贡曰:"非鸿之力,安能举其翼?"《诗》曰:"如切如磋,如错如磨。"⑤

[注释]

①堂衣若:春秋时期人。②矜:怜悯。③绞:说话直率,急切。

④鸿：大雁。⑤"如切"二句：出自《诗经·卫风·淇奥》。瑳：同"磋"。切、瑳，本义是加工玉石骨器，引申为讨论研究学问。错、磨，本义是玉石骨器的精细加工，引申为学问道德的钻研深究。

[译文]

　　古书记载说：堂衣若敲击着孔子的家门说："孔丘在家吗？孔丘在家吗？"子贡回答他说："君子尊敬贤人，宽容普通大众；赞许好人，也怜悯无能的人；爱护他的家人及其他人，自己不想做的事，也不要强加给别人。你为什么直呼我老师的名字呢？"堂衣若说："你年纪轻轻，为何说话那么急切呢？"子贡说："大车不急切就不能承担完成它的任务，琴瑟的弦不急切绞紧就不能弹奏出动听的音乐。你说话急切，我也急切地回应你。"堂衣若说："我开始以为你有大雁的力量，现在知道你仅有翅膀而已。"子贡说："没有大雁的力量，怎么能举起它的翅膀？"《诗经》说："如切如瑳，如错如磨。"

第十章　齐景公欲杀颜斶聚

　　齐景公出弋昭华之池，①使颜斶聚主鸟而亡之。②景公怒而欲杀之。晏子曰：③"夫斶聚有死罪四，请数而诛之。"景公曰："诺。"晏子曰："斶聚！汝为吾君主鸟而亡之，是罪一也。使吾君以鸟之故而杀人，是罪二也。使四国诸侯闻之，以吾君重鸟而轻士，是罪三也。天子闻之，必将贬绌吾君，④危其社稷，绝其宗庙，是罪四也。此四罪者，故当杀无赦，臣请加诛焉。"景公曰："止！此亦吾过矣。愿夫子为寡人敬谢焉。"《诗》曰："邦之司直。"⑤

[注释]

①齐景公：春秋时期齐国国君。弋（yì）：带有绳子的箭，用来射鸟。②颜斶（zhuó）聚：人名。《晏子春秋·外篇》作"颜烛邹"。③晏子：即晏婴，春秋时期齐国大夫。④绌：通"黜"。罢免。⑤"邦之"句：出自《诗经·郑风·羔裘》。意思是，国家的司直能够主持正义。司直：负责正人过失的官吏。

[译文]

齐景公到昭华池去捕鸟，让颜斶聚管理那些鸟，颜斶聚却让鸟飞走了。齐景公发怒想要杀了他。晏子说："颜斶聚有四条罪状，请让我将他的罪状列出来，然后杀掉他。"齐景公说："好的。"晏子说："斶聚，你替国君管理鸟，却让鸟逃跑了，这是第一条罪行；让我们国君为了一只鸟就要杀人，这是第二条罪行；让四周的诸侯听到这件事，认为我们的国君看重鸟而轻视士人，这是第三条罪行；天子听到这件事，一定会罢免我们的国君，使我们国家遭遇危险，宗庙祭祀断绝，这是第四条罪行。你犯了这四条罪，所以应当被处死，不能赦免，臣下请求国君加以诛杀。"齐景公说："停下！这是我的过错。希望先生能为我恭敬地谢罪。"《诗经》说："邦之司直。"

第十一章　解狐荐荆伯柳

魏文侯问于解狐曰：①"寡人将立西河之守，②谁可用者？"解狐对曰:"荆伯柳者贤人,殆可。"文侯曰:"是非子之仇也?"对曰:"君问可,非问仇也。"于是将以荆伯柳为西河守。荆伯柳问左右:"谁言我于吾君?"左右皆曰:"解狐。"荆伯柳往见解狐而谢之曰:"子乃宽臣之过也,言于君,谨再拜谢。"解狐曰:"言子者公也,怨子者私也。公事已行,怨子如故。"张弓射之,走十步而没,可谓勇矣。《诗》曰:"邦之司直。"③

[注释]

①魏文侯:战国时期魏国的建立者,曾用李悝为相、吴起为将、西门豹为邺令,并向子夏学习经艺,是当时有名的贤君。解狐:春秋时期晋国大夫。②西河:战国时黄河在今山西、陕西间之河段西岸常被称为西河。③"邦之"句:出自《诗经·郑风·羔裘》。

[译文]

魏文侯问解狐说:"我想任命西河太守,谁可以任用呢?"解狐说:"荆伯柳是有才能的人,大概是可以的。"魏文侯说:"这个人不是你的仇人吗?"解狐回答说:"君主问的是谁可以任用,没有问谁是我的仇人。"于是魏文侯任命荆伯柳担任西河太守。荆伯柳问魏文侯身边的人:"是谁在国君那里推荐我的?"魏文侯身边的人都说:"是解狐。"荆伯柳去见解狐,并向他谢罪说:"谢谢您宽恕了我的过错,把我推荐给君主,我再次诚恳地向您表示感谢。"解狐说:"我推荐您,这是公事;我怨恨您,这是私事。现在公事已经办完,我依旧怨恨您。"解狐拉开弓就要射荆伯柳,荆伯柳非常害怕,十几步就跑没影了。解狐真的可以说是有担当的人啊。《诗经》说:"邦之司直。"

第十二章　相人不如相友

楚有善相人者，所言无遗策，闻于国中。庄王召见而问焉。①对曰："臣非能相人也，能相人之友者也。观布衣者，②其友皆孝悌，笃谨畏令，如此者家必日益，而身日安，此所谓吉人者也。观事君者，其友皆诚信，有行好善，如此者措事日益，官职日进，此所谓吉臣者也。观人主也，朝臣多贤，左右多忠，主有失，皆敢交争正谏，如此者国日安，主日尊，名声日显，此所谓吉主者也。臣非能相人也，能观人之友者也。"王曰："善！"其所以任贤使能而霸天下者，殆遇之于是也。③《诗》曰："彼己之子，邦之彦兮。"④

[注释]

①庄王：即楚庄王，春秋时期楚国国君，春秋五霸之一。②布衣：平民。③殆：或许。④"彼己"二句：出自《诗经·郑风·羔裘》。意思是，那个人，是国家的美士啊。己：语气助词。彦：美士。

[译文]

楚国有个善于看相的人，他给人看相没有失误过，闻名全国。楚庄王召见他，询问他这件事。他回答说："我并不能够给人看相，而是能详细观察他们的朋友。看一个平民，如果他的朋友能孝顺老人，尊敬兄长，忠厚恭谨、遵纪守法，像这种人，他的家庭一定会越过越好，他自身也会越来越安康，这就是所说的吉人。观察那些事奉君王的人，如果他的朋友都诚实守信、品德端正、乐善好施，像这样的人做事就会一天比一天好，官职也会越来越高，这就是所说的吉臣。观察国君，如果他的朝臣多是贤能，侍从多是忠良，国君有过失都敢于争相劝谏，这样的国君，他的国家就会日益安定，国君就会日益尊贵，名声就会日益显赫，这就是所说的吉君。我并不是能够看人的相貌，而是能观察他们的朋友啊。"楚庄王说："你说的好！"楚庄公于是任用贤能的人而称霸天下，或许是从这些话得到的启发吧。《诗经》说："彼己之子，邦之彦兮。"

第十三章　哀妇不忘故

孔子出游少源之野，有妇人中泽而哭，①其音甚哀。孔子怪之，使弟子问焉，曰："夫人何哭之哀？"妇人曰："乡者刈蓍薪而亡吾蓍簪，②吾是以哀也。"弟子曰："刈蓍薪而亡蓍簪，有何悲焉？"妇人曰："非伤亡簪也，吾所以悲者，盖不忘故也。"《诗》曰："代马依北风，飞鸟扬故巢。"③皆不忘故之谓也。

[注释]

①中泽：沼泽之中。②乡：不久以前。刈（yì）：割草。蓍（shī）：多年生草本植物。③"代马"二句：出自《古诗十九首·行行重行行》。意思是，代国的马南来后仍依恋北风，远飞的鸟仍旧依恋着它原来的巢

穴。代：古国名，在今河北蔚县一带，是产好马的地方。依：依恋。

[译文]

孔子到少源的郊外游玩。有一个妇女站在沼泽中啼哭，哭声十分悲哀。孔子觉得奇怪，便派他的弟子去询问，说："夫人为什么哭得这样伤心呀？"妇人说："刚才我在这里割蓍草，把我用蓍草做的簪子弄丢了，我因此感到非常悲伤。"弟子说："割蓍草，丢掉了蓍簪，这有什么值得可悲伤的呢？"妇人说："我并不是心痛丢掉了蓍簪，我所以悲伤，是由于不忘记忆旧物啊。"《古诗十九首》说："代马依北风，飞鸟扬故巢。"都是说不忘故旧的东西啊。

第十四章　君子之闻道

传曰：君子之闻道，入之于耳，藏之于心，察之以仁，守之以信，行之以义，出之以逊，①故人无不虚心而听也。小人之闻道，入之于耳，出之于口，苟言而已，②譬如饱食而呕之，其不惟肌肤无益，而于志亦戾矣。③《诗》曰："胡能有定。"④

[注释]

①逊：谦让，恭顺。②苟：马虎，随便。③戾：违背。④"胡能"句：出自《诗经·邶风·日月》。意思是，怎样才能安心呢？定：心定，心安。

[译文]

古书记载说：君子领会道理，只要听进耳朵里，就会牢记在心中。用仁义之心去体察，用信义之心去保持。以正义作为行动的指南，以谦让作为言语的准则，所以人们没有不虚心听从他的。小人领会道理，耳朵一听到，就从口中说出来，随随便便就说出了，就像吃得太饱，把食物呕吐出来，这不仅对身体毫无益处，和心志也是相违背的。《诗经》说："胡能有定。"

第十五章　三子言志

孔子与子路、子贡、颜渊游于戎山之上。①孔子喟然叹曰："二三子各言尔志，予将览焉。由尔何如？"对曰："得白羽如月，②赤羽如日，击钟鼓者，上闻于天，旌旗翩翩，下蟠于地，③使将而攻之，惟由为能。"孔子曰："勇士哉！赐尔何如？"对曰："得素衣缟冠，④使于两国之间，不持尺寸之兵，升斗之粮，使两国相亲如兄弟。"孔子曰："辩士哉！回尔何如？"对曰："鲍鱼不与兰茝同笥而藏，⑤桀纣不与尧舜同时而治。二子已言，回何言哉？"孔子曰："回有鄙之心。"⑥颜渊曰："愿得明王圣主为之相，使城郭不治，沟池不凿，阴阳和调，家给人足，铸库兵以为农器。"孔子曰："大士哉！由来，区区汝何攻？赐来，便便汝何使？⑦愿得衣冠为子宰焉。"⑧

[注释]

①子路：名仲由，字子路，一字季路。孔子学生，以勇力著称。子贡：孔子学生。姓端木，名赐，字子贡。颜渊：名回，字子渊，春秋时期鲁国人。孔子学生，好学，安贫乐道，在孔门中以德行著称。②羽：旌旗的代称。③蟠：遍及，充满。④缟（gǎo）冠：白色生绢制的帽子。⑤鲍鱼：指腐臭的鱼。兰茝（chǎi）：兰花香草。笥（sì）：盛饭或衣物的方形竹器。⑥鄙：轻视。⑦便便：形容巧言利口，擅长辞令。⑧冠：特指古代官吏所戴的礼帽。

[译文]

孔子和子路、子贡和颜渊在戎山上游玩。孔子感叹说：你们把各自的志向说出来，让我来看看。仲由，你的志向是什么？"子路说："我希望得到白色旌旗像月亮，红色旌旗像太阳的一支军队。敲击钟鼓的声音，响亮得直穿云霄，旌旗翩翩飞动，布满地面，率领将士攻打敌人，只有仲由能够做到。"孔子说："真是个勇士啊！端木赐，你的志向是什么？"子贡说："我希望穿上白色的衣服，戴上白色的帽子，在两国之间出使游说，不带一尺长的兵器，也不带一点粮食，就能让两国相亲相爱如弟兄。"孔子说："真是个能言善辩之士啊！颜回，你的志向是什么？"颜渊说："腐臭的鱼不能和兰花香草放在同一个竹筐里，桀、纣不能和尧、舜一同治理天下。他们二人已说出他们的志向，我还有什么话说呢？"孔子说："颜回有鄙视他们二人的心理。"颜渊说："我希望遇到一个圣明的君主，做他的宰相，不用建筑城墙，不用开凿护城河，就能做到阴阳调和，家家丰衣足食，把仓库里的兵器铸造成农具。"孔子说："真是个伟大的士人啊！仲由呀，你得志能攻打谁呢？端木赐呀，你巧言利口能游说谁呢？希望颜回能得到官服去做宰相啊!"

第十六章　知足不辱

贤士不以耻食,不以辱得。《老子》曰:"名与身孰亲?身与货孰多?①得与亡孰病?②是故甚爱必大费,多藏必厚亡。③知足不辱,知止不殆,可以长久。大成若缺,其用不敝。④大盈若冲,⑤其用不穷。大直若诎,大辩若讷,⑥大巧若拙,其用不屈。罪莫大于多欲,祸莫大于不知足,咎莫憯于欲得。⑦故知足之足常足矣。"

[注释]

①多:重要。②亡:指失去生命。③亡:损失。④敝:败坏。⑤冲:空虚。⑥讷:语言迟钝。⑦憯(cǎn):凄惨,残暴。

[译文]

贤明的士人不会为了得到食物而忍受耻辱,不会为了获得什么而受到侮辱。《老子》说:"名声和生命比起来哪一样亲切?生命和财货比起来哪一样贵重?得到名利和丧失生命哪一样为害?所以过分的爱惜名声就必定付出重大的耗费,过多的藏货就必定会招致惨重的损失。知道满足就不会受到屈辱,知道适可而止就不会带来危险,这样才可以保持长久。最完满的东西好像有欠缺一样,但是它的作用是不会衰竭的。最充盈的东西好像是空虚一样,但是它的作用是不会穷尽的。最正直的东西好像是弯曲的一样,最卓越的辩才好像是口讷一样,最灵巧的东西好像是笨拙一样,它们的作用是不会竭尽的。罪过没有比贪得无厌更大的,灾祸没有比不知道满足更大的,惩罚没有比想满足欲望更凄惨的。所以知道满足的这种满足,就是永远的满足了。"

第十七章　孟子欲休妻

孟子妻独居,踞。①孟子入户视之,白其母曰:"妇无礼,请去之。"②母曰:"何也?"曰:"踞。"其母曰:"何知之?"孟子曰:"我亲见之。"母曰:"乃汝无礼也,非妇无礼。《礼》不云乎:'将入门,问孰存。将上堂,③声必扬。将入户,视必下。'不掩人不备也。今汝往燕私之处,④入户不有声,令人踞而视之,是汝之无礼也,非妇无礼也。"于是孟子自责,不敢去妇。《诗》曰:"采葑采菲,无以下礼。"⑤

[注释]

①踞:坐时伸开两腿,像个簸箕,这里指坐相不好。②去:除去,去掉。此处指男方把女方赶回家,即休妻。③堂:正屋,客厅。④燕私:闲居休息。⑤"采葑(fēng)"二句:出自《诗经·邶风·谷风》。意思是,采摘萝卜和蔓青,难道要叶不要根?葑:蔓青。叶、根可食。菲:萝卜之类。礼:旧作"体"。

[译文]

孟子的妻子独自一人在屋里,两腿伸开坐着。孟子进屋看见妻子这个样子,对母亲说:"我媳妇没有礼貌,请求把她休了。"孟母说:"怎么没礼貌了?"孟子说:"她伸开两腿坐着。"孟母问:"你是怎么知道的?"孟子说:"我亲眼看见的。"孟母说:"这就是你没礼貌,不是媳妇没礼貌。《礼记》上不是说过:'将要进屋的时候,先问有谁在里面。将要进入厅堂,声音必须先提高。将要进屋的时候,眼睛应该往下看。'不要在别人没有准备的时候到人家家里去。现在你到了媳妇闲居休息的地方,进屋没有声响,因而让你看到了她两腿伸开坐着的样子。这是你没礼貌,并非是你媳妇没礼貌啊。"于是孟子责备自己,不敢休妻了。《诗经》说:"采葑采菲,无以下礼。"

第十八章　姑布子卿相孔子

孔子出卫之东门,逆姑布子卿,①曰:"二三子使车避,②有人将来,必相我者也。志之。"姑布子卿亦曰:"二三子引车避,有圣人将来。"孔子下步,姑布子卿迎而视之五十步,从而望之五十步,顾子贡曰:③"是何为者也?"子贡曰:"赐之师也,所谓鲁孔丘也。"姑布子卿曰:"是鲁孔丘欤?吾固闻之。"子贡曰:"赐之师何如?"姑布子卿曰:"得尧之颡,④舜之目,禹之颈,皋陶之喙,⑤从前视之,盎盎乎似有土者。从后视之,高肩弱脊。循循固得之转广一尺四寸,此惟不及四圣者也。"子贡吁然。⑥姑布子卿曰:"子何患焉?污面而不恶,⑦葭喙而不藉,⑧远而望之,羸乎若丧家之狗。⑨子何患焉?"子贡以告孔子。孔子无所辞,独辞丧家之狗耳,曰:"丘何敢乎?"子贡曰:"污面而不恶,葭喙而不藉,赐以知之矣。不知丧家狗,何足辞也?"子曰:"赐,汝独不见夫丧家之狗欤?既敛而椁,⑩布席而祭,顾望无人。意欲施之。上无明王,下无贤方伯,⑪王道衰,政教失,强陵弱,众暴寡,百姓纵心,莫之纲纪。⑫是人固以丘为欲当之者也。⑬丘何敢乎!"

[注释]

①逆:迎面。姑布子卿:春秋时期著名相术师。②二三子:诸位,你们。③子贡:姓端木,名赐,字子贡,孔子的弟子。④颡(sǎng):额头。⑤皋陶:上古时期华夏部落首领,虞舜的臣子。喙:嘴。⑥吁然:感叹的样子。⑦污:低洼的。⑧葭:古同"笳"。一种乐器。藉:杂乱。⑨羸乎:疲困的样子。⑩敛:入殓,把死人放在棺材里。椁:套在棺材外面的大棺材。⑪方伯:一方诸侯之长,后泛指地方长官。⑫纲纪:社会的秩序和国家的法纪。⑬是人:这个人。

[译文]

孔子从卫国的东门出去,姑布子卿的马车正迎面而来。孔子对他的弟子说:"你们把车马避让一下,有人要来了,他一定会看我的相貌,记下他说的话。"姑布子卿也对弟子们说:"你们赶车回避一下,有一个圣人要过来了。"孔子下车步行,姑布子卿迎面观察孔子,从前面看他走了五十步,又从后面望着他走了五十步。姑布子卿回过头问一旁的子贡说:

"这位是什么人呢?"子贡说:"是我的老师,就是鲁国的孔丘。"姑布子卿说:"是鲁国的孔丘吗?我曾听说过他的名字。"子贡问道:"您看我老师的相貌怎么样?"姑布子卿说:"他有着尧帝的额头,舜帝的眼睛,大禹的脖子,皋陶的嘴巴。从正面看上去,像是一位有土地的王者;从后面看上去,两肩高耸,脊背瘦弱,他的面相遵循常人,身宽一尺四寸,只有这一点赶不上四位圣人啊。"子贡叹了一口气。姑布子卿说:"你有什么好担心的呢?你的老师面部内陷,长得却不丑陋,嘴巴像胡笳一样突出,却很整齐,远远看他,疲惫困顿像个丧家之狗罢了。您有什么忧虑的呢?"子贡把这些话告诉了孔子。孔子对姑布子卿的评价没有意见,唯独不接受丧家之狗的说法。孔子说:"这我哪里敢当呢?"子贡说:"他说您面部内陷,长得却不丑陋,嘴巴像胡笳一样突出,却很整齐。我已经理解了。只是不知道丧家之狗又有什么不能接受的?"孔子说:"你难道没有见过死人家里的狗吗?主人的尸体已经装殓入棺椁,祭品已经摆好且开始祭祀了。那丧家狗还东张西望,寻找着它的主人。姑布子卿以为我想有所作为,现在上无英明的君王,下无贤士和优秀的地方官,王道衰微,政治教化失落,强大的欺凌弱小的,人多势众的欺侮势单力薄的,百姓随心所欲,毫无纪律和规范。这个人一定以为我想做丧家之狗,我怎么敢承担呢!"

第十九章　修身不可不慎

修身不可不慎也。嗜欲佟则行亏,逸毁行则害成。[①]患生于忿怒，祸起于纤微。②污辱难湔洒，③败失不复追。不深念远虑，后悔何益？徼幸者，④伐性之斧也。嗜欲者，逐祸之马也。谩诞者，⑤趋祸之路也。毁于人者，困穷之舍也。是故君子去徼幸，节嗜欲，务忠信，无毁于一人，则名声常存，称为君子矣。《诗》曰："何其处也，必有与也。"⑥

[注释]

①谗毁：指进谗毁谤。②纤微：指细微的事物。③湔（jiān）洒：意思是洗涤、清除过恶。④徼（jiǎo）幸：同"侥幸"。意思是作非分企求，亦指希望获得意外成功。⑤谩（màn）诞：浮夸虚妄。⑥"何其"二句：出自《诗经·邶风·旄丘》。意思是，为什么会处在这种境地呢？一定有它的原因。

[译文]

加强自身修养不能够不谨慎。嗜好和欲望大了就会使品行亏损，谗言毁谤盛行就会形成祸害。祸患产生于愤怒，灾祸的发生是由细微的小事引起的。污辱难以被洗刷掉，失败的事情不能挽回。不深思远虑，只是在事后后悔有什么用处呢？贪图侥幸是摧残天性的利斧。嗜好和欲望是追逐灾祸的快马。浮夸虚妄是通往灾祸的路径。被人毁谤是使人陷于困苦贫穷的屋舍。因此，君子去掉侥幸心理，节制嗜好和欲望，努力做到忠诚守信，不被任何一个人毁谤，那么他的声名就会长久留存，被人称为君子了。《诗经》说："何其处也，必有与也。"

第二十章　君子之居

君子之居也，绥如安裘，①晏如覆杆。②天下有道，则诸侯畏之。天下无道，则庶人易之。③非独今日，自古亦然。昔者范蠡行游，④与齐屠地居，奄忽龙变，⑤仁义沉浮，汤汤慨慨，⑥天地同忧。故君子居之，安得自若。《诗》曰："心之忧矣，其谁知之？"⑦

[注释]

①绥：安定。安：放置。裘：皮衣。②晏如覆杆：像覆置的盂那样安稳。比喻稳固，不可动摇。晏：安定。杆：同"盂"。③易：轻慢。④范蠡：字少伯，楚国宛地三户（今河南南阳淅川）人。春秋末期政治家、军事家、经济学家和道家学者。曾献策辅助越王勾践复国，兴越灭吴，后隐去。⑤奄忽：疾速，倏忽。龙变：神奇变化。⑥汤汤：水势浩大，水流很急的样子。慨慨：感叹的样子。⑦"心之"二句：出自《诗经·魏风·园有桃》。意思是，我心里在忧愁，谁能知道呢？

[译文]

君子的日常居处，安稳得像放置的皮衣，安定得像倒覆的盂那样。天下太平时，诸侯畏惧他，天下混乱时，百姓都轻慢他。不只是现在，自古以来都是这样。从前，范蠡外出游历，在齐国屠宰场居住，忽然间天下局势发生了神奇的变化，他随逐仁义起伏，深深地感叹，同天地一起忧戚百姓的疾苦。所以说君子居处，又怎么能安稳如常呢？《诗经》说："心之忧矣，其谁知之？"

第二十一章　田子方之魏

田子方之魏。①魏太子从车百乘而迎之郊。②太子再拜，③谒田子方，田子方不下车。太子不说，④曰："敢问何如则可以骄人矣？"田子方曰："吾闻以天下骄人而亡者有矣，以一国骄人而亡者有矣。由此观之，则贫贱可以骄人矣。夫志不得，则授履而适秦楚耳，⑤安往而不得贫贱乎？"于是太子再拜而后退，田子方遂不下车。

[注释]

①田子方：战国时期魏国人，名无择，曾随子贡学习，后成为魏文侯的老师。②魏太子：指魏文侯的儿子子击。③再拜：拜两次。④说：通"悦"。⑤履：鞋子。

[译文]

田子方到了魏国。魏国的太子带着一百辆车到郊外迎接他。魏太子两次伏拜行礼，田子方却不下车。魏太子不高兴，对田子方说："我冒昧请教您，什么样的人可以对他人骄傲呢？"田子方说："我听说有因为拥有天下对人骄傲而灭亡的，有因为拥有国家对人骄傲而灭亡的。由此看来，贫贱的人可以对人骄傲。贫贱的人不得志，就可以凭靠着一双鞋子、两只脚到秦国或楚国去,到哪里去会得不到贫贱呢?"于是魏太子再次行礼而后告退。田子方还是不下车。

第二十二章　戴晋生见梁王

戴晋生弊衣冠而往见梁王。①梁王曰:"前日寡人以上大夫之禄要先生,②先生不留,今过寡人邪?"③戴晋生欣然而笑,仰而永叹曰:"嗟乎!由此观之,君曾不足与游也。君不见大泽中雉乎?④五步一啄,⑤终日乃饱,羽毛悦泽,光照于日月,奋翼争鸣,声响于陵泽者何?彼乐其志也。援置之囷仓中,⑥常啄粱粟,⑦不旦时而饱,然犹羽毛憔悴,志气益下,低头不鸣。夫食岂不善哉?彼不得其志故也。今臣不远千里而从君游者,岂食不足?窃慕君之道耳。臣始以君为好士,天下无双,乃今见君不好士,明矣。"辞而去,终不复往。

[注释]

①戴晋生:隐士名。弊:通"敝"。破旧。梁王:战国时期魏国国君魏惠王的称号,魏惠王即位后九年,迁都大梁(今河南开封),故魏国又称梁国。②上大夫:官名,周朝时天子和诸侯都设置大夫,分上、中、下三级。要:邀请。③过:访问。④雉:野鸡。⑤啄:同"啄"。⑥囷(qūn)仓:粮仓。⑦粱粟:泛指谷物。

[译文]

　　戴晋生穿戴着破旧的衣帽去见梁王。梁王说:"前些日子我用上大夫的俸禄邀请先生,先生不肯留下来,今天怎么又来拜访我呢?"戴晋生愉快地笑了笑,仰头长叹说:"唉!由此看起来,真是不值得和君王您交往了呀!您没有见过那些沼泽中的野鸡吗?走五步才能啄到一口食,整天觅食才能吃饱肚子,可它们的羽毛却十分光泽闪亮,能照映日月,奋翅争鸣,叫声响彻于整个山陵沼泽,这是为什么呢?因为野鸡能按自己的意志自由自在地生活。如果把它们喂养在粮仓里,时常啄食高粱粟米,不一会儿就吃得饱饱的,然而它的羽毛枯槁没有光泽,精神一天比一天衰退,低着头不鸣叫。这哪里是食物不好呢?只是因为生活不合往日志趣的缘故啊。现在我不远千里来拜访您,想和国君您交往,哪里是因为食物不充足?是我私下仰慕国君的道义啊。我当初认为您喜爱有学识的人,天下没有第二个,可是今天才了解了您不是这样的人啊!"他跟梁王告辞,以后再也没有和他有过交往。

第二十三章　楚庄王聘北郭先生

　　楚庄王使使赍金百斤聘北郭先生。①先生曰:"臣有箕帚之使,②愿入计之。"即谓妇人曰:"楚欲以我为相,今日相,即结驷列骑,③食方丈于前,④如何?"妇人曰:"夫子以织屦为食,⑤食粥毚履,⑥无怵惕之忧者何哉?⑦与物无治也。今如结驷列骑,所安不过容膝,⑧食方丈于前,所甘不过一肉。以容膝之安,一肉之味,而殉楚国之忧,其可乎?"于是遂不应聘,与妇去之。《诗》曰:"彼美淑姬,可与晤言。"⑨

[注释]

①楚庄王:楚庄王:春秋时期楚国国君,春秋五霸之一。赉(lài):赐予,给予。北郭先生:一个隐居不仕的人。②箕帚之使:持箕帚,以供扫除之役。借作己妻之谦称。③结驷列骑:华车骏马连接成队。形容高贵显赫。驷:套着四匹马的车。骑:一人一马的合称。④方丈:指面积一丈见方。⑤屦(jù):古代用麻葛制成的一种鞋。⑥毚(chán):通"搀"。穿着的意思。⑦怵(chù)惕:恐惧警惕。⑧容膝:指狭小的地方。⑨"彼美"二句:出自《诗经·陈风·东门之池》。意思是,那个贤慧美好的女子,可以跟她相谈一下。淑姬:贤慧的女子。晤:对。

[译文]

楚庄王派遣使者赐予一百斤黄金聘请北郭先生。北郭先生说:"我有妻子,想进屋和她商量一下。"北郭先生对他的妻子说:"楚国想要聘请我做宰相,现在做宰相,出门就有华车骏马连接成队,吃饭就有大桌菜肴摆在面前,你认为怎么样呢?"他的妻子说:"先生依靠织麻鞋过生活,喝着稀饭,跋着鞋子,没有一丝恐惧忧虑,为什么呢?是因为不需要去管理其他的事情。现在如果做了宰相,华车骏马连接成队,你感到安稳舒适的也不过是一块容身的地方,大桌菜肴摆在面前,你感到好吃的也不过是一些肉类。为了一点儿安适的地方,吃一些美味的肉类,就去为楚国担忧,这样值得吗?"于是北郭先生不接受楚国的聘请,和他的妻子一同离开。《诗经》说:"彼美淑姬,可与晤言。"

第二十四章　由余使秦

传曰:昔戎将由余使秦,①秦缪公问以得失之要,②对曰:"古有国者未尝不以恭俭也,失国者未尝不以骄奢也。"由余因论五帝三王之所以衰,及至布衣之所以亡。缪公然之,于是告内史王廖曰:③"邻国有圣人,敌国之忧也。由余圣人也,将奈之何?"王廖曰:"夫戎王居僻陋之地,未尝见中国之声色也。君其遗之女乐以淫其志,④乱其政,其臣下必疏。因为由余请缓期,使其君臣有间,然后可图。"缪公曰:"善。"乃使王廖以女乐二列遗戎王,为由余请期。戎王大悦,许之。于是张酒听乐,日夜不休,终岁淫纵,牛马多死。由余归,数谏不听,去之秦。秦缪公迎而拜之上卿,⑤遂并国十二,辟地千里。

[注释]

①戎:古代泛指我国西部边疆民族。由余:春秋时期晋国人,逃亡到西戎,为西戎将领,后入秦国为上卿。②秦缪公:亦作秦穆公,春秋时期秦国国君,任用百里奚、蹇叔等,励精图治,国势日强,为春秋五霸之一。③内史:官名,负责治理京城内部事务。④遗:赠送。女乐:歌舞伎女。⑤上卿:古代官名。卿是古代高级官名,上卿是其最高等级。

[译文]

　　古书记载说：从前戎国的将领由余出使秦国。秦缪公问他治理国家成功、失败的关键。由余回答说："古代拥有国家的人，没有不是因为恭谨和俭朴的；失去国家的人，没有不是因为骄傲和奢侈的。"由余进而论述五帝三王衰落，以及百姓逃亡的原因。秦缪公认为他说的很对，于是对内史王廖说："邻国有圣人，是敌对国家的忧患。由余是个圣人，我们该怎么办呢？"王廖说："戎王居住在偏僻边远的地方，未曾见过中原的音乐和美色。君王您可以送给他歌伎舞女以惑乱他的心志，扰乱他的政治，这样他的臣子必然会疏远他。我们借此机会替由余向戎王申请延缓回国的日期，使得他们君臣产生间隙，然后可以谋取。"秦缪公说："好！"于是缪公派遣王廖送给戎王两队歌伎舞女，替由余请求延长归国的日期。戎王非常高兴，就答应了。戎王于是摆设酒席，欣赏音乐，日夜不停，一年到头都过着淫荡放纵的生活，牛马很多都死了。由余回国后，多次劝谏戎王，戎王不听从。于是由余离开西戎到了秦国。秦缪公亲自迎接他，并把他封为上卿。于是秦国吞并了十二个国家，开辟拓展了方圆千里的国土。

第二十五章　君子有三费、三乐

　　子夏过曾子，①曾子曰："入食。"子夏曰："不为公费乎？"②曾子曰："君子有三费，饮食不在其中。君子有三乐，钟磬琴瑟不在其中。"子夏曰："敢问三乐？"曾子曰："有亲可畏，有君可事，有子可遗,③此一乐也。有亲可谏,有君可去,有子可怒,此二乐也。有君可喻,有友可助,此三乐也。"子夏问:"敢问三费?"曾子曰:"少而学,长而忘之,此一费也。事君有功,而轻负之,此二费也。久交友而中绝之,此三费也。"子夏曰:"善哉!谨身事一言,愈于终身之诵,④而事一士,愈于治万民之功。夫知人者不可以不知,何也?吾尝蔄焉吾田,⑤期岁不收。⑥土莫不然,何况于人乎?与人以实,虽疏必密。与人以虚,虽戚必疏。夫实之与实,如胶如漆。虚之与虚,如薄冰之见昼日。君子可不留意哉!"《诗》曰:"神之听之,终和且平。"⑦

[注释]

①子夏:姓卜名商,春秋时期晋国人,孔子的学生。过:拜访。曾子:名参,字子舆,春秋末年思想家,孔子晚期弟子之一,儒家学派的重要代表人物。②费:耗费。③遗:给予,馈赠。④诵:诵读。⑤蔄(lǜ):古书上说的一种草。⑥期年:一周年。⑦"神之"二句:出自《诗经·小雅·伐木》。意思是,天上神灵聆听到这件事,也会感到和乐和平安。终:既。

[译文]

子夏拜访曾子。曾子说:"请进来吃饭吧。"子夏说:"这不是让您破费了吗?"曾子说:"君子有三种浪费,吃饭不包括在内。君子有三种快乐,欣赏钟磬、琴瑟不包括在内。"子夏说:"冒昧地问一下,什么是君子的三种快乐?"曾子回答说:"家里有父母可以敬畏,上面有明君可以事奉,下有子女可以馈赠给他们东西,这是第一种快乐。父母能够接受善意的劝谏,君主能任凭臣下自由离去,子女能够听从谴责,这是第二种快乐。有君主能够接受进谏,有朋友能够相互帮助,这是第三种快乐。"子夏说:"我再冒昧地问一下,三种浪费是指什么呢?"曾子说:"少年时代学到的知识,成年后忘掉了,这是第一种浪费。事奉君主有功劳却又轻易地背弃君主,这是第二种浪费。长期交往的朋友却中途绝交,这是第三种浪费。"子夏说:"说得好啊!谨慎修养自身,努力奉行君子的一席话,胜过读一辈子书;事奉一位德才兼备的饱学之士,胜过治理万民的功业。作为一个君子是不可以不晓得这个道理的,为什么呢?我曾经种植过一种叫蔄的植物,结果我的田地里一年什么收成也没有。土地尚且是这样,何况是人呢?以诚实的态度结交别人,即使身体离得很远,心灵却是亲近的。以虚假的态度结交别人,即使身体离得很近,心灵却是疏远的。以诚实的态度与诚实的人交往,就会如胶似漆那样亲密无间;以虚伪的态度与虚伪的人交往,就会像薄冰见到白天的太阳,顷刻之间就会化掉。作为一个君子可不能不留意啊!"《诗经》说:"神之听之,终和且平。"

第二十六章　晏子之妻布衣纻表

晏子之妻布衣纻表。①田无宇讥之曰:②"出于室何为者也?"晏子曰:"臣家也。"③田无宇曰:"位为中卿,④食田七十万,⑤何用是人为畜之?"⑥晏子曰:"弃老取少谓之乱,⑦贵而忘贱谓之乱,见色而说谓之逆。吾岂以逆乱瞽之道哉。"

[注释]

①晏子：即晏婴，春秋时期齐国大夫。纻（zhù）：指苎麻织成的粗布。表：外衣。②田无宇：春秋时期齐国田氏家族首领之一。③家：指妻子。④中卿：官名。⑤食田：指古代卿大夫、士这种阶层贵族的封地。⑥畜：养。⑦取：通"娶"。

[译文]

晏子的妻子穿着粗布外衣。田无宇讥讽晏子说："那个从室内出来的人是谁啊？"晏子答："是我的妻子。"田无宇说："您官位为中卿，食邑田税等收入一年可达七十万，为何还要这样的妻子啊？"晏子回答说："休弃老妻而娶少妇就是眼盲；富贵了就忘了曾经的贫贱，就是悖乱；看到美色就喜欢是违背人伦。我怎么能做违逆、悖乱、眼盲的事情呢？"

第二十七章　凤凰与雀

夫凤凰之初起也，翾翾十步，①藩篱之雀，喔咿而笑之。②及其升少阳，③一诎一信，④展羽云间，藩篱之雀超然自知不及远矣。士褐衣缊著未尝完也，⑤粝苔之食未尝饱也，⑥世俗之士即以为羞耳。及其出则安百议，用则延民命，世俗之士超然自知不及远矣。《诗》

曰："正是国人，胡不万年！"⑦

[注释]

①翾（xuān）翾：飞的样子。②喔咿：献媚强笑貌。③少阳：东方。这里指高空。④一诎一信：一屈一伸。诎：通"屈"。弯曲。信：通"伸"。伸展。⑤褐衣：粗布衣服。缊：乱麻，旧絮。⑥粝：粗糙的米。答（dá）：小豆。⑦"正是"二句：出自《诗经·曹风·鸤鸠》。意思是，百姓以他作为榜样，怎么会不祝他万寿无疆！正：合于法则的。是：此。

[译文]

凤凰刚刚起飞时，只能飞十来步远，篱笆上的麻雀就叽叽喳喳笑话它。等它飞上高空，身体一屈一伸，展翅飞翔在云间，篱笆上的麻雀就怅惘地知道自己不如凤凰飞得远了。有识之士连粗布麻衣、乱棉絮填充的衣服都没有完整的，连粗米小豆一类的食物都没有吃饱过，世俗的人认为是羞耻的事情。等这样的人一出来做官就能平息各种非议，被任用后就能为老百姓请命，世俗之士就怅惘地知道自己比有识之士差得太远了。《诗经》说："正是国人，胡不万年！"

第二十八章　齐王厚送女

齐王厚送女，①欲妻屠牛吐。②屠牛吐辞以疾。其友曰："子终死腥臭之肆而已乎,③何谓辞之?"吐应之曰:"其女丑。"其友曰:"子何以知之?"吐曰:"以吾屠知之。"其友曰:"何谓也?"吐曰:"吾肉善,如量而去苦少耳。④吾肉不善,虽以他附益之,⑤尚犹贾不售。⑥今厚送子,子丑故耳。"其友后见之,果丑。传曰:"目如擗杏,⑦齿如编蠁。"⑧

[注释]

①厚送女:指给女儿准备丰厚的嫁妆。②屠牛吐:杀牛的人,名字叫吐。③肆:店铺。④如量:按一定价钱应得的斤两售出,不添加什么。苦:苦恼。⑤他:其他,另外。⑥贾不售:卖不出。⑦擗(pǐ)杏:剖开的杏。⑧蠁(xiǎng):同"蚼"。虫子。

[译文]

齐王准备了丰厚的嫁妆陪送女儿,想将女儿嫁给名叫吐的宰牛人为妻。宰牛人吐以自己身患疾病而推辞。他的朋友说:"你难道愿意老死在这腥臭的屠宰铺子吗?为什么推辞这件婚事?"吐回答说:"他的女儿长得丑。"他的朋友说:"你怎么知道?"吐说:"凭我屠宰的经验知道的。"他的朋友说:"这话怎么说?"吐说:"如果我卖的肉好,按实有分量出售,唯恐肉少供不应求;如我卖的肉不好,即使再附加上别的东西也还是会担忧卖不出去。现在齐王的陪嫁如此丰厚,正是因为他女儿长得丑的原因。"他的朋友后来见到齐王的女儿,果然很丑。古书记载说:"眼睛长得像剖开的杏,牙齿长得像一排虫子。"

第二十九章　孔子过康子

传曰：孔子过康子，①子张子夏从。②孔子入座，二子相与论，终日不决。子夏辞气甚隘，③颜色甚变。子张曰："子亦闻夫子之议论邪？徐言訚訚，④威仪翼翼，⑤后言先默，得之推让，巍巍乎，⑥荡荡乎，⑦道有归矣！小人之论也，专意自是，言人之非，瞋目搤腕，⑧疾言喷喷，⑨口沸目赤，一幸得胜，疾笑嗌嗌，⑩威仪固陋，辞气鄙俗，是以君子贱之也。"

[注释]

①康子：即季康子，春秋时期鲁国大夫。②子张：姓颛孙，名师，字子张，孔子的学生。子夏：名叫卜商，字子夏，孔子的学生。③隘：气量狭小。④訚訚（yín）：中正和悦的样子。⑤翼翼：恭敬的样子。⑥巍巍：高大壮观的样子。⑦荡荡：心胸宽广的样子。⑧瞋目：张大眼睛。搤腕：握住手腕，表示激动、振奋、悲愤、惋惜等动作。⑨喷喷：说话很快的样子。⑩嗌（ài）嗌：笑声。

[译文]

古书记载说：孔子去拜访季康子，子张和子夏随从。孔子进屋入座，子张和子夏互相辩论，一整天还没有辩论出结果。子夏言语内容就变得狭隘，脸色也变得难看。子张说："您也听过老师议论吧？他言辞缓慢，态度和悦，举止严肃恭敬。先默默听取别人论述，然后发表自己的见解，即使自己有道理，也尽量让着别人，他像巍巍的高山，胸怀坦坦荡荡，使真理有所归依！小人在议论之时，只认为自己的道理正确，谈论别人的过失，瞪大眼睛，抓握着手腕，说话言语极快，犹如向外喷水，口水四溅，眼睛发红。侥幸辩论胜利了，就大喜狂笑。仪表丑陋，言辞语气粗俗，因此君子非常瞧不起这样的人。"

卷十

第一章　齐桓公遇麦丘之邦人

齐桓公逐白鹿,①至麦丘,②见邦人曰:③"尔何谓者也?"对曰:"臣麦丘之邦人。"桓公曰:"叟年几何?"对曰:"臣年八十有三矣。"桓公曰:"美哉寿也!"与之饮。曰:"叟盍为寡人寿也?"④对曰:"野人不知为君王之寿。"桓公曰:"盍以叟之寿祝寡人矣!"邦人奉觞再拜曰:⑤"使吾君固寿,金玉之贱,人民是宝。"桓公曰:"善哉祝乎!寡人闻之矣,至德不孤,善言必再。叟盍复之?"邦人奉觞再拜曰:"使吾君好学而不恶下问,贤者在侧,谏者得入。"桓公曰:"善哉祝乎!寡人闻之,至德不孤,善言必三。叟盍复之。"邦人奉觞再拜曰:"无使群臣百姓得罪于吾君,亦无使吾君得罪于群臣百姓。"桓公不说曰:⑥"此一言者,非夫前二言之祝。叟其革之矣。"邦人澜然而涕下,⑦曰:"愿君熟思之,此一言者,夫前二言之上也。臣闻子得罪于父,可因姑姊妹而谢也,⑧父乃赦之。臣得罪于君,可使左右而谢也,君乃赦之。昔者桀得罪于汤,纣得罪于武王,此君得罪于臣也,至今未有为谢者。"桓公曰:"善哉!寡人赖宗庙之福,社稷之灵,使寡人遇叟于此。"扶而载之,自御以归,荐之于庙而断政焉。桓公之所以九合诸侯,⑨一匡天下,不以兵车者,非独管仲也,亦遇之于是。《诗》曰:"济济多士,文王以宁。"⑩

[注释]

①齐桓公：齐国国君，春秋五霸之一。②麦丘：地名。春秋战国时期齐邑。在今山东商河西北。③邦人：国人，百姓。④盍：何不。⑤觞（shāng）：古代酒器。⑥说：同"悦"。⑦澜然：流泪不止的样子。⑧谢：认错，道歉。⑨九合诸侯：指的是春秋时期齐桓公多次会盟诸侯，成为霸主的历史事件。⑩"济济"二句：出自《诗经·大雅·文王》。意思是，众多人才济济一堂，这是文王治理天下安宁的原因。济济：众多的样子。

[译文]

齐桓公为了追猎一只白鹿，来到麦丘，见到一个人，就问："怎么称呼您呀？"回答说："我是麦丘城的人。"桓公问："老先生多大岁数啦？"老人回答说："我年纪有八十三了。"桓公说："您好长寿呀！"就和他一起喝酒，问道："您为何不祝我长寿呀？"回答说："山野之人不知道怎么祝君王长寿。"桓公说："您何不以您的长寿来祝我长寿呢！"老人捧着酒杯拜了两拜，说："祝福我的君王长寿，轻视金玉，把人民当作宝贝。"桓公说："这个祝福很好！我听说有崇高道德的人不会孤单，有益的话一定要多说几句，您何不再祝福我一次呢？"老人捧着酒杯拜了两拜说："祝福我的君王喜好学问又不厌恶去请教地位低下的人，贤良的人都在您身边，劝谏之言您都能听进去。"桓公说："这个祝福很好！我听说有崇高道德的人不会孤单，有益的话一定要再多说几句，您何不再祝福我一次呢？"老人捧着酒杯又拜了两拜说："不要让群臣百姓得罪了我们的君王，也不要让我们的君王得罪了群臣百姓。"桓公听了不高兴地说："这一句，不如前两句祝福好，您把它去掉吧。"老人的眼泪一下子流了出来，他哭着说：" 希望君王仔细想想，这句话比前边的两句话都要好。我听说儿子冒犯了父亲，可以通过姑姑、姐妹来向父亲认错，父亲就可以原谅他。臣子得罪了君王，可以通过君主身边的人向君主认错，君王就可以赦免他。从前，夏桀得罪了他的臣子商汤，纣王得罪了他的臣子周武王，这都是君主得罪了臣子的事例，到现在也没有人为他们认错。"桓公说："说得太好了！我依靠祖宗的福气，社稷的神灵，才让我在这里遇见了您。"桓公搀着老人上车，亲自驾着车回去，在宗庙里向祖先引荐他，让他参与决策国家事务。桓公之所以不凭借武力就能会盟诸侯，称霸天下，不单单是管仲一个人的功劳，也因为遇到了这位老人家。《诗经》说："济济多士，文王以宁。"

第二章　鲍叔荐管仲

鲍叔荐管仲曰：①"臣所不如管夷吾者五。宽惠柔爱，臣弗如也。忠信可结于百姓，臣弗如也。制礼约法于四方，②臣弗如也。决狱折中，③臣弗如也。执枹鼓立于军门，④使士卒勇，臣弗如也。"《诗》曰："济济多士，文王以宁。"⑤

[注释]

①鲍叔：即鲍叔牙，春秋时期齐国的大夫。管仲：名夷吾，字仲，谥敬，史书又称作管敬仲。春秋时期担任齐桓公的相，使齐国富强，称霸天

下。②约法：用法令要约。③决狱：判决诉讼的案件。折中：使适中；犹言取正，用来判断事物的准则。④枹鼓：鼓槌和鼓，指战鼓。⑤"济济"二句：出自《诗经·大雅·文王》。

[译文]

鲍叔推荐管仲说："我有五点不如管仲。宽厚慈惠、柔和仁爱，我不如他；忠诚守信，能够交结百姓，我不如他；制定礼仪，用法令要约四方诸侯，我不如他；判决审理诉讼案件公正无偏，我不如他；手执鼓槌，立于军门，使将士勇气倍增，我不如他。"《诗经》说："济济多士，文王以宁。"

第三章　里凫须骖乘

晋文公重耳亡过曹，①里凫须从，②因盗重耳资而亡。重耳无粮，馁不能行，子推割股肉以食重耳，③然后能行。及重耳反国，④国中多不附重耳者。于是里凫须造见曰："臣能安晋国。"文公使人应之曰："子尚何面目来见寡人欲安晋国也！"里凫须曰："君沐邪？"使者曰："否。"里凫须曰："臣闻沐者其心倒，心倒者其言悖。今君不沐，何言之悖也？"使者以闻。文公见之，里凫须仰首曰："离国久，臣民多过君，⑤君反国而民皆自危。里凫须又袭竭君之资，避于深山，而君以馁，介子推割股，天下莫不闻。臣之为贼亦大矣，罪至十族，未足塞责。然君诚赦之罪，与骖乘游于国中，⑥百姓见之，必知不念旧恶，人自安矣。"于是文公大悦，从其计，使骖乘于国中，百姓见之，皆曰："夫里凫须且不诛而骖乘，吾何惧也！"是以晋国大宁。故《书》云："文王卑服，即康功田功。"⑦若里凫须，罪无赦者也。《诗》曰："济济多士，文王以宁。"⑧

[注释]

①晋文公：春秋时期晋国国君，晋献公之子，名重耳。曹：春秋时期诸侯国，在今山东菏泽定陶区。②里凫须：春秋时期晋国人。为重耳守府库者。③子推：介子推，春秋时期晋国人，随重耳出亡十九年。④反：通"返"。⑤过：责备。⑥骖（cān）乘：陪乘。⑦"文王"二句：出自《尚书·无逸》。意思是，文王穿着粗劣的衣服，平整道路，劳作于田地。卑服：穿粗劣的衣服。康功：即平整道路。田功：进行农事。⑧"济济"二句：出自《诗经·大雅·文王》。

[译文]

晋文公重耳逃亡路过曹国时，里凫须是随从。他偷盗了重耳的财物就逃跑了。重耳没有粮吃，饿得不能走路，介子推割下大腿的肉给重耳吃了，然后重耳才能走路。等重耳返回晋国，国内有不少人不归附重耳。这时里凫须前去拜见重耳说："我能使晋国安定下来。"晋文公派人回答说："你还有什么面目来见我，并且想安定晋国呢！"里凫须说："君王在洗头吗？"使者说："没有。"里凫须说："我听说洗头的人，他的心是倾倒在一边的，心倾倒的人说话也是不合理的。现在君王并没有在洗头，为什么说话却不合道理呢？"使者把里凫须的话传给晋文公。晋文公接见了里凫须，里凫须仰头对晋文公说："您离开晋国的时间太久了，臣子百姓大都责怪您,所以您回国后人人自危。我曾经把您的财物全部偷走,躲避在深山里,使您因此饥饿,介子推割下大腿肉给您吃,天下没有人不知道这件事的。我作为一个盗贼罪大恶极,即使灭我十族,也不足以抵偿我的罪责。然而,国君您如果真能赦免我的罪过,让我陪您坐车周游全国,老百姓看见了,一定能知道您不念旧恶,这样民心自然就安定了。"于是晋文公很高兴,听从了里凫须的建议,让他在车上陪坐周游全国。老百姓见了,都说:"里凫须尚且没有被杀,反而能陪乘,我们还有什么好怕的!"因此晋国得以安定。所以《尚书》说:"文王卑服,即康功田功。"像里凫须这种人,本来是罪大恶极,不可饶恕的。《诗经》说:"济济多士,文王以宁。"

第四章　大命之至

传曰:言为王之不易也。大命之至,①其太宗、太史、太祝,②斯素服执策,北面而吊乎天子曰:③"大命既至矣,如之何忧之长也!"授天子策一矣,曰:"敬享以祭,④永主天命,畏之无疆,厥躬无敢宁。"⑤授天子策二矣,曰:"敬之!夙夜伊祝,厥躬无怠。万民望之。"授天子策三矣,曰:"天子南面受于帝位,以治为忧,未以位为乐也。"《诗》曰:"天难谌斯,不易惟王。"⑥

[注释]

①大命:天命。②太宗、太史、太祝:承担与宗教祭祀等相关职能。

③吊：慰问。④享：祭祀奉献祭品。⑤厥：其，他的。躬：身体。⑥"天难"二句：见《诗经·大雅·大明》。意思是，老天难以让人轻易相信，做一个君王不是那么容易的。谌：相信。斯：语气词。

[译文]

古书记载说：做君王是非常不容易的。上天降下天命时，太宗、太史、太祝都穿上白色的衣服捧着策书，面朝着北方行祭礼慰问天子，说："上天已经降下天命把天下托付给您，为何还要如此长久地忧愁呢！"然后把第一编策书交给天子，说："祭祀时，恭敬地奉献祭品，永远奉行上天的使命，对上天永存敬畏，亲自处理事务，不敢有一刻安歇。"接着交给天子第二编策书，说："敬畏上天，日日夜夜心存祝愿，躬身劳作不能懈怠，天下万民都仰望着您。"接着交给天子第三编策书，说："天子面朝南方，接受了天子的权位，把治理天下当作忧患的事情，不以拥有帝位为乐事。"《诗经》说："天难谌斯，不易惟王。"

第五章　君子温俭恭让

君子温俭以求于仁，恭让以求于礼，得之自是，不得自是。故君子之于道也，犹农夫之耕，虽不获年，优之无以易也。大王亶甫有子曰太伯、仲雍、季历。①历有子曰昌。②太伯知大王贤昌而欲季为后也，太伯去之吴。大王将死，谓曰："我死，汝往让两兄，彼即不来，汝有义而安。"大王薨，季之吴告伯、仲，伯、仲从季而归。群臣欲伯之立季，季又让。伯谓仲曰："今群臣欲我立季，季又让，何以处之？"仲曰："刑有所谓矣，③要于扶微者。可以立季。"季遂立而养文王，文王果受命而王。孔子曰："太伯独见，王季独知。伯见父志，季知父心。故大王、太伯、王季，可谓见始知终而能承志矣。"《诗》曰："自太伯王季。惟此王季，因心则友。则友其兄，则笃其庆，载锡之光，受禄无丧，奄有四方。"④此之谓也。太伯反吴，吴以为君，至夫差二十八世而灭。

[注释]

①亶（dǎn）甫：周文王祖父，周武王追尊为大王，又称太王。太伯：亦作泰伯，是大王的长子。仲雍：太王次子。季历：太王第三子。②昌：指周文王姬昌。季历之子。③刑：通"型"。法式，典范。④"自太伯"八句：出自《诗经·大雅·皇矣》。意思是，从太伯到王季。就是这位祖先王季，他亲善、真诚，友爱兄长，使他的福气不断增添，上天赐他无限荣光，承受福禄永不消减，最终统一天下。因心：亲善仁爱之心。笃：厚益，增益。庆：吉庆，福庆。载：则，就。锡：同"赐"。光：荣光。丧：丧失。奄：全，尽。

[译文]

　　君子温良节俭以求达到仁的境界，恭敬谦让以求行为合于礼，得志时是这样，失意时也是这样。所以君子求道，就像农夫耕种一样，虽然不会年年丰收，但是获丰年的信念不会改变。大王亶甫有三个儿子，分别是太伯、仲雍、季历。季历有个儿子名叫昌。太伯知道大王认为昌贤德，想要立季历为继承人，就离开周国，到吴国去。大王快要死时，对季历说：

"我死后,你到吴国去,把王位让给两个兄长,他们即使不回来,你的行为合乎道义,也就可以安心了。"大王去世,季历到吴国告诉他的哥哥太伯、仲雍。太伯和仲雍跟随季历回到周国。大臣们希望太伯立季历为国君,季历推辞。太伯对仲雍说:"现在大臣们希望我立季历为国君,季历又辞让,怎么办呢?"仲雍说:"我们周国的法规上有这样的说法,要立能够扶持国家衰微局面的人,可以立季历为国君。"季历于是被立为国君,因而抚养文王成长,后来文王果然接受天命而成为天子。孔子说:"太伯有独到的见解,王季有独到的认知。太伯理解父亲的意志,王季明白父亲的心意。所以大王、太伯、王季,可以说是从一开始就知道结果又继承了父亲的遗志。"《诗经》说:"自太伯王季。惟此王季,因心则友。则友其兄,则笃其庆,载锡之光,受禄无丧,奄有四方。"说的就是这件事。太伯回到吴国,吴国人拥立他为国君,一直传了二十八代,直到夫差时被越国灭亡。

第六章　齐国之宝

齐宣王与魏惠王会田于郊。①魏王曰:"亦有宝乎?"齐王曰:"无有。"魏王曰:"若寡人之小国也,尚有径寸之珠照车前后十二乘者十枚,奈何以万乘之国无宝乎?"齐王曰:"寡人之所以为宝与王异。吾臣有檀子者,②使之守南城,则楚人不敢北乡为寇,泗水上有十二诸侯皆来朝。③吾臣有盼子者,④使之守高唐,⑤则赵人不敢东渔于河。吾臣有黔夫者,⑥使之守徐州,则燕人祭北门,赵人祭西门,从而归之者七千余家。吾臣有种首者,⑦使之备盗贼,而道不拾遗。吾将以照千里之外,岂特十二乘哉!"魏王惭,不怿而去。⑧《诗》曰:"辞之怿矣,民之莫矣。"⑨

[注释]

①田:同"畋"(tián)。打猎。②檀子:齐国大臣。③泗水:河流名,发源于山东蒙山,水源有四条,因称"泗水"。泗水上十二诸侯:指春秋战国时期泗河流域的宋、鲁、卫、邾、薛、郳、滕、莒、任、郯、费、邳十二个诸侯国。但也有不同说法。④盼子:即田盼,齐国大臣。⑤高唐:地名,春秋时期即为高唐邑,在今山东高唐东北。⑥黔夫:齐国大臣。⑦种首:齐国大臣。⑧怿(yì):高兴。⑨"辞之"二句:出自《诗经·大雅·板》。意思是,言辞和顺动听,民心就会安宁。莫:安定。

[译文]

齐宣王与魏惠王一起在郊外打猎。魏惠王问:"齐国也有宝贝吗?"齐宣王说:"没有。"魏惠王说:"像我们这么小的国家,尚且有直径一寸,能照亮前后十二辆车的珍珠十颗,齐国是万乘大国,怎么会没有宝贝呢?"齐宣王说:"我认为的宝贝与您认为的不同。我有个臣子名叫檀子,派他守南城,楚国人就不敢向北侵犯,泗水流域的十二个诸侯国都来朝拜。我有个臣子名叫盼子,派他守高唐,赵国人就不敢到东边的黄河捕鱼。我有个臣子叫黔夫,派他守徐州,燕国人就到北门祭祀,赵国人就到西门祭祀,前来投靠归附他的有七千多家。我有个臣子名叫种首,派他防范盗贼,就会出现道不拾遗的现象。我可以用他们的光照千里之外,何止是照亮十二辆车呢?"魏惠王心中惭愧,扫兴离去。《诗经》说:"辞之怿也,民之莫矣。"

第七章　东海勇士菑丘䜣

东海有勇士,曰菑丘䜣,①以勇猛闻于天下。遇神渊,②曰:"饮马。"其仆曰:"饮马于此者,马必死。"曰:"以䜣之言饮之。"其马果沈。③菑丘䜣去朝服拔剑而入,三日三夜,杀三蛟一龙而出。雷神随而击之,十日十夜,眇其左目。④要离闻之,⑤往见之,曰:"䜣在乎?"曰:"送有丧者。"往见䜣于墓。曰:"闻雷神击子十日十夜,眇子左目。夫天怨不全日,人怨不旋踵。⑥至今弗报,何也?"叱而去,墓上振愤者不可胜数。⑦要离归,谓门人曰:"菑丘䜣,天下之勇士也。今日我辱之人中,是其必来攻我。暮无闭门,寝无闭户。"菑丘䜣果夜来,拔剑拄要离颈,曰:"子有死罪三。辱我以人中,死罪一也。暮无闭门,死罪二也。寝不闭户,死罪三也。"要离曰:"子待我一言。来谒,⑧不肖一也。拔剑不刺,不肖二也。刃先辞后,不肖三也。能杀我者,是毒药之死耳。"菑丘䜣引剑而去曰:"嘻!所不若者,天下惟此子尔!"传曰:公子目夷以辞得国,⑨今要离以辞得身。言不可不文,犹若此乎!《诗》曰:"辞之怿矣,民之莫矣。"⑩

[注释]

①菑丘䜣：古代传说中东海的勇士，以勇猛闻名天下。②神渊：深渊。③沈：同"沉"。④眇：一只眼睛失明。⑤要离：春秋时期吴国人，为春秋时期著名刺客。⑥旋踵：掉转脚跟，比喻时间极短。⑦振：同"震"。威震。⑧谒：拜访。⑨目夷：春秋时期宋桓公庶长子，字子鱼。⑩"辞之"二句：出自《诗经·大雅·板》。意思是，言辞合理服人，民心就会安定。怿：悦服。

[译文]

东海有一位勇士名叫菑丘䜣，因勇猛而闻名天下。有一天他路过一个深渊，对他的仆人说："让马在这里喝水。"仆人说："让马在这里喝水，马一定会死去。"菑丘䜣说："依照我说的话，让马在这儿喝水。"他的马果然沉入水底。菑丘䜣脱下礼服，拔出宝剑，潜入水中，过了三天三夜，他杀死了三条蛟和一条龙，从水底浮了出来。雷神于是开始击打他，雷神和他搏斗了十天十夜，把他的左眼弄失明了。要离听说这件事，就前去拜见菑丘䜣，问道："菑丘䜣在家吗？"有人回答说："菑丘䜣去送丧了。"要离到墓地见了菑丘䜣，对他说："听说雷神攻击你十天十夜，把你的左眼弄失明了。对天有怨恨，不能超过一天就该去报仇，对人有怨恨，马上就该去报仇。你到现在还不去报仇，为什么呢？"菑丘䜣大声呵斥他而离去，墓地上受到威震而愤慨的人不计其数。要离回到家中，对他的弟子说："菑丘䜣是天下的勇士，今天我在别人面前侮辱了他，他一定会来攻击我。晚上不要关上大门，睡觉也不要关上房门。"菑丘䜣晚上果然来了，他拔出剑抵住要离的脖子说："你有三条死罪。在别人面前侮辱我，这是第一条死罪；晚上不关上大门，这是第二条死罪；睡觉时不关上屋里的门，这是第三条死罪。"要离说："你听我说一些话。你在晚上来见我，这是第一点不正派；拔出剑来，不刺杀我，这是第二点不正派；先用剑抵住我，再和我说话，这是第三点不正派。你把我杀了，就像用毒药把我毒死一样。"茵丘䜣收起剑离开，说："唉！我比不上的人，天下只有你了！"古书记载说：公子目夷因为善于言辞而得到了国家，现在要离因为善于言辞而保全了性命。言辞不可以不加修饰，就像这样的话就非常重要啊！《诗经》说："辞之怿矣，民之莫矣。"

第八章　齐使献鸿于楚

传曰：齐使使献鸿于楚，①鸿渴，使者道饮，鸿攫笿溃失。②使者遂之楚，曰："齐使臣献鸿，鸿渴，道饮，攫笿溃失。臣欲亡去，为两君之使不通。欲拔剑而死，人将以吾君贱士贵鸿也。攫笿在此，愿以将事。"楚王贤其言，辩其词，因留而赐之，终身以为上客。故使者必矜文辞，喻诚信，明气志，解结申屈，③然后可使也。《诗》曰："辞之怿矣，民之莫矣。"④

[注释]

①鸿：大雁，鸿雁。②攫（jué）：鸟兽以爪抓取。笿（jǔ）：盛物的圆形竹筐，此处指鸟笼。③解结：指解决自己承担的责任。申：同"伸"。④"辞之"二句：出自《诗经·大雅·板》。

[译文]

古书记载说：齐国派使者献鸿雁给楚国，鸿雁口渴，使者在路途中让它喝水，鸿雁从笼子里逃走了。使者还是来到了楚国，对楚王说："齐国派我献鸿雁给楚国，鸿雁口渴，我在路途中让它喝水，鸿雁从笼子里逃走了。我想要逃亡，却担心两国君王不通消息。我想拔剑自杀，又担心别人会认为我们的国君轻视士人而以鸿雁为贵。空的笼子在这儿，我愿意为这件事承担责任。"楚王认为他的话很贤明，言辞辩解有道理，因此把他留下来，还赏赐了他，他一生都被楚王当作上等宾客。所以使者的言辞一定要庄重，说话诚实有信，表明气节志向，解决问题能屈能伸，这样的人才可以派遣出去做使者。《诗经》说："辞之怿矣，民之莫矣。"

第九章　扁鹊过虢侯

扁鹊过虢侯，①世子暴病而死。②扁鹊造宫门，③曰："吾闻国中卒有壤土之事，④得无有急乎？"曰："世子暴病而死。"扁鹊曰："人言郑医秦越人能活之。"中庶子之好方者出应之，⑤曰："吾闻上古医曰茅父，⑥茅父之为医也，以莞为席，⑦以刍为狗，⑧北面而祝之，⑨发十言耳，诸扶舆而来者皆平复如故。⑩子之方岂能若是乎？"扁鹊曰："不能。"又曰："吾闻中古之为医者曰逾跗，⑪逾跗之为医也，搦脑髓，⑫爪荒莫，⑬吹区九窍，⑭定脑脱，死者复生。子之方岂能若是乎？"扁鹊曰："不能。"中庶子曰："苟如子之方，譬如以管窥天，以锥刺地，所窥者大，所见者小，所刺者巨，所中者少。如子之方，岂足以变骇童子哉？"⑮扁鹊曰："不然。事故有昧投而中蚊头,⑯掩目而别白黑者。夫世子病所谓尸蹶者⑰以为不然,试入诊世子股阴当温,⑱耳焦焦如有啼者声⑲若此者,皆可活也。"中庶子遂入诊世子,以病报虢侯。虢侯闻之,足跣而起,⑳至门曰:"先生远辱,幸临寡人。先生幸而治之,则粪土之息,㉑得蒙天载地长为人。先生弗治之,则先犬马填沟壑矣。"㉒言未卒而涕泣沾襟。扁鹊入,砥针砺石,㉓取三阳五输,㉔为轩光之灶,㉕八减之汤,㉖子同捣药,㉗子明灸阳,㉘子游按摩,子仪反神,子越扶形,于是世子复生。天下闻之,皆以扁鹊能起死人也。扁鹊曰:"吾不能起死人,直使夫当生者起耳。"夫死者犹可药,而况生乎?悲夫!罢君之治,㉙无可药而息也。《诗》曰:"不可救药。"㉚言必亡而已矣。

[注释]

①扁鹊:战国时期郑国人,名医,姓秦,名越人。虢:周朝诸侯国名。②世子:古代诸侯王嗣子的称号。③造:前往,到。④卒:同"猝"。突然。壤土之事:挖掘土地的事,指挖掘坟墓。⑤中庶子:官名。战国时期国君、太子、相国的侍从之臣。方:医方。⑥茅父:上古名医。⑦莞(guān):指水葱一类的植物,亦指用其编的席。⑧刍:干草。⑨祝:祷告,向鬼神求福。⑩扶舆:勉强扶持。⑪逾跗:中古名医。⑫搦:挑动,引动。⑬爪:抓挠。荒莫:指脑膜。莫:通"膜"。⑭九窍:指耳、目、口、鼻及尿道、肛门的九个孔道。⑮变骇:使惊骇而变色。⑯昧:愚昧,糊涂。⑰尸蹶:病名。症状为突然昏倒,不省人事。⑱股阴:大腿内侧。⑲焦焦:啼声之细微者。⑳跣:光着脚。㉑粪土之息:自谦之词。谦称自己的儿子为粪土。息:指子女。㉒犬马:面对尊长

的自谦之称。填沟壑：填塞山谷，死的意思。㉓砥：细的磨刀石。砺：粗的磨刀石。㉔三阳五输：经穴别名，指百会穴。此穴在头顶部，是足三阳、足厥阴和督脉等众多经脉交会之处，故名百会。㉕轩光之灶：煮药灶名。㉖八减之汤：汤药名。㉗子同：战国医家。与下文的"子明""子游""子仪""子越"同为扁鹊的弟子。㉘灸：烧，中医的一种医疗方法。用艾叶等制成艾炷或艾卷，烧灼或熏烤人身的穴位。阳：中医学上指人体内部某些器官。㉙罢：弱，无能。㉚"不可救药"：出自《诗经·大雅·板》。意思是，不能用药救活。

[译文]

扁鹊路过虢国，虢国世子生急病死了。扁鹊来到虢国宫廷门前，问道："我听说国中突然有挖土的事，该不会有紧急的事情吧？"有人回答说："世子得急病死了。"扁鹊说："进去告诉虢侯，郑国医生秦越人能救活世子。"中庶子当中有喜好医方的人出来回应扁鹊，说："我听说上古有个叫茅父的名医，他行医时把莞草当成席子，用干草扎成狗，向着北方祷告，说出十句话，所有勉强扶持着前来求医的人都痊愈得和以往一样。你的医治方法难道能像这样吗？"扁鹊回答说："不能。"中庶子又说："我听说中古有一个叫逾跗的名医，他行医的时候，挑动病人的脑髓，抓挠病人的脑膜，在九窍吹气，安定头脑，死去的人就能复活。你的医方难道能够达到这样吗？"扁鹊回答说："不能。"中庶子说："假如你的医方，像通过管道来看天，用锥子来刺地，天本来很广大，却被看得很小，地本来宽广，被刺中的却很少。像你的医治方法，又怎么能使世子惊骇变色而救活他呢？"扁鹊回答说："不是这样的。事情固然有胡乱投掷而投中了蚊子的头，蒙起眼睛而能分辨出黑白颜色的。世子的病是人们所说的尸蹶。如果你认为我说的话不对，请试着进去诊断一下，世子大腿内侧应当还温热，耳朵里发出细微的啼声，如有这样的情况，都可以救活。"中庶子于是进去诊断世子，把病况告知虢侯。虢侯听到后，马上光着脚站起来，走到宫门口，对扁鹊说："先生从远方来见我，如果我的儿子有幸得到您医治，那么我这个粪土一样的儿子就能够活在天地间而长大成人了。先生如果不治我的儿子，他就会先我而死去。"话没说完，泪水已经打湿了衣襟。扁鹊进入王宫，就把针放在磨刀石上磨，针刺世子的百会穴，搭造煮药的轩光灶，煎煮八减汤药，子同捣药，子明用药灸世子，子游为世子按摩，子仪让世子恢复精神，子越扶起世子，世子因此活了过来。天下人听说这件事后，都以为扁鹊能够使死人复生。扁鹊说："我并不能起死回生，仅使应当活的人活过来而已。"死了的人还可以用药把他救活，何况是活着的人呢？太可悲了，治疗无能昏庸的国君，却没药可以治其无能。《诗经》说："不可救药。"就是说一定会灭亡的意思。

第十章　楚丘先生见孟尝君

楚丘先生披蓑带索，①往见孟尝君。②孟尝君曰："先生老矣，春秋高矣，③多遗忘矣，何以教文？"楚丘先生曰："恶将使我老？恶将使我老？意者将使我投石超距乎？④追车赴马乎？逐麋鹿搏虎豹乎？吾则死矣，何暇老哉？将使我深计远谋乎？役精神而决嫌疑乎？出正辞而当诸侯乎？吾乃始壮耳，何老之有！"孟尝君赧然，⑤汗出至踵，⑥曰："文过矣！文过矣！"《诗》曰："老夫灌灌。"⑦

[注释]

①楚丘：复姓。楚丘先生为战国时期齐国人。②孟尝君：即田文，战国四公子之一，齐国宗室大臣。③春秋：指年龄。④超距：跳跃。⑤赧（nǎn）然：形容难为情的样子，羞愧的样子。⑥踵：脚后跟。⑦"老夫"句：出自《诗经·大雅·板》。老夫：诗人自称。灌灌：诚恳的样子。

[译文]

楚丘先生披着蓑衣，系着绳子，前去拜见孟尝君。孟尝君说："先生老了，年纪大了，容易忘事了，能有什么教我的呢？"楚丘先生说："您要我做什么事情说我老了呢？什么事情能使我衰老呢？您想要我投石头跳跃吗？要派我追车赶马吗？要我追逐麋鹿和虎豹搏斗吗？那我早就死了啊，哪里能等到变老呢？您让我做深远的谋略吗？您让我花费精力解决疑难吗？让我以适当的言辞应对诸侯吗？这样的话，我刚刚算壮年啊，又怎么会衰老呢？"孟尝君面露惭愧的表情，汗水一直流到脚后跟，说："我错了！我错了！"《诗经》说："老夫灌灌。"

第十一章　齐景公游牛山

齐景公游于牛山之上，①而北望齐，曰："美哉国乎！郁郁蓁蓁，②使古而无死者，则寡人将去此而何之！"俯而泣下沾襟。国子、高子曰：③"然！臣赖君之赐，疏食恶肉可得而食也，④驽马柴车可得而乘也，⑤且犹不欲死，而况君乎！"又俯而泣。晏子笑曰：⑥"乐哉，今日婴之游也！见怯君一而谀臣二。使古而无死者，则太公至今犹存。⑦吾君方今将被蓑苙而立乎畎亩之中，⑧惟农事之恤，何暇念死乎！"景公惭而举觞自罚，因罚二臣。

[注释]

①齐景公：春秋时期齐国国君。牛山：山名，在齐国都城临淄（今山东临淄）南郊。②郁郁蓁蓁：草木茂盛的样子。③国子、高子：齐景公的大夫。④疏食：粗粮。恶肉：不好的肉。⑤驽马：劣马。柴车：粗陋的车子。⑥晏子：即晏婴，齐国大夫。⑦太公：姜子牙，号太公望。⑧方今：当今，现今。被：同"披"。畎亩：田地。

[译文]

齐景公在牛山游玩，向北观望齐国，说："真美啊，我的国家！草木浓密茂盛，假使自古以来人都不会死，那我将离开此地到哪里去呢？"说完低下头，眼泪沾满衣襟。国子、高子说："我们依靠国君的恩赐，可以吃到粗粮和不好的肉，可以乘坐劣马拉的粗陋车子，尚且还不想死，何况国君您呢！"又低下头哭了起来。晏子笑着说："多快乐啊，我今天的游玩！看到一个怯懦怕死的国君和两个阿谀奉承的臣子。假使自古以来的人都不会死，那么姜太公现在还活着。国君您现在就只能披着蓑衣，戴着斗笠站在田地之中，只担忧农活了，哪还有闲暇想到死呢？"景公觉得惭愧，举起酒杯罚自己喝酒，也惩罚了国子、高子。

第十二章　秦缪公将田

秦缪公将田,①而丧其马,求三日而得之于茝山之阳,②有鄙夫乃相与食之。③缪公曰:"此驳马之肉,④不得酒者死。"缪公乃求酒,遍饮之然后去。明年,晋师与缪公战,晋之右路石者围缪公而击之,⑤甲已堕者六札矣。⑥食马肉者三百余人,皆曰:"吾君仁而爱人,不可不死。"还击晋之右路石,免缪公之死。

[注释]

①秦缪公:亦作秦穆公,春秋时期秦国国君,任用百里奚、蹇叔等,励精图治,国势日强,为春秋五霸之一。田:打猎。②茝山:山名。阳:山的南面。③鄙夫:庸俗浅陋的人。④驳马:黄赤色之马。⑤右路石:车夫之名。⑥札:铠甲的叶片。

[译文]

秦缪公想要出去打猎,却发现马丢失了,寻找了三天,在茝山的南面找到了,有一群粗鄙的人围在一起吃马肉。秦缪公说:"这是驳马的肉,吃了马肉不喝酒就会死掉。"秦缪公去找酒让他们都喝了,然后离开。第二年,晋国军队与秦缪公作战,晋国的右路石包围了秦缪公的马车,攻击他,秦缪公的盔甲甲片被击掉了六片。曾经吃马肉的三百多人都说:"我们的君王仁慈爱人,我们不能不为他而死。"他们回头攻击晋国的右路石,挽救了秦缪公的生命。

第十三章　卞庄子好勇

传曰：卞庄子好勇，^①母无恙时，三战而三北，^②交游非之，^③国君辱之。卞庄子受命，颜色不变。及母死三年，鲁兴师，卞庄子请从，至见于将军曰："前犹与母处，是以战而北也，辱吾身。今母没矣，请塞责。"^④遂走敌而斗，获甲首而献之，^⑤曰："请以此塞一北。"又获甲首而献之，曰："请以此塞再北。"将军止之，曰："足！"不止，又获甲首而献之，曰："请以此塞三北。"将军止之，曰："足！请为兄弟。"卞庄子曰："三北以养母也，今母殁矣，吾责塞矣。吾闻之，节士不以辱生。"遂奔敌，杀七十人而死。君子闻之曰："三北已塞责，又灭世断宗，^⑥士节小具矣，而于孝未终也。"《诗》曰："靡不有初，鲜克有终。"^⑦

[注释]

①卞庄子：亦称管庄子、卞严子、辨庄子，春秋时期鲁国卞邑大夫。②北：打了败仗往回逃。③交游：指朋友。非：责备。④塞责：尽责，补过。⑤甲首：甲士的首级。甲：铠甲。⑥灭世断宗：断绝了后代。⑦"靡不"二句：出自《诗经·大雅·荡》。意思是，事情都有个开头，但很少能做到善终。靡：无。初：开始。鲜：少。克：能。

[译文]

古书记载说：卞庄子崇尚勇武，他母亲活着时，他三次作战都战败而逃。朋友们都责备他，国君也羞辱他。卞庄子接受责难，脸色也没有改变过。等到他母亲死去三年后，鲁国发生战争，卞庄子请求参战。到了军营拜见将军说："以前我还和母亲生活在一起，因此作战都败逃了，现在母亲没有了，请求让我尽责补过。"于是冲入敌阵搏斗，斩杀了一个士兵的头献给将军，说："请用这个头洗雪我第一次的败仗。"又斩杀了一个士兵的头来献给将军，说："请用这个头洗雪我第二次的败仗。"将军阻止他说："足够了！"卞庄子不罢休，又斩杀了一个士兵的头献给将军，说："请用这个头洗雪我第三次的败仗。"将军阻止他说："已经足够了，我请求和你结拜为兄弟。"卞庄子说："前面三次败逃，是因为要奉养母亲，现在我的母亲没有了，我要尽责补过。我听说有节操的士人不会忍辱而活。"于是奔向战场，连杀了七十多个敌人而战死了。君子听到这件事后说："卞庄子三次败北已经尽责补过，却又断绝了祖宗的香火，这种人只是稍微具备了士人的节操，但是最终却没有尽到孝道。"《诗经》说："靡不有初，鲜克有终。"

第十四章　有争臣者其国昌

天子有争臣七人，①虽无道，不失其天下。昔殷王纣残贼百姓，②绝逆天道，至斮朝涉，③刳孕妇，脯鬼侯，④醢梅伯。⑤然所以不亡者，以其有箕子、比干之故。⑥微子去之，⑦箕子执囚为奴，比干谏而死，然后周加兵而诛绝之。

诸侯有争臣五人，虽无道，不失其国。吴王夫差为无道，⑧至驱一市之民以葬阖闾。⑨然所以不亡者，有伍子胥之故也。⑩胥以死，越王勾践欲伐之。⑪范蠡谏曰：⑫"子胥之计策，尚未忘于吴王之腹心也。"子胥死后三年，越乃能攻之。

大夫有争臣三人，虽无道，不失其家。季氏为无道，⑬僭天子，⑭舞八佾，⑮旅泰山以《雍》彻。⑯孔子曰："是可忍也，⑰孰不可忍也！"然不亡者，以冉有、季路为宰臣也。⑱

故曰：有谔谔争臣者其国昌，⑲有默默谀臣者其国亡。《诗》曰："不明尔德，以无陪无侧。尔德不明，以无陪无侧。"⑳言文王咨嗟，㉑痛殷商无辅弼谏诤之臣而亡天下矣。

[注释]

①争臣：直言敢谏的大臣。争：通"诤"。②纣：商朝最后一个君主，历史上有名的暴君。残贼：杀害。③斮（zhuó）：斩。朝涉：早上趟水过河。纣王看到冬天早晨有人趟水过河，认为他的小腿特别耐寒，怀疑他的骨髓与常人不同，就抓过来砍断腿验看。④脯：肉干。鬼侯：商纣王的诸侯，献给纣王美女，纣王不喜欢，就杀了鬼侯，制成肉干。⑤醢（hǎi）：肉酱。梅伯：纣王的大臣，因进谏而被剁成肉酱。⑥箕子：殷商末期贵族，是商纣王的叔父，官太师，因其封地于箕，故称箕子。比干：殷商王室的重臣，商纣王的叔父。⑦微子：名启，后世称微子、微子启、宋微子。微子是商王帝乙的长子、商纣王帝辛的长兄。屡次进谏而纣王不

听，于是逃走了。⑧夫差：春秋末年吴国国君，后为越王勾践所灭。⑨阖闾：春秋时期吴国国君，用伍子胥为相，屡败楚兵。与越王勾践打仗，战败后伤指而死。⑩伍子胥：姓伍，名员，字子胥，春秋时期楚国人，逃到吴国，辅佐吴王阖闾打败楚国。阖闾死后，夫差即位，大败越国。越国请和，伍子胥曾多次劝谏吴王夫差杀掉越王勾践，夫差不听，反听信谗言，逼伍子胥自杀。伍子胥临死说："抉吾眼置之吴东门，以观越之灭吴。"后来吴国果然被越国灭掉。⑪勾践：春秋时期越国国君。被吴国夫差打败，困于会稽，屈膝求和。后卧薪尝胆，奋发图强，终于灭掉吴国。⑫范蠡：字少伯，楚国宛地三户（今河南南阳淅川县滔河乡）人。春秋末期政治家、军事家、经济学家和道家学者。曾献策辅助越王勾践复国，兴越灭吴，后隐去。⑬季氏：季孙氏，春秋时期鲁国大夫。⑭僭（jiàn）：超越本分。⑮八佾（yì）：古代奏乐舞蹈，每行八人，称为一佾。天子可用八佾，即六十四人；诸侯六佾，四十八人；大夫四佾，三十二人。季氏应该用四佾。⑯旅：祭祀。《雍》：《诗经·周颂》的一篇，本是祭周文王的诗歌，古代天子祭祀宗庙完毕撤去祭品时也唱奏这首诗歌。彻：撤除。⑰忍：忍心，狠心。⑱冉有：名求，字子有，春秋时期鲁国人，孔子学生。季路：名仲由，字子路，鲁国下人，孔子弟子。⑲谔谔：直言争辩貌。⑳"不明"四句：出自《诗经·大雅·荡》。意思是，你的道德不能充分表现，是因为身边没有贤臣辅佐。㉑咨嗟：赞叹，叹息。

[译文]

天子身边如果有敢直言相劝的臣子七人，即使昏庸无道，也不会失去他的天下。从前，商纣王残杀百姓，违背天理，以至于砍断在冬天早晨涉水渡河人的腿，剖开孕妇的肚子，杀了鬼侯制成肉干，又把大臣梅伯剁成肉酱，然而没有灭亡，是因为有箕子和比干的缘故。微子离开了他，箕子也被他关起来成了奴隶，比干劝谏他而被处死。在这种情况下，周武王率兵诛杀了他。

诸侯身边如果有敢于直言相劝的臣子五人，即使昏庸无道，也不会失去他的国土。吴王夫差昏庸无道，以至于驱赶全城百姓去为阖闾造墓葬。然而国家没有灭亡，是因为伍子胥的缘故。伍子胥死了之后，越王勾践想要攻打吴国，范蠡劝谏说："伍子胥的计谋还没有从吴王心中完全忘掉。"伍子胥死后三年，越国才得以攻克吴国。

大夫身边如果有敢于直言相劝的臣子三人，即使昏庸无道，也不会失去他的封邑。季孙氏行为不道德，越级使用天子特权，用八佾来奏乐，祭祀泰山，祭祀祖先完毕，撤除祭品时唱天子专用的诗歌《雍》。孔子说："这样的事情都可以容忍，还有什么事情不能容忍！"然而没有灭亡，是因为有冉求、子路做家臣。

所以说：如果有敢于直言劝谏的贤臣，国家就昌盛；有沉默阿谀逢迎的奸臣，国家就灭亡。《诗经》说："不明尔德，以无陪无侧。尔德不明，以无陪无侧。"说的是周文王感叹，痛惜商朝没有敢于直言劝谏、辅佐天子的贤臣，以至于失去了天下。

第十五章　齐桓公出游

齐桓公出游，遇一丈夫褎衣应步，①带著桃殳。②桓公怪而问之曰："是何名？何经所在？何篇所居？何以斥逐？③何以避余？"丈夫曰:"是名戒桃,桃之为言亡也。夫日日慎桃,何患之有。故亡国之社以戒诸侯,④庶人之戒在于桃殳。"桓公说其言,与之共载。来年正月,庶人皆佩。《诗》曰:"殷监不远。"⑤

[注释]

①丈夫:成年男子。褒衣:宽大的衣服。应步:雁步,跛行貌。应:通"雁"。②桃殳(shū):桃木做的殳杖。殳:古代兵器,多用竹或木制成,有棱无刃。③斥逐:驱逐。④社:土地神庙。⑤"殷监"句:出自《诗经·大雅·荡》。意思是,周朝子孙应以商的灭亡为鉴戒。后泛指前人的教训就在眼前。

[译文]

齐桓公外出游玩,遇到一个成年男子,穿着宽大的衣服,跛着脚走路,佩戴着桃木做成的殳杖。齐桓公感到奇怪,因而问道:"这个东西叫什么?哪部经典里有记载?在哪一篇章?为什么要驱逐我?为什么要躲避我?"成年男子说:"这叫戒桃,桃有亡的意思。如果每天都谨慎行事以防止被灭亡,还会有什么祸患呢?所以亡国的土地神庙是用来告诫诸侯的,告诫平民是用桃木做的杖。"齐桓公听了他的话很高兴,与他一起乘车回去。第二年正月,老百姓都佩戴了桃木杖。《诗经》说:"殷监不远。"

第十六章　齐桓公置酒

齐桓公置酒,令诸大夫曰:"后者饮一经程。"①管仲后,②当饮一经程，饮其一半，而弃其半。桓公曰："仲父当饮一经程，而弃之何也？"管仲曰："臣闻之，酒入口者舌出，舌出者言失，言失者弃身。与其弃身，不宁弃酒乎？"桓公曰："善！"《诗》曰："荒湛于酒。"③

[注释]

①经程：饮酒的器具。②管仲：名夷吾，字仲，谥敬，史书又称作管敬仲。春秋时期担任齐桓公的相，使齐国富强，称霸天下。③"荒湛（dān）"句：出自《诗经·大雅·抑》。意思是，沉湎于酒色，行为放荡。湛：逸乐。

[译文]

齐桓公摆设酒席，命令众大夫们说："迟到的要喝一经程的酒。"管仲迟到了，应当喝一经程的酒。他喝了一半的酒，把剩下的一半倒掉了。齐桓公说："仲父应当喝一经程的酒，您却倒掉了一半，为什么呢？"管仲说："我听说，酒进了口，舌头就会露出来，舌头露出来就会说错话，说错话就等于失掉身体生命。与其失掉身体生命，还不如倒掉酒。"齐桓公说："说得太好了！"《诗经》说："荒湛于酒。"

第十七章　晏子使楚

齐景公遣晏子南使楚。①楚王闻之，谓左右曰："齐遣晏子使寡人之国,几至矣。"左右曰:"晏子,天下之辩士也。与之议国家之务,则不如也。与之论往古之术,则不如也。王独可以与晏子坐,使有司束人过王,②王问之,使言齐人善盗,故束之。是宜可以困之。"王曰:"善。"晏子至,即与之坐。图国之急务,辨当世之得失,再举再穷,王默然无以续语。居有间,③束徒以过之。王曰:"何为者也?"有司对曰:"是齐人善盗,束而诣吏。"王欣然大笑曰:"齐乃冠带之国,④辩士之化,固善盗乎?"晏子曰:"然。固取之。王不见夫江南之树乎?名橘,树之江北,则化为枳。⑤何则?土地使然尔。夫子处齐之时,冠带而立,俨有伯夷之廉,⑥今居楚而善盗,意土地之化使然尔。王又何怪乎?"《诗》曰:"无言不酬,无德不报。"⑦

[注释]

①齐景公:春秋时期齐国国君。晏子:即晏婴,齐国大夫。②有司:指主管某部门的官吏。束:捆住。③居有间:过了不久。④冠带之国:指讲礼仪的国家和习于礼教的人民。冠带:帽子带子。⑤枳:也叫枸橘。落叶灌木或小乔木,茎上有刺,叶子为三片小叶组成的复叶,小叶倒卵形或椭圆形,花白色,浆果球形,黄绿色,味酸苦。⑥伯夷:商朝末年孤竹国君的儿子,在周武王灭商后,不愿吃周朝的粮食,与兄弟叔齐一同饿死在首阳山(现山西永济南)。后人称颂他们能忠于故国。⑦"无言"二句:出自《诗经·大雅·抑》。意思是,没有什么话不能对答,无论什么样的品德都会得到相应的报答。酬:对答。报:回报。

[译文]

齐景公派遣晏子往南出使楚国。楚王听到这个消息,对身边的侍臣说："齐国派晏子出使我们的国家,就要到了。"侍臣说:"晏子是天下能言善辩的人,和他议论国家政务,没有比得上他的;和他讨论古代的学术,也没有比得上他的。君王只可以和晏子坐在一起,派官吏捆住一个人从君王面前经过,君王过问这件事,命官吏回答说是齐国人,善于偷窃,所以将他捆绑了。这样应该可以让晏子陷入困境。"楚王说:"好办法。"晏子到了,就和楚王坐在一起。他们谈论国家治理的紧要事务,辨别当世各种事务的得失,一再提出问题,楚王无法回答,就沉默下来难以继续谈下去。过了一会儿,官吏绑着一个人从他们面前经过。楚王问:"这是什么人?"官吏回答说:"这是齐国人,善于偷窃,绑起来交给主管官吏处置。"楚王高兴地大笑说:"齐国是文明礼义的国家,受过辩士的教化,是本来就善于偷窃吗?"晏子说:"是的,本来是这样的。君王难道没有见到过生长在江南的一种树吗?这种树名叫橘树,把它移植到江北就变成了枳树,这是什么原因呢?是因为土地不同使它变种了。这个人在齐国时戴着帽子系着帽带站着,俨然像伯夷一样清廉,现在到了楚国就变得善于偷东西,是楚国的土地使他变成这样的,君王又有什么觉得奇怪的呢?"《诗经》说:"无言不酬,无德不报。"

第十八章 牧者不取遗金

吴延陵季子游于齐,^①见遗金,呼牧者取之。牧者曰:"何子居之高,视之下,貌之君子,而言之野也!吾有君不臣,有友不友,当暑衣裘，吾岂取金者乎？"延陵子知其为贤者，请问姓字。牧者曰："子乃皮相之士也，何足语姓字哉！"遂去。延陵季子立而望之，不见乃止。孔子曰："非礼勿视，非礼勿听。"②

[注释]

①延陵季子：即季札，春秋时期吴王寿梦的少子，寿梦见季札贤，欲立为世子，季札不接受，封于延陵（今常州、江阴、丹阳等吴地沿江一带地区。为春秋吴邑），故号延陵季子。②"非礼"二句：出自《论语·颜渊》。意思是，不合礼的事别去看，不合礼的话别去听。

[译文]

吴国延陵季子在齐国游玩，看到地上有遗失的金子，他呼叫放牧的人去拾取。放牧的人说："为什么你站得高，眼光却如此低，外貌看起来像是君子，说话竟然这样粗野呢？我有国君却不称臣，有朋友却不往来，我在大热天穿着皮大衣，难道我是去捡别人金子的人吗？"延陵先生知道他是个有修养的人，就请问他的姓名。放牧的人说："你是个只看外表的人，哪里值得我把姓名告诉你呢！"然后就离开了。延陵季子站着看他，一直到看不见为止。孔子说："不合礼的事别看，不合礼的话别听。"

第十九章　颜渊问于孔子

颜渊问于孔子曰：①"渊愿贫如富，贱如贵，无勇而威，与士交通,②终身无患难。亦且可乎?"孔子曰:"善哉回也!夫贫而如富,其知足而无欲也。贱而如贵,其让而有礼也。无勇而威,其恭敬而不失于人也。终身无患难,其择言而出之也。若回者,其至乎!虽上古圣人,亦如此而已。"

[注释]

①颜渊:春秋末期鲁国人,名回,字子渊,孔子学生。②交通:交游,往来。

[译文]

颜渊问孔子说:"我希望做到在贫穷时如同富裕时一样,卑贱时如同尊贵时一样,不勇猛而有威严,跟士往来,终身没有忧患灾难,这样可以吗?"孔子回答说:"颜回的愿望太好了!在贫穷时如同富裕一样,这是知足而没有贪欲;卑贱时如同尊贵一样,这是既谦让又有礼貌;不勇猛而有威严,这是态度恭敬而不失信于人;终身没有忧患灾难,是要选择适合的话才说出来。像你这样的人,修养已经达到极高的境界了!即使上古的圣人,也不过如此罢了。"

第二十章 齐景公出田

齐景公出田,①十有七日而不反。②晏子乘而往。比至,衣冠不正。景公见而怪之曰:"夫子何遽乎?③得无有急乎?"晏子对曰:

"然，有急。国人皆以君为恶民所禽。臣闻之：鱼鳖厌深渊而就干浅，故得于钓网。禽兽厌深山而下都泽，④故得于田猎。今君出田十有七日而不反，不亦过乎？"景公曰："不然。为宾客莫应待邪？则行人子牛在。⑤为宗庙而不血食邪？⑥则祝人太宰在。⑦为狱不中邪？则大理子几在。⑧为国家有余不足邪？则巫贤在。⑨寡人有四子，犹有四肢也，而得代焉，不可患焉！"晏子曰："然，人心有四肢而得代焉则善矣，令四肢无心，十有七日不死乎？"景公曰："善哉言！"遂援晏子之手，与骖乘而归。⑩若晏子者，可谓善谏者矣。

[注释]

①田：同"畋"。打猎。②反：通"返"。③遽（jù）：急迫，仓促。④都泽：水流汇聚的草泽地带。⑤行人：官名。掌管朝觐聘问的官。子牛：人名。⑥血食：谓受享祭品。古代杀牲取血以祭，故称。⑦祝人：掌管祭祀的官吏。太宰：人名。⑧大理：掌管刑法的官吏。子几：人名。⑨巫贤：人名。齐景公大臣。⑩骖（cān）乘：又作参乘，陪乘或陪乘的人。古时乘车，尊者在左，御者在中，又一人在右，称车右或骖乘。

[译文]

齐景公外出打猎，过了十七天还没有回来。晏子乘车去找他，等到猎场时，衣服帽子都散乱了。齐景公看见晏子觉得奇怪，问道："您为什么这样仓促呢？不会是发生了什么紧急的事情吧？"晏子回答说："是的，有紧急的事情。全国民众都认为君王是被邪恶的人捉住了。我听说：鱼鳖因为厌恶深渊而游到水浅的地方，因而被捕获；禽兽因为厌恶深山而来到水泽中去，因而被捉到。现在君王出来打猎已经有十七天了还不返回，不是太过分了吗?"齐景公说:"不是这样的。是因为诸侯宾客来往没有人接待吗?有掌管朝觐聘问的官员子牛在呀。是社稷宗庙没有祭祀吗?有掌管祭祀的太宰在呀。是诉讼判决案件不公正吗?有掌管刑法的官吏子几在呀。是国库有盈余或亏空吗?有巫贤在呀。我有这四个人,就像拥有手足四肢一样,可以代替我处理国家的事务,不用忧虑啊!"晏子说:"是的,人心有手足四肢代替他做事,那是很好的,让四肢没了心脏,十七天不会死掉吗?"齐景公说:"你说得太好了!"于是挽着晏子的手,同他一起乘车回到了朝廷。像晏子这样的人,可以说是非常善于劝谏了。

第二十一章　螳螂食蝉,黄雀在后

楚庄王将兴师伐晋,①告士大夫曰:"有敢谏者死无赦。"孙叔敖曰:②"臣闻畏鞭箠之严而不敢谏其父,③非孝子也。惧斧钺之诛而不敢谏其君,④非忠臣也。"于是遂进谏曰:"臣园中有榆,其上有蝉。蝉方奋翼悲鸣,欲饮清露,不知螳螂之在后,曲其颈,欲攫而食之也。螳螂方欲食蝉,而不知黄雀在后,举其颈,欲啄而食之也。黄雀方欲食螳螂,而不知童子挟弹丸在榆下,迎而欲弹之。童子方欲弹黄雀,不知前有深坑,后有掘株也。⑤此皆贪前之利,而不顾后害者也。非独昆虫众庶若此也,人主亦然。君今知贪彼之土,而乐其士卒。"楚国不殆,而晋以宁,孙叔敖之力也。

[注释]

①楚庄王：春秋时期楚国国君，春秋五霸之一。②孙叔敖：楚庄王时为楚国令尹，以贤能闻名于世，辅佐庄王独霸南方。③箠（chuí）：鞭子。④钺（yuè）：古代兵器，青铜制，像斧，比斧大，圆刃可砍劈，商朝及西周盛行。⑤掘株：树桩。掘：通"橛"。

[译文]

楚庄王准备举兵讨伐晋国，他告诫士大夫说："有敢劝谏阻止的，一定处死，决不赦免。"孙叔敖说："我听说，怕鞭子厉害而不敢劝谏父亲的，不是孝子；怕斧钺杀身而不敢劝说君王的，不是忠臣。"于是就向楚庄王进谏说道："我家园子里有一棵榆树，树上有一只蝉。蝉刚要鼓动翅膀悲切地鸣叫，准备喝些清凉的露水，却不知道有只螳螂正在它的背后，弯着脖子打算把蝉逮住吃掉。螳螂刚想要吃掉蝉，却不知道黄雀就在它的后面，伸长脖子，想啄食它。黄雀正想啄食螳螂，却不知道榆树下面有个小孩手持弹弓，准备射击它。孩子正要射击黄雀，却不知道他前面有个深坑，后面还有个树桩子。这都是贪图眼前利益，而不顾身后隐藏着祸害啊。不仅仅是昆虫和平民百姓是这样，君王也是这样。君王现在贪求别人的国土，喜爱人家的士卒。"楚国没有处于危险的境地，晋国也得以安宁，这都是孙叔敖的功劳。

第二十二章　烧宝而贺

晋平公之时，①藏宝之台烧，士大夫闻者，皆趋车驰马救火。三日三夜，乃胜之。②公子晏独奉束帛而贺，③曰："甚善矣！"平公勃然作色曰："珠玉之所藏也，国之重宝也，而天火之。士大夫皆趋车走马而救之，子独束帛而贺，何也？有说则生，④无说则死。"公子晏曰："何敢无说！臣闻之，王者藏于天下，诸侯藏于百姓，农夫藏于囷庾，⑤商贾藏于箧匮。⑥今百姓乏于外，短褐不蔽形，⑦糟糠不充口，⑧虚耗而赋敛无已，⑨收大半而藏之台，是以天火之。且臣闻之，昔者桀残贼海内，⑩赋敛无度，万民甚苦，是故汤诛之，为天下戮笑。⑪今皇天降灾于藏台，是君之福也，而不自知变悟，亦恐君之为邻国笑矣。"公曰："善！自今已往，请藏于百姓之间。"《诗》曰："稼穑维宝，代食维好。"⑫

[注释]

①晋平公：春秋时期晋国国君。在位二十六年，大权被韩、赵、魏三家掌握，埋下了后来"三家分晋"的种子。②胜：克制，制服。③公子：先秦称诸侯的儿子为公子，女儿亦称女公子。束帛：捆为一束的五匹帛。古代用为聘问、馈赠的礼物。④说：说法，理由。⑤囷庾：谷仓。⑥箧匮（qiè kuì）：箱柜。⑦短褐：用兽毛或粗麻布做成的短上衣。指平民的衣着。⑧糟糠：穷人用来充饥的酒渣、米糠等粗劣食物。⑨虚耗：空竭。赋敛：田赋，税收。⑩残贼：残害。⑪戮笑：耻笑。⑫"稼穑"二句：见《诗经·大雅·桑柔》。意思是，从事农业生产的人是最宝贵的，劳动人民最善良。稼穑：农事的总称。春耕为稼，秋收为穑，即播种与收获，泛指农业劳动。代食：指官吏靠劳动者奉养。

[译文]

晋平公的时候，贮藏财宝的台子发生火灾，官员们听说后急忙驱车策马赶去救火，三天三夜才把火扑灭。只有公子晏抱着五匹丝绸前来祝贺说："太好了！"晋平公一下子变了脸色说："那里是收藏珍珠宝玉的地方啊，里面藏的是国家最贵重的珍宝，上天降火把它烧掉了。官员们都驱车策马去救火，唯独你抱着布匹来祝贺，是什么意思呀？能讲出道理来，你还能活着；讲不出道理，你就只有死了。"公子晏说："怎么敢说不出道理呢！我听说，君王把财宝藏在天下百姓中，诸侯把财宝藏在全国百姓中，农夫把财宝藏在谷仓里，商人把财宝藏在箱子里。现在百姓生活困乏，流落在外，粗布短衣遮不住身体，粗劣食物填不饱肚皮。百姓的财产已耗尽，而国君却仍然没有停止征收赋税。国君把征收得来财物的一大半收藏在这个楼台中，所以上天降火把它烧掉了。我还听说，从前夏桀在全国残害百姓，横征暴敛没有限度，使千百万百姓痛苦不堪，因此被商汤杀掉了，夏桀被天下人所耻笑。现在上天降火灾于藏宝台，这是国君您的福气啊，而您却没有自觉悔悟改变，我担心您也会被邻国所耻笑啊。"晋平公说："好！从今以后，我就把宝物藏在老百姓当中。"《诗经》说："稼穑维宝，代食维好。"

第二十三章　魏文侯问里克

魏文侯问里克曰：①"吴之所以亡者何也？"里克对曰："数战而数胜。"文侯曰："数战数胜，国之福也。其独亡何也？"里克对曰："数战则民疲，数胜则主骄。骄则恣，恣则极。物疲则怨，②怨则极虑。上下俱极，吴之亡犹晚矣。此夫差所以自丧于干遂。"③

《诗》曰:"天降丧乱,灭我立王。"④

[注释]

①魏文侯:战国时期魏国的建立者,曾用李悝为相、吴起为将、西门豹为邺令,并向子夏学习经艺,是当时有名的贤君。里克:春秋时期晋国卿大夫。②物:他人,众人。③干遂:地名,在今江苏苏州吴中区西北。④"天降"二句:出自《诗经·大雅·桑柔》。意思是,上天降下了祸乱,消灭了我所拥立的君王。

[译文]

魏文侯问里克说:"吴国灭亡的原因是什么呢?"里克回答说:"屡次作战屡次取得胜利。"文侯说:"屡次作战屡次获胜,这是国家的福气啊,吴国却因此而灭亡,这是为什么呢?"里克回答说:"多次战斗,百姓疲惫不堪,多次获胜,君主骄横。骄横就会恣意妄为,恣意妄为就会有过度的追求。民众疲惫就会怨恨,怨恨就会过度忧虑。君民上下都做过度的事,吴国的灭亡还算是晚的呢。这就是夫差在干遂自杀的原因。"《诗经》说:"天降丧乱,灭我立王。"

第二十四章　忠孝不能两全

楚有士曰申鸣,①治园以养父母,孝闻于楚。王召之,申鸣辞不往。其父曰:"王欲用汝,何谓辞之?"申鸣曰:"何舍为孝子,乃为王忠臣乎？"其父曰："使汝有禄于国，有位于廷，汝乐而我不忧矣。我欲汝之仕也。"申鸣曰："诺。"遂之朝受命，楚王以为左司马。②其年遇白公之乱，③杀令尹子西、司马子期，④申鸣因以兵围之。白公谓石乞曰：⑤"申鸣，天下之勇士也，今将兵，为之奈何？"石乞曰："吾闻申鸣孝子也，劫其父以兵。"使人谓申鸣曰："子与我，则与子分楚国，不与我，则杀乃父。"申鸣流涕而应之曰："始则父之子，今则君之臣，已不得为孝子矣，安得不为忠臣乎？"援桴鼓之，⑥遂杀白公。其父亦死焉。王归赏之，申鸣曰："受君之禄，避君之难，非忠臣也。正君之法，以杀其父，又非孝子也。行不两全，名不两立。悲夫！若此而生，亦何以示天下之士哉！"遂自刎而死。《诗》曰："进退惟谷。"⑦

[注释]

①申鸣：春秋末期楚国人。②左司马：官名，掌管军政。③白公之乱：白公是春秋时期楚平王子建之子，名胜，又称王孙胜，封于白，称白公。白公年幼时与伍子胥共同流亡吴国，后返楚，袭杀大臣，劫持楚惠王，自立为王。④令尹：楚国称卿相为令尹。子西：楚平王庶弟，当时为楚国令尹。子期：楚国司马。⑤石乞：白公胜手下的勇士。⑥桴（fú）：鼓槌。⑦"进退惟谷"句：出自《诗经·大雅·桑柔》。意思是，进退两难。谷：山谷，比喻困境。

[译文]

楚国有个勇士叫申鸣，靠治理园林来奉养父母亲，他的孝行传遍楚国。楚王想召他做官，申鸣推辞不去。他的父亲说："楚王想任用你，你为什么推辞？"申鸣回答说："我怎么能舍弃做孝子，而去做君王的忠臣呢？"他的父亲说："如果你在国家有俸禄，在朝廷里有地位，你乐意，我也没有忧愁了，我希望你去赴任。"申鸣说："好的。"于是就去朝廷听命。楚王任命他为左司马。这一年正遇上白公作乱，杀了令尹子西、司马子期，申鸣就带兵包围了白公。白公对石乞说："申鸣是天下闻名的勇士，现在他领兵，怎么办呀？"石乞说："我听说申鸣是个孝子，我们可以派兵劫持他的父亲。"白公派人对申鸣说："如果您跟我合作，我就和您分享楚国，您如果不和我合作，我就杀掉您的父亲。"申鸣流着泪回答说："当初我是父亲的儿子，现在是国君的臣子，我已经不能做一个孝子了，还能不做国君的忠臣吗？"他拿起鼓槌来击鼓，杀掉白公，他的父亲也被杀了。回到朝廷后楚王赏赐他，申鸣说："接受国君的俸禄，却躲避国君的患难，不是忠臣。执行国君的法度，却害了自己的父亲，又不是孝子。忠孝不能两全，忠孝之名不能并立，可悲啊！像这样活着，又有什么脸面立于天下人面前呢！"于是就自杀而死。《诗经》说："进退惟谷。"

第二十五章　圣人能知微

　　昔者太公望、周公旦受封而见。^①太公问周公："何以治鲁？"^②周公曰："尊尊亲亲。"^③太公曰："鲁从此弱矣。"周公问太公曰："何以治齐？"太公曰："举贤尚功。"周公曰："后世必有劫杀之君矣。"后齐日以大，至于霸，二十四世而田氏代之。^④鲁日以削，三十四世而亡。^⑤由此观之，圣人能知微矣。《诗》曰："惟此圣人，瞻言百里。"⑥

[注释]

①太公望：指姜太公，周朝东海人，名尚，字子牙。本姓姜，其先封于吕，因而姓吕。年老隐钓于渭水之上，文王访得，载与俱归，立为师，又号太公望，辅佐文王、武王灭纣。②周公旦：周武王之弟，名旦。食邑于周（今陕西岐山北），故称"周公"。③尊尊亲亲：尊重应该尊重的人，亲近应该亲近的人。"尊尊"不仅要求在家庭内部执行，贵族之间、贵族与平民之间、君臣之间都要讲尊卑关系，讲秩序和等级。"亲亲"要求"父慈、子孝、兄友、弟恭"，互相爱护团结。④二十四世而田氏代之：指齐国从太公到康公二十四世（《史记·齐世家》记载共十八世），最后被田和所取代。⑤三十四世而亡：鲁国从周公到顷公三十四世，被楚考烈王所灭。⑥"惟此"二句：出自《诗经·大雅·桑柔》。意思是，只有圣人，他的眼光是远大的。瞻：明见。言：助词，无义。

[译文]

从前太公望和周公旦受封为诸侯后相见。太公望问周公："您是怎样治理鲁国的？"周公回答说："尊重应该尊重的人，亲近应该亲近的人。"太公说："鲁国从现在开始就要衰弱了。"周公问太公："您是怎样治理齐国的？"太公说："举荐贤人，赏赐有功的人。"周公说："齐国以后一定有被臣子劫持杀掉的君王。"之后齐国日益强大，称霸诸侯，一直传到二十四世而被田和取代。鲁国日益削弱，传到三十四世被楚国所灭亡。由此看来，圣人有预见，能看出事物发生变化的隐微征兆。《诗经》说："惟此圣人，瞻言百里。"

家藏文库书目（持续更新中）

大学　中庸
三国志选注译（上、中、下）
水经注
唐才子传
商君书
孔子家语
法言
随园食单
板桥杂记
抱朴子内篇
文中子中说
大唐西域记（上、下）
洛阳伽蓝记
地藏经　药师经
东坡志林
朱子读书法
武林旧事　附《增补武林旧事》
扬州画舫录（上、下）
徐霞客游记（上、下）
老学庵笔记　入蜀记
曾国藩家书
梁启超家书
郑板桥家书
王阳明家书家训
古诗十九首　乐府诗选

阮籍诗选
嵇康诗文选
庾信选集
孟浩然诗选
李杜诗选（上、下）
韩愈诗选
柳宗元诗选
杜牧诗选
苏轼诗文选
黄庭坚诗选
陆游诗文选
王阳明诗文选（上、下）
花间集（上、下）
晏殊　晏几道词选
欧阳修词选
苏轼词选
秦观词
周邦彦词
姜夔词
豪放词
婉约词
历代抒情小赋选
先秦散文选
唐宋散文选
晚明散文选

古文辞类纂（上、下）　　儒林外史

唐人小说选　　天工开物

太平广记选　　千家诗

牡丹亭　窦娥冤　　帝鉴图说

西厢记　桃花扇　　四字鉴略

喻世明言　　声律启蒙　笠翁对韵

警世通言　　重订增广贤文　名贤集

醒世恒言（上、下）　　历代修身格言集萃

聊斋志异　　韩诗外传

镜花缘